KB077744

코마

코마 1

초판 1쇄 찍은 날 ┃ 2014년 05월 01일
초판 2쇄 펴낸 날 ┃ 2014년 05월 30일

지은이 ┃ 이아현
펴낸이 ┃ 서경석

편 집 장 ┃ 권태완
편집책임 ┃ 장미연
디 자 인 ┃ 이혜정

펴낸곳 ┃ 도서출판 청어람
등록번호 ┃ 제387-1999-000006호
등록일자 ┃ 1999. 5. 31
어람번호 ┃ 제5-0370호

주소 ┃ 경기도 부천시 원미구 부일로 483번길 40 서경B/D 3F (우) 420-822
전화 ┃ 032-656-4452 팩스 ┃ 032-656-4453
http://www.chungeoram.com
E-mail ┃ chungeorambook@daum.net

ISBN 979-11-316-9003-1 04810
ISBN 979-11-316-9002-4 (SET)

이아현 장편 소설

코마

vol 1

C h u n g e o r a m   r o m a n c e   n o v e l

청어람

Contents

프롤로그

"너 언제까지 그렇게 죽치고 있을 거야?"

접수처에 앉아 인터넷 서핑을 즐기고 있던 청아는 뒤에서 날아오는 못마땅한 목소리에 소리 없이 한숨을 내쉬었다. 또 시작이다. 매일 한 번씩은 있곤 하는 잔소리 타임! 혀 차는 소리에 청아는 자신의 기분이 썩 좋지 못함을 알리기 위해 껄렁껄렁하게 다리를 쩍 벌리고 심드렁한 얼굴로 턱을 괴며 말했다.

"어디 날 받아주는 병원이 있어야 말이지."

"칼잡이가 칼을 잡고 살아야지, 쥐나 잡고 앉았으니…… 쯧쯧!"

혀를 끌끌 차며 게슴츠레하게 뜬 시선을 마우스에 두고 있는 저 양반은 대구에서 작은 내과의원을 운영하고 있는 김강골 선생. 바로 청아의 아버지이자 그녀를 세상에서 가장 못마땅하게 여기고 있는 이다. 병원의 부조리를 세상에 낱낱이 양심 고백한 그녀를 지지하기는커녕 대구로 내려오던 날부터 쉴 새 없이 잔소리를 늘어놓으며 그녀의 귀에 왕 딱지를 앉게 한 잔소리꾼이기도 하다.

"그럼 어쩌우? 사고 유발자를 받아주는 병원이 없는데."

"아이고, 청아, 청아, 내 딸 청아!"

또다시 잔소리가 시작될 모양이다. 두 달 내내 지겹게 들어온 잔소리. 저리 음률까지 넣어가며 시동을 거는 것을 보니 아마도 지난날 그녀가 귀에 딱지가 앉도록 들었던 내용을 그대로 리플레이하실 모양이다. 그리고 그녀는 자신의 예상과 전혀 빗겨 나가지 않는 이야기에 콧잔등을 찌푸렸다. 생각 같아서는 인상 전체를 종잇장처럼 와자작 구기고 싶었으나 지금 아버지 앞에서 그랬다가는 소금세례를 받을 것이 뻔하니 참아야 했다.

"자랑이다, 자랑! 그게 내가 그놈의 성격 좀 죽이고 살라고 했지?"

"내가 언제 그냥 아무 데나 막 질러댔나? 옳은 일 했지!"

청아가 결국 참지 못하고 외쳤다. 왈왈 짖어대는 그녀의 모습에 김 원장은 혀를 끌끌 찬 뒤, 생각하면 할수록 속 아프게 만드는 못난 딸내미에게서 관심을 꺼버렸다. 그리고 먼지가 풀풀 날리는 대기실을 지나 진료실로 쏙 들어가 버렸다.

제 감정을 온몸으로 뿜어대는 아버지의 뒷모습을 보던 청아가 신경질적으로 한숨을 뱉은 뒤 삐걱거리는 낡은 의자에 등을 기댔다. 그리고 두 달 전까지만 해도 그녀의 삶의 터전이었던 '대한세종대학병원'을 떠올리며 짜증스레 욕설을 내뱉었다.

"그런 것들도 의사라고."

청아는 그곳에서 친구인 재영과 함께 마취과 과장을 내부 고발했다. 흔히 소아 마취에 사용되던 마취제 '케타민'이 아이들의 학습 장애와 기억 장애, 행동 장애를 유발하는 것으로 밝혀지면서 많은 병원에서 퇴출했다. 하지만 한국에서 세 손가락 안에 드는 대한세종대학병원만은 이러한 추세를 따르지 않았다.

이를 의아하게 생각하는, 깨어 있는 의사들은 진상을 조사하기 시작했고, 마취과 과장이 한 제약회사와 손을 잡고 케타민을 구입하며 부당 이득을 취했다는 사실을 알게 됐다. 이러한 사실은 곧 병원 내에 알음알음 퍼지기 시작했다. 하지만 소아외과 의사는 물론이고 다른 외과의들은 이 사태에 대해 모두 나 몰라라 했다. 대학병원의 특성상 월급쟁이들이고 서로 선후배, 혹은 스승과 제자 사이다 보니 괜히 과장의 치부를 드러내어 자신의 앞길을 막고 싶지는 않았을 것이리라.

이를 더는 볼 수가 없었던 청아와 재영은 상부에 발고했지만 그녀들의 양심고백은 씨알도 먹히지 않았다. 오히려 소아과도 아니고 마취과 의사도 아닌 너희들이 왜 나서냐는 이야기만 들어야 했다.

의대부터 시작해 대한세종대학병원에서 근 15년이란 시간을 보낸 그녀들은 그제야 자신들이 존경하고 학문의 배움을 넓혀주던 자들의 진짜 모습을 발견하고 치를 떨어야 했다.

집단 이기주의는 그녀들에게 오히려 경고하고 있었다.

더 이상 나서지 말라. 그럼 사장될 것이다. 그리고 실제로 직접적인 경고를 하는 선배들도 있었다.

"김청아, 너 제정신이냐? 너희가 이렇게 나설수록 뒤따라올 파장은 전혀 생각하지 못해?"

신경질적인 목소리와 표정에 청아 또한 따져 물었다.

"그럼 아이들에게 장애가 생길 수도 있는 케타민을 계속 사용해야 한다는 말씀이십니까?"

하극상에 선배는 더 큰 목소리로 그녀를 나무랐지만 청아는 물러서지 않았다. 오히려 그럴수록 더욱 불타올라 자신의 양심을 위해서, 혹은 의사로서의 사명감을 가지고 이 모든 사실을 신문사에 기고하기에 이르렀다.

대한세종대학병원의 부끄러운 단면이 사람들에게 알려지고 보호자들의 항의가 빗발치자, 병원에선 마취과 과장을 자르는 것으로 일을 수습했다. 안타까운 일이라면 마취과 과장을 자르는 것에 그치지 않고 청아와 재영에게까지 불이익이 튀었다는 것이다.

"후."

청아는 인터넷 뉴스 기사를 클릭했다. 이 일로 대한세종대학병원은 큰 스캔들에 휘말렸고, 많은 의료 소송이 진행 중에 있었다. 그 일을 저지를 때만 해도 이게 옳은 일이라고, 의사의 신념을 지키는 일이라 생각했는데 그녀를 받아주는 병원이 없자 생각이 조금씩 달라지기 시작했다.

"절을 떠나지 말 것을."

절이 싫어 중이 떠났건만 흉부외과 의사가 수술실을 떠나게 되자 눈뜬장님이나 다름없었다. 그래서 지금은 아버지의 내과에 와 하루에 몇 안 되는 환자를 받게 되는 지경에 이른 것이다.

청아는 계속 약해지려는 마음을 다잡으며 커다란 눈을 깜빡였다. 지금쯤 홀로 병원에 남아 고군분투하고 있을 재영을 떠올리니 가슴이 답답해 온다. 자신을 붙잡는 그녀의 손을 떨궈놓고 나오지 말 것을. 일은 같이 쳤는데 결국 그녀에게 모든 짐을 얹어두고 홀로 도망친 것 같아 미안한 마음이 파도처럼 몰려와 제 양심을 후려갈긴다.

전화나 해볼까?

액정을 밀어가며 고민하던 청아는 입구에서 들리는 소리에 고개를 들었다. 문이 열림과 동시에 위에 달아놓은 맑은 종소리가 울리자 고개를 돌려 입구를 바라보았다. 어두운 자신의 현실과는 달리 문틈 사이로 쏟아지는 봄볕에 훈훈한 기운이 감돈다.

"어서 오세요."

인사를 한 청아가 방문한 남자를 보았다. 남자는 이제 끽해봐야 20대 후반 정도로 보였고, 뽀얀 피부는 모공조차 보이지 않았다. 커다랗지만 날카로운 눈매는 흡사 고양이의 것과 비슷해 보이고, 높은 콧날은 한 번쯤 시술을 받은 것처럼 완벽했고, 생기가 도는 입술은 예쁜 색을 띠고 있었다.

청아는 빠르게 남자를 머리부터 발끝까지 훑었다. 어디 하나 흠

잡을 곳 없는 남자는 지나가면 여성들의 시선깨나 받을 것 같은 미남이었다. 마지막으로 180㎝가 훌쩍 넘어 보이는 키까지 체크한 청아는 자신의 앞까지 다가온 남자의 모습에 고개를 기울였다.

잠시만, 잠시만······.

청아가 눈살을 찌푸렸다. 가까이에서 본 남자의 모습에 그녀의 사고 회로가 순간 멈추고 머릿속에선 덜그럭덜그럭 돌 굴러가는 소리가 났다.

아니겠지. 아닐 거야. 하하, 그럴 리가 없잖아? 그 얼빠진 놈은 지금쯤 국과수에서 개처럼 일을 하고 있을······.

청아가 고개까지 저어가며 속으로 부정에 부정을 거듭하였다. 강한 부정은 긍정이라는 사실도 깨닫지 못하며.

"오랜만이다, 심청아?"

와자작 청아의 이맛살이 결국 찌푸려졌다. 방금 전까지 격렬하게 뛰어대던 심장이 쥐 죽은 듯 멈추고, 온몸을 빠르게 타고 흐르는 따끈따끈하던 피가 차갑게 식어간다.

청아는 놀란 표정을 숨기며 눈앞의 사내를 보았다. 동그랗게 변했던 눈이 날카로워졌고, 목소리는 차갑고 낮아졌다.

"미안하지만 안동 김씨라고 귀에 딱지가 앉을 정도로 말해줬던 것 같은데?"

노유진. 그래, 이 이름이다. 여자의 것인지 남자의 것인지 헷갈릴 정도로 요상한 이름. 그건 지금 그의 외모처럼 착각을 불러일으키는 것이었다. 처음 모르는 이라고 착각을 했을 때 눈앞의 이 치는 기껏 해봐야 20대 후반 정도로밖에 보이지 않았다. 사내라기보단 미소년에 가까운 얼굴이었고 패션 잡지에서나 볼 법한 얼굴이었다. 하지만 이 남자의 나이는 자신과 같은 서른네 살이다.

청아는 냉랭하고 무감각한 유진의 얼굴을 보았다. 그리고 한숨을 쉬며 물었다.

"왜? 뭐가 곤란한데?"

"어?"

"너 지금 무척 곤란한 표정 짓고 있잖아."

그녀의 말에 유진이 잠시 놀란 듯 눈을 크게 뜨더니 이내 고개를 끄덕였다. 그리고 기쁜 듯 입술을 비틀었다. 배배 꼬여 있는 웃음이지만 청아는 저것이 진짜 기뻐 짓는 웃음이라는 것을 잘 알고 있다. 청아는 그의 입술이 느릿하게 열리는 것을 눈으로 좇았다.

"앉을 곳 없어? 이야길 나누고 싶은데……."

"난 할 이야기 없어."

환자 하나 없는 먼지 폴폴 날리는 병원 대기실엔 낡은 소파가 군데군데 놓여 있다. 아주 잠시간의 이야기라면 나눌 수 있었다. 하지만 청아는 유진을 상대하고 싶지 않다는 듯 공중에서 손을 휘휘 저었다. 손가락 끝에 힘은 없었으나 유진을 바라보는 그녀의 눈동자는 정확하게 말하고 있었다. '얼른 썩 꺼지지 못할까, 이 마귀!' 라고.

"가."

"싫어."

짧은 그녀의 말에 유진이 곧바로 답했다. 서울에서 이곳 대구까지 찾아온 유진이 쉽게 물러날 리 없었다. 그는 굳은 얼굴로 좀 더 힘주어 말했다.

"오늘 시간 안 내주면 내일도 찾아올 거야."

"너 그렇게 한가한 인간이니?"

반 협박조로 그가 말하는 통에 청아의 목소리가 뾰족해졌다. 하지만 제 말에 반응해 주는 그녀가 고마운지 그는 고개를 끄덕이며 말했다. 목소리는 조금 들떠 있었으나 표정은 여전히 냉랭하고 차갑다.

"응, 너랑 이야기하는 일인데 한가하지."

저 말에 별 뜻이 없다는 것을 그녀는 너무나 잘 알고 있었다.

"국과수가 요즘 그렇게 한가하던가?"

"음, 한가하진 않아. 안 그래도 그 이야기 때문에 널 찾아왔어."

"뭐?"

그녀는 갑자기 궁금증이 돋았다. 국립과학수사연구원이 한가하지 않은 것과 국과수 법의학 팀장이자 수석 부검의인 그가 굳이 시간을 내 여기까지 찾아온 것이 무슨 관계가 있을까?

그리고 그녀는 곧 그 해답을 들을 수 있었다.

"국과수로 오지 않을래?"

"뭐?"

또다시 묻는다. 뭐, 하고. 그러자 그는 예전처럼 여전히 어여쁜 얼굴로 그녀에게 말한다.

"난 네가 필요해, 청아야."

차가웠던 그의 얼굴에 미소가 생기자 인상이 한층 부드러워졌다.

그래, 예전의 김청아는 저 멍청한 치가 자신에게만 웃어준다고 착각했던 적도 있다. 저 아이의 감정을 멋대로 오해하고 곡해해서. '필요하다'는 말을 곧이곧대로 해석해서. 하지만 현재의 김청아는 더 이상 속지 않는다. 저 멍청한 멍유진한텐 절대로.

"야, 멍유진."

"응?"

"싫어."

그녀의 일갈에 유진의 표정이 조금 변했다. 분노한 것 같은 얼굴. 서른넷의 노유진은 저러한 얼굴도 하는구나. 청아는 그렇게 하등 쓸모없는 생각을 하며 그의 입술이 달싹이는 것을 보았다.

"왜?"

그 물음에 대한 답을 그녀는 지나치게 빨리 내뱉었다.

"국과수에 네가 있으니까. 난 싫다."

그 때문에 멈춰 있던 심장이 다시 뛰기 시작한다.

그리고 그녀는 어느새 12년 전의 너무나 어렸던 스물두 살의 김청아로 돌아갔다.

Chapter 1

2001년, 똥강아지

One

2001년 2월, 새해가 밝은 지도 벌써 두 달의 시간이 흘렀다. 하지만 김청아는 시간이 어떻게 흘러가는지도 모른 채 의학도서관에 처박혀 책 속으로 파고들고 있었다.

의대의 꽃이라는 예과가 끝나고 그녀는 올해 드디어 본과 1학년이 되었다. 이제부턴 매일매일 시험의 연속이 될 터이니 그녀는 천재들의 무덤이라 불리는 이곳에서 뒤처지지 않기 위해 미리부터 도서관을 찾아 지정되어 있는 자리를 지키고 있었다. 엉덩이는 벌써부터 짓무를 정도로 아팠지만 그녀는 꼼짝도 하지 않고 인체모형도가 그려진 책과 노트를 번갈아 보고 있었다. 형광펜이 손가락 위에서 춤을 추듯 돌아가고 있다.

본과부터는 면역학, 생리학 및 실습, 신경해부학 및 실습, 신호

전달생화학, 환자·의사·사회, 생화학 및 실습, 조직학 및 실습까지 총 일곱 과목이었다. 기초적인 과목이었으나 방대한 양을 받아들이고 외워야 하기에 애를 먹는다고 하니 조급해진 마음에 개강하기 전부터 도서관을 찾은 것이다.

그녀가 보고 있는 책은 [해부학]으로 본과 1학년 1학기 수업의 반 이상을 차지하는 과목이다. 선배들에게 알음알음 들은 바로는 폴(Fall:유급) 당하는 학생 중 70%가 이 부분에서 발생된다고 하니 쉬이 넘길 수 없는 것이기도 했다.

실습으로 이루어진 과목이긴 했으나 그녀는 사진으로 Head and Neck(머리와 목), Thorax(흉부), Abdomen(복부), Upper Limb(상지), 그리고 Lower Limb(하지), 이렇게 총 다섯 가지 파트를 보며 팬으로 사진 밑에 적힌 부연 설명을 보고 있었다. 그때였다.

우당탕!

"혀엉!"

사람이 넘어지는 소리와 함께 남자가 빽 소리를 질렀다. 도서관에 있던 사람들의 시선이 순식간에 입구에 서 있는 두 사람에게로 향했다.

"너 이번 학기에 복귀 안 하면 내가 사지 절단할 거니까 헛소리 말고 공부해!"

도서관과는 어울리지 않는 데시벨의 목소리에도 청아의 시선은 여전히 전공서적을 향해 있었다. 그녀는 펜을 획획 돌리며 막 해부학에 이용된 카데바(해부용 시체)가 액사(縊死:목매달아 죽음)한 것이라는 부분을 확인한 뒤 핑크색 형광펜으로 그 밑에 줄을 그었다.

언젠간 법의학 수업까지 수강할 생각이니 이러한 사소한 부분이라도 미리 체크를 하고 넘어가는 것이 좋았다.

"싫어! 의대는 나랑 안 맞는다고!"

"네가 선택한 길이잖아. 난 분명 경고했어. 네가 의대 입학하면 자퇴는 못 할 거라고."

또다시 커다란 목소리가 들려왔다. 감정이 그득한 고함과 지극히 이성적인 목소리. 그녀는 방금 전과는 달리 조금은 짜증스러운 얼굴로 고개를 들어 입구 쪽을 바라보았다.

큰 키의 두 남자가 서로 대치한 채 수많은 사람들의 시선을 받고 있었다. 남자들의 얼굴을 흘기듯 바라보던 청아는 자신도 잘 알고 있는 한 남자의 모습에 고개를 번뜩 들었다.

본과 3학년 노유민. 교수들은 물론이고 학생들 사이에서도 소문이 자자한 선배이다. 창백한 피부와 속을 알 수 없는 검은 눈망울, 높은 콧대와 일자로 닫혀 있는 입술은 이성적으로 보인다기보다는 서늘하고 냉철하게 보였다.

유민은 자신의 앞에 바닥에 철퍼덕 앉아 있는 남자를 날카롭게 쏘아보고 있었다. 바닥에 쓰러져 있는 남자는 유민과는 달리 볼품없는 행색이었다.

"이번에 의대 복학 안 하면 부모님께서 원조 끊겠다고 말씀하셨다."

"……재미없어."

"뭐?"

읊조린 남자의 말에 유민의 눈초리가 매서워졌다. 메스처럼 서

늘한 기운을 뿜어내고 있는 시선은 보는 사람으로 하여금 침을 꼴
딱 삼키고 숨을 허덕거리게 만들었지만 바닥에 있는 남자는 입술
을 삐죽 내밀며 투덜거렸다.

"쉬워. 쉽다고."

"……여기서 그런 소리 하지 마라."

한숨처럼 말한 유민이 주위를 둘러보았다. 그러자 학창 시절부
터 공부깨나 했다는 학생들이 도서관에서 시끄럽게 떠들다 못해
막말까지 내뱉고 있는 초라한 남자를 보고 있는 것이 보인다. 그
들은 의대 공부가 쉽다 못해 재미없다는 남자의 말에 도끼눈을 뜨
고 있었다. 남자는 자신에게 쏟아지는 시선에 어깨를 동그랗게 말
았다.

청아는 지금 저 어리바리한 남자의 입에서 나온 말이 순간 믿기
지 않아 눈을 부릅떴다.

뭐? 의대 공부가 쉬워? 그럼 왜 난 날도 풀리지 않는 2월부터
도서관에 나와 엉덩이에 종기가 생길 지경으로 책을 보고 있는
건데? 화장실 갈 시간도 아까워 방광염에 걸릴 판이고, 손가락 인
대가 늘어날 정도로 암기할 것들을 노트에 적고 또 적는 나는 뭔
데?

쾅!

울컥하는 마음에 청아가 책상을 내려친 뒤 자리에서 일어났다.
사람들의 시선이 한꺼번에 청아에게로 향한다. 그리고 그 시선 속
엔 방금 전까지 도서관을 도떼기시장으로 만든 두 사람의 시선도
함께였다.

"……공부에 방해됩니다. 떠드실 거면 나가주세요."

청아의 눈동자는 서릿발을 연상시킬 정도로 차가웠다. 울컥 치밀어 오르는 화를 애써 꾹꾹 억누르고 있는 게 보인다. 그제야 유민은 한숨을 쉬며 청아에게 다가와 말했다.

"예과 2학년 김청아 맞지?"

"……이제 본과 들어갑니다."

"미안하다, 시끄럽게 굴어서."

적어도 유민은 상식을 가지고 있는 사람 같았다. 서늘한 기운을 쉼 없이 뿜어대는 바닥 때문에 얼어버린 듯 멍한 눈으로 청아를 보는 저 멍청해 보이는 남자와는 달리.

"심청아……?"

청아의 얼굴이 와자작 구겨졌다. 언제나 자신의 뒤를 따라다닌 별명. 하지만 감히 그녀의 앞에서 아이들이 단 한 번도 내뱉지 못했던 그것. 청아는 곤란한 듯 구겨지는 유민의 눈을 똑바로 주시하며 읊조리듯 무심한 목소리로 말했다.

"그리고 저분께는 심청아가 아닌, 김청아라고 전해주시고요."

소리 내어 다시 의자에 앉은 청아가 노트와 책을 제 품 쪽으로 끌어왔다.

도서관엔 순식간에 다시 숨 막히는 침묵이 내려앉았고, 사람들은 갑작스럽게 일어난 일에 관심을 끄며 공부 기계로 돌아갔다. 하지만 여전히 바닥에 멍하니 앉아 있는 기다란 머리카락을 헝클인 남자는 여전히 청아를 바라보고 있었다.

그것이 청아가 기억하는 그와의 첫 만남이었다.

❖　❖　❖

그날부터였을까.

청아는 늘 자신의 맞은편에 앉아 자신을 힐끗힐끗 바라보는 시선을 느꼈다. 언제나 자신의 지정석이었던 곳을 벗어나 다른 곳에 자리를 잡아봤지만 남자는 부득부득 자신을 따라와 맞은편에 자리했다.

기다랗게 기른 앞머리로 눈을 가린 추레한 남자는 아무것도 하지 않은 채 청아의 맞은편에서 빤히 그녀만 바라보며 시간을 죽였다. 무서운 집중력으로 한 번 자리에 앉으면 몇 시간씩 자리를 뜨지 않는 그녀였지만 그는 끈질기게 그녀만 보았다.

그의 시선을 참다 못한 청아가 미간을 찌푸렸다. 그의 존재가 계속 제 신경을 긁어댔다. 서걱서걱 자신의 인내심을 쥐가 갉아먹듯 머릿속에서 계속 쓸데없는 잡음이 일어났다.

결국 공부하길 포기한 청아는 자리에서 일어나 곧장 휴게실로 향했다. 커피 자판기 앞에 멈춰 주머니를 뒤적이던 청아는 손끝에 아무것도 만져지지 않자 미간이 찌푸려졌다. 늘 집을 나오기 전 책상 위에 미리 바꿔둔 동전을 쓸어서 가져왔는데, 오늘은 판에 박힌 그 일상을 빠뜨린 모양이다.

"후."

한숨을 내쉰 청아가 다시 자리로 돌아가려 할 때였다.

짤그랑, 짤그랑, 짤그랑.

뒤에서 불쑥 튀어나온 팔이 동전 세 개를 기계 속으로 밀어 넣은 뒤 이미 그녀의 취향을 알고 있다는 듯 '설탕커피' 버튼을 꾹 눌렀다. 찰랑 소리와 함께 종이컵이 아래로 툭 떨어지고 곧 쪼르르 소리와 함께 향긋한 커피 냄새가 코끝을 찔렀다.

"심청아, 마셔."

"저기요."

"음······."

날카로운 청아의 음색에 남자의 입이 달싹였다. 남자는 운을 떼더니 곧 할 말을 찾는 듯 눈동자를 데굴데굴 굴렸다. 어딘가 조금 모자라 보이는 사람. 청아는 더 이상 남자를 상대하고 싶지 않았다. 그래서 기다리지 않고 남자가 여전히 앞으로 내밀고 있는 종이컵을 애써 무시하며 톡 쏘아붙였다.

"내 이름은 김청아라고 몇 번을 말합니까?"

"내 이름은 노유진이야."

"네? 전 지금 그걸 이야기하는 게······."

순간 당황해 버린 청아가 말을 더듬었다. 눈앞에 있는 이 남자가 자신의 이름을 댈 줄은 몰랐다. 청아는 커튼처럼 쳐진 앞머리 때문에 눈동자가 안 보이는 남자를 보았다. 눈동자를 볼 수 없으니 이 남자의 생각과 본심 또한 알 수가 없어 그가 더 음습하게 느껴졌다.

"이름 불러."

"······."

"그리고 커피 받아."

유진이 다시 한 번 공중에서 커피를 흔들었다. 그 모습에 청아
는 속에서 무언가 불끈 솟아오르는 것을 느꼈으나 애써 꾹꾹 눌러
담았다. 그리고 더 이상 이 사람을 상대하는 것은 시간낭비라고
느껴져 몸을 홱 돌렸다.

순간 청아의 몸과 유진의 손이 부딪쳤고, 그녀의 옷자락이 뜨거
운 커피에 젖었다. 달칵, 소리를 내며 바닥에 나뒹구는 종이컵은
여전히 뜨거운 김을 내뿜고 있었다.

"어."

그는 놀란 듯 짧게 소리를 냈다. 그러더니 뜨거운 액체로 빨갛
게 달아오르는 제 손은 신경도 쓰지 않은 채, 커피로 물든 청아의
옷을 보며 난감하다는 듯 눈을 데굴데굴 굴려댄다.

"어쩌지?"

놀란 청아가 그의 목소리에 정신을 차린 듯 손을 뻗어 다친 손
을 움켜쥐었다.

"안 뜨거워요?"

"옷 어떻게 하지?"

이런 미친. 청아는 울컥 올라오려는 욕설을 아래로 꾹꾹 눌러
담았다. 서서히 물집이 잡히는 손은 딱 봐도 심각해 보였다. 청아
가 유진의 손을 살피며 눈살을 찌푸렸다. 소독을 하고 치료를 해
야 할 것 같았다. 적어도 약국에서 파는 연고 정도는 발라야 덧나
지 않을 듯싶었다.

"둔한 거예요, 멍청한 거예요?"

청아가 톡 쏘아붙였다. 아픔을 느끼지 못하는 듯 눈동자만 데굴

데굴 굴리고 있던 유진은 청아의 말뜻을 이해하려 애쓰는 것인지 눈을 끔뻑이고 있다. 그러다가 그제야 그녀의 손에 제 손이 쥐어 있는 것을 깨달은 유진은 붉어진 얼굴로 붕어처럼 입술만 뻐끔거렸다.

"어?"

"나가요. 치료해야겠어요."

청아는 유진의 낡은 후드티에 묻어 있는 커피를 손등으로 탁탁 털어낸 뒤 그의 손을 이끌고 서둘러 밖으로 나왔다. 학교 교문 앞 근처에 약국이 있으니 그곳에 들러야겠다고 생각하며.

붙어 있는 옆 벤치엔 약국에서 사온 붕대와 약이 펼쳐져 있고, 차가운 바람에 혹여나 약봉지가 날아갈까 싶어 책으로 꾹 눌러놓았다. 그것을 바라보던 유진이 슬쩍 청아의 얼굴을 향해 시선을 돌렸다.

여자의 손은 참 섬세하고 따뜻하다. 유진은 제 손에 호호 바람을 불어가며 연고를 발라주는 청아의 얼굴을 내려다보며 멍하니 생각했다.

유진은 자신과 청아 사이로 서늘하게 불어 닥치는 바람에 천천히 눈을 감았다 떴다. 그녀의 머리카락이 바람 길을 따라 춤을 췄다.

"이제 좀 괜찮아요?"

"음……."

"그러게 왜 쓸데없는 짓을 해선."

청아는 그렇게 말을 했지만 얼굴엔 미안한 기색이 가득했다. 상처 치료를 마치고 그의 손을 놓아준 청아는 유진이 자신을 뚫어져라 쳐다보자 어색한 듯 콧잔등을 찌푸렸다.

"저기……."

그녀가 운을 떼자 유진이 가볍게 고개를 저으며 말을 잘랐다.

"유진."

"네네, 유진 씨."

포기한 듯 고개를 끄덕이며 청아가 말을 이으려 했다. 하지만 유진은 여전히 그녀가 부르는 호칭이 마음에 들지 않는 듯 다시 한 번 힘주어 말했다.

"나 너랑 동갑이야."

"……네?"

청아가 눈을 깜빡였다. 그러자 유진은 그 모습이 귀여워 보여 희미하게 웃음 지으며 말했다.

"너보다 한 학번이 높긴 하지만."

"……음?"

청아가 이해할 수 없다는 듯 고개를 기울였다. 짧은 소리에 그가 말을 덧붙였다.

"학교를 일찍 들어왔어."

거기까지였다. 나이가 같으면서 왜 그가 1년 선배가 된 것인지에 대한 설명은. 그리고 청아도 그것으로 답이 충분히 되었는지 고개를 끄덕였다.

"나만 반말하면 이상하잖아. 그러니까 너도……."

"뭐, 좋아."

청아가 별 어려운 문제 아니라는 듯 짧게 말을 내뱉었다. 그 뒤 어지럽게 널려 있던 약들을 봉투에 담은 후 유진에게 내밀었다. 방금 전까지만 해도 미안한 기색이 가득하던 안면을 시크함으로 무장한 청아가 말했다.

"덕분에 오후 시간 공쳤네. 더 이상 내 공부 방해하지 말고 나 따라오지도 마."

빠르게 와다다 쏘아붙이는 그녀의 말에 이번엔 유진의 고개가 옆으로 기울어졌다. 그리고 묻는다.

"왜?"

"그야 공부에 방해되니……."

"방해 안 할게. 그냥 옆에 있을래."

유진의 말에 청아의 얼굴이 종잇장처럼 구겨졌다. 오해하기 딱 좋은 말이다. 그녀는 유진의 감정을 유추해 내기 위해 그와 시선을 맞추었다. 하지만 지저분한 앞머리 때문에 눈동자를 볼 수가 없었다. 하는 수 없이 청아가 한숨처럼 말을 내뱉었다.

"왜 내 옆에 있고 싶은 건데?"

"글쎄?"

그렇게 말한 유진은 왜 그녀의 곁에 있고 싶은지 해답을 찾아내려는 듯 한참이나 고민하는 기색이다. 하지만 성정이 급하고 시간을 금이라 생각하는 청아는 그가 답을 내리기 전까지 기다려 주지 않았다.

"그럼 난 이만."

"잠시만…… 뭔가 떠오를 것 같기도…….”

유진이 미간을 찌푸리며 말했지만 자리에서 벌떡 일어나 도서관 방향으로 몸을 튼 그녀는 입술을 비죽 내밀며 생기 가득한 눈으로 말했다.

"알고 싶지…….”

"아, 알았다!"

유진이 박수를 쳤다. 그리고 여전히 벤치에 앉아 있던 그가 청아를 올려다보며 웃었다.

바람이 불어와 그의 눈을 가리고 있던 빗장이 걷히고 검지만 맑은 눈망울이 드러났다. 눈동자는 순진한 빛을 내뿜고 있다. 세상의 어두운 단면 따윈 전혀 모르는 그 빛.

"그 눈, 그 눈 때문에."

"뭐? 눈?"

"응. 반짝반짝해서 좋아."

"…….”

청아의 동공이 순간 놀란 고양이처럼 커다랗게 변했다가 원래대로 돌아왔다. 하지만 여전히 턱이 약간 벌어져 있는 것을 보면 놀란 마음이 완전히 가시지는 않은 것 같았다.

"왜?"

이 인간이 지금 나한테 뭐 하자는 수작이지?

그렇게 생각하는 순간 청아는 놀랐던 마음이 차분하게 가라앉음과 동시에 불쾌해졌다.

뭐 하는 수작이긴, 개수작이지.

"꺼져."

한겨울의 차가운 바람보다 더 싸늘한 목소리가 유진에게 날아들었다. 하지만 그는 여전히 제 잘못을 깨닫지 못한 듯 멍한 얼굴이었다.

Two

차가운 바람이 물러난 교정에 봄이 찾아왔다. 예년보다 훨씬 일찍이 찾아온 가장 연약한 계절은 따스한 바람으로 학생들의 가슴을 들뜨게 만들고 걸음걸이 또한 사뿐사뿐 옮기게 만들었다. 길을 따라 늘어진 벚꽃나무는 핑크색 꽃망울을 터뜨리며 교정 곳곳에 봄을 심어놓고 있다.

3月. 새로운 학기가 시작되고, 뉴 페이스들은 파일과 두꺼운 전공 서적을 든 채 가볍게 웃음을 흘리며 길을 걷고 있다. 조잘조잘 친구들과 농담 따먹기를 하며 걸어가는 학생들은 모두 홀가분한 표정이었고, 점심시간을 맞이하여 엄청난 인파가 과 사무실과 식당, 매점으로 불나방처럼 날아들고 있었다.

"저기……."

그리고 사람들 사이, 조금 기묘한 광경이 펼쳐지고 있었다. 경보를 하듯 빠르게 걷는 청아와 그 뒤를 졸졸 따르는 유진. 잠시의 휴식이 주는 꿀맛에 취해 있는 다른 이들과는 달리 단 두 사람만은 예외였다.

청아는 뒤따라오는 인기척과 부름에 빠르게 걷던 걸음을 우뚝 멈췄다. 그리고 날카롭게 뒤를 돌아보며 제 꽁무니를 뒤쫓는 어리바리한 남자를 쏘아보았다.

"따라오지 마!"

파일을 움켜쥔 손가락만큼이나 목소리도 얇고 날카로웠다. 비쩍 마른 몸을 파르르 떨며 진저리 나게 싫어하는 그녀의 모습에 따라오던 남자가 몸을 움찔 떨었다.

"왜?"

물음은 느리고 말꼬리는 길었다. 이 아이의 성격처럼. 하지만 급하고 대쪽 같은 성격의 청아는 그 모습이 못마땅한지 주위를 힐끗 노려보며 턱을 움찔거렸다.

"다들 쳐다보잖아, 너 때문에."

김청아는 객관적으로나 주관적으로나 의대 도서관에 빼곡하게 들어차 있는 여느 의대생들과 같은 모습이다. 학기가 시작되기 전, 기본 티셔츠와 바지를 수십 장 사놓고 카드 돌려막기를 하듯 입으며 외모에 별로 신경을 안 쓰는 여자. 어디 그뿐인가. 염색도 하지 않아 새까만 생머리를 질끈 묶고 있는 모습 또한 공부에 최적화되어 있다.

하지만 눈앞의 남자는 다르다. 어느새 전보다 더 자라 버린 머리카락을 길게 늘어뜨려 눈동자가 보이지 않아 음침한 분위기를 내뿜었고, 옷 또한 이상한 컬러 매치와 디자인으로 끔찍한 패션 센스까지 자랑하고 있었다.

지나가던 학생들의 시선이 대치하고 서 있는 두 사람의 모습에 닿았다가 떨어졌다. 그리고 순간 귓가에 닿는 목소리에 몸이 푸르르 떨렸다.

"본과 1학년 애들이네?"

목소리의 주인공은 청아도 익히 알고 있는 인물이다. 본과 4학년. 의사국가고시를 위해 하루 종일 의학도서관에 처박혀 있느라 피부색도 창백하게 변한 인간들. 본인들이 환자인지 의사인지도 알 수 없을 정도로 엉망인 그들은 죽음의 시험을 모두 거치고 이제 마지막 관문만 남은 승리자들이었다. 즉, 김청아와 노유진의 선배들이란 말이다.

청아는 두 남자와 눈이 마주치자 고개를 꾸벅 숙여 인사했지만 그들은 그 모습을 보지 못한 것인지 그녀의 곁을 스쳐 지나가며 말했다.

"옵세(Obse)?"

"어. 특히 저 음침한 놈은 의대 공부가 이렇게 쉬울 줄 몰랐다며 개 막말하고 예과 끝나고 바로 휴학한 괴짜."

그들의 말에 청아의 미간이 찌푸려졌다. 옵세(Obse:공부에 지나치게 강박관념을 가진 사람)란 말을 듣고 좋아할 의대생이 몇이나 되겠는가. 공부에 미쳐 산다니. 하지만 청아는 그들의 말에 달리 반박할 말을 꺼내놓지 못했다. 그들의 말이 틀린 것이 없었기 때문이다.

청아의 시선이 눈앞에서 똥마려운 강아지처럼 몸을 비비 꼬고 있는 유진에게 향했다. 이 아이를 싫어하게 된 결정적인 이유는 선배들이 방금 하고 간 저 말 때문이기도 했다.

누군 똥구멍이 헐 정도로 공부하고 있는데 눈앞에 있는 이 아이는 타고난 머리로 충분히 상위권을 유지하는 변태 중의 상 변태였기 때문이다.

흘려들은 전설적인 소문 중 하나는 그가 휴학 전 본과 선배들이 곧 본과로 올라오는 햇병아리들을 위해 자리를 마련했는데, 그 자리에서 골학(Osteology)을 외우게 했다고 한다. 세포학(Cytology), 앞다리뼈(Bones of Thoracic Limb), 뒷다리뼈(Bones of Pelvic Limb), 머리뼈(Skull), 척추뼈(Vertebrae Column), 관절(Joint, Articulation)을 외우게 했는데, 이 괴물 같은 놈이 그 자리에서 모두 외워 버렸다는 것이다. 그 이후로 의대엔 노유진 이름 석 자를 모르는 인간이 없을 정도가 되었다. 그러한 전설을 남긴 노유진은 그 이후로 휴학을 했고, 천하제일의 무림고수처럼 무림을 떠났다는 이야기다.

"근데 왜 저 둘은 맨날 붙어 있냐?"

선배의 목소리에 청아의 얼굴이 다시 한 번 굳었다.

"둘이 사귄다던데?"

아니, 절대, 네버!

김청아에게도 눈이란 것이 있고 주관적인 이성관이라는 것이 있다. 그리고 그 무엇도 지금 뒤에서 자신을 졸졸 따라오는 저 강아지와는 거리가 멀었다. 꺼지라고 해도 꺼지지 않고, 따라오지 말라고 윽박을 질러도 그때 잠시 기만 죽을 뿐 껌딱지나 다름없는 저 남자! 노(NO)유진, 그는 어느새 김청아 인생에 최대의 걸림돌이 되어 있었다.

선배들을 붙잡고 '우리 아무 사이도 아니에요'라고 외칠까 고민하던 청아는 고개를 저었다. 말해봤자 소귀에 경 읽기밖에 더 되겠는가. 그러한 말을 할 시간이 있다면 한 글자라도 더 보는 것이 생산적일 터이다.

서둘러 병리학(조직학이나 세포학에 기반을 둔 학문) 수업을 듣기 위해 본과 건물 안으로 들어가던 청아는 뒤에서 덜컥 멈추는 발걸음을 무심하게 보았다.

"너 근데 수업은 안 들어?"

벌써 학기가 시작되고 2주란 시간이 흘렀지만 유진은 단 한 번도 수업에 들어온 적이 없었다. 매일 출석부에서 그의 이름이 불리는 것을 보면 복학을 한 것은 맞는 듯한데 정작 수업에는 들어오지 않고 있었다.

의대 학비가 얼만데 저 덜떨어진 인간은…… 쯧쯧.

미적거리는 유진의 모습을 보며 혀를 끌끌 찬 청아는 답을 기다리지 않고 먼저 건물 안으로 들어갔다. 그리고 그 뒷모습을 유진은 멍하니 바라만 보고 있었다.

"그럼 어떻게 해."

그의 목소리엔 물기마저 묻어 있었다. 마치 엄청나게 억울한 일을 당한 사람처럼.

한참 고민하는 얼굴로 본과 건물을 바라보던 유진은 조심스레 건물 안으로 발을 들여놓았다. 그러다가 화들짝 놀란 얼굴로 발을 원위치한 뒤 자리에 털썩 주저앉았다. 그리고 주인을 기다리는 강아지처럼 건물을 힐끗힐끗 바라보며 그렇게 시간을 죽여가고 있었다.

청아는 일주일 전까지만 해도 제 손을 놀이터 삼아 놀던 새하얀 실험용 쥐가 힘없이 늘어져 있는 것을 보았다.

병리학 실습 시간은 총 여덟 개의 조로 이루어져 있다. 조마다 각 세 마리의 쥐로 실험을 진행하고 있었는데, 한 마리에는 India Ink(먹물)을 주입하고, 또 다른 한 마리에는 일주일 동안 하루에 한 번씩 사염화탄소를 주사하고 있었다. 그리고 나머지 한 마리에는 복부에 거즈를 넣고 2주 뒤에 어떤 변화가 생기는 것인가를 관찰하게 되는 실험이었는데, 오늘은 그 세 마리 중에 Abdomen(복부)와 Inguinal Region(서혜부(鼠蹊部))에 India Ink를 주사했던 첫 번째 쥐를 재살(宰殺:도살)하는 날이었다. 일주일간의 관찰 실험으로 인해 새하얀 쥐는 이미 반죽음이 되어 있는 상태였다.

"잘 살펴봐!"

담당 지도교수인 조가연은 이미 힘을 잃어가는 쥐의 몸통을 붙잡고 우물쭈물하고 있는 몇몇 학생들 사이를 돌아다니며 차갑게 일갈했다. 자신이 의대 학생이라는 것을 망각한 아이들은 매년 몇몇이 있었으니 별로 대수롭지 않다는 반응이다.

이미 교과서를 통해 이 쥐가 어떠한 방식으로 어떠한 변화를 가지는지, 그리고 곧 장기를 잘라내었을 때 어떠한 형태를 그리고 있는지는 모두 알고 있었다.

흐리멍덩히 눈을 깜박이는 실험용 쥐를 보던 청아는 무심한 표정으로 곁에 놓여 있던 메스로 쥐의 배를 갈랐다. 그녀의 표정에 곁에서 차트를 들고 살피는 같은 조 아이들의 눈빛이 제법 진지해졌다. 하지만 그중에 자신의 입으로 제 목표는 성형외과라고 외치고 다니는 시연이 침을 꼴딱 삼키며 마치 검객처럼 메스로 거침없이 배를 가르는 청아를 향해 목소리를 낮춰 물었다.

"넌 안 무서워?"

"무서우면 의대엔 왜 진학을 해? 미대를 진학할 것이지."

메스 대신 조각칼을 쥐어야 한다는 말이다. 청아가 한심하다는 듯 시연을 힐끗 바라본 뒤 말했지만, 그녀는 여전히 배를 훤히 드러내 놓고 있는 쥐를 또렷이 바라볼 수 없겠는지 시선을 계속 옆으로 돌리고 있었다. 이 모습을 놓칠 조 교수가 아니었다.

"도시연, 집중 안 해? 성적 거지같이 나가도 상관없나 보지?"

그렇게 말하는 조 교수의 모습에 시연이 겁을 먹고 표정을 굳혔다.

"또, 똑바로 보고 있어요."

"똑바로 보긴 뭘 봐?"

히스테릭한 말에 시연이 잔뜩 겁을 집어먹은 얼굴로 시선을 내렸다. 그 모습에 조 교수가 입술을 씰룩이더니 말을 이었다.

"오늘 뒷정리는 도시연이 한다."

무심한 듯 차가운 목소리에 시연의 눈망울이 촉촉하게 젖었다. 청아는 그런 시연을 무심하게 바라본 뒤 시선을 돌렸다. 그녀의 관심은 수업 시간에 잡소리를 하다가 조 교수에게 흠이 잡혀 옴팡 깨지고 있는 조원이 아닌, 실험대 위에서 몸을 축 늘어뜨린 실험 쥐를 향해 있었다.

성공을 위해 의대에 진학한 학생도 있을 것이고, 성적에 맞춰 의대를 진학한 학생도 있을 것이다. 혹은 생명을 살리는 일에 기쁨을 느끼고 동경해서 의대에 지원한 꿈 많은 청춘도, 혹은 부모님이 의사여서 당연히 의대를 가야 하는 수동적인 인간도 있다. 김청아는 이 넷 중 마지막 것에 포함되는 수동적인 인간이었다. 어렸을 적부터 세뇌 교육을 받아 당연하게 선택한 의대. 하지만 요즘 들어 청아는 조금씩 그 결정을 후회하고 있었다.

의대를 어떠한 형태로 지원하게 되었든 의사는 생명과 가장 직결한 직업이자 죽음과도 가장 직면해 있는 업이었다.

동물 실험을 통해, 교과서를 통해 보았던 사진을 실제로 재확인한 청아는 눈을 뜨고 죽은 쥐의 눈망울을 바라보았다.

아팠을까? 그래, 분명 아팠을 것이다. 하지만 죽음을 목도했을 땐 아프지 않았을 것이다. 인간이 실험용 동물에게 해줄 수 있는 것은 그것뿐. 감사한 마음과 죽음의 고통을 최소한으로 주는 것. 청아는 복잡한 시선으로 축 늘어진 쥐를 한참이나 바라보고 있었다.

온몸의 근육이 비명을 질러댔다. 도시연에게 홀로 수업 뒷정리할 것을 명한 조 교수의 말을 거역하고, 학생들이 각자 자리를 청소했다는 이유로 땡시(문제를 보여주고 주어진 시간 안에 풀고 다음 문제로 넘어가는 방식의 시험)까지 치러야 했기 때문이다.

해부학을 담당하고 있는 조가연 교수가 교수 중 최고로 지랄 맞은 성격이라는 것은 선배들에게 익히 들어서 잘 알고 있었으나, 정작 히스테리를 온몸으로 받아내자 아이들은 몸은 물론이고 정신까지 너덜너덜해지는 경험을 하게 되었다.

학생들 사이를 빠르게 걸어 나오던 청아는 건물 앞에 쭈그리고 앉아 무릎 사이에 얼굴을 묻고 있는 커다란 물체를 발견했다. 비쩍 마른 몸에 비해 커다란 키 때문인지 덩치가 결코 작은 것은 아니어서 아이들의 시선이 한 번씩 뼈와 근육으로만 구성되어 있는 덩어리에 닿았다가 떨어졌다.

그 모습을 멀뚱멀뚱 바라보던 청아가 무시하고 그 앞을 지나쳤다. 지금 그의 눈에 띄어봤자 귀찮은 일만 생길 것이 불 보듯 뻔했기 때문이다. 하지만 기다랗게 늘어뜨린 머리카락 사이에 더듬이라도 달린 것인지 청아가 앞을 지나가자 유진의 고개가 번쩍 들렸고, 곧 머리카락을 휘날리며 자리에서 벌떡 일어났다.

"심청아."

그의 부름에 학생들의 시선이 두 사람에게로 모인다. 기분이 다운되는 것과는 달리 짜증이 왈칵 치솟아올랐다.

"기다렸어."

순한 눈망울이 자신에게 향하자 청아가 고개를 팩 돌렸다. 그 말이 자신에게 향하는 것이 아니라는 듯. 완벽한 무시 모드였다.

청아는 빠르게 자취방과 가까운 후문 쪽으로 걸음을 옮기며 뒤에서 졸졸 따라오는 남자의 기척을 느끼지 않으려 애를 썼다. 하지만 기척을 무시하더라도 그의 움직임에 따라오는 메아리 때문에 그녀는 이 상황을 쉬이 넘길 수가 없었다.

"저거 노유진 아니야?"

"어? 진짜네?"

또다시 학생들의 수군거림이 들려온다. 이는 모두 뒤에 있는 괴짜를 향한 것. 학교생활을 누구보다 조용히, 열심히 하고 싶은 청아에게 있어서 남자의 존재는 암적이었다.

사람들의 시선이 조금은 줄어든 곳. 후문 돌계단을 빠르게 걸어 내려가던 청아는 저 멀리 자신의 자취방이 보이자 걸음을 멈췄다.

"후!"

이런 껌딱지! 시원하게 욕을 할까 고민하던 청아는 지성 있는 대학생으로서 그러면 안 된다는 사실을 애써 상기시키며 홱 몸을 돌렸다. 그러자 어둠 속에서 그녀를 졸졸 따라오고 있던 인영 또한 몸을 움찔 떨며 걸음을 멈췄다.

"따라오지 마!"

청아는 배에 힘을 꽉 주고 버럭 소리쳤다. 짜증스런 목소리에는 이게 마지막 경고이며, 눈빛엔 '이 스토커, 썩 꺼지지 못할까!' 라는 불호령까지 담고 있었다. 하지만 눈치 없는 유진은 이를 알아차리지 못했다. 유진은 결 좋은 앞머리를 찰랑이며 고개를 저었다.

"싫어."

대답은 참 잘했다, 늘. 그래서 청아는 더욱 짜증 나고 화가 났다. 그가 말귀를 못 알아먹는 것은 아니라는 뜻이니까.

"경찰에 신고할 거야!"

청아는 행동으로 보여줬다. 주머니를 뒤져 휴대전화를 꺼낸 뒤 유진의 앞에 흔들었다. 그러자 이제껏 끈기 있게 그녀를 즐거운 얼굴로 뒤따르던 유진의 얼굴이 처음으로 창백하게 굳어갔다. 그는 커튼을 친 머리카락 사이로 순진한 눈을 빛내며 웅얼거렸다.

"내가 왜 싫은데? 난 너랑 있……."

"왜 나랑 있고 싶은데?"

"그야 네가 좋으니까."

"……."

싸우듯이 두 사람이 몇 마디를 주고받았다. 청아는 화가 난 상태이고, 이렇게 게이지를 높이며 하는 말싸움은 누구에게도 지지 않았다. 하지만 이번엔 달랐다. 유진의 입에서 나온 말에 허점을 찔린 사람처럼 입술을 꾹 깨물었고, 곧 이 남자가 자신에게 뭘 바라고 이러는 것인지 알기 위해 눈을 게슴츠레 떴다. 그리고 방금 전보단 조금 누그러진 목소리로 물었다.

"나에 대해서 뭘 안다고 좋아한대?"

"그럼 왜 내가 싫은데? 심청아 너도 나에 대해서 잘 모르잖아!"

유진이 항의하듯 외친다. '꺼져' 라는 독설을 들은 이후로 눈앞에 나타나기만 하면 무조건 몰아내려고 구는 그녀의 행동에 유진 또한 상당히 상처를 받은 터이다. 그도 감정을 가진 사람이니까.

하지만 누구보다 뚜렷한 목표가 있는 청아에게 유진의 존재는 불필요한 것이었다. 시간을 빼앗고 귀찮게 군다. 누구보다 이성적이고 이기적인 김청아에게 노유진은 그저 거치적거리고 자신의 세상에서 사라져 줬으면 하는 1순위에 불가했다.

"넌 너무……."

그래서 그녀는 부러 더욱 기분 나쁜 눈초리로 유진의 머리부터 발끝까지 쭈욱 훑었다. 꼴깍, 유진의 목울대가 크게 움직이며 침 삼키는 소리가 가로등 불빛이 밝힌 길의 적막을 깨웠다.

"구려!"

와장창! 멍했던 유진의 얼굴에 씌어져 있던 무언가가 깨지고 부서져 아래로 흘러내렸다. 그는 부채처럼 기다란 속눈썹을 몇 번이고 깜빡거리며 팔짱을 낀 채 자신을 올려다보는 작은 청아를 내려다보았다.

구려? 음, 구려가 뭐였더라?

그래, 사전적인 의미로 똥이나 방귀 냄새와 같다, 하는 짓이 더럽고 지저분하다, 행동이 떳떳하지 못하고 의심스럽다 등등에 형용사로 많이 사용되는…….

유진의 생각이 점점 안드로메다로 향하던 그 시각, 청아는 할 이야기가 끝났다며 몸을 홱 돌려 제 자취방 쪽으로 뛰어갔다.

"그러니까 따라오지 마!"

하지만 유진은 그 자리에 한참이나 멈춰 서서 그녀가 한 말뜻을 알아차리기 위해 머리를 굴렸고, 곧 오랜 시간이 흐르고 나서야 팔을 들어 제 옷에 코를 박았다.

킁킁.

"냄새 안 나는데?"

혹여 자신이 모르는 냄새라도 나는 것일까?

유진은 한참이나 후각을 바짝 세우고 제 몸 여기저기 냄새를 맡아보았다.

"너 지금 얼굴 가관이다? 얼굴에 근육 있는 거 맞지?"

바닥에 장판처럼 눌어붙어 있는 동생의 모습에 유민이 미간을 찌푸렸다. 유민은 얼굴의 피부 조직은 물론이고 얇은 피부막 안에 들어 있을 근육까지 아래로 흘러내리는 듯한 동생의 모습에 무심한 목소리를 툭 내뱉었다.

동생은 이렇게 종잡을 수 없을 정도로 이상하게 군 적이 많았다. 하지만 오늘처럼 반쯤 정신이 나간 상태로 넋을 놓고 있는 모습은 처음이다.

유민이 혀를 끌끌 차며 동생의 배를 넘어가려고 할 때였다.

탁!

"야, 이거 안 놔?"

유민이 짜증스럽게 말했다. 하지만 허공의 발목을 움켜쥔 유진은 유민의 몸이 갸우뚱 기운 것도 모른 채 눈을 깜빡이며 말했다.

"꺼지래. 내가 구리대."

나한테서 냄새나나? 여전히 문제의 요지를 깨닫지 못하고 제 살결에 코를 박은 유진이 한숨을 푹 내쉬었다. 아무리 맡아보아도 살결 특유의 냄새뿐 똥 냄새라던가, 말 그대로 구린 냄새는 나지 않았다.

그런 동생의 모습을 유민이 황당한 듯 바라보았다.

"뭐?"

"심청아가."

"……김청아겠지."

유민이 한숨처럼 말한 뒤 여전히 제 발목을 붙잡고 있는 커다란 손을 힐끗 내려다보며 말했다.

"그래, 근데 이것 좀 놔주면 안 되겠냐?"

공부하느라 시간에 쫓기는 여느 의대생들과는 달리 매일 새벽녘 조깅을 하며 다진 운동신경이 아니었으면 동생의 갈비뼈를 아작 낼 뻔한 유민이 미간을 찌푸리며 말했다. 하지만 이미 다른 세상 속에 가 있는 유진은 동문서답이다.

"나보고 따라오지 말래. 귀찮게 안 했는데. 공부도 방해하지 않았고."

"……"

"눈만 마주치면 막 노려봐."

이렇게, 이렇게. 그렇게 말을 덧붙인 유진이 순한 눈빛을 일부러 날카롭게 만들며 유민을 올려다보았다. 그러다 한숨을 푹 내뱉으며 찡얼거리기 시작했다.

"내가 싫은 건가?"

"후."

그럴 리가 없는데? 그렇게 읊조린 유진이 거대한 바닷바람을 만난 작은 배처럼 흔들리는 눈동자로 말을 이었다.

"뭘 잘못했는지 모르겠어."

순진함이 가득 들어차 반짝이던 눈동자가 어느새 의문으로 흐려진다. 그 모습을 보던 유민은 유진의 손에 쥐어 있는 발목을 힘차게 빼낸 뒤 팔짱을 끼고 동생을 내려다보았다. 지저분한 머리카락이 바닥에 부채처럼 펼쳐져 있는 것을 보던 그가 눈살을 찌푸렸다.

저 모습을 보고 객관적으로 좋아해 줄 여자가 몇이나 있을까? 어머니가 가끔 한국에 들어오실 때마다 잔소리를 늘어놓으며 미용실로 끌고 갈 때를 빼곤 늘 귀신 산발을 하고 있는 동생을 보며 유민이 읊조렸다.

"복학했으니 상 줄까?"

그래, 사람엔 관심 두지 않던 동생이 처음으로 타인에게 관심을 보이는 것이니 형 된 자로서 동생을 도와주는 것이 옳은 일일지도 모르겠다. 아니, 도와주지 않는다면 또다시 학교에 가지 않겠다며 징징거릴 수도 있으니 미연에 방지하는 것이 좋았다.

"상?"

"그래, 상. 김청아가 널 싫어하지 않게 만들어줄 수 있어."

"진짜?"

"어."

바닥에 손도 짚지 않은 채 강시처럼 상체를 번쩍 들어 올리는 동생의 모습에 유민은 속으로 신음을 삼켰다. 괴물 같은 놈, 진짜.

다행인지 불행인지 유진은 눈까지 빛내며 고개를 끄덕였고, 유민은 동생 앞에 아빠다리를 하고 앉아 진지한 눈빛으로 말했다.

"그 대신 수업 잘 들어가기다?"

"수, 수업?"

유진의 눈빛이 사정없이 흔들리자 유민은 더욱 엄한 눈으로 고개를 끄덕였다. 세상에서 아버지 다음으로 무서운 형의 엄한 눈빛에 유진이 겁을 집어먹었는지 고개를 저었다.

"싫어."

싫다는 말이 요즘 입에 붙었다. 김청아가 자신을 좋아해 주는 것보다 수업을 듣는 것이 더욱 싫은 유진은 고개를 저으며 반항했지만, 어차피 노유진은 노유민의 손바닥 위에 있지 않던가.

유민은 일부러 심드렁한 목소리를 만들어 말했다.

"김청아가 널 싫어하는 이유 중 하나가 그거야."

"응? 뭐가?"

"노력하지도 않고 도망부터 치는 남자 멋없거든."

그의 말에 유진 또한 일부 동의하는지 고개를 끄덕였다. 노력하지 않으며 자신의 문제를 정확하게 바라보지 않는 노유진은 멋이 없다. 지금 그의 외모처럼. 청아가 자신을 싫어하지 않게 하기 위해선 자신 또한 노력해야 한다는 것을 알기에 유진은 내키지 않은 얼굴로 천천히 고갯짓했다.

"알았어. 노력할게."

이제 커다란 산 하나를 넘은 것일까? 하지만 기왕 시작한 등산, 여기서 포기할 수는 없었다. 지금도 해외에서 막내아들 걱정에 잠 못 이루고 계시는 부모님의 얼굴을 떠올리며 유민은 이참에 귀찮 은 동생의 보모 노릇을 다른 이에게 넘기기로 결심했다. 이번 기 회가 아니면 책을 친구 삼아 지내는 아우가 언제 또 다른 이에게 관심을 보일지 알 수가 없었으니까.

하지만 그 이전에 유민은 우선 동생의 저 말도 안 되는 꼴부터 바꿔야 한다는 것을 너무나 잘 알고 있었다. 만약 동생이 아니라 면 그 또한 피하고 싶은 몰골은 여학생은 물론이고 남학생 또한 피해 다닐 정도였다.

유민은 진지한 눈동자로 동생의 손을 붙잡았다. 그리고 조심스 러운 어조로 말했다.

"근데 네 인생이 무척 피곤해질 수도 있어."

"응? 왜?"

아무것도 모르겠다는 듯 눈동자를 도록도록 굴리는 유진을 보 며 유민은 그런 것이 있다며 동생의 어깨를 몇 번이고 토닥였다. 그의 손길이 마치 '다 그런 게 있단다, 꼬맹아'라고 말하는 것 같 았다.

본과 1학년 1학기 수업의 반 이상은 해부학 수업이었다. 근골격

학과 해부학, 그리고 소화기학, 심장순환기학, 호흡기학의 해부 등 모두 다른 이름을 가지고 있는 과목이었지만 한 교수님에 의해 진행되는 수업이다. 청아는 이 모든 것을 따라가기 위해 필요한, 눈이 돌아갈 정도로 많은 암기할 것들에 숨이 턱턱 막힐 지경이었다. 실습 수업이 주를 이루었지만, 그 실습을 이해하기 위해선 암기는 기본이었다. 신은 왜 그 많은 뼈와 오장육부를 만든 것인지 원망스러울 정도로 사람의 인체는 수많은 뼈와 장기, 혈관, 근육, 피부 조직들로 이루어져 있었다.

도서관 가장 구석자리에 앉은 청아는 해부학 중 하나인 심장순 환기학 책을 들고서 눈의 실핏줄이 터지도록 보고 있었다.

심장은 인체에 없어서는 안 될 중요한 기관 중 하나이다. 장기 중 중요하지 않은 장기가 있겠느냐마는 신체에 피를 돌게 해주는 심장에 문제가 생기게 되면 단순히 심장의 문제로만 끝나는 것이 아니기 때문이다. 그만큼 중요한 곳.

청아는 간간이 책상 옆에 놓아둔 손목시계를 확인하며 조금 있으면 시작될 해부학 수업 전까지 남는 시간 동안 책과 노트에 매달리고 있었다. 수업 시작 30분 전, 한 자라도 더 외우기 위해 책장을 넘기던 그녀는 커다란 그림자 하나가 곁에 비추자 미간을 와자작 찌푸리며 고개를 들었다.

"내 눈앞에 나타나지 말⋯⋯."

"선배한테 말이 너무 심한 거 아닌가?"

청아가 말을 끝맺기도 전에 입을 꾹 다물었다. 하지만 상대방은 그녀의 말을 모두 알아듣곤 무심한 어조로 말했다. 그녀를 찾아온 인물은 노유진이 아닌 다른 이였다.

"선배가 왜……."

들고 있던 펜은 어느새 책상 위를 떼구루루 구른 후 바닥에 떨어진 상태. 청아는 주위에서 느껴지는 눈초리에 목소리를 낮추었다. 하지만 그녀는 알고 있었다. 두 사람의 목소리가 커서 사람들의 시선이 몰린 것은 아니다. 어디에서든 주목받는 노유민이 자신의 앞에 서 있었기 때문이다.

청아는 유민이 왜 자신을 찾아왔는지 의문이 들어 그를 바라보았다. 그러자 유민은 눈살을 찌푸린 채 여전히 자리에 앉아 말똥말똥한 눈동자를 굴리고 있는 청아를 향해 말했다.

"나가서 이야기 좀 할까? 여긴 좀……."

"아, 네?"

유민은 오른손에 들고 있는 종이가방을 고쳐 들며 여전히 분위기 파악 못하고 있는 청아를 보았다. 어정쩡하게 엉덩이를 의자에서 뗀 상태인 그녀를 보며 유민은 한숨을 푹 내뱉었다. 왜 자신이 이런 일까지 해야 하는지는 모르겠으나 동생을 무사히 졸업까지 인도하는 길이라 생각하면 눈앞의 이 작은 후배에게 매달리는 것쯤이야 어렵지 않은 일이라 생각했다.

그는 헛기침을 해 목소리를 다듬은 뒤 말했다.

"잠시만 나한테 시간 좀 내줄래?"

목소리에는 시간을 내주지 않으면 너에게 큰 불이익이 있을 것이라는 경고가 담겨 있었다.

❖ ❖ ❖

　청아는 양손 가득 무거운 종이가방을 들고서 멍한 표정을 지었다. 서둘러 걸음을 옮겨야 겨우 수업에 늦지 않게 강의실에 도착할 수 있었건만, 걸음은 느리고 다급해 보이지도 않았다.

　그녀는 방금 전 자신이 들었던 이야기가 환청은 아닐까 고민해 보았다. 하지만 환영이나 환청이라고 하기엔 양손이 너무나 묵직했다.

　도서관 뒤편으로 자신을 끌고 간 유민은 길게 이야기할 생각 따위는 없다는 듯 들고 있던 종이가방을 청아에게 내밀었다. 그가 가뿐히 들고 있던 가방을 받아 든 청아는 순간 어깨가 아래로 축 처질 만큼 어마어마한 무게에 눈을 동그랗게 떴다. 두 개의 종이가방 안에는 노트 몇 권과 교과서, 그리고 파일에 꽂힌 시험지가 들어 있었다.

　"이게 뭐예요?"

　청아는 물었다. 갑작스럽게 받은 물건의 정체는 알고 있었으나 그에게 귀중한 이것들을 받았다는 사실 자체를 믿을 수 없었기 때문이다. 그녀의 표정에 유민은 잠시 어떠한 말을 꺼내야 할지 몰라 미간을 찌푸리다가 곧 정면승부를 하리라 마음먹은 것인지 입술을 달싹였다.

"야마(YAMA)야."

"네?"

"본과 과정은 모두 가지고 있어."

대학 내에서 최고의 수재로 꼽히는 유민이 건넨 본과 1학년 1학기 시험지와 정리 노트, 그리고 책까지. 이것이라면 적어도 B는 면할 수 있을 것이라며 자신 있게 말한 유민은 그녀의 눈동자가 관심으로 반짝이자 덧붙였다.

"내 부탁만 들어준다면 내가 가지고 있는 것 모두 줄 수 있어. 특히 본과 1학년 교수님들 대부분은 발리는 교수님이거든. 풀(Fall:유급) 걱정은 없을 거야."

교수님들 중 예전에 출제되었던 문제를 보기만 바꿔 그대로 내거나, 간혹 보기 순서조차 바꾸지 않고 출제하시는 교수님이 많이 계시다 하니, 유민의 말대로 이것들만 있다면 밤새 코피 터져 가며 공부하는 수고를 조금은 줄일 수 있었다. 하지만 그의 말 앞에 붙은 '부탁'이란 단어가 귀에 거슬렸다. 어떤 대단한 부탁이기에 이러한 뇌물까지 주는 것일까.

"부탁이 뭔데요?"

청아는 의심이 들었지만 딱히 선택할 문제는 아니었다. 이것들만 가질 수 있다면 그녀는 지금 영혼이라도 팔 수 있을 지경이었으니까.

"내 동생, 수업에 100% 참여하게 해줘."

"동생이요?"

"그래, 노유진."

"후."

최고의 엘리트라는 노유민의 동생이 노유진이라는 것에 충격을 받아 너무 쉽게 허락한 것은 아닌지 청아는 고민을 곱씹었다. 천재들만 모여 있는 이곳에서 경쟁해야 하는 그녀로서는 이렇게 훌륭한 야마라면 영혼이라도 팔아넘길 수 있는 물건들이기는 했으나, 스토커 코스프레를 하는 그 이상한 사람과 상종하고 싶은 마음은 전혀 없었다.

과연 내가 올바른 선택을 하고 있는 것일까? 천천히 걸음을 옮기며 청아는 생각에 잠겼다.

하지만 조금 더 생각해 보면 유전자가 한쪽으로 과하게 쏠려 유민은 세상의 축복이란 축복은 모두 받고, 유진은 그 찌꺼기 몇 알만 가져와 똑똑한 머리 하나밖에 없다는 사실에 조금은 불쌍하게 여겨지기도 했다.

하아, 어쩌지?

그녀의 고민이 깊어졌을 때다.

"어머어머, 저 사람 누구야?"

"글쎄, 나도 처음 보는 사람인데?"

"야, 진짜 대박이다! 안구 정화 제대론데?"

해부학 실습실로 가면 갈수록 소음은 커져 갔다. 평소 무관심하게 로비를 스쳐 지나가던 아이들이 하나같이 건물 앞에 옹기종기 모여 한곳으로 시선을 집중하고 있는 모습이 뭔가 대단한 사건이라도 일어난 듯싶었다.

청아 또한 평소와는 달리 호기심이 가득한 얼굴로 로비를 바라보았다. 그곳에는 회색 후드 티에 모자를 뒤집어쓰고 있는 멋들어진 남자가 마치 화보 사진처럼 멍하니 서 있었다.

남자를 보던 청아의 몸이 순간 움찔 떨렸다.

잠시만. 멍해? 에이, 설마 아닐 거야.

남자의 눈동자를 본 청아가 고개를 저었다. 저렇게 멋있고 잘생긴 남자가 그 거지 꼴의 노유진일 리가 없다며.

귀를 살짝 덮는 머리카락, 새하얀 피부는 볕을 제대로 받지 못한 듯 창백했지만 기다란 눈은 묘한 매력을 풍겼고, 높은 코와 붉은 입술은 의학 기술을 빌린 듯 완벽했다.

"그래, 저런 남자가 그 이상한 남자랑 같은 사람일 리가 없어. 단순히 저 눈빛만 조금 닮은 걸 거라고."

그렇게 읊조리던 청아는 남자의 입에서 벌컥 터져 나오는 말에 방금 전 뒷골을 타고 싸하게 흘러내리던 날카로운 직감이 사실이라는 것을 깨달았다.

"심청아!"

젠장! 청아의 시선이 자신의 양팔에 들려 있는 종이가방으로 향했다. 역시 이건 못 먹는 감이었다.

"청아야, 같이 가!"

뒤에서 들려오는 말에도 청아는 걸음을 돌려 방금 전 유민과 헤어졌던 장소로 가기 위해 힘차게 걸음을 옮겼다. 못 먹는 감은 떫다. 입에 오래 머금고 있으면 떫은맛은 더 오래가 기분을 아주 나쁘게 만든다. 그러니 어서 돌려줘야지. 그녀는 뒤에서 만인의 관심을 받고 있는 저 남자를 책임질 자신이 없어 손에 들려 있는 묵직한 존재를 잊으려 애썼다. 그때였다.

"어? 너 노유진 아니야?"

지나가던 본과 2학년 차유라가 유진을 용케 알아보고 그의 팔을 붙잡아 세웠다. 사람들을 헤치며 청아를 뒤따라가던 그의 발걸음이 딱 멈췄다. 그리고 다급했던 눈동자는 청아의 뒷모습에서 제 팔을 붙잡은 여학생에게로 돌아갔다.

"어, 진짜네? 야, 너 어떻게……."

유라의 목소리엔 밝은 기색이 가득했다. 오랜만에 유진을 만난 것이니 반가운 것은 어찌 보면 당연한 것일지도 모른다. 하지만 유진은 마치 처음 보는 사람이라는 듯 낯선 눈빛으로 유라를 노려보며 차갑게 일갈했다.

"놔!"

"뭐? 야, 너 죽을……."

당황한 기색이 역력한 어투로 유진의 팔을 붙잡으며 이야기하던 유라는 그가 매정하고 차갑게 제 손을 털어내는 모습에 입을 꾹 다물었다.

"만지지 말라고."

짧게 일갈한 유진은 짜증스레 유라를 노려본 뒤 서둘러 멀어져 가는 청아의 뒤를 쫓았다.

"청아야, 같이 가!"

유진이 애처롭게 청아의 뒤를 따랐다. 그의 뒷모습을 바라보던 유라는 곁에서 주위의 눈치를 보며 제 팔을 붙잡는 친구의 손길을 느끼며 눈을 깜빡였다.

"야, 괜찮아?"

수군거리는 소리에 친구들의 양 뺨이 붉게 물들었으나 유라는 여전히 그가 사라진 곳을 멍하니 보며 말했다.

"노유진 쟤는 어떻게 저리 변하질 않냐."

당혹스러운 감정을 담고 있던 얼굴이 느른하게 펴지더니 이내 기가 막힌 듯 유라의 입에서 웃음이 터져 나왔다.

"아, 진짜 골 때리는 자식!"

주위에서 그녀를 이상한 사람 보듯 바라보고 있었으나 유라는 한참이나 웃음을 터뜨렸다.

"어머, 저 사람 누구야?"

"처음 보는 사람이지 않아?"

"외부 사람인가?"

청아는 뒤이어 들려오는 목소리에 미간을 와작 찌푸렸다. 자신과 얼마 떨어지지 않은 곳. 그는 늘 그랬던 것처럼 일정 거리를 유지하고 자신의 뒤를 졸졸 쫓아오고 있었다. 껍데기만 변하면 뭐 하는가? 속은 여전히 예전의 그 구리구리한 노유진에서 조금도 변하지 않았는데.

빠르게 걸음을 옮기던 청아는 무거운 책을 들고 있느라 팔이 빠질 것 같아 걸음을 우뚝 멈췄다. 그러자 뒤쫓아오던 남자 또한 걸음을 멈추고 자신의 동향을 슬슬 살피고 있다.

"진짜 잘생겼다. 그치?"

사람들의 관심이 자신들에게 향하는 것을 느낀 청아가 한숨을 푹 내뱉었다. 그 소리가 땅이 꺼질 정도로 컸다.

그녀의 거친 숨소리를 지레 의식한 유진이 조심스러운 어조로 말했다.

"나 이제 안 구려."

팔에 코를 박고 냄새를 안 맡는 것을 보면 레벨 업을 하긴 했나 보다. 유진이 눈을 초롱초롱 빛냈다. 하지만 청아의 생각은 조금 다른 것인지 유진의 머리부터 발끝까지 눈으로 쭉 훑었다.

"구려, 여전히."

사람들의 이목을 더 집중시키니 굳이 더 구린 쪽을 선택해야 한다면 이쪽이다. 들고 있던 종이가방을 바닥에 내려놓고 팔짱을 낀 청아는 그럴싸한 외관으로 주위 사람들의 시선을 끌어 모으는 유진의 반반한 낯짝을 보며 한숨을 내뱉었다.

"생각해 보니 억울하네."

"뭐가?"

"너 때문에 지금 수업에 늦었잖아. 어디 그뿐인가? 입은 아주 쓰다 못해 떫고."

"응?"

이해 못한 유진이 고개를 기울였다. 그 모습이 너무나 낭창해 보여 웃음이 나올 지경이었지만 청아는 여전히 짜증스러운 목소리로 말했다.

"그래, 그런데 내가 도망을 왜 가? 아니다. 도망간 건 아닌가?"

이야기를 하다 보니 이상하게 삼천포로 빠진다. 청아는 계속 제멋대로 조잘조잘 떠들던 입술을 앙다물었다. 그리고 제 앞에 놓여 있는 책을 힐끗 내려다보며 말했다.

"수업 안 들어갈 거지?"

"응? 아, 응."

유진이 기가 잔뜩 죽은 모습으로 말했다. 그러자 그녀는 손목시계를 한 번 보더니 인상을 와작 찌푸리며 말했다.

"덕분에 수업에 5분이나 늦었어. 수업 끝나고 이야기하자."

"이야기하자고? 해줄 거야?"

얘 왜 이렇게 질척거리니?! 청아의 눈꼬리가 삐죽 올라갔다.

세상에 그런 말이 있지 않은가. 사람은 저마다 얼굴값을 하며 산다고. 객관적으로 보기에도 유진의 외모는 어제의 끔찍한 그 모습을 완전히 벗어 던지고 환골탈태한 모습이다. 그럼 그에 맞춰 얼굴값이나 할 것이지 왜 자신의 뒤를 또다시 졸졸 쫓아다니며 귀찮게 구는 것인지.

한숨을 푹 내쉰 청아는 종이가방을 내려다보며 마치 어린 동생에게 명령하듯 짧게 일갈했다.

"지키고 있어."

"여기서?"

"……편한 곳에서."

청아의 말에 고개를 끄덕인 유진은 걸음을 옮겨 그녀의 앞에 놓여 있는 종이가방을 번쩍 들어 올리며 해맑게 웃었다.

"같이 가자. 데려다 줄게."

"……마음대로 해."

그녀는 어느새 반쯤 포기한 상태가 되어 있었다.

진짜 이걸 포기해야 해?

해부학 실습을 마치고 나온 청아는 실습 건물 앞에서 기다리고 있는 유진의 팔을 붙잡고 곧장 학교 교문 앞에 있는 카페로 향했다.

평소 책을 옆구리에 끼고 '나 공부 하고 있어요'라고 티 내는 아이들이 많이 찾는 장소여서인지 볕이 잘 들고 좋은 자리는 이미 꽉 차 있었다. 하는 수 없이 가장 구석진 자리에 아메리카노 두 잔을 테이블 위에 올려놓고 서로 마주 앉았는데 두 사람의 시선은 각기 다른 곳을 향해 있었다.

청아는 아침에 유민이 건넨 족보를 보고 있었다. 서로 다른 색깔 펜으로 표기된 것으로 보아 그 또한 다른 선배에게 이것들을 전해 받았고, 그 위에 자신이 공부한 내용을 정리해 놓은 것 같았다. 거기에다가 무수히 표기되어 있는 A+ 표시. 시험에 무조건 나오니 외우라는 표기도 상당히 많이 되어 있었다.

보면 볼수록 탐나는 물건이다.

예과에서 죽자고 공부를 했으나 성적이 잘 오르지 않았기에 그녀의 마음속에는 아버지처럼 지방에 작은 병원을 개업해 근근이 생활을 이어나가는 '빛 좋은 개살구'가 되는 것은 아닐까 하는 불안감이 잠재되어 있었다.

하지만 이것만 있으면…….

그녀가 마지막 노트까지 모두 읽은 후 한편에 쌓아두었다. 그리고 시선을 들어 눈을 반짝이고 있는 남자를 마주했다.

"나 본다."

짧게 말한 유진이 입술을 크게 늘어뜨렸다. 도대체 언제부터 자신을 바라보고 있었던 것일까. 그러고 보니 뺨이 따끔따끔한 것이 그의 시선이 오래토록 얼굴에 닿아 있었나 보다.

청아는 고민이 가득한 얼굴로 눈앞의 반짝이는 생명체를 보았다. 예전에는 그저 귀찮은 존재였으나 이젠 주목받는 존재가 되어버린 남자는 자신의 인생에 하등 도움될 것이 없었다. 하지만 이젠 문제가 조금 달라졌다. 그를 수업에 참여시키면 성적을 보장할 수 있는 족보가 내 손에 떨어지니까.

그 깊이와 속을 알 수 없는 검은 눈동자가 연신 반짝인다. 반짝반짝 참 예쁘기도 하다. 청아는 눈부실 정도로 잘난 얼굴을 무심한 시선으로 보며 말했다.

"왜 날 따라다니는 거야?"

"응? 좋아서."

"뭐? 그게 말이……!"

지성인은 사소한 일에 화를 내는 게 아니야, 김청아. 속으로 스스로를 그렇게 다독여 본다. 하지만 아무리 속으로 참을 인 자를 새겨보아도 끓어오르는 화를 주체할 수가 없다. 하지만 종잡을 수 없는 행동과 말을 일삼는, 그녀와는 다른 세계에 살고 있을 것만 같은 노유진은 손을 뻗어 그녀의 몸이 움찔 떨리는 것도 개의치 않고 그녀의 손을 펴 제 심장 위에 가져다 댔다.

두근두근, 심장은 그녀가 느끼기에도 야속하다 싶을 정도로 빠르게 뛴다. 놀란 눈이 커다랗게 떠지더니 이내 속눈썹이 부채처럼 팔락였다.

"이것 봐, 청아야."

"……."

"심장이 미친 듯이 뛰잖아. 이거 너 좋아하는 거 맞지?"

손바닥에 그의 감정이 고스란히 닿을 정도로 심장박동은 빠르고 힘찼다. 그래서 그녀는 붕어처럼 입을 뻐끔거린 후 이를 사리 물었다. '아니, 넌 나 좋아하는 거 아니야'라고 말을 할 수가 없었다. 그녀가 느끼기에도 그는 사랑에 빠진 남자였으니까.

하지만 왜? 잘 알지도 못하는 자신에게 왜 이런 감정을 느끼는 걸까? 청아는 도통 알 수 없는 남자의 감정에 눈살을 찌푸리며 물었다.

"왜 하필 난데?"

"응? 뭐가?"

씩 입술을 늘어뜨려 웃는 모양새가 예뻤다. 무표정하게 인파 속에 섞여 있던 그때와는 다른 모습. 그래서 그녀는 그의 말에 귀를 기울일 수밖에 없었다. 그의 눈빛은 묘하게 사람을 끌어당기는 힘이 있었으니까.

"왜 하필 나냐고. 잘 알지도 못하는데."

입술을 뾰족하게 내민 청아는 그의 시선이 어두워지고 또 다른 감정으로 물들자 손가락을 오므려 동그랗게 주먹을 쥐었다. 하지만 이번엔 손가락 사이로 그의 심장박동이 느껴진다. 두근두근.

"청아는 내 말을 너무 대충 듣는 경향이 있어."

"그거야……."

굳이 귀담아들을 필요가 없으니까, 라고 말하려던 청아는 뒷말을 삼키고 입을 다물었다. 이 말은 자신이 들어도 기분 나쁜 것이어서 차마 하질 못했다.

방금 전까지만 해도 얼굴 가득하던 웃음기를 지운 유진이 진중한 눈으로 그녀를 보았다. 진득한 감정이 묻어나는 눈동자는 흔들림 없이 청아를 향했다. 그리고 그의 마음 또한 흔들림이 없는 것인지 붉은빛이 도는 입술에서 나오는 말 또한 예전과 다르지 않았다.

"눈이 예쁘다고 했잖아."

"……."

"그 눈이 좋아졌어."

그러니까 왜? 청아가 천천히 눈을 깜빡였다. 어느새 양 뺨은 조금 붉어져 있다. 앞뒤 가리지 않은 그의 구애에. 청아가 거칠게 그의 손에 쥐어 있는 제 손을 빼낸 뒤 후다닥 몸을 뒤로 물렸다.

지금이라도 족보를 포기하고 이 남자에게 다시 한 번 꺼지라고 말해야 하는 걸까? 그는 이상한 사람 같았고, 휘말리고 싶지 않았다. 정말 웬만해선 절대 엮이고 싶지 않은 사람이다.

하지만…… 하지만…….

그녀의 고민은 깊지 않았다. 앞으로 손을 내민 청아는 자신을 멀뚱멀뚱 바라보는 그와 시선을 마주하며 강압적인 어조로 말했다.

"잡아."

그녀의 말에 유진이 팔을 뻗어 그녀의 손을 맞잡았다. 그러자 청아는 어색하게 위아래로 손을 흔들며 무심하게 말했다.

"앞으로 잘 부탁해."

"응? 뭘?"

"친구 하자고, 우리."

"친구?"

"그래, 친구! 같이 수업 듣고 하는 그런 친구!"

청아가 미간을 찌푸리며 외쳤다.

그래, 이 사람을 수업에 100% 참여시키는 게 뭐가 그렇게 어렵겠냐 싶어서.

"진짜? 나랑 청아랑?"

기쁨으로 반짝이는 눈동자를 보며 청아는 자신이 지옥불로 뛰어드는 줄도 모르고 심드렁한 얼굴로 말했다.

"어."

그녀의 짧은 답에 그의 입술이 예쁘게 호를 그렸다. 남이 보았
다면 넋을 잃고 볼 정도로 예쁜 웃음이었다. 하지만 그 모습에도
청아는 아무런 감흥을 느끼지 못했고, 제 손에 떨어진 야마에만
온통 신경을 뒀다.

그땐 유진을 너무 물로 봤다.
토끼처럼 순수한 그 눈빛에 속아.

Three

"싫어! 안 갈래!"

"나랑 약속했잖아. 수업 다 참여하기로!"

"그래도 싫다고! 이거 안 놔?"

청아는 유진이 문을 붙잡고 버럭버럭 소리를 질러대는 통에 진땀을 빼고 있었다. 오늘은 의대의 꽃이라 부르는 해부학 실습이 있는 날이다. 이미 세 번의 수업에 빠진 유진은 F가 간당간당한 상태였고, 또한 이 상태로 계속 해부학 실습에 빠지게 된다면 다른 과목에도 지대한 영향이 있을 터였다.

유진이 문을 붙잡고 다시 한 번 소리쳤다.

"이것 빼고 다 할게! 해부하는 건 싫어!"

목소리가 제법 간절하다. 그래서였을까. 청아는 그의 어깨를 붙잡고 있던 손을 뗀 뒤 씩씩거렸다. 그녀는 지나가는 학생들의 시선이 자신들에게 닿았다 떨어지는 것을 느꼈다. 이게 도대체 뭐하고 있는 짓인지. 그녀는 갑자기 이 모든 상황이 한심하게 느껴졌다.

"노유진."

청아가 강압적인 어조로 부르자 순진한 눈망울이 그녀에게 닿는다.

사촌 동생이 올해 초등학교 2학년이던가? 그래, 그 아이를 떠올리며 힘을 쓰느라 얼굴을 붉힌 채 씩씩거리고 있는 유진을 바라보았다. 정신연령이 비슷해 보이니 그 눈높이에 맞춰 말하면 될 것이리라.

"왜 싫은 건데? 그 이유를 말해줘야 나도 이해를 하지!"

결국 화를 내지 않으려 애를 썼음에도 불구하고 마지막 말꼬리가 하늘 높은 줄 모르고 치솟았다. 가슴이 들썩일 정도로 씩씩거리던 청아는 그가 굳은 얼굴로 읊조리자 멍하니 그를 보았다.

"……무서워."

"뭐?"

잔뜩 미간을 찌푸리는 유진의 모습이 낯설다. 범접할 수 없을 것만 같은 분위기를 폴폴 풍기고 있는 모습에선 카리스마마저 느껴졌다. 하지만 그의 입에서 나온 '무섭다'는 말. 그래서 그녀는 자신도 모르게 얼이 빠진 얼굴로 그를 바라볼 수밖에 없었다.

그녀가 이해하지 못하겠다는 얼굴로 자신을 보자 유진은 그녀를 힐끗 바라보며 눈치를 보았다.

"카데바가 무섭다고."

"……."

뭐? 이건 또 무슨 귀신 씻나락 까먹는 소리야? 청아가 어이없어 물었다.

"그럼 의대엔 왜 진학했어?"

"그거야…… 부모님이 다 의사고 형도……."

'이 멍청아!' 라고 외치고 싶다. 계속 외치고 싶다. 유난히 작은 그의 뇌에 쩌렁쩌렁 울리고 싶을 정도로 외치고 싶다. 해부용 시체가 무섭다는 인간이 어떻게 의대에 진학할 수 있단 말인가? 그것도 가족이 의사란 단순한 이유만으로.

이제야 청아는 이해할 수 있었다. 왜 그가 수업에 들어오지 않는 것인지. 의대라면 당연히 배울 해부학 실습이 무서워서 무작정 도망만 다니고 있었던 것이다.

이대로 여기서 포기해야 하는 걸까? 청아의 고민이 깊어질 때였다. 그녀의 눈치를 살살 살피던 유진이 억울하다는 듯 말했다.

"그리고 네가 의대 가겠다고 했잖아."

"뭐?"

"그때 네가 의대 가겠다고……."

또 이상한 소리를 하는 건가 싶어 청아가 공중에서 손을 휘휘 저었다. 그와 깊은 이야기를 나누어봤자 피곤해지기만 할 뿐이니까. 청아의 얼굴에 피곤이 서리자 유진이 손을 뻗어 청아의 고개를 자신 쪽으로 돌리며 말했다.

"좋아해."

눈빛엔 장난기 하나 없었다. 그래서였을까, 이젠 귀에 딱지가 앉을 정도로 집요하게 들은 그 말이 조금은 낯설게 느껴지는 건. 청아는 무언가로 인해 목구멍이 꽉 막힌 것만 같았다. 후두 안의 성대가 꽉 쪼그라들며 쉬이 목소리를 낼 수 없었으나 청아는 힘겹게 말을 내뱉었다.

"⋯⋯하지 마."

그래, 더 이상 말하지 마. 장난 같은 말은 싫⋯⋯.

그렇게 뒷말을 붙이던 청아는 그가 손을 들어 제 어깨에 올려놓는 것을 힐끗 바라보았다. 그가 가볍게 고개를 저었다.

"좋아해, 심청아."

"김청아야!"

"진짜 좋아해. 그러니까 그런 표정 짓지 마."

그녀가 짜증스레 얼굴을 구겼다. 왜 이런 말에 시간 낭비를 하고 있어야 하는 것인지 이해할 수 없다는 듯. 그래서 그랬던 것이다. 그녀가 깜짝 놀랄 정도로 신경질적인 목소리로 그에게 물은 것은.

"지금 내 표정이 어떤데?"

"세상에서 가장 귀찮은 걸 만났을 때의 얼굴."

"눈치가 완전히 없지는 않네."

새치름하게 위를 향해 있던 유진의 눈꼬리가 축 처지며 우울해졌다. 그도 사람이고 생각을 할 수 있는 성인이었다. 한국에서 최고로 꼽는 의대에 진학한 수재이기도 하고.

우울한 기운이 가득한 유진의 눈동자를 보며 청아가 한숨을 푹 내쉬었다. 이제 조금 있으면 정말 수업이 시작할 시각이다. 더 이상 이곳에서 그와 씨름을 하고 있을 수는 없었다.

그는 성인 남자이고 자신은 여자다. 그러니 힘으로 그를 이길 수는 없었다. 묘수를 내야 할 때였다.

"좋아, 그럼 서로 원하는 것을 하나씩 들어주기로 하자."

"원하는 거?"

"그래, 상대에게 원하는 거."

유진도 제법 구미가 당기는 이야기인지 관심을 보였다.

"난 네가 수업에 다 참여했으면 좋겠어."

그게 아니면 너랑 이렇게 씨름을 하고 있을 필요도 없을 테니까.

청아는 굳이 뒷말을 붙이진 않았으나 서늘한 표정으로 대신했다. 그러자 유진은 고민하는 기색이 역력한 얼굴로 그녀를 바라보았다.

"네가 수업을 100% 다 성실하게 들으면 나도 네가 원하는 걸 하나씩 들어줄게. 어때?"

"……"

"그러지 않을 거면 나는 더 이상 너랑 친구 할 마음이 없어. 난 불성실한 사람이 제일 싫고, 그러한 사람을 내 곁에 둘 마음이 없으니까."

제법 강경하게 꺼낸 그 말에 유진은 불안한 눈동자를 몇 번이고 굴리더니 끝끝내 입술을 앙다물었다. 그리고 그녀에게 털어놓을 변명거리를 찾지 못했는지 힘없이 고개를 끄덕였다.

"알았어."

마치 도살장에 끌려가는 소처럼 슬픈 눈으로 그리 말했다, 노유진은. 그 모습에 조금 안쓰러운 마음이 들 법도 하건만 청아는 큰 산 하나를 넘었다는 듯 만족스러운 얼굴로 고개를 끄덕였다.

"자, 들어가자."

해부학 실습실에서는 지켜야 할 것들이 많았다. 우선 시신을 기증하는 사람들에 대한 예의이다. 보통 병원에서 기증받는 것이 대부분이기 때문에 병마와 치열하게 싸우고 난 후에도 의학 발전을 위해 숭고한 마음으로 기증한 것을 기려 그들에게 최대한의 예를 갖춰야 한다.

실습대에 누워 있는 60대 노인의 시신 앞에 아홉 명의 학생이 눈을 감고 잠시 묵념을 올린다. 감사합니다. 당신의 귀중한 육체를 내어주어서. 그리고 눈을 뜨면 실습 세 번째에 들어서면서 팔과 다리와 목을 제외한 대부분의 피부가 벗겨진 카데바가 보인다. 그렇게 사람이라기보다는 괴이한 지방 덩어리로 느껴지는 시신 앞에 학생들이 실습 준비를 하고 있을 때다.

옆에서 오들오들 떨고 있는 기척에 청아의 고개가 살짝 옆으로 틀어졌다. 그러자 창백한 얼굴로 눈을 질끈 감고 있는 유진이 보인다. 뺨을 타고 흘러내리는 식은땀을 보자 그가 단순히 우는소리를 한 것이 아니란 것을 알 수 있었다.

동그랗게 말아 쥔 주먹 위로 돋아난 핏줄을 보며 청아가 조용한 목소리로 말했다.

"무슨 남자가 이게 무섭다고 그래? 의대생이라면 의대생답게 굴어."

"몇 번을 말해?"

이번엔 유진의 입에서 조금 짜증스러운 목소리가 흘러나왔다. 조용한 실습실 안, 갑작스레 시선을 받으며 강의실에 들어온 탓에 아이들의 시선이 간혹 자신의 얼굴에 닿았다 떨어지는 것이 느껴진다. 그리고 그중 가까이에 있는 아이들은 곧이어 들려온 유진의 말에 숨을 멈췄다.

"이게 다 너 때문이라고, 심청아."

진지한 눈빛으로 말하는 음성은 떨림 없이 곧다. 그의 말에 맞은편에 서 있던 같은 학번 동기가 '저게 다 무슨 소리야? 지금 하는 이야기 들었어?' 하며 쏙닥거리는 소리도 들렸다. 다분히 오해를 일으킬 수도 있는 말에 세게 엉덩이를 걷어차 줄까, 나가서 잔소리를 엄청 쏟아내야겠다고 생각하던 청아는 흰 가운을 입고 유진의 앞에 멈춰 선 조 교수의 모습에 이를 악물었다.

"김청아, 실습실에선 잡담 금지라고 몇 번이나 말했어?"

"죄송합니다."

청아가 재빨리 허리를 숙이며 말하자 조 교수의 시선이 이번엔 유진에게로 향했다. 방금 전 그녀에게 톡 쏘아붙이던 것과는 달리 조 교수의 시선이 유진의 얼굴에 오랫동안 머물렀다. 그녀는 눈살을 찌푸리며 말했다.

"노유진, 오랜만에 수업에 참여했으면 집중을 해야지."

"죄송합니다."

유진이 무심한 목소리로 툭 내뱉었다. 불성실한 그의 모습에 조 교수는 배알이라도 꼬인 것인지 인상을 찌푸렸다. 눈가에 자리한 주름이 더욱 깊어졌다.

"한 학번 많은 선배가 후배들에게 본을 보여야 하지 않겠어?"

"……."

"훌륭한 부모님을 조금이라도 따라갈 수 있도록 노력해야지."

와작.

방금 전까지만 해도 무료하고 세상일에 관심 없는 사람처럼 텅 비어 있던 유진의 얼굴이 순식간에 구겨졌다. 날 서린 말에 유진과 함께 그의 주위에 있던 몇몇 사람들의 어깨가 움찔 떨렸다. 아마도 유급을 당해 한 번 더 수업을 듣는 선배들인 듯했다. 말 한마디로 수많은 사람에게 비수를 꽂은 조 교수는 붉은색 립스틱을 칠한 입술을 부드럽게 휘더니 차디찬 목소리로 경고했다.

"뇌 씻고 똑바로 봐."

사념을 털어내고 집중해 수업에 참여하란 뜻이다. 하지만 유진은 이미 수업을 할 기분이 아닌 듯 굳어진 얼굴로 걸음을 옮겼다.

낯선 그의 모습에 당황한 청아는 재빨리 그의 팔을 붙잡은 뒤 제 앞에 놓여 있는 수술용 장갑을 들어 유진의 앞에 내밀며 말했다.

"껴."

"……."

"수업 들어야지."

유진은 한동안 그녀의 손을 내려다봤다. 하지만 이내 정신을 차린 것인지 그녀의 손에 들려 있는 장갑을 가져가 제 손에 끼며 말했다.

"고마워."

인사는 짧았다. 그리고 늘 청아를 향하던 시선이 방금 전까지만 해도 무섭다고 바라보지도 못하던 카데바로 향한다. 그의 얼굴은 어느새 싸늘하게 식어 있었다. 그의 몸과 마음처럼.

파트는 Head and Neck(머리와 목), Thorax(흉부), Abdomen(복부), Upper Limb(상지), 그리고 Lower Limb(하지), 이렇게 총 다섯 가지로 나뉘졌다. 그중 가장 까다롭다는 Head and Neck 파트에 걸리게 된 청아의 조는 오늘도 작은 부위를 절개하기 위해 눈을 부릅떴다.

온 정신을 집중하자 포르말린 때문에 눈과 코가 따가웠다. 자신의 손끝에서 서서히 속살을 훤히 드러내는 카데바를 보고 있던 청아는 제 손 곁에 내려지는 커다란 손에 고개를 슬쩍 들었다. 그러자 우울한 표정의 유진과 시선이 마주했다.

"차가워."

그가 짧게 말했다. 그러자 청아는 그게 무슨 문제냐는 듯 말했다.

"죽은 사람이니까."

"......"

카데바를 내려다보는 유진의 얼굴에 슬픔이 번졌다. 피부 조직이 벗겨진 카데바는 끔찍했다. 그들의 숭고한 희생을 떠올려 보더라도 62세에 암으로 세상을 떠난 노인의 사체는 더 이상 사람 같지가 않았다. 그냥 지방 덩어리 같을 뿐이다. 하지만 유진은 애초에 이 카데바가 어떠한 얼굴을 가지고 있는 어떠한 사람인지 안다는 듯 슬픈 얼굴이다.

"난 차가운 게 싫어."

종잡을 수 없는 사람. 노유진은 도통 알 수 없는 사람이다. 청아는 한참을 그의 눈동자를 바라보았다.

실없는 사람. 생각이 없는 사람. 내 뒤만 졸졸 따라다니는 이상한 사람.

그렇게 생각했던 이 남자에 대한 생각이 조금씩 변해갔다.

이제 그는 청아에게 '더 이상한 사람'으로 결론지어졌다.

"다음주에 1차 시험이다."

"으아아!"

여기저기서 앓는 소리가 터져 나왔다. 그 신음에는 많은 의미가 내포되어 있었다. 시험의 연속이라는 본과 생활이 본격적으로 시작된다는 의미와 당장 외워야 할 것들에 대한 압박감, 그리고 마녀처럼 웃고 있는 조 교수에 대한 원망이 섞여 있었다. 하지만 학생들이 괴로워하는 모습에 조 교수의 미소는 더욱 진해졌다.

"흉부, 복부, 윗팔, 윗다리, 얼굴 근육, 신경, 동맥, 정맥까지가 시험 범위다. 잘들 준비해 와."

조 교수가 실습실을 빠져나가자 오늘 뒷정리를 담당한 학생들을 제외한 학생들이 머리를 찡 울리는 약품 냄새에서 벗어나기 위해 걸음을 옮긴다. 그 사이에 청아와 유진 또한 섞여 나왔다.

실습실 건물을 나오면서 청아는 보지 않는 척, 관심 없는 척 정면을 향해 있던 시선을 곁으로 힐끗 옮겼다. 그러자 새하얀 얼굴이 더욱 창백해져 비틀비틀 걸음을 옮기던 유진과 눈이 딱 마주쳤다. 괜스레 어색해져 청아가 시선을 재빨리 앞으로 돌리며 말했다.

"용케 도망 안 갔네?"

수업 시간 내내 집중하지 못하고 땀을 삘삘 흘리던 그의 모습을 보면 골백번이고 더 도망을 갔을 것 같은데 그는 끝까지 이를 악물며 참아냈다.

"그래야 청아랑 밥 먹을 수 있잖아."

"……뭐, 약속은 약속이니까."

청아가 바닥에 깔린 보도블록을 바라보다가 시선을 옮겨 그의 커다란 검은색 운동화를 보았다. 발이 참 크다. 그러고 보니 이 남자의 손도 참 컸던 것 같다. 위장도 크겠지?

아침만 해도 올라오느라 애를 먹었던 높다란 언덕을 터덜터덜 내려가던 청아는 속으로 제 지갑 상태를 떠올리며 눈물을 삼켰다. 그래, 좋은 성적을 위해서라면 무엇인들 못하리. 그녀는 서둘러 저녁을 먹은 후 그를 돌려보내리라 다짐하며 빠르게 40가지가 넘는 메뉴가 즐비한 천국이 있는 쪽으로 걸음을 옮겼다.

배를 퉁퉁 두드리는 유진의 얼굴에 만족감이 흐른다. 하지만 그와 반대로 그의 얼굴을 바라보는 청아의 얼굴엔 불만스러운 기색이 가득했다. 두 사람은 지금 막 천국을 나오는 중이고, 그곳에서 총 네 가지의 음식을 흔적도 없이 먹어치웠다.

"내가 내야지. 그렇게 약속했잖아."

청아는 여전히 유진이 음식 값을 계산한 것이 못마땅한 모양이다. 물론 그가 음식점에서 네 가지의 음식을 깨끗이 싹싹 비울 때만 해도 이번 달 생활비를 걱정하긴 했다. 비단 오늘의 음식 값 때문만이 아니다. 그날의 수업을 완벽하게 들으면 저녁을 사주리라 약속했기 때문에 한 달에 총 22일에 달하는 평일 저녁 값을 계산해야 한다는 것이 갑자기 큰 부담으로 다가왔기 때문이다. 하지만 유진은 그게 큰 문제가 되느냐는 듯 청아를 보며 말했다.

"응? 아니야. 청아 거지잖아."

"......."

정수리를 찍어버릴까 보다. 솔직한 그의 말에 청아의 안색이 점점 살벌해지기 시작했을 때, 그는 자연스레 청아의 집이 있는 방향으로 걸음을 옮기며 말했다.

"돈은 우리 부모님이 썩어 문드러질 만큼 보내줘."

"부모님이?"

"응, 두 분 다 뉴욕에 계시거든."

그러고 보니 유진의 지갑에 꽂혀 있던 돈은 평범한 대학생이 가지고 다니기엔 지나치게 큰 금액이었다. 유진은 생각에 잠긴 듯 바닥을 향해 있는 청아의 눈길을 따라 허리를 숙인 뒤 비틀었다. 그가 불쑥 밑에서 얼굴을 들이밀자 깜짝 놀란 청아가 눈을 깜빡였다.

그가 비틀린 허리 때문에 억눌린 목소리로 말했다.

"있는 사람이 내는 게 뭐가 잘못됐어?"

"얼굴 치워."

청아가 짧게 일갈했다. 그러자 유진은 말을 잘 듣는 아이처럼 고개를 번쩍 든 뒤 웃었다. 입술을 크게 늘어뜨려 웃는 그의 모습은 여느 20대 청년들처럼 상큼하고 싱그러웠다.

참 잘나긴 잘났다. 좀 더 어른스러운 표정을 지으면 청아 그녀도 순식간에 얼굴을 붉힐 정도로. 하지만 그가 짓고 있는 천진난만한 표정은 청아에게 그 어떠한 감흥도 일으키지 못했다. 같이 있기만 할 뿐, 그녀는 이 남자에 대해 아는 것이 그리 많지 않았으니까.

가로등 불빛만이 밝혀주는 어두운 거리를 함께 발맞춰 걷던 유진이 음습한 골목을 보며 물었다.

"근데 청아는 안 무서워?"

"뭐가?"

"여기 이 길 말이야. 꼭 무슨 일이 일어날 것 같잖아."

"전혀. 네버. 안 무서워."

그렇게 말한 청아는 심드렁한 얼굴로 골목을 보았다. 낡은 건물이 즐비한 거리엔 원룸과 함께 하숙집이 모여 있었다. 유동 인구도 많은 곳이어서 가로등 불빛이 약하다 하여 무서운 마음이 들지는 않았다. 그러다 그녀는 낮에 교실에서 보았던 그의 모습을 떠올리며 물었다.

"넌 카데바가 왜 무서운 건데?"

"응?"

옆에서 움찔하는 기색이 느껴진다. 뭔가 대단한 비밀이라도 있는 건가? 청아는 조금 의문스러운 마음으로 말했다.

"무섭다고 했잖아. 수업 내내 땀도 뻘뻘 흘리고."

혹시 과거에 트라우마가 될 만한 일을 겪은 것일까?

혼이 빠져나간 시신을 보는 일은 웬만한 사람이라면 쉬이 경험하지도, 경험하고 싶지도 않은 일일 것이다. 보통의 사람들이 그러한 모습을 보는 것은 대부분 가족의 죽음뿐이니까. 하지만 가족의 죽음을 생각하더라도 유진은 그녀가 느끼기엔 조금 지나치다 싶을 정도의 반응을 보였다.

청아는 그가 발걸음을 멈추자 몇 발작 앞에서 걸음을 멈췄다. 그리고 고개를 돌려 골목만큼이나 그늘지고 축축한 눈빛을 마주했다.

"말해주기 싫으면 안 해줘도 돼."

"……."

"우린 친구니까, 조금 궁금해졌을 뿐이야."

저 사람을 이해하기 위해선, 저 사람을 교실로 계속 끌고 가기 위해선 필요한 일이라 생각했으니까. 하지만 지금 그의 얼굴을 보니 말해주지 않을 것 같았다.

그녀의 예상대로 유진은 입가에 희미하게 웃음을 띠더니 조금은 어설픈 웃음을 지었다.

"응, 그럼 말 안 해줄래."

"그래."

"하지만 다른 건 다 말해줄게. 청아가 나에게 관심을 가지는 건
좋아."

"됐어."

짧게 일갈한 청아는 자신의 보금자리가 있는 옥탑으로 올라가
는 계단을 향해 뛰어갔다. 그리고 옥상까지 단숨에 오른 뒤 난간
을 붙잡고 아래를 조심스레 내려다보았다. 그러자 그는 늘 그랬던
것처럼 그 자리에 멈춰 있다. 그는 그녀와 눈이 마주치자 뭐가 그
리도 좋은 것인지 양손을 크게 흔들었다.

"내일 봐!"

그렇게 말한 그는 청아가 몸을 돌려 자신의 집 안으로 들어가는
문소리가 들리자 그제야 몸을 돌려 어두운 골목 안으로 사라졌다.
돌아가는 발걸음이 즐거웠다.

점심을 간단하게 해결하고 도서실로 향한 청아와 유진은 오늘
도 학생들이 빽빽하게 앉아 있는 도서실을 보며 낭패라는 듯 미간
을 찌푸렸다.

"자리 없다."

오늘은 청아가 늦잠을 잤다. 새벽녘에 와 미리 자리를 맡아둬야

했지만 부랴부랴 9시 수업을 들어가는 것도 빠듯했던 터다. 청아가 발을 동동 구르며 말했다.

"조금 있으면 시험인데."

청아의 미간이 와자작 찌푸려졌다. 오늘은 해부학 첫 시험이 있는 날이고, 태킹 시험 명성에 대해선 익히 들었기에 청아의 속은 새까맣게 타들어갔다. 그녀가 안절부절못하는 모습에 유진이 바닥을 향해 힘없이 떨어져 있는 청아의 손을 붙잡고 무작정 도서관을 나섰다.

"야, 어디 가?"

한마디 말도 없이 걸음부터 옮기는 그의 뒤를 따르던 청아가 물었다. 그러자 유진은 입가에 미소를 머금으며 말했다.

"따라오면 알아."

"아, 글쎄 말을 해주고……."

그의 무지막지한 힘에 질질 끌려가면서도 청아는 쉴 새 없이 입을 놀렸다. 그의 걸음은 도서실을 벗어나 2층으로 나 있는 계단을 올랐고, 곧 3층으로 나 있는 곳으로 걸음을 옮겼다. 총 5층 건물인 도서실 위를 빠르게 오르던 유진은 숨 하나 거칠어지지 않은 것에 비해 청아는 폐에 구멍이라도 뚫린 사람처럼 헉헉거렸다.

청아가 유진이 붙들고 있는 손을 털어낸 뒤 양손으로 무릎을 짚고 거칠어진 숨을 가다듬었다. 붉어진 얼굴은 그녀가 지금 엄청난 호흡 곤란을 겪고 있다는 것을 알려주었다. 하지만 유진은 걸음을 옮겨 옥상 문 옆에 놓여 있는 화분을 옆으로 조금 치워낸 뒤 뒤쪽으로 손을 집어넣었다.

"너 뭐 하는 거야?"

조금씩 정상 호흡으로 돌아오자 청아가 뾰족한 어조로 물었다. 무작정 1층부터 5층까지 질질 끌려왔으니 그녀의 신경이 뾰족해지는 것은 어찌 보면 당연했다. 하지만 유진은 한참이고 손을 집어넣어 더듬거리더니 이내 밝아진 얼굴로 청아를 올려다보았다.

찰랑 소리와 함께 유진이 청아의 앞에 은색 열쇠를 흔들며 말했다.

"있다."

"무슨 열쇤데?"

"옥상 열쇠."

"뭐?"

옥상은 학생들의 출입이 엄히 금지된 곳이다. 그런 곳의 열쇠가 숨겨져 있는 곳을 아는 것은 물론이고 그 열쇠로 문을 열자 청아는 어찌 된 영문인지 몰라 그의 모습만 멀뚱히 바라보았다. 먼저 옥상 안으로 걸음을 옮긴 유진은 육중한 철문이 닫힐세라 붙잡으며 말했다.

"여긴 아무도 없어."

"아무도 없겠지. 거긴 들어가면 안 되는 곳이니까."

"돼. 다들 들어가는데?"

그 증거라는 듯 유진이 다시 한 번 허공에서 열쇠를 흔들었다.

"공부해야 한다며. 수업 시작 한 시간 전이야."

해부학 실습 시험은 보통 두 개 조로 나누어서 시험을 치르게 되는데, 운이 좋은 건지 나쁜 건지 청아는 앞 조에 속하게 되었고,

유진은 뒤 조에 속해 있었다. 청아는 2시부터 시험에 치르겠지만, 유진은 3시부터 시험을 치르게 될 것이다.

그래, 이러고 있을 시간이 없어. 청아는 그가 열어놓은 옥상으로 발을 들여놓으며 천천히 걸음을 옮겼다. 학교에서는 절대 오르지 말라는 옥상. 그 신세계를 청아는 그로 인해 경험하고 있었다.

머리카락을 흩트리는 바람결에 청아의 마음도 조금은 들떴다. 푸르른 하늘을 올려다보며 천천히 걸음을 옮기던 청아는 한편에 있는 책상과 의자를 끌어오는 유진의 모습을 보았다. 그의 말대로 이곳을 자주 찾는 학생들이 있는 것인지, 먼지 하나 쌓여 있지 않은 책상과 의자엔 학생들의 손때가 묻어 있었다.

"여긴 어떻게 알았어?"

"형이 자주 오니까."

"형?"

그가 말하는 형이 유민이라는 것을 알고 있으면서도 청아는 다시 한 번 되물었다. 학교에서 수재라 불리는 그가 옥상을 자주 찾는 것에 의문이 들었기 때문이다. 그녀의 얼굴에 피어오른 물음표에 유진이 부드럽게 미소 지었다.

"형은 아주 노력하는 사람이거든, 너처럼."

"어? 아……."

청아의 머릿속에 그가 건네준 노트가 떠올랐다.

"그런데 다른 사람들한테 들키는 건 싫어해. 그게 부끄럽나 봐."

유진은 의자와 책상을 세팅해 준 뒤 뿌듯한 듯 손바닥으로 책상을 몇 번이나 쓰다듬었다. 그리고 멍하니 있는 청아의 팔을 끌어와 의자에 앉힌 뒤 씩 웃었다.

"그럼 청아는 공부하고 있어."

"넌?"

"난 커피 사올게."

붙잡기도 전에 기다란 다리를 움직여 성큼성큼 출입구 쪽으로 향하는 유진의 뒷모습을 한참이나 바라보던 청아는 고개를 내저은 뒤 커다란 가방에 들어 있는 책을 하나둘 꺼내기 시작했다. 벌써부터 시험으로 인한 긴장으로 몸이 뻣뻣하게 굳는 것 같다.

두 개의 종이컵이 겹쳐진 채 책상 한편에 놓여 있다. 살랑살랑 부는 봄바람은 마음을 들뜨게 만드는 것이지만, 사진을 통해 근육의 구조를 살펴보고 있던 청아는 당장 발등에 떨어진 불을 끄기 위해 안절부절못하고 있었다. 청아가 막 책을 다음 장으로 넘기며 시선 또한 빠르게 옮길 때였다.

턱을 괸 채 앞에서 청아를 바라보고 있던 유진은 그녀와 시선이 마주치자 입술에 부드럽게 미소를 띠며 말했다.

"예쁘다, 청아."

"……헛소리할 시간 있으면 책이나 한 번 더 봐. 나만 시험 치는 거 아니잖아."

방해하지 말라는 경고가 역력하게 담긴 목소리에도 유진의 웃음은 더욱 진해졌다. 그러더니 손가락으로 사진 하나를 가리키며 말했다.

"그 교수, 성격 이상해. 아마 구조물의 이름을 묻는 문제는 거의 안 나올걸? 그러니까 일일이 그런 걸 외우는 건 무의미하다고 생각해."

"……뭐?"

"아마 신경 쪽으로 문제가 많이 출제될 거야."

그렇게 말하는 유진은 마치 강남역 앞에 돗자리를 깔고 점을 쳐 주는 사람처럼 진지한 얼굴이다. 청아가 의심스러운 얼굴로 그를 바라보자 유진은 한쪽 눈살만 찌푸리더니 불만스러운 목소리로 말했다.

"내 말이 맞아. 믿어봐."

'너 어딜 보고!' 라고 말하고 싶었으나, 그의 말도 어느 정도 수긍이 갔다. 단순하게 명칭을 묻는 질문이 많이 나올까? 아마도 어려운 신경 부분의 문제가 많이 나올 수도 있었다. 청아가 방금 전까지 근육의 명칭에 대해 줄줄이 외우던 것을 멈추고 책을 몇 장 더 넘겨 신경 파트가 있는 곳을 펼쳤다. 그러자 유진은 얼굴 가득 '나 기분 좋아요' 라는 티를 역력하게 내며 손을 들어 청아의 정수리에 올려놓는다. 그의 손은 그녀의 머리통을 모두 감싸 쥘 정도로 컸다.

"우리 청아, 말 잘 듣네?"

"……손 치워."

커다란 손은 어른의 것 같다. 그가 짓고 있는 표정과는 달리.

"네, 알겠습니다."

그래, 그래서 그래.

그의 모습에, 그의 손길에, 갑자기 이상한 기분이 드는 것은.

실습실로 들어가기 전 청아는 유진이 챙겨준 모나미 펜을 힘주어 쥐었다. 그리고 파이팅을 외치는 그를 뒤로한 채 두근거리는 마음으로 교실로 들어갔고, 곧 이동 경로마다 놓여 있는 카데바에 달려 있는 태그(Tag)를 긴장한 눈으로 바라보았다.

"왜 이렇게 행동들이 굼떠? 시험 시작한다! 빨리빨리 들어와!"

신경질적인 조 교수의 목소리에도 청아는 첫 번째 카데바에 달린 태그에 눈을 깜빡였다. 정말로 유진의 말대로였다. 태그의 끝은 대부분 신경에 관한 것이었으며, 근육의 명칭에 대해서 묻는 문젠 거의 없었다.

청아가 눈을 깜빡이며 그의 신통함에 놀라며 곧 맑은 종소리를 내어 아이들의 시선을 집중시키는 조 교수를 보았다.

"선배들한테 들어서 다 알고 있을 것이라고 생각은 들지만 다시 한 번 설명한다. 태킹 시험에 대해서는 들어봤겠지? 총 열 개의 카데바가 있고, 하나의 카데바에 오른쪽에 두 문제, 왼쪽에 두 문제로 총 사십 문제가 출제된다. 주어진 시간은 두 문제에 80초. 특별히 10초 더 주는 거니까 짧다고 불만 말고."

땡—

조 교수가 종을 누른 뒤 말을 이었다.

"이 소리가 들리면 옆의 문제로 넘어가면 된다. 알겠지?"

"네."

긴장한 학생들의 목소리는 귀를 기울여야 들을 수 있을 정도로 작았다. 하지만 오늘만은 마음이 넓은 조 교수는 흰 가운을 입고 있는 햇병아리들을 보며 씩 미소 지었다.

"그럼 번호 순서대로 자리에 서."

그렇게 첫 해부학 실습 시험이 시작되었다.

진이 빠진 얼굴로 옥상 책상 위에 누워 있던 청아는 천천히 눈을 감았다 뜨며 점점 어둑해지는 하늘을 보았다. 아무도 없는 공간은 낮에 처음 왔을 때와는 달리 삭막한 기운이 가득했다.

하늘을 올려다보며 뭉게뭉게 뭉쳐 있던 구름이 천천히 이동하는 것을 바라보던 청아는 문이 열리는 소리와 함께 인기척이 들리자 그쪽을 바라보지도 않은 채 말했다.

"답은 다 적었어?"

목소리엔 기운이 없다. 총 사십 문제 중 열 문제에 대한 답을 몰라 찍었고, 그마저도 몇 칸은 비워둘 수밖에 없었다.

김청아는 평범한 사람이다, 뇌 용량의 한계가 있는. 그리고 아무리 노력해도 조금의 시간만 흐르면 외운 모든 것이 조금씩 흐려지는 그런 평범한 사람. 인생을 살면서 한 번 외운 것들을 모두 똑바로 기억할 수 있다면 얼마나 좋을까. 청아는 신음이 흘러나오려는 입을 꾹 다물었다.

"얼굴 보니 시험 망쳤나 보네?"

"망쳤다기보단 두 손 두 발 다 든 거야. 너무 어려워."

시무룩한 목소리엔 기운이 하나도 없다. 그녀는 자신의 말대로 정말 두 손 두 발 다 든 상태였다. 내일은 토요일이니 기운 없는 몸을 움직여 서둘러 집으로 돌아가 깊은 잠에 빠져드는 것이 더욱 생산적인 일이었으나 손가락 하나 까딱할 힘도 없었다.

청아의 입에서 깊은 한숨이 흘러나올 때다. 그녀의 머리맡에 선 유진이 걱정하는 기색이 역력한 얼굴로 청아의 얼굴을 내려다보았다.

"왜?"

청아는 여전히 몸을 일으키지 않은 채 물었다. 어느새 그녀의 시야 가득 그의 얼굴이 들어왔다. 그는 생각에 잠긴 듯 자신을 보고 있었다.

"무슨 생각 해?"

그녀가 그렇게 물을 때였다. 그의 입술이 천천히 내려오기 시작한 것은.

청아는 처음엔 점점 다가오는 그의 얼굴을 이상하다는 듯 바라보았다. 왜 저 남자가 얼굴을 내리는지 전혀 이해하지 못한 표정이다. 하지만 곧 그의 숨결이 제 뺨에 닿고, 서로의 코끝이 닿을 때에야 그녀는 정확히 이 상황을 이해하게 되었다.

책상에 뉘어 있던 몸이 들썩인다. 숨을 크게 들이마셨다. 그리고 곧 쪽 하고 닿았다. 그의 입술이 자신의 눈에. 뜨거운 입술에 눈두덩이 데일 것 같았다.

팔을 뻗어 서둘러 그의 널따란 가슴팍을 밀어낸 청아가 몸을 벌떡 일으켰다. 그리고 멍한 눈빛으로 자신을 바라보는 그의 모습에 어버버 말을 내뱉었다.

"야이, 똥 멍청아! 어디 입술을 들이밀⋯⋯!"

"청아야⋯⋯."

"어딜 들이미느냐고!"

끊었던 말을 재빨리 덧붙인 청아는 바닥에 떨어져 있는 제 가방을 어깨에 들쳐 멨다. 그리고 그의 입술이 달싹이는 것을 바라보며 서둘러 말을 꺼냈다.

"다시는 내 앞에 나타나지 마! 너랑은 친구 안 해!"

그녀가 악을 써댔다. 팔을 들어 그의 입술이 닿은 눈꺼풀을 거칠게 닦아내며. 갑작스럽게 당한 일에 당황한 기색이 역력한 얼굴이다. 이런 그녀의 반응과 달리 유진은 차분했다.

그 모습을 바라보던 유진은 삐딱하게 짝다리를 짚은 뒤 손을 주머니 안으로 찔러 넣었다. 그리고 아무런 감정이 담겨 있지 않는 고저 없는 목소리로 말했다.

"나도 너랑 친구 안 해."

굳은 얼굴은 그에게서 처음 본 것이다. 늘 선하게 내려가 있던 눈매가 날카롭게 올라가 있고, 늘 부드러운 미소를 머금고 있던 입술 또한 일자로 굳게 닫혀 있다.

갑작스레 달라진 모습과 목소리에 청아가 눈을 동그랗게 뜨며 물었다.

"뭐, 뭐?"

"처음부터 너랑 친구 할 마음 없었어."

그의 말처럼 표정 또한 심드렁했다. 그 모습에 청아가 어떠한 말을 해야 할지 몰라 가방 끈만 힘껏 쥐며 그를 노려보았다.

서로 붙잡고 아래위로 흔들던 그 악수는 그럼 뭐였던 거야? 나랑 친구 하기로 했잖아! 매일 같은 수업에 들어가고, 저녁마다 함께 밥을 먹었던 건 다 뭔데? 그게 친구가 아니면 뭐야?

그녀가 따져 물을 듯 입술을 달싹였다. 하지만 먼저 말을 꺼낸 건 유진이었다.

"김청아, 좋아해."

"장난 좀 그만……."

이미 몇십 번이고, 아니, 몇백 번이고 들은 말. 그래서 청아는 가볍게 그 말을 넘기려 했다. 하지만 곧이어 들려온 그의 '좋아한다'는 그 말은 그냥 넘길 수가 없었다.

"나랑 연애하자."

갑자기 남자의 얼굴을 한 그가 청아에게 말했다.

한없이 진중한 모습으로.

Four

유진의 눈빛은 진중했고 목소리 또한 평온했다. 맑은 눈망울엔 거짓 하나 없었다. 그는 진심으로 말했고, 청아는 물었다.

"넌 연애가 뭔지 아니?"

"어."

"뭔데?"

"나 그렇게 멍청한 남자 아니야."

그는 그렇게 말했다. 그리고 자신을 한없이 어리게만 보는 그녀에게 성큼성큼 다가가 어깨를 붙잡았다. 손길은 보드랍고 따뜻했지만 그 속에 숨겨져 있는 것은 남자의 독점욕. 그는 진심으로 그녀를 제 곁에 세워두고 싶었다. 다른 누군가에게 그녀는 자신의 것이라 말하고 싶었고, 가까이하지 말라 말하고 싶었다.

그래서 진심을 다해 말했다.

"네가 좋아."

"좋아한다고 해서 모두 사귀거나 그러진 않아. 내가 널 좋아하지 않으니까."

"어떻게 해야 네가 날 좋아하게 될까?"

어떻게 해야 할까? 그의 물음에 청아는 입술을 비틀어 웃었다. 명백한 조소였다.

"넌 의대 공부가 쉽다고 했니?"

그 말이 비수가 되어 그의 심장에 꽂혔다.

"난 그렇지 않아. 죽어라 공부해야 겨우 따라갈 수 있어. 그런데 내가 연애를 한다고?"

그렇게 해도 따라가지 못하는 것이 의대 공부다. 본과에 들어가면서부터 4년은 공부하는 기계가 되어야 유급을 피할 수 있다. 남들과는 다른 특별한 노유진은 그걸 모르겠지만.

청아는 화가 잔뜩 난 얼굴로 말했다.

"노유진, 웃기지 마. 나 너처럼 한가한 사람 아니야."

그의 머릿속이 복잡하게 뒤엉켰다.

그녀의 말대로 그녀는 자신과 다르다. 그녀는 목적의식 없이 주위의 말에 휘둘리고 본인의 의사(意思) 또한 전혀 없는 자신과는 달랐다. 사람을 살리는 의사(醫師)가 되고 싶어 하고, 누구보다 열심히 노력하는 사람이었다. 그녀의 말대로 자신은 그저 귀찮은 존재, 그녀가 원하는 바를 이루기 위해 끊임없이 노력하는 와중에 생겨난 걸림돌이었다.

"그러니까 계속 그런 말 할 거면 내 앞에서 사라져 줘."

"……."

그는 아무런 말도 하지 못했다. 그리고 뒤돌아서서 빠르게 걸어가는 청아를 유진은 잡지 못했다. 어떠한 결정도 내릴 수 없었으니까.

난 정말 그녀에게 필요 없는 존재일까?

그녀의 뒷모습을 바라보는 유진의 눈빛이 슬픔으로 가라앉았다.

책상에 쌓여 있는 책을 유진은 음습한 눈으로 바라보았다. 투명한 유리알처럼 그 속을 모두 투영하는 순진한 눈빛에 담긴 것은 슬픔. 그 모습에 유민은 청아와 동생 사이에 어떠한 감정이 싹튼 것을 짐짓 눈치챘지만 아무것도 모른 척 물었다.

"어떻게 알았어?"

유진의 눈꼬리가 아래로 축 처졌다. 슬픈 눈빛 끝에 있는 것들을 한참 바라보던 그는 손을 뻗어 유민의 정갈한 필체로 적혀 있는 노트 하나를 펴 들었다. 역시나 그가 예상했던 대로다. 안에는 본과 2학년 과정이 잘 정리되어 있었다.

"뻔하지. 심청아는 자신의 일이 아니면 절대 신경을 안 쓰거든. 그런데 갑자기 친구 하자고 하잖아. 뭔가 있을 거라고는 생각했어."

눈치가 없는 것 같기도 하다가도 종종 정확하게 본질을 꿰뚫어

보기도 한다. 유민은 다짜고짜 자신의 방을 찾아와서 청아를 만나 무슨 이야기를 했느냐는 동생의 닦달에 모든 것을 솔직히 털어놓을 수밖에 없었다. 그리고 다음에 청아에게 건네기로 한 야마는 현재 유진의 손에 모두 들려 있었다.

유진의 얼굴이 일그러졌다. 엉망이 된 동생의 얼굴을 보자 유민은 방금 전까지만 해도 한결 가벼워졌던 마음에 돌을 얹어놓은 것처럼 묵직해진다. 어릴 적부터 사람과의 관계에 서툴렀던 동생이 처음으로 다가간 사람. 그 사람이 사실은 다른 이유가 있어 자신을 받아들였다고 생각하자 그의 마음이 와르르 무너져 내리는 것 같았다.

멍한 얼굴로 노트를 살펴보던 유진이 말했다.

"이런 종이 쪼가리 때문에 걘 나한테 친구가 되자고 한 걸까?"

"……뭐, 지금 봐선 그러네."

그 말에 유진의 감정이 조금 더 무뎌진다. 그리고 읊조린다.

"난 진심을 다해 고백했는데."

라고.

사람의 마음을 얻는 법 따위 모르는 유진은 파르르 떨리는 손끝으로 노트를 툭툭 치고 있었다. 이쯤 되자 유민은 정말 궁금해졌다. 왜 지금껏 세상 모든 일에 시큰둥하던 동생이 김청아를 좋아하게 됐는지.

"너 걘 어떻게 알게 됐어? 갑자기 뜬금없이 좋아지게 된 건 아닐 거 아니야."

"……매일 도서실에서 봤어."

쉽게 자신의 마음을 터놓지 않는 동생이 이번엔 너무나 쉽게 말을 하자 오히려 놀란 것은 유민이다. 하지만 그 말이 뜬구름 잡는 식이어서 그는 눈살을 찌푸리며 다시 한 번 되물었다.

"도서실?"

유진은 고개를 빠르게 끄덕이더니 이내 말을 이었다.

"매일 나랑 똑같이 새벽에 도서관에 들어가서 문 닫을 시간에 같이 나왔어."

유진은 공교육에 적응하지 못했다. 다른 아이들은 시계의 시침, 분침도 읽지 못했을 때 유진은 덧셈뺄셈을 완벽하게 마스터했고, 곱셈, 나눗셈은 이해만 하면 쉽다고 했던 것이 다섯 살 때다. 아이들이 곱하기와 나누기를 하기 시작할 무렵부턴 미적분을 하기 시작했고, 피타고라스의 정의를 배울 땐 그가 어떠한 상황에서 이러한 공식을 세웠는지까지 관심을 가지며 책 속으로 파고들었다.

공부에 관해서는 남들보다 습득이 빨랐고, 특별한 재능을 알아본 부모님은 동생을 조기교육시키며 빠른 학습을 시켰다. 일곱 살이 되기도 전에 세 개 국어를 완벽하게 해낸 녀석은 세상도 떠들썩하게 하였고, 드디어 한국에서도 엄청난 천재가 나왔다며 언론에 몇 번 나온 적도 있었다.

그래, 그게 독이었다. 학교 수업에 적응하지 못한 유진은 중학교를 정상적으로 졸업하지 못했고, 중3이 되던 해에 고등학교 검정고시에 붙은 뒤로는 도서관에서 살았다. 그곳에 꽂혀 있는 수많은 책을 읽으며 동생은 자신만의 세계를 구축했고, 그곳에서 홀로 지내며 타인과 벽을 쌓았다. 책은 그에게 수많은 지식을 주었지만 그 지식으로 삶 전체를 통관하게 된 유진은 계속 아팠다.

"그런데?"

호기심이 생긴 유민이 물었다. 그러자 유진은 굳이 기억을 더듬을 필요도 없다는 듯이 그녀와 처음 만났던 그날의 일을 막힘없이 이야기했다.

"매일 지켜보는데 너무 열심히 공부를 하는 거야. 그래서 물었어. 뭘 그렇게 공부하느냐고."

"아."

"그러니까 의사가 되고 싶다고 했어. 첫 번째 목표는 의대에 진학하는 일이라고."

그제야 이해가 된 유민이 고개를 끄덕였다. 4년 전 가을, 갑자기 의대에 진학하겠다고 동생의 마음을 바꿔놓은 것이 무엇인가 했더니 김청아였다.

"청아는 우리나라 최고의 의대에 들어가서 돈 많이 버는 의사가 되고 싶다고 했어. 그리고 매일 공부하는 거야. 꼼짝도 하지 않고. 노력하는 낯선 아이를 보니까 나도 노력하고 싶어졌어."

그 아이와 함께.

"그런데 어느 날부터 그 도서실에 나타나지 않는 거야. 나 때문이었던 것 같아."

지금 생각해 보니까. 그렇게 말하는 유진의 얼굴에 우울한 빛이 감돌았다. 그러자 문지방에 서서 어깨를 문틀에 기대고 있던 유민은 몸을 곧게 세운 뒤 유진을 똑바로 보았다. 자신의 동생은 난생 처음 어려운 문제를 받아본 아이처럼 고민이 가득한 얼굴이었다.

"매일 보고 싶어. 요즘은 하루라도 안 보면 큰일이 날 것 같아."

또박또박 내뱉는 말. 그건 진심이라는 뜻이다. 하지만 그 외의 것들은 명확하지 않은 것인지 여전히 혼란스러운 얼굴이었다. 사람과의 만남을 한 번도 고민해 본 적이 없는 사람. 그 외의 것들은 뭐든 명확하게 풀어낼 수 있는 사람. 유진에게 있어서 지금 인생 최대의 난제는 김청아였다.

"하루의 시작과 끝을 그 아이와 하고 싶었어. 그래서 수업에 참여하면 소원을 들어준다기에 매일 저녁을 함께 먹자고 했어. 그러면 집에 들어가기 전까지 청아와 함께 있을 수 있다고 생각했으니까."

그 나름 수를 부린 것이다. 그 수 때문에 오히려 그의 마음만 풍선처럼 부풀어 올랐다.

"그런데 같이 있으니까…… 마음이 계속 커지잖아."

"너……."

잠자코 듣고 있던 유민의 눈동자가 커졌다. 처음엔 동생의 마음을 가볍게 보았던 그의 생각이 조금씩 달라지기 시작했다. 진심이구나. 김청아가 동생에게 보여줬던 그 '노력'이라는 것이 얼마나 반짝이고 예쁘게 보였는지는 모르나, 동생은 처음으로 첫사랑이란 열병을 앓고 있었다.

"이젠 정말 어떻게 해야 할지 모르겠어."

날 정말로 싫어하는 것 같아. 그렇게 말을 마친 유진은 쌓여 있는 노트를 신경질적으로 밀었다. 그러자 와르르 소리와 함께 죄

없는 노트만 바닥으로 나뒹군다.

"어떻게 고백했는데?"

유민은 자신의 땀의 산물인 야마가 험한 꼴을 당하고 있음에도 관심은 다른 곳을 향해 있었다. 그의 물음에 유진은 아무런 말도 하지 못하고 얼굴만 붉힌다. 표정만 보아도 그의 기준으로 청아와 대단한 스킨십이 있었다는 것을 알 수 있었다. 그 모습을 가만히 바라보던 유민이 차갑게 일갈했다.

"나가 죽어라, 그냥."

"왜!"

버럭 소리를 지르며 자리에서 일어서는 유진의 모습에 유민은 성큼성큼 걸음을 옮겼다. 그리고 무심한 얼굴로 손을 번쩍 들어 올리더니 유진의 머리를 강하게 내려쳤다.

딱!

방 안 가득 울리는 소리는 곁에서 듣는 이로 하여금 인상을 찌푸리게 만드는 것이었지만, 때린 당사자는 감정 없는 얼굴로 뒤통수를 움켜쥐는 유진을 바라보았다.

"악!"

"갑작스럽지? 놀랍지? 막 짜증 나지?"

고저 없는 목소리로 빠르게 읊조린 유민이 눈살을 찌푸리더니 한숨을 푹 내쉰다.

"걔도 그럴 거라고 생각 안 해봤어?"

"……."

"모자란 놈, 진짜."

쯧쯧 혀를 찬 유민은 더 이상 이 문제에 관여하고 싶지 않다는 듯 냉정하게 걸음을 돌렸다. 멍하니 생각에 잠겨 있던 유진이 손을 뻗어 제 형의 옷자락을 붙잡는다. 힘주어 잡은 손에 유민은 가던 걸음을 멈추고 뒤를 돌아보았다.

"왜?"

"……그럼 어떻게 해?"

"뭘?"

"갑자기 억울하게 뒤통수 맞은 청아 화를 어떻게 풀어주느냐고."

실제로 얻어맞은 것은 아니나 그에 해당하는 충격은 받았을 것이다. 그 잘못을 이제야 깨달은 유진은 울상이 되어 유민에게 SOS를 쳤으나, 공사가 다망하신 노유민은 고개를 저으며 거절했다.

"난들 아냐. 네가 알아서 해라."

"혀엉!"

눈망울이 또다시 촉촉하게 젖어간다. 하지만 유민은 아무리 옷을 잡아당겨도 떨어지지 않는 동생의 손에 짜증이 나 버럭 소리를 질렀다.

"아, 그걸 왜 나한테 물어! 연애 문제는 네가 알아서 해! 내가 네 똥까지 닦아줘야 되냐?!"

"그럼 형한테 묻지 누구한테 물어봐?"

두 사람의 툭탁거림은 한동안 계속되었다. 180㎝가 넘는 두 거구가 툭탁거리자 좁은 방 안은 금세 부산스러워졌다. 한동안 씩씩거리는 유진을 밀어내느라 애를 먹던 유민이 곁에 있는 붙박이장을 벌컥 열더니 그곳에 아직 태그도 떼지 않은 옷 중 몇 가지를 골라 잔뜩 심통이 난 유진의 얼굴에 집어 던졌다.

"이거 입고 당장 나가!"

"왜 내 옷을 맨날 형이 정해주는데? 형이 내 매니저야?"

어제까지만 해도 그가 주는 옷을 군말 없이 입던 유진은 머리부터 발끝까지 새까만 옷을 보며 버럭 외쳤다. 지금은 그가 아무리 값비싸고 좋은 옷을 주더라도 모두 마음에 들어 하지 않을 것처럼 보였다. 그 모습에 유민은 팔짱을 척 끼더니 한심하다는 듯 혀를 끌끌 찬다.

"넌 옷을 거지같이 입잖아."

이게 사람 만들어놨더니 반항을 해?

유민은 눈빛으로 더 이상의 반항은 용서하지 않겠다는 듯 못난 동생을 날카롭게 바라보더니 이내 휙 몸을 돌렸다. 그러다 뒤통수에서 강렬한 스파이크를 느낀 것인지 살짝 고개만 돌려 무심한 어조로 읊조렸다.

"걔가 원하는 걸 해줘."

"응? 뭐가?"

자신의 동생이 정말 똑똑한 게 맞을까? 방금 전 자신에게 털어놓은 애절한 로맨스 따윈 모두 잊은 듯한 유진의 얼굴에 유민이 한숨처럼 말했다.

"김청아 말이야. 그 아이가 원하는 걸 해주라고. 그럼 화 풀릴 테니까."

사람이란 동물은 의외로 단순하단다, 못난 내 동생아.

그렇게 말한 유민은 자신의 볼일은 다 끝났다는 듯 걸음을 옮겨 욕실로 쏙 들어가 버렸다.

　햇빛이 지나치게 많이 들어오는 작은 평수의 옥탑방이었지만, 생활에 필요한 물건들은 모두 제자리에 놓여 있다. 한쪽 벽을 가득 채우고 있는 책장에는 온갖 의학 서적이 가득 꽂혀 있다. 책장이 좁아 미처 꽂지 못한 책은 바닥에 산처럼 쌓여 있었는데, 간혹 입시를 준비할 때 읽은 것인지 소설 몇 가지도 보인다. 책꽂이 옆에는 낡은 책상과 데스크 탑이 놓여 있고, 의자를 바짝 밀어 넣어 겨우 만든 공간엔 매트리스가 떡하니 차지하고 있다.

　고교생까지만 쓴다는 싱글 매트리스, 그 위에 이불을 동그랗게 말아 작은 둔덕을 그리고 있는 인영 하나가 보인다. 꼼짝도 하지 않고서 누워 있는 당사자는 잠들기 전까지 책에 매달린 것인지 바닥엔 아무렇게나 놓인 책과 볼펜이 나뒹굴고 있다.

　그다지 쾌적하지 못한 공간에 고른 숨소리만 들릴 때였다. 똑똑, 정갈한 노크 소리가 들려온 것은.

　"으음."

　휙 이불을 들춘 청아는 눈을 다 뜨지도 못한 채 얼굴을 구기고 있다. 유리문 너머로 슬그머니 보이는 그림자는 남자의 것. 토요일 오전, 의대생들도 특별히 하루를 휴가로 보낸다는 주말이다. 그런데 이런 시각에 자신을 찾아온 몰상식한 인간은 누구일까 고민하던 청아가 또다시 들려온 노크 소리에 신경질적으로 상체를 일으켰다.

"누구세요?"

"나."

나라고 하면 누군지 아나? 성의 없이 신분을 밝히는 상대에 다시 한 번 왈칵 짜증이 솟은 청아가 버럭 욕설이라도 내뱉으려고 할 때였다. 뒤이어 들려온 상대의 말에 화로 부글부글 끓던 속이 순식간에 싸해지고 이불 속에서 나올 줄 몰랐던 몸이 밖으로 쑥 나온 것은.

"나 유진이."

우당탕 멀지 않은 현관문까지 뛰어가는 도중에 바닥에 있던 책탑을 쓰러뜨린 청아가 쓰라린 종아리를 몇 번 쓰다듬은 뒤 문 앞에 섰다. 그리고 유리 너머로 보이는 실루엣을 힘껏 노려본 후 여전히 문을 열지 않은 채 소리쳤다.

"꺼져!"

"싫어."

"썩 돌아가!"

아침 댓바람부터 찾아온 그에게 짜증이 난 청아가 까칠하게 외쳤다. 그녀는 학교생활 대부분의 시간을 그에게 빼앗긴 것도 모자라 개인적인 공간까지 넘보는 그 때문에 배알이 잔뜩 꼬였다. 꼼짝도 하지 않는 실루엣을 보던 청아가 얼굴을 와작 찌푸렸다.

"신고할 거야!"

"……."

"진짜야! 그러니까 빨리 가! 너랑 할 말 없어!"

"……."

그녀의 날카로운 경고에도 그림자는 쉬이 움직이지 않았다. 방 안으로 후다닥 뛰어 들어간 청아가 바닥에 떨어진 잡다한 물건들을 휘 둘러보았다. 그러다가 이내 눈에 들어온 휴대전화를 집어 들어 키판을 눌렀다.

112에 신고해 버릴 테다. 저 변태 같은 스토커를 당장 내 눈앞에서 치워 버릴 거야!

그녀의 이글이글 타오르는 눈빛이 그렇게 외치는 듯했다. 하지만 곧 들려오는 우렁찬 목소리에 그녀는 112를 누르고 막 통화버튼을 누르려던 손가락을 멈췄다.

"선서!"

"쟨 또 무슨 소릴……."

"앞으로 노유진은 김청아가 싫어하는 일은 절대 하지 않겠습니다!"

종잡을 수 없는 인간이긴 하나 이 정도일 줄이야. 청아는 멍하니 들고 있던 휴대전화를 내려다보며 저 인간을 어떻게 해야 하나 한참을 고민에 빠졌다. 하지만 유진은 그녀가 아무런 답이 없는 것을 다른 쪽으로 받아들인 것인지 재빨리 말을 덧붙였다.

"절대, 절대 안 해! 절대! 그러니까 화 좀 풀어라. 어?"

쾅쾅! 문을 두드리며 유진이 간절하게 외쳤다. 문을 부술 정도로 위협적인 두드림에 청아가 손을 들어 이마를 짚었다. 그 잠시 잠깐 얼마나 열을 낸 것인지 이마가 뜨끈뜨끈했다.

"하아, 정말."

적응이 된 건가, 저 인간한테? 더 화를 내고 윽박질러야 할 것 같은데 마음은 아주 작은 구멍이 난 풍선처럼 푸시시 바람이 빠져 버린다.

휴대전화를 다시 침대 위로 던진 청아가 걸음을 옮겨 현관문 쪽으로 향했다. 그리고 여전히 그 자리에 있는 실루엣을 향해 말했다.

"정말이지? 다시 한 번만 더 내 몸에 손대면 그땐 정말 목을 따 버릴 거야."

"응응, 따버려. 또 그러면 내가 목까지 깨끗하게 닦고 네 앞에 들이밀게."

그냥 아주 시원하게 따버리란 말이지.

덧붙여진 말에 시멘트로 발라놓은 듯 딱딱했던 멘탈이 가루가 되어 우수수 쏟아져 내리는 느낌이 든다. 이런 사람이랑 난 도대체 무슨 씨름을 하고 있었던 것인지. 피식 웃음을 내뱉은 청아가 문을 열었다. 그러자 환하게 웃으며 자신을 내려다보고 있는 커다란 똥강아지와 눈이 마주쳤다.

"약속했다?"

"응!"

우렁찬 대답에 청아는 일부러 인상을 굳힌 뒤 고개를 끄덕였다. 그러곤 기대감에 가득 차 있는 유진의 눈을 무심한 눈으로 보며 말했다.

"좋아. 그럼 이제 돌아가 봐."

"응? 바로? 청아는 밥 안 먹……."

"내가 싫어하는 일은 하지 않겠다고 했지?"

내가 주말에도 너랑 같이 밥 먹게 생겼니? 차갑게 말을 덧붙이며 입술을 지그시 깨무는 청아의 모습에 유진의 고개가 자신도 모르게 조금 뒤로 물러났다. 그녀가 화를 낸다는 사실에 지레 겁을 먹은 것이다. 그의 반응이 제법 마음에 든 청아는 고개를 끄덕이며 말을 이었다.

"다음 주에 학교에서 보자."

쾅!

무심하게 문을 닫고 안으로 들어간 청아는 다시 침대에 철퍼덕 누워 잠을 청했다. 그리고 그녀를 떠나보낸 유진은 한동안 주인 잃은 강아지처럼 그곳을 서성였다.

문을 한 번 보고 걸음을 옮기고. 문을 한 번 보고 걸음을 옮기고.

그의 단순 반복적인 행동은 30분이 지나서야 끝이 났고, 앞에 있던 평상에 털썩 주저앉은 유진은 야속하게 닫힌 문을 보며 우울한 목소리로 말했다.

"매정한 것."

여기에 오기까지 얼마나 힘들었는데 그냥 가라고?

청아의 일에 있어서만은 절대 포기란 없는 의지의 유진은 한참을 망설이는 얼굴로 문을 보다 이내 고개를 돌려 무언가를 발견하고는 눈을 반짝였다.

좋은 묘수가 생각난 얼굴이다.

쾅쾅! 쾅쾅쾅!

머리를 쩌렁쩌렁 울릴 정도로 커다란 소리에 얕게 잠이 들었던 청아가 신경질적으로 눈을 떴다. 저 화상은 아직 안 돌아가고 뭐 하고 있는 거야? 불쑥 솟아오른 짜증에, '내 인생에서 꺼져! 롸잇 나우!'를 외쳐 줄까 싶어 입을 벌렸다. 하지만 꽉 잠긴 목 때문에 소리치는 것이 쉽지 않았다.

하지만 곧이어 들려오는 소리에 청아가 상체를 벌떡 일으켰다. 쾅쾅!

"청……!"

"그만 두드려!!"

복부에 힘을 주며 얼굴이 시뻘게질 정도로 힘껏 외친 청아가 푸 시식 침대에 들러붙었다. 매트리스와 내 몸이 한 몸이 되었으면 좋겠다. 그렇게 생각하던 청아는 또다시 문을 두드리는 소리와 함 께 다급한 목소리가 들려오자 결국 자리에서 벌떡 일어날 수밖에 없었다.

"청아야, 청아야! 어서 나와 봐! 어서!"

"아, 왜?"

짜증스럽게 걸음을 옮겨 현관으로 나간 청아가 문을 벌컥 열며 외쳤다. 그러자 기름진 냄새가 코끝을 스치고 곧이어 지글지글 무 언가 익어가는 소리가 귓가에 들렸다. 의아한 눈으로 평상을 보자 그곳에 신발을 벗고 올라가 앉은 유진이 불판에 삼겹살을 굽고 있 었다.

"뭐, 뭐야?"

당황한 청아가 말을 더듬었다. 그러자 유진이 허공에서 젓가락을 휘휘 저으며 목소리에 즐거운 기색을 가득 담고 말했다.

"우리 청아, 삼겹살 좋아하는구나? 소주도 좋아하고."

유진이 들고 있던 나무젓가락 끝이 평상 옆을 향했다. 그곳엔 그녀가 한 번씩 홀짝홀짝 마신 소주가 줄지어 서 있었다. 속상한 마음에 한 잔씩 기울이던 것이 어느새 병이 꽤나 쌓여 있었다.

아아, 진즉에 버릴 것을.

후회로 점철된 얼굴로 이마를 짚은 청아가 한숨을 내뱉었다.

"그렇다고 알코올 의존증은 아니야."

"알았어, 알았어. 이리 와."

그 말에 청아는 마치 무언가에 홀린 것처럼 걸음을 옮겨 평상으로 향했다. 신발을 벗고 유진의 맞은편에 앉은 청아는 불판 위에서 잘 익어가는 삼겹살에서 시선을 떼지 못했다. 낮부터 위장을 자극하는 삼겹살 냄새에 배에서 꼬르륵 소리가 났다. 그 소리에 청아의 얼굴은 붉게 타올랐고, 유진의 입가엔 부드러운 미소가 머물렀다. 그는 나무젓가락을 청아의 손에 쥐어준 뒤 잘 익은 고기를 그녀의 앞쪽에 몰아놓으며 말했다.

"먹어."

"……잘 먹을게."

배가 고프니 일단 먹고 보자는 생각이 들었을지도 모른다. 청아는 고기 몇 점과 마늘, 쌈장을 집어 상추에 얹은 뒤 동그랗게 말아 입안으로 밀어 넣었다. 고기가 입안에서 사르르 녹았다. 그녀를 중학교 때부터 돌봐준 고모는 고기를 먹어치우는 그녀를 보며 간혹 '육식 공룡'이라고 부르곤 했다. 하지만 고모의 품을 떠나 홀로 학교 앞에서 자취를 하고 나서부터는 삼겹살을 먹을 일이 거의 없었다. 친구도 없고 함께 밖에서 음식을 먹을 사람도 딱히 없었다. 그녀가 1년 전 이곳 옥탑방으로 이사 온 것도 생활비를 아끼고 아껴 한 달에 한 번 혼자 고기를 구워 먹기 위해서였다.

고기를 맛있게 먹던 청아는 자신이 먹는 모습만 멀뚱멀뚱 바라보는 유진의 모습에 어색한 표정을 지으며 말했다.

"너도 먹어."

"난 우리 청아 먹는 모습만 봐도 배가 부르네?"

그러면서 그가 작은 종이컵을 그녀의 손에 쥐어주었다. 그리고 소주병을 따 그녀의 잔을 채워주며 물었다.

"오늘은 공부 안 할 거지?"

"⋯⋯어."

사실은 외워야 할 것들이 산더미였지만 하루 정도는 쉬어도 되지 않을까 하는 안일한 생각을 하며 청아는 제 잔에 담긴 소주를 단숨에 들이켠 뒤 제 컵을 유진에게 건네며 말했다.

"너도 마실래?"

자신의 앞에 내밀어진 잔을 저도 모르게 받아 든 유진이 고개를 끄덕였다. 그러자 그녀는 조금 미지근해진 소주를 잔에 콸콸 따라주었다.

자신이 입을 댄 컵에 소주를 따른 청아는 그가 술을 꿀떡꿀떡

잘도 마시는 모습을 보며 고기를 집어 쌈장에 콕 찍은 뒤 허공에서 흔들었다. 독한 알코올 향에 찌푸려진 얼굴로 고기를 날름 받아먹은 유진이 자신의 가슴을 쿵쿵 두드렸다.

"술 못 마셔?"

"이런 걸 왜 마시는 거야, 도대체?"

유진이 소주병을 잔뜩 노려보며 말했다. 제 식도를 아프게 만든 원흉이라는 듯.

그 모습에 깔깔 웃음을 터뜨린 청아는 무서운 기세를 내뿜는 부탄가스 불을 끈 뒤 잘 익은 고기 하나를 집어 제 입에 밀어 넣으며 말했다.

"가끔 답답한 일이 있을 땐 술만큼 좋은 게 없거든."

"답답한 일?"

"어."

짧게 일갈한 청아는 고기를 입안에 넣은 뒤 우적우적 씹는 유진을 보았다.

그는 잘생겼다. 그리고 머리도 똑똑하다. 객관적으로 보았을 땐 평범한 자신 따윈 거들떠도 보지 않을 킹카다. 요즘 그와 함께 길을 걷거나 저녁을 먹을 때면 자신에게 와 닿는 시선을 수없이 느끼기도 했다. 정신연령이 어린 것을 제외한다면 완벽에 가까운 남자가 왜 뜬금없이 자신이 좋다며 쫓아다니는 것인지 그녀는 아직도 이해하지 못하고 있었다.

이해를 못하니 그에게 거부감이 든다. 가끔은 장난이라는 생각이 들 때도 있다. 그래서 그녀는 더욱 유진에게 못되고 까칠하게 굴게 된다. 이러한 상황은 두 사람에게 있어 악순환만 될 뿐이었다.

청아는 지금 이 순간 진지하게 그에게 물어야 한다는 것을 알았다. 그의 의도가 뭔지, 진짜 생각은 무엇인지.

"진지하게 물어볼게."

결심이 서자 그녀는 거침이 없었다.

"뭘?"

유진은 청아의 잔을 다시 채워준 뒤 그녀와 시선을 마주했다. 그러자 기다렸다는 듯 청아가 진지한 어조로 물었다.

"내가 왜 좋은 건데? 날 언제 봤다고? 난 잘 모르겠어."

두근두근, 이렇게 묻는 순간 청아는 왜 자신의 가슴이 뛰는 것인지 이해하지 못했다. 자신을 바라보는 그의 눈동자가 또다시 진지함을 담아서일까? 그렇다고 해서 가슴이 이렇게 뛰나? 의문은 의문을 낳았다.

"널 처음 본 건 4년 전이야."

"4년 전?"

전혀 뜻밖의 이야기에 청아의 얼굴이 구겨졌다. 그러자 유진은 '역시 인상 찌푸린 얼굴도 예뻐'라고 말했다. 그런 뒤 말을 이었다.

"도서실에서 만났어. 그때 너랑 말도 했는데, 기억 안 나?"

"……어, 전혀."

아무리 머리를 굴려보아도 자신의 기억 속에 노유진은 없다. 4년 전이란 정확한 시간까지 주어졌는데도.

"그건 조금 실망이다."

"4년 전이면 내가 열여덟 살 때잖아. 그때 내 머릿속엔 온통 수능밖에 없었거든?"

정말 치열하게 공부했을 때다. 그리고 무슨 일이든 많은 희망과 꿈에 부풀어 있던 시기이기도 했다.

그 시간만 지나면 인생이 조금 펼 줄 알았는데 변한 것은 없었다. 굳이 변한 것을 꼽자면 아무런 거리낌 없이 술집에 들어가 술을 마실 수 있다는 것과, 공부하는 데 돈이 더럽게 많이 든다는 점, 그리고 수능 공부를 하던 그때보다 더욱 지독한 공부벌레가 되었다는 것 정도?

피식 웃음을 내뱉은 청아가 다시 한 번 소주를 들이켜고는 순간 떠오르는 생각이 있는지 놀란 고양이 눈이 되어 그를 바라보았다.

"설마 그때 그 이상한……."

"그 이상한 사람이 내가 맞을 것 같은 슬픈 예감이 드네."

"……."

4년 전, 고모 집 근처에 있던 도서실에서 항상 자신을 보던 음침한 남자. 매일 다양한 분야의 서적을 쌓아두고 자신과 눈이 마주치면 화들짝 놀라 눈을 피하던 남자는 늘 추레한 차림으로 자신과 얼마 떨어지지 않은 곳에 앉아 자신을 주시했었다. 그 남자도 그러고 보니 자신을 '심청아'라고 불렀다. 매일 자신을 쳐다보고 있는 그 남자가 무서워 다른 도서실로 옮기기까지 했다. 그런데 그 남자가 노유진이라니. 이건 또 다른 충격이었다.

"그때 청아 이름도 알았고, 의대에 진학할 거라는 것도 알았어.

그래서 나도 대학에 왔는데 네가 없는 거야. 부모님도 내가 의대에 진학하길 바랐기 때문에 예과 과정을 마치긴 했는데 본과는 도저히 못 다니겠는 거 있지. 책으로 보는 것과 실물은 다르니까."

"……그래서?"

"그래서 휴학하고 집에서 빈둥빈둥 놀았어. 그런데 그걸 또 가만히 둘 우리 형이 아니거든. 아침에 무작정 질질 끌려서 도서실에 갔는데 거기서 널 만난 거 있지?"

"……."

"네가 갑자기 사라져서 그때 얼마나 슬펐는데. 그런 널 다시 만난 거야."

그때 내 가슴이 얼마나 뛰었게. 다시없을 기회라고 생각했단 말이지. 그렇게 말을 이은 유진은 청아와 눈을 똑바로 마주하며 눈꼬리를 늘이며 웃었다.

"난 이게 운명이라고 생각해. 청아와 내 손가락 끝이 붉은 실로 이어져 있을 수도 있어."

유진이 자신의 새끼손가락을 보여주며 말했다. 조금은 장난스러운 표정으로.

그 모습을 멍하니 보고 있던 청아가 피식 웃음을 내뱉었다.

"뭐? 운명?"

"응, 운명."

확고한 신념으로 가득한 그의 말에 청아가 허리를 숙이더니 낄낄 웃음을 터뜨렸다. 꺽꺽거리며 숨을 제대로 쉬지 못해 한참이나 웃음을 터뜨린 청아는 알코올에 신경이 축 누그러지는 것을 느꼈다. 역시 술이란 좋다.

"그럼 진즉에 말 좀 해주지. 난 네가 진짜 이상한 사람이라고 생각했단 말이야. 무조건 나 좋다고 졸졸 따라다니는 남자, 너무 이상하잖아."

청아가 눈가에 맺힌 눈물을 닦아냈다. 조금 진지하게 그의 이야기를 들었다면 이 정도로 이상한 사람이라 생각하지 않았을 것이다. 청아가 숙였던 허리를 펴고 여전히 웃음기 가득 담긴 눈으로 유진을 보았다. 그러자 그가 곤란한 듯 콧잔등을 찌푸린다.

"아, 어쩌지."

"음? 뭐……."

양손을 바닥에 짚으며 고개를 갸웃하던 청아는 그가 상체를 일으켜 자신에게 다가오는 것을 보았다. 그는 청아의 손등 위에 제 손을 올리더니 지그시 눌렀다. 그리고 그녀의 코끝에 제 코를 맞추며 작은 목소리로 말했다.

"너무 놀라지 마."

뭐라고 말할 시간도 없었다. 그렇게 말한 그가 곧장 입을 맞춰 왔으니까.

살짝 입꼬리 끝에 닿은 그의 입술이 좀 더 묵직하게 눌러왔을 때 청아는 숨도 제대로 쉴 수 없었다. 깊은 키스는 아니었지만 순진한 그 입맞춤만으로도 청아는 제 가슴이 찌르르 울리는 이상한 경험을 했다.

이상하다. 정말 이상해. 왜 가슴이 아플 정도로 뛰는 걸까? 역시나 의문은 꼬리에 꼬리를 물었다. 자신의 손등을 덮고 있는 그의 커다란 손은 입술만큼이나 뜨거웠다.

천천히 입술을 뗀 유진은 눈도 감지 못하고 놀란 눈으로 자신을 바라보는 그녀의 시선에 천천히 읊조렸다.

"나 진짜 나쁜 사람 같아."

"너, 너 지금 무슨……."

"그래도 어떻게 해. 네가 너무 좋은데."

"노유진……."

청아가 눈을 깜빡였다. 심장은 어느새 터질 것처럼 뛰어댔다.

"나 좀 좋아해 주면 안 될까?"

그가 졸라댔다.

'날 좀 봐주세요' 라고.

그가 다시 한 번 입술을 내려 입을 맞췄다. 이번엔 입술을 벌려 그의 혀가 제 입안으로 들어오는 조금은 농염하고 짙은 입맞춤이었다.

하지만 김청아는 그를 밀어내지 않았다. 술기운 때문일까, 그의 마음이 조금은 본심이라는 것을 알아서였을까, 아니면 너무나 어려 이성관이 정확하게 서지 않은 상태에서의 만남이어서 그런 것일까?

그와의 첫 입맞춤은 삼겹살 맛이 났다.

입술을 뗀 그는 자신의 타액으로 번들거리는 청아의 입술을 닦아주며 눈치를 살폈다. 화를 내면 어쩌지? 그의 눈동자에 조금의 두려움이 머물렀을 때다. 흐리멍덩한 얼굴로 유진을 보던 청아가 그를 불렀다.

"노유진."

"……미안해."

"너 이상해."

그래, 이상하다. 참 이상한 사람이다. 이에 유진은 그녀의 손등 위에 겹쳐 두었던 손에 힘을 주어 손가락을 말아 그녀의 손을 움켜쥐었다. 안 놓아줄 것이라는 그의 행동, 그의 마음.

"나도 알아."

약속도 안 지키는 나쁜 사람이지. 네가 화를 내도 어쩔 수 없어.

그가 말을 덧붙였다. 그러자 일자로 굳어 있던 청아의 입술이 부드럽게 호를 그렸다.

"그리고 나도 이상한 것 같아."

그 말에 유진의 눈이 점점 커졌다. 그녀의 손을 쥐고 있던 양손에 힘도 더욱 들어간다. 그의 행동에 청아는 재미있는 농담을 하는 사람처럼 밝은 어조로 속삭이듯 말했다.

"이상해."

의과대학은 학생들의 심리적인 보호 따윈 전혀 해주지 않는 곳이다.

복도에 떡하니 걸린 시험 결과에 망연자실한 아이들도, 혹은 생각보다 잘 나온 점수에 좋아하는 아이들도 있었다. 제일 밑에 랭

크된 아이들은 종이를 찢어버리고 싶다는 눈으로 보다가 깊은 한숨을 내쉰다. 그러다가 제일 위에 기록된 이름에 깜짝 놀란 표정으로 서로의 눈을 바라본다.

"진짜야?"

"헐!"

충격과 공포로 젖은 얼굴로 다시 한 번 더 내걸린 성적표를 보던 아이들이 저마다 실습실 안으로 들어가고 곧이어 실습을 준비하기 위해 부산스럽게 움직였다.

그래, 여느 학생들은 그렇게 새로운 수업을 준비하고 있었다. 하지만 김청아와 노유진은 조금 다른 풍경으로 실습실 건물 앞에서 실랑이를 벌이고 있었다. 청아는 땀을 삐질삐질 흘리며 몸을 꼬고 있는 유진을 향해 말했다.

"왜 또?"

"오늘은 2차 실습이 있잖아. 청아 네가 몰라서 그래. 2차 실습은 말이야……"

"모르긴 뭘 몰라?"

2차 범위부터는 두개골을 자르고 뇌를 꺼내 관찰하게 된다. 유진은 청아가 빠르게 말하자 점점 얼굴이 창백하게 질려갔다.

"1차 범위는 근육, 피부, 골격, 신경이고, 2차 범위는 소화기계, 배뇨기계, 호흡기계, 뇌잖아! 그게 왜? 도대체 그게 뭐가 문젠데?"

"속을 본다고. 사람의 속을! 그게 어떻게 문제가 안 돼?"

유진은 자신의 마음을 몰라주는 청아가 야속하기만 한지 발을 쾅쾅 구르며 울 것처럼 그녀를 바라보았다. 하지만 김청아가 누구인가. 이젠 노유진이 징징거리는 것쯤은 가볍게 넘기는 철의 마음을 가지게 되었다.

"참아."

"응?"

"무서워도 참으라고. 나랑 졸업하고 같이 의사 되야지. 어?"

"……같이?"

"그래, 같이."

고개까지 끄덕이며 말하는 그녀의 눈빛은 제법 결연하기까지 했다. 그래서였을까. 굳어 있던 유진의 마음도 조금씩 풀려가고 있을 때다. 긴 생머리를 휘날리며 실습실로 오고 있던 유라가 그들의 앞에 걸음을 딱 멈춰 선 것은.

청아는 커다란 가슴 밑에 팔짱을 끼고서 자신을 보는 유라의 모습에 재빨리 허리를 숙여 인사부터 했다.

"안녕하세요, 선배님."

"아아, 응, 안녕?"

유라가 밝은 어조로 청아의 인사를 받았다. 그 뒤 고개를 돌려 자신에겐 관심조차 주지 않는 유진을 바라보며 싱그럽게 웃었다.

"이건 또 날 무시하네?"

"네?"

비꼬는 말에 오히려 놀란 것은 청아였다. 유라의 시선이 유진에게 향해 있는 것을 본 청아가 팔꿈치로 그의 옆구리를 푹푹 찔러댔다. 그러자 유진의 시선이 유라에게 닿았다가 이내 떨어져 나간다. 표정엔 역시나 무시하는 티가 역력하다.

울컥한 유라가 성큼성큼 걸음을 옮겨 청아의 앞에 섰다. 그리고 양팔을 벌려 청아의 몸을 와락 껴안았다. 여자치곤 큰 키의 유라는 넓은 품을 가지고 있었고, 작은 청아는 그녀의 품에 충분히 안길 수 있을 정도로 몸집이 작았다.

유라의 품에 안긴 청아의 얼굴이 일그러졌다. 이건 또 뭐야? 그녀가 차마 밀어내지 못한 채 어색한 표정으로 유라의 품에서 어쩔 줄 몰라 하고 있을 때다. 갑자기 유진이 유라의 몸을 확 밀어내더니 둘 사이를 파고들었다. 그리고는 날카로운 눈으로 유라를 노려보며 말했다.

"내 거야. 만지지 마."

"왜 김청아 후배가 네 거야?"

"내 거야!"

두 사람의 대화를 듣고 있는 청아의 얼굴이 일그러졌다. 이야기를 들으면 들을수록 두 사람이 잘 알고 있는 사이라는 것이 느껴졌다. 청아가 의아한 얼굴로 넓은 유진의 등을 보고 있을 때다.

"만지지 마, 차유라. 경고했어."

차갑게 일갈한 유진이 뒤돌아서더니 청아의 몸 이곳저곳을 더러운 것이라도 묻었다는 듯 손으로 탁탁 털어냈다. 그리고 청아의 팔목을 움켜쥐더니 방금 전까지만 해도 죽어도 안 들어가겠다고 펄펄 날뛰던 실습실 건물 안으로 성큼성큼 걸음을 옮겼다. 거의 두 배에 달하는 다리 길이 차이 탓에 청아가 쩔쩔매며 끌려갔다.

"강의 시간 늦겠다. 얼른 가자."

왜 갑자기 이런 모범생이 된 것인지. 청아의 얼굴이 여러 가지 의문으로 물들어갈 때다. 뒤에서 그 모습을 재미있다는 듯 보고 있던 유라가 커다랗게 소리친 것은.

"청아 후배! 그 강아지가 속 썩이면 나 찾아와! 알았지?"

강아지? 도대체 두 사람은 무슨 사이지? 청아가 슬쩍 고개를 돌려 유라를 보자 앞서 걷던 유진이 버럭 화를 냈다.

"보지 마."

"유라 선배랑 무슨 사인데?"

유라라고 하면 본과 학생들 사이에서도 퀸카로 유명했다. 성적도 꾸준히 상위권을 유지하고 있고, 워낙 튀는 외모와 몸매로 몇몇 학생들에게 고백까지 받은 것으로 알고 있다. 학교생활에서 공부 말고 다른 것엔 관심이 없는 그녀가 알 정도이니 그녀가 얼마나 유명인사인지 더 설명해 봤자 입만 아플 일이다. 그런 사람과 유진이 잘 알고 있다니.

"왜? 질투 나?"

"장난하지 말고."

실습실이 있는 3층까지 성큼성큼 계단을 오르면서도 유진은 그녀의 물음에 쉬이 답을 해주지 않을 참인지 말을 돌렸다. 하지만 청아는 차갑게 일갈하며 어서 말하라는 듯 붙잡힌 팔을 흔들었다. 그러자 유진이 하는 수 없다는 듯 힘없는 목소리로 툭 내뱉었다.

"사촌."

"뭐?"

"이종사촌이야. 엄마 여동생 딸."

정말 만나고 싶지 않은 사촌. 나와 피가 이어져 있다고 생각하기 정말 싫은 사람. 그렇게 말한 유진은 명절 때도 한동안 만나지 못해서 참 오랜만에 유라를 만난 것이라고 말했다. 얼마 전 학교에서 그녀의 손을 쳐내며 만지지 말라고 했던 일은 그의 기억에서 깡그리 지워진 듯했다.

다른 학생들의 시선을 받으며 실습실 안으로 들어온 두 사람은 곧장 자신의 조가 있는 곳으로 향했다. 그러자 얼마의 시간이 지나지 않아 조 교수가 들어왔고, 곧 출석을 불렀다. 김씨인 청아의 이름이 세 번째로 불렸고, 그다음으로 유진의 이름이 불렸다.

"노유진."

"네."

그의 대답에 조 교수의 시선이 유진에게로 향한다. 붉은색 립스틱을 발라 마녀처럼 보이는 그녀가 입술을 크게 늘어뜨리며 말했다.

"다른 수업도 만점이란 이야기 들었다. 자, 노유진에게 박수."

짝짝짝! 아이들의 성의 없는 박수 소리가 들린다. 그에 따라 박수를 치던 청아의 눈빛이 유진에게 향했다. 곧 다른 학생들의 이름이 불리며 조 교수가 출석 현황을 체크했지만, 이미 청아의 정신은 온전히 유진에게로 향해 있었다.

"만점?"

"……뭐."

유진이 어깨를 으쓱이며 별것 아니라는 듯 말한다. 하지만 청아는 흔들림이 없다. 그 모습에 유진이 얼굴을 일그러뜨리며 말했다.

"암기력이 다른 사람들보다 조금 더 좋을 뿐이야."

"조금 더 좋은 거라고?"

"응. 그것 말곤 특별한 거 없어."

특별할 것이 없단다. 무척이나 부러운 능력인데.

출석 체크가 끝나고 곧 실습이 시작되었다.

메스를 든 아이가 카데바 앞에 서서 두개골을 열고 뇌를 꺼냈
다. 아직 다 밝혀지지 않은 뇌의 기능에 대해 교수가 재잘재잘 떠
들어대는 이야기를 음악 삼아 수업에 집중하고 있는 다른 아이들
의 눈빛이 반짝인다. 학문에 대해 즐거움을 아는 아이들이 많이
모인 과답게 다른 짓을 하거나 지방방송을 켜는 사람은 없었다.

하지만 유진은 달랐다. 새하얗게 질린 안색이 점점 파리하게 변
하더니 이내 입을 틀어막는다. 이마에서 땀이 비 오듯 쏟아지고
있다.

"왜 그래? 괜……."

"읍!"

입을 틀어막은 유진이 실습실을 튀어나간 것은 아주 순식간의
일. 아이들은 멍하니 유진이 뛰어나간 자리를 바라보고 있고, 이
런 일이 처음인 조 교수 또한 인상을 와자작 찌푸리고 있었다. 성
격 같아서는 고래고래 소리를 지를 것 같았지만, 그녀 또한 당황
스러움에 입만 뻐끔거리고 있을 때다. 활짝 열린 문을 바라보던
청아가 손을 번쩍 들며 말했다.

"교수님, 제가 잡아오겠습니다."

"그, 그래."

조 교수가 말을 더듬었다. 그녀의 허락이 떨어지자 청아가 서둘러 유진이 나간 쪽으로 빠르게 걸음을 옮겼다. 위와 아래로 향한 계단 앞에서 잠시 망설인 그녀지만 곧 아래층으로 빠르게 뛰어 내려가 로비에 섰다. 그러자 실습실 건물 밖에 쪼그려 앉아 무릎을 끌어안고 있는 커다란 덩어리 하나가 보인다. 무릎에 얼굴을 묻고 있는 모양새가 영락없이 길 잃은 어린아이다.

그 모습을 한참이나 멀리서 바라보던 청아가 천천히 걸음을 옮겼다. 그리고 그의 앞에 자신 또한 엉덩이를 붙이고 앉아 한숨을 푹 내쉬었다. 뭐라고 말을 해야 할지 몰라 한참 그를 바라보고만 있던 청아가 조심스레 입을 뗀 것은 5분여 정도의 시간이 흘렀을 무렵이었다.

"왜 그래?"

"……나 못하겠어."

"그래서 도망가겠다고?"

이 정도로 카데바가 무섭다면 어쩜 도망가는 것이 맞을지도 모른다. 세상에는 여러 직업이 있고, 아무리 남들이 좋아하고 선호하는 선망의 직업이라 하더라도 본인과 맞지 않다면 결코 좋은 직업일 수 없으니까. 그의 인생에 대해 그녀가 함부로 말할 수 있는 것은 아니었다.

하지만 한 번도 용기 내어 부딪치지 않은 채 나가떨어진다면 그건 실패일 뿐이다. 청아는 이제 노유진이란 사람을 조금씩 알아가고 있는 입장에서, 그리고 그만 보면 간혹 가슴이 울렁거리는 사람으로서 그가 실패하지 않길 바랐다. 조금은 앞을 보고 걸어주기를.

"응."

"넌 참 편하게 사는구나."

"아니야. 나에게도 어려운 일이 있어. 주위에서 말하는 것처럼 난 그렇게 똑똑한 사람이……."

유진이 고개를 들어 청아와 시선을 맞춘 뒤 말했다. 하지만 청아는 그의 말을 가로막으며 고개를 저었다. 자신이 말하고자 하는 것이 그게 아니라는 듯.

"넌 왜 의사가 되고 싶은데?"

"……어?"

"좋아, 노유진 씨. 의대에 오긴 했는데 의사가 되고 싶은 이유는 모르겠다 이거네?"

그녀의 말에 공감한다는 듯 유진이 고개를 끄덕였다. 그리고 끌어안고 있던 무릎을 풀어 양반다리를 한 뒤 진지한 눈으로 청아를 바라보았다.

"넌 왜 의사가 되고 싶은데?"

그가 물었다. 그러자 청아는 별것 없다는 듯 어깨를 으쓱였다.

"난 아버지가 의사이셔. 그래서 당연히 의사가 되어야 한다고 생각했어."

피 터지게 공부를 하는 것치곤 너무나 단순한 논리이다. 그리고 청아와 마찬가지로 부모님 모두 의사인 유진도 어려서부터 '너도 의사 선생님이 되어야지'라는 말을 자주 들어왔기에 그 말에 공감한다는 듯 고개를 끄덕였다. 유진이 동그란 눈으로 청아를 보며 말했다.

"난 부모님 같은 의사가 되고 싶진 않아."

"뭐, 그건 나도 그래. 우리 아버지는 의사라고 하기에는 돈을 너무 못 벌거든. 가족을 부양하기도 힘든 의사는 나도 되고 싶지 않아."

그렇게 말한 청아가 피식 웃음을 내뱉었다. 이제껏 남들에게 한 번도 꺼내놓지 않은 속마음을 왜 유진에겐 줄줄 말하는 것인지. 자신의 모습이 조금 우습게 느껴졌기 때문이다.

청아는 손을 뻗어 유진의 손을 끌어와 힘껏 붙잡았다.

"그럼 지금부터 되고 싶은 의사를 찾아보자."

"……어?"

"나랑 함께 찾아보고, 못 찾으면 그때는 네가 하고 싶은 대로 해. 도망가도 된다고."

놀란 유진의 시선이 그녀에게 향한다. 늘 그에게 도망가지 말라고 붙잡는 사람만 가득했다. 하지만 해본 후에 안 되면 그때 도망가도 된다고 한 것은 청아가 처음이었다. 그래서 놀랐다. 그녀가 자신의 주위에 있는 사람들과 너무나 다른 말을 해주어서. 그래서 멍하니 그녀를 보고만 있을 수밖에 없었다.

"어때?"

청아의 물음에 유진은 천천히 고개를 끄덕였다. 힘껏 노력해 본후 이 길이 내 길이 아니라 생각되면 그때 도망가자. 그렇게 생각하니 강박관념으로 덜덜 떨렸던 심장이 제 속도를 찾기 시작했다.

그의 답이 만족스러운 청아가 피식 웃음을 내뱉었다. 그리고 팔을 뻗어 그의 머리를 쓰다듬었다.

"좋아. 착하다."

즐거운 기색이 가득한 얼굴로 웃는 그녀의 모습에 유진이 천천히 입술을 달싹였다.

"어떻게 해……."

"응? 뭐가?"

청아가 아무것도 모르겠다는 눈빛으로 그의 머리를 쓰다듬던 손을 내렸다. 그러자 유진은 허공에 떠 있는 그녀의 손을 붙잡은 뒤 제 입술 쪽으로 끌어와 그녀의 손에 제 숨결을 불어넣었다. 눈을 감고 기도하는 사람처럼 그가 말했다.

"더 좋아져 버렸어."

"뭐?"

"네가 더 좋아졌어."

유진의 입가에 부드러운 미소가 걸렸다.

그때의 노유진에겐 나란 존재가 필요했다.

그랬기에 난 본의 아니게 그 아이의 곁을 지켰다.

그리고 나란 존재가 더 이상 필요가 없어졌을 무렵, 그는 내 곁을 떠났다.

Chapter 2

2013년, 코마

One

"또 도망쳤구만?"

마우스를 달칵거리며 기사를 검색하던 청아가 눈살을 찌푸리며 말했다. 노유진은 그녀와 떨어져 있는 시간 동안 아주 유명인사가 되어 있었다. 빠른 시일에 팀장 자리에 앉아 국립과학수사연구원 법의학팀의 수장이 되었고, 또 많은 사람들에게 드라마 [코마]의 실존 모델로 알려지며 한동안 유명세를 치르기도 했다. 실제 드라마의 남자 주인공보다 더 잘생겼다나 뭐라나. 그리고 뛰어난 실력으로 대학의 법의학 교수나 사설 법의학 팀장으로 몇 번 스카우트 제의를 받은 사실까지 알려지면서 사람들 사이에서 그는 한 분야에 정통한 실력자 정도로 알려져 있었다.

화면 가득 흰 가운 안에 검은색 셔츠를 입고 있는 유진의 사진이 떴다. 새하얀 피부와 적절하게 어울리는 가운과 무심한 표정은 차디찬 미남자처럼 보였다. 실상 이 사람에 대해 아는 사람이라면 그의 표정에서 부끄러움이라든가 어색함을 발견할 수 있겠지만 대부분의 사람들은 냉철하고 잘생긴 법의학자 정도로 볼 것이다.

기사를 읽던 청아가 화면 속 유진이 홀로 고군분투하며 소리치고 있는 모습을 보았다. 평소 이성적이란 평가를 받는 그가 이 정도까지 흥분하는 모습은 언론을 통해서는 물론이요, 국과수에서도 잘 볼 수 없는 모습이다.

2기 의문사진상규명위원회에서 이번에 넘어온 사건은 1982년 한 국회의원의 자살에 관련된 사건이었다. 그때 당시 야당 의원이던 그가 강원도에 있는 한 산에서 자살했다. 그 당시 차기 대통령감이라고 일컬어지던 그에겐 자살할 이유가 없었다. 하지만 산 중턱에서 일행과 떨어져 홀로 산을 오른 그는 절벽에서 뛰어내려 장기 파열 및 전신의 타박상으로 인해 죽었다. 직접적인 사망 원인은 다발성 좌상과 폐 좌상, 복강 내 출혈 때문이었다.

이에 학회에 참여한 대부분의 법의학자들이 '타살이라고 볼 정황이 없다'는 입장을 내놓은 것과 반대로 유진 홀로 이건 100% 타살이라는 의견을 내놓았다. 그리고 그곳에서 서로를 향해 날 선 언성이 오고 갔고, 그 모습이 고스란히 언론을 통해 알려진 것이다.

"진짜 이 미친 강아지가."

그 사건이 있던 당시, 언론에서 그의 타살 가능성을 제기하자 수사기관에서는 총 열 명의 부검의에게 부검을 의뢰했고, 부검의 대부분이 하나같이 타살의 증거를 발견할 수 없다는 의견을 내놓았다. 그리고 그 당시 사건 조사반과 형사들 역시 모두들 자살이라고 결론을 내렸다. 마치 짠 것처럼 하나같이 똑같은 의견이었다.

그렇게 묻힌 사건이다. 그런데 32년이나 흘러 선배들과 스승인 자들의 잘못을 세상에 들춰낼 부검의가 누가 있겠는가.

"여전히 아웃사이더구만."

한숨을 내뱉으며 말한 청아가 눈을 질끈 감았다가 떴다. 그녀의 손끝이 떨렸다. 그리고 사진 속, 그녀가 알지 못하는 낯선 유진의 모습을 한참이나 바라보았다.

"어른이 되긴 한 건가."

아니면 여전히 자신의 감정을 스스로 컨트롤 못하는 어린아이로 봐야 하는 건가. 판단할 수 없는 문제였지만 적어도 사진 속 그는 냉철한 눈빛으로 좌중을 훑어보며 제 의견을 정확하게 전달하고 있었다. 하지만 그 의견은 제대로 피력되지 못한 모양이고, 법원에서도 이 문제에 대해 새로운 증거가 나오지 않아 결렬되었다.

눈살을 찌푸리며 청아는 유리문 밖에 서 있는 유진의 커다란 등을 보았다. 방금 전까지 입고 있던 슈트 재킷은 벗어 제 팔에 걸어두고 창밖을 보고 있는 그의 뒷모습이 참으로 씁쓸해 보인다. 고급스런 슈트와 구두. 그는 사회에서 성공한 전형적인 모습을 하고 있다. 그리고 방금 전 그녀가 보고 있던 사진 속의 그와 똑같은 복장이다.

하얀 셔츠를 돌돌 말아 올린 새하얀 팔, 그리고 떡 벌어진 어깨. 그는 어느새 남자가 되어 있었다.

"후."

깊은 한숨을 내쉬고 기사를 끈 그녀가 휴대전화를 보았다. 누구에게 연락을 해야 할까. 저 인간의 보호자한테 전화해야 할까, 아님 천적에게 해야 할까. 고민하고 있던 그녀는 타이밍에 맞춰 울리는 전화를 보며 짧은 고민을 끝냈다. 그의 천적에게서 전화가 왔으니까.

"네, 선배."

〈그 강아지, 너 찾아갔지?〉

이미 모든 것을 알고 있다는 어투이다. 숨길 것도 없는 문제였고, 오히려 자신이 먼저 연락하려고 하던 찰나에 잘됐다 싶은 청아가 빠르게 말했다.

"유라 선배, 얜 왜 이렇게 발전이 없나 몰라요. 여기 오면 뻔히 잡힐 걸 알면서."

〈그러게. 3년 전에도 너 찾아갔다가 질질 끌려왔으면서.〉

유라가 한숨처럼 후후 웃었다. 하지만 청아는 따라 웃을 수가 없었다.

"휴가서 내고 내려온 거예요, 아니면 도망 온 거예요?"

〈그래도 걔 예전처럼 막 나가지 않는다? 휴가서는 제출하고 튄 거야. 물론 위에서 허가하진 않았지만.〉

유라는 현재 국과수 중앙법의학센터에서 일하고 있었다. 유진보다 먼저 입사한 그녀는 간혹 그의 생활을 청아에게 전해주곤 했다. 그때마다 청아는 냉랭한 목소리로 그의 이야기를 하는 저의가 뭐냐고 묻곤 했지만 그때마다 유라는 지금처럼 힘없이 웃곤 했다.

청아는 문밖의 남자가 불어오는 바람에 살랑살랑 흐트러지는 머리카락을 쓸어 올리는 것을 보았다. 멍한 눈빛은 하늘에서 떨어질 줄을 모른다. 생각이 가득한 모습이다.

보고 싶지 않아. 시선을 돌려 모니터를 뚫어져라 바라보던 청아가 더 이상 들을 것 없다는 듯 짧게 말했다.

"당장 끌고 가세요."

〈걔 누가 끌고 올라올 수 있겠어? 이번에 휴가를 며칠이나 썼는지 알아? 지난 3년 동안 휴가 쓰지 않은 것까지 싹싹 몰아 쓰겠다고 하고 그냥 튄 거라고. 그냥 네가 돌려보내는 게 가장 빨라.〉

"선배."

청아의 목소리엔 불만이 가득했다. 어찌 그러지 않을 수가 있겠는가. 아무리 노유진이 자신의 말을 잘 듣는다 하더라도 한 번 고집부리기 시작하면 무슨 수를 써도 돌리지 않는 게 그다. 거기에다가 지금 유라는 이 문제에 대해 심각하게 생각하기보단 제삼자의 입장에서 이 일을 즐기고 있는 듯했다. 그러니 당연히 불만이 가득할 수밖에.

하지만 청아는 뭐라고 더 말을 하려다 말고 입을 꾹 다물었다. 이야기를 들어봤자 이 상황을 전혀 해결해 주지 않을 것 같으니 말을 아끼는 것이 좋았다. 괜히 이야기해서 그녀를 즐겁게 만들어 주고 싶지는 않았다.

"그럼……."

청아가 더 이상 할 말 없으면 전화를 끊으라고 말하려 할 때였다. 방금 전까지만 해도 진지함과는 거리가 멀었던 그녀가 갑자기 진중한 목소리로 말을 꺼낸 것은.

〈용서해 줘, 유진이. 걔도 많이…… 힘들었어.〉

그녀의 오지랖에 청아의 안색이 어두워졌다. 둘 사이를 처음부터 끝까지 지켜본 유라다. 그랬기에 그녀는 단 한 번도 자신에게 그를 받아들이라거나 용서하라는 말을 입 밖으로 꺼낸 적이 없다. 노유진이 갑작스레 제 인생에서 사라졌던 8년 전, 그리고 갑자기 나타났던 3년 전. 그녀가 얼마나 힘들어했는지 유라는 너무나 잘 알고 있으니까. 그런 그녀의 입에서 나온 말에 청아는 진심으로 화가 났다.

"쉽게 이야기하지 마세요. 용서해 줄 문제였으면 애초에 밀어내지도 않았어요."

'끊을게요' 하고 차갑게 말한 청아가 더 들을 것도 없다는 듯 종료버튼을 누른 뒤 휴대전화를 데스크 위로 던져 버렸다. 처음 구입할 때만 해도 엄청난 가격에 고민에 고민을 거듭한 뒤 구입한 스마트폰인데 지금 그녀에겐 분풀이 대상밖에 되지 않았다.

"웃기지 마, 다들."

청아가 잇새로 내뱉었다. 그리고 문밖의 남자를 애써 무시하며 시선을 모니터로 돌렸다.

시간은 째깍째깍 잘도 흘러갔다. 그가 자신을 찾아오고 두 시간이 훌쩍 흘렀다. 그 시간 동안 청아는 고집스레 데스크에 앉아 몇몇 손님을 맞이했고, 유진은 여전히 창밖을 보며 생각에 잠겨 있다.

결국 먼저 움직인 것은 청아였다. 그의 뒷모습을 볼 때마다 치밀어 오르는 울화를 참지 못해 몇 번이고 엉덩이를 들썩였다. 어디 그뿐인가. 간혹 떠오르는 옛 생각에 간간이 눈물이 차오르려는 눈두덩을 손바닥으로 꾹 누르기도 했다.

그는 그녀에게 특별한 의미였다. 그는 아닐지 모르지만. 적어도 그녀에게 노유진은 단순히 과거의 시간을 공유한 사람이 아니었다.

"누구냐?"

생각에 잠겨 있던 그때, 어느새 진료실 문을 열고 김 원장이 그녀의 시선 끝을 좇았나 보다. 아버지의 얼굴에 떠오른 의문에 청아는 심드렁한 얼굴을 부러 지어 보이며 말했다.

"모르는 사람."

"뭐야, 옛 남자친구라도 되는 거냐?"

청아의 동공이 커졌다. 거기에다가 세차게 흔들리기까지 한다. 딸아이가 마치 귀신이라도 본 것처럼 자신을 바라보자 김 원장은 혀를 끌끌 차며 과년한 딸의 옛 남자친구를 힐끗 보며 말했다.

"우리 딸, 연애할 시간도 있었나 보다?"

바빠서 나한테 전화할 시간도 없다더니, 쯧쯧. 덧붙인 말투는 한심하다는 기색이 역력했으나 표정만은 아니었다. 그의 날카로운 눈빛은 유진의 뒷모습을 재빨리 스캔하고 있었다.

"뭐 하는 놈이냐?"

"그건 알아서 뭐 하시게요?"

"단순한 호기심이다, 호기심! 내 딸 레벨이 어느 정도 되는지 궁금하기도 하고."

청아의 얼굴이 종잇장처럼 와자작 구겨졌다. 그녀가 방금 전까지만 해도 힘겹게 내리누르고 있던 엉덩이를 번쩍 들어 올렸다. 그리고 양손으로 데스크를 거칠게 내려치며 시뻘게진 눈동자로 외쳤다.

"여자의 레벨이 전 남자친구로 결정된다는 건 오늘 처음 알았네요, 아버님!"

"아, 어디서 소리를 지르고 그래! 귀청 떨어지겠다!"

둘 사이에 싸늘한 분위기가 내려앉았다. 자신의 얼굴에 어떠한 감정이 묻어나 있기에 김 원장이 단숨에 알아본 것인지 화가 나기도 하고, 여자의 인격과 사회 지위 따윈 깡그리 무시하는 말에 화가 나기도 했다. 청아가 또다시 김 원장에게 한 소리 하려 입술을 달싹일 때였다.

오랫동안 창밖만 바라보고 있던 유진이 손목에 걸린 시계를 확인하더니 부드럽게 뒤돌아섰다. 그리고 문을 열고 병원 안으로 들어와 동시에 자신에게 닿는 시선을 마주했다.

그는 청아가 아닌 김 원장을 본 뒤 허리를 숙여 인사부터 했다. 그가 감정이 담기지 않은 목소리로 말했다.

"노유진이라고 합니다."

"아아, 그래."

김 원장이 허허 사람 좋게 웃으며 고개를 끄덕였다. 그의 얼굴은 척 보기에도 속마음을 알 수 있을 정도로 솔직했는데, '거참, 예의 바른 청년이군' 이란 생각을 하고 있는 듯했다. 그의 표정을 살핀 유진이 입가에 만들어낸 웃음을 지었다.

"청아와 할 이야기가 있는데 잠시 자리 좀 비워도 되겠습니까?"

"할 이야기 없……."

"이야기? 무슨 이야기?"

오지랖이 태평양보다 넓은 김 원장이 청아의 말까지 막으며 물었다. 그러자 유진이 늘씬하고 길쭉한 다리를 움직여 김 원장 앞에 서더니 품에서 지갑을 꺼내 손바닥만 한 종이를 그의 앞으로 내밀었다.

—국립과학수사연구원 법의학 팀장 노유진

명함을 받은 김 원장이 그 위에 적힌 글귀를 읽더니 시선이 다시 유진에게로 옮겼다. 그의 표정은 어느새 '거참, 뉘 집 아들인지 참 잘생겼구나'란 생각으로 넘어가 있었다.

"스카우트 제의를 하러 왔습니다, 따님에게."

"스카우트는 개뿔, 난 갈 생각이……."

"아, 그래? 그런 거야? 그럼, 시간 되고말고!"

김 원장이 적극적으로 청아의 등을 밀어냈다. 강압적인 시선은 '썩 따라가지 못해!'라는 생각을 역력하게 담고 있다. 요즘 딸아이의 거취 문제로 뜬눈으로 밤을 새웠던 그인지라 '스카우트'라는 단어만으로도 반가웠는지 모른다.

아버지의 눈빛을 본 청아가 시선을 돌려 원망스러운 표정으로 유진을 바라보았다. 하지만 그는 자신은 잘못 따윈 없다는 얼굴로 어깨를 으쓱였다.

저 능구렁이. 나이 먹더니 처세술만 늘었다. 이젠 제법 상대의 생각까지 읽을 줄 안다. 그리고 가장 중요한, 상대가 원하는 것까지 정확히 읽을 줄 알고.

청아는 등에 닿은 아버지의 손에 자꾸 힘이 들어가는 것을 느끼며 힘없이 고개를 끄덕였다. 거절할 수 없는 분위기를 만들었으니 우선은 이 자리부터 피하고 보는 것이 상책일 듯싶었다.

"이 앞에 커피숍 있어. 거기로 가자."

청아는 귀찮다는 티가 역력한 어투로 말했다. 그녀의 허락에 유진은 서늘한 얼굴과는 달리 예전 어릴 적 그때와 마찬가지로 눈을 반짝였다.

"아, 배가 고픈데 밥 먹으면 안 될까?"

유진이 눈살을 찌푸리며 제 배를 쓰다듬었다. 그 표정에 뒤에서 다급한 목소리가 들려왔다.

"넌 내 얼굴 보고 밥이 넘어가니?"

딸의 까칠한 반응에 조급해진 것은 김 원장이었다.

"돼! 되고말고!"

"아버지!"

"노 팀장이 배고프다잖아. 여기까지 힘들게 내려왔는데 밥 정도는 네가 사줘야지."

그러면서 가운 주머니에 들어 있는 지갑을 꺼내 신용카드 하나를 청아의 손바닥 위에 척 올려놓는다. 파란색 카드를 본 청아가 결국 졌다는 듯 고개를 내저었다. 그녀가 치과 치료를 해야 한다며 돈을 빌려달라고 했을 때도 절대 내어주지 않던 그 짠돌이 아버지가 꺼낸 것은 비상 신용카드였다.

"나가자. 메뉴는 나가서 결정해."

그래, 어디 3년 만에 자신을 찾아와 할 말이 무엇인지 들어보자는 심정으로 청아가 먼저 걸음을 옮겼다. 그러자 유진은 자신의 곁을 스쳐 지나가는 그녀의 팔목을 붙잡은 뒤 웃는 얼굴로 말했다.

"나 고기가 먹고 싶어, 삼겹살."

"……."

"고기 먹으러 가자."

그 말에 청아가 유진을 노려보았다.

너 지금 나랑 뭐 하자는 건데?

그녀의 눈빛이 날카로워졌다.

"지금 널 구워 버리고 싶다, 망할 자식아."

그녀의 입에서 절로 까칠한 말이 흘러나왔다. 그리고 막말을 하는 딸아이의 모습에 훈계하려고 하던 김 원장은 그녀가 쌩 하니 문을 열고 병원 밖으로 나가 버리자 피식 웃음을 터뜨리는 유진을 보며 삐질 식은땀을 흘렸다.

"미안하네. 성깔이 비단결 같은 내 딸이 또 성질이 뻗친 듯해."

"아닙니다. 익숙합니다."

가볍게 말한 유진이 허리를 숙여 인사한 뒤 서둘러 청아의 뒤를 따랐다. 그 짧은 시간에 그도 계단 아래로 몸을 감춘 뒤다. 그들이 사라진 곳을 보던 김 원장의 고개가 옆으로 갸웃 기울여졌다.

"두 사람, 무슨 사이지?"

전 남자친구라고 하기엔 딸아이의 반응이 너무나 이상했다. 물론 이별을 하는 연인이 좋게 헤어지는 경우는 몇 없으나, 딸아이의 행동은 마치 철천지원수처럼 그를 대하고 있지 않은가? 어디

그뿐이라면 그러려니 하겠지만 흔들리는 눈동자는 많은 것을 내
포하고 있었다.

"이상해. 이상하단 말이야."

그렇게 읊조리던 김 원장의 생각은 길게 이어지지 못했다.

그는 곧 들어오는 단골 노인 환자에게 밝게 인사를 건넸다. 노
인은 일주일에 두세 번은 병원을 찾는 사람으로 비어 있는 데스크
를 보며 물었다.

"딸은?"

그가 환자를 자신의 방으로 이끌며 허허 웃음을 터뜨렸다.

"이번에 국과수로 취직할 것 같습니다."

"국괴수?"

"국괴수가 아니라 국과수요!"

"아아, 국괴수?"

두 사람의 대화가 메아리처럼 허공을 떠돌았다.

대구의 여름은 다른 지역보다 유난히 빨리 찾아온다. 불판이 지
글지글 끓어대는 고기집 안은 더욱 습하고 더웠다. 청아는 기름을
튀기며 익어가는 고기를 바라보던 시선을 올려 유진의 팔을 보았다.
팔뚝까지 걷어 올린 셔츠 아래로 단단한 팔이 드러나 있다. 그 위
로 돋아난 혈관을 보던 청아가 갑작스레 들려온 유진의 목소리에
재빨리 시선을 돌렸다.

"다 익었다. 먹자."

"……넌 나랑 마주 보고 있는데 먹을 게 넘어가니?"

청아는 그가 제 앞에 다 익은 고기를 쌓아주는 것을 보았다.

변하지 않았다, 노유진은. 겉모습은 예전과 아주 많이 달라졌는데 그가 자신에게 하는 행동은 여전히 그대로다. 그래서 마음이 아팠다.

그가 입술을 옆으로 크게 늘어뜨리더니 눈가에 주름이 질 정도로 크게 미소 지었다.

"응. 청아랑 먹는 건데 안 먹힐 리가 없잖아."

서른네 살의 노유진은 눈가에 주름도 생겼다. 입가에 머금고 있는 웃음 또한 진중해졌고 눈빛 또한 신중해졌다.

그 변화가 청아는 너무 낯설었다.

"난 너랑 뭘 하든 좋아."

"……."

"그러니까 그렇게 화난 표정만 짓지 말고 우선 먹자."

유진이 쌈을 동그랗게 싼 후 청아의 앞에 불쑥 내밀며 웃는다. 이 모습은 예전과 별반 다를 것 없는데 낯설다. 왜 이마저도 낯설어 보일까? 청아가 그의 얼굴을 보았다.

서른네 살의 노유진이 웃는 것은 낯설다. 예전엔 그저 예쁘고 귀여운 동생처럼 웃던 그인데 지금은 웃음 속에 남자가 묻어난다.

멈춰 있던 심장이 다시 뛴다.

그가 웃으면 그저 편하고 좋았는데, 지금은 가슴이 뛴다. 멍청한 심장은 그가 사라졌던 8년 전 그날에 멈춰 있다. 그리고 그가 나타나자 또다시 그를 향해 사랑의 세레나데를 부르는 것처럼 콩 당콩당 노래를 부르고 춤을 춘다.

눈꼬리를 길게 늘어뜨리고 입술을 비틀며 웃는 그의 모습을 보던 청아가 고개를 옆으로 틀었다. 그리고 날 선 목소리로 말했다.

"치워."

그래서 화가 났다. 멍청하게 아직도 그를 잊지 못한 제 심장에, 제 마음에 너무나 화가 났다.

"너나 먹어."

차가운 그 말에 유진은 손에 들고 있던 쌈을 제 입안으로 밀어넣었다. 그러다가 얼굴을 우적 구겼다. 그러고 보니 그는 마늘을 먹지 않았고, 쌈은 그녀를 주기 위해 만든 것이었다. 마늘을 맛있게 먹는 그녀를 보며 그는 이해하지 못했었다. 김치에 들어간 것이나 음식 조리에 들어간 것은 먹는데 삼계탕에서 푹 우려낸 것들이나 통마늘, 참기름에 구워낸 마늘은 먹지 않았다.

이런 것들을 기억하는 내가 밉다.

청아가 물컵에 물을 따라 그에게 건넸다. 그러자 그는 말없이 물을 쭈욱 들이켠 뒤 웃음 지었다. 그 모습이 참 실없어 보여 청아는 자신도 모르게 그에게 관심을 내비쳤다.

"너 이런 거 국과수 사람들은 아니?"

"아니. 이미지 관리 잘하고 있지."

이미지 관리라……. 청아가 멀뚱히 자신을 보자 그는 한쪽 입술만 움직여 웃은 후 말했다.

"자기 상사가 나 같은 사람이면 불안하지 않겠어?"

"······불안하지."

청아가 잠시 뜸을 들인 후 짧게 답했다. 그리고 두 사람 사이의 대화가 끊겼다.

지글지글 잘 익은 고기가 어느새 새까맣게 타들어가기 시작했다. 하지만 고기를 먹으러 오자고 했던 유진도, 예전 고기라면 환장을 했던 청아도 고기엔 손을 대지 않았다. 불이라도 줄여야 하건만 그것조차 하지 않는다. 시간이 멈춰 버린 듯 한참이나 고기만 바라보고 있던 두 사람 중 먼저 입을 뗀 것은 유진이었다.

"미안하다."

"······."

"미안해, 청아야."

청아가 눈을 질끈 감았다가 떴다. 어느새 눈빛은 오랫동안 벼린 칼날처럼 매섭게 변해 있다. 손을 번쩍 든 청아가 지나가던 종업원에게 외쳤다.

"여기 소주 일 병이오!"

그녀의 외침에 종업원은 작은 소주잔 두 개와 초록색 소주병 하나를 가져다준다. 뚜껑을 돌려 딴 청아가 자신의 잔에 소주를 콸콸 따랐다. 술이 잔을 타고 조금 흐를 정도로 넘치게 따른 청아는 숨을 참은 뒤 단숨에 잔을 기울였다.

"크흐!"

쓰디쓴 알코올 향에 청아의 얼굴이 와자작 찌푸려졌다. 하지만 그녀는 연거푸 두 잔을 더 들이켠 뒤에야 잔을 소리 내어 테이블 위에 쾅 내려놓았다.

청아의 시선이 유진을 향해 있다. 그는 소주만큼이나 차디찬 얼굴로 자신을 바라보고 있다. 그러자 방금 전 식도를 타고 흘렀던 알코올만큼 쓰디쓴 감정에 심장이 저릿하게 아려온다. 그녀는 일부러 심장박동 따윈 무시해 버렸다. 그 앞에서 뛰는 지독하게 멍청한 그 울림을.

"변명이라도 해봐."

"……."

"나 이제 조금은 화가 누그러진 것 같아. 3년 전에는 네 얼굴만 봐도 돌아버릴 것 같았는데 지금은 아니란 말이야."

3년 전, 그가 갑자기 제 앞에 나타났을 때 김청아는 욕을 퍼부었다. 당장 내 앞에서, 내 인생에서 꺼지라며 그에게 소리치고 욕설을 퍼부었다. 그때의 그녀는 그렇게 할 수밖에 없었다. 너무나 아팠으니까.

하지만 지금은 아니다.

"너랑 마주 보고 소주잔 기울일 정도는 됐잖아? 그러니까 무슨 변명이든 네 말을 들을 준비가 되었단 말이야."

"……."

그녀의 말에 유진은 아무 말 없이 그녀의 손에 들려 있는 소주병을 빼앗아왔다. 그리고 자신의 잔에 술을 왈칵 따른 뒤 그녀처럼 술잔을 기울였다. 입안으로 소주가 쏟아져 들어온다. 그의 얼굴이 엉망으로 일그러진다.

그는 여전히 소주를 마시지 못했다. 대학 시절 내내 그녀와 함께 주말에 평상에 앉아 함께 즐기던 이 싸구려 술을 여전히 그는 즐기지 못하고 있었다.

여전히, 여전히, 여전히!

울컥 치솟은 감정이 소용돌이치며 그녀의 정신을 어지러이 만들었다. 뒤섞인 생각 속에서 그녀가 떠올릴 수 있는 말은 단 하나. 청아가 고저 없는 목소리로, 방금 전과는 달리 냉정한 표정으로 유진의 얼굴을 뚫어지게 바라보며 말했다.

"빨리 말해."

"……."

왜 말을 하지 못해? 그냥 아무 말이라도 좀 해달라고.

청아의 눈빛이 흔들렸다. 간절한 마음은 응어리진 미움까지 녹여 버릴 정도로 강력했고, 청아는 지금 이 순간 그에게 마지막 기회를 주고 있다.

그녀를 이해시키지 못해도 좋으니 왜 그때 그렇게 행동했는지에 대해서 변명이라도 해달라고.

"말 좀 해!"

"……미안해."

그리고 그가 꺼낸 말은 미안하다는 그 말 한마디뿐. 떠나던 순간에도, 3년 전에도, 그리고 지금에도 그는 그 말만 꺼내놓는다.

미안해. 미안하다, 청아야. 미안.

늘 그렇게 날 이해시키는 단순한 말조차 그는 하지 못한다.

청아가 자리에서 벌떡 일어났다. 그러자 습기가 가득 찬 눈동자로 그녀를 바라보던 유진 또한 자리에서 일어났다. 그는 손을 뻗어 청아의 손을 붙잡았다. 하지만 청아는 그 손을 냉정히 떨쳐 낸 뒤 몸처럼 부들부들 떨리는 목소리로 말했다.

"네가 원하는 의사의 길은 없다고 했지? 부검의가 되고 싶다고."

"……."

"나도 그래. 난 죽은 사람의 사인을 밝히는 부검의는 되고 싶지 않아. 사람을 살리는 의사가 되고 싶어."

청아의 시선이 유진을 향한다. 그는 슬픔이 가득한 얼굴로 자신을 바라보고 있다. 그 모습 속에서 청아는 자신이 지독히도 사랑했던 과거의 그를 떠올린다. 시선을 조금 내려 동그랗게 말려 있는 주먹을 본다. 예전엔 저 손을 붙잡으며 그에게 용기를 북돋아 줬다. 눈을 질끈 감은 청아는 자신의 머릿속을 스치는 한마디에 울컥 울음이 솟아오르는 것을 느꼈다.

"괜찮아, 유진아. 이건 카데바야. 시체가 아니라 우리를 위해 다른 사람이 학교에 기증한 귀중한 육체야."

"그래도 무서워. 난 죽은 사람이 두려워."

그는 본과 1학년이 다 지날 때까지도 카데바를 무서워했다. 그때마다 그녀는 그가 두려움을 참기 위해 동그랗게 말아 쥔 주먹을 감싸 쥐며 그가 공포에서 벗어날 수 있기를 진심으로 바랐다. 그는 어느새 이상한 사람에서 친구로, 그리고 연인으로 점차 발전하며 제 곁에 있었다. 그리고 곁에 있는 그를 지키기 위해 그녀 또한 고군분투했다.

모두 헛짓거리에 지나지 않았지만.

"우리의 길은 너무나 다르네."

청아가 짧게 읊조렸다. 그리고 그의 주먹을 한참이나 바라보았다.

지금 넌 뭐가 무서운 거니? 왜 또 주먹을 쥐고 있어?

그녀는 계속 그의 손으로 향하려던 제 손을 그처럼 동그랗게 말아 쥐며 말했다.

"국과수엔 가지 않아. 돌아가."

몸을 돌린 청아가 식당을 빠져나왔다. 드르륵, 미닫이문을 열고 밖으로 나온 청아는 뜨거운 공기가 제 코끝에 닿자 숨을 몰아쉬며 비틀거리는 걸음을 똑바로 세웠다. 그리고 흔들리는 모습을 그에게 보이지 않기 위해 다리에 힘을 준 뒤 천천히 걸음을 옮겼다.

하늘을 올려다보자 어느새 어스름한 저녁이 찾아와 있었다. 시간이 어떻게 가는지도 모른 채 그와 함께 있었다는 생각에 입가에 조소가 서렸다.

"바보 같아."

아직도 그가 떠난 그날에 머물러 있는 제 모습에 그녀는 발끝에 닿는 돌을 툭 찬 뒤 집이 있는 방향으로 걸음을 옮겼다. 그때 뒤에서 인기척이 느껴졌다. 어스름한 밤, 뒤에서 느껴진 인기척에 두려움을 느낄 법도 하건만 청아의 걸음은 웬일인지 더욱 느려졌다. 아마도 그 인기척의 주인공이 누구인지 알기 때문이리라.

뚜벅뚜벅, 아스팔트와 구두굽이 부딪치는 소리가 빠르게 다가오더니 이내 불쑥 튀어나온 커다란 손이 청아의 팔을 붙잡고 뒤로 돌렸다. 어두운 밤만큼이나 짙은 색의 눈동자는 여러 감정을 머금고 청아를 향했다.

"......."

"이거…… 놔."

청아가 시선을 내리깔며 그에게 붙잡혀 있는 팔을 비틀었다. 그러자 이번엔 그가 그녀의 어깨를 붙잡고 자신의 너른 품으로 그녀의 작은 몸을 끌어당겼다.

두근두근.

그의 심장이 뛰고 있다, 8년 전 그날처럼. 그녀만 그날의 시간에 멈춰 있는 것이 아니었다. 그 또한 살아 있으면서도 의식의 끈을 놓은 코마 상태로 그 긴긴 시간을 지우고 있었다.

청아는 자신의 귓가에 닿는 콩닥콩닥 뛰는 심장 소리에 눈을 질끈 감았다. 눈물이 날 것만 같다. 예전과 별반 다를 것 없는 그의 심장은 여전히 빠르고 힘차게 뛰며 자신의 피를 빨아들였다가 내뿜고 있었다.

청아의 정수리 위로 입술을 내린 유진은 감정이 진득하게 묻어나는 목소리로 짧게 말했다.

"싫어."

그의 목소리 끝이 갈라진다. 그녀의 어깨를 감싸 쥐고 있던 단단한 팔은 그녀의 몸을 더욱 옥죄고 두 사람의 몸을 더욱 달라붙게 만든다. 눈을 감은 유진이 청아의 정수리 위에서 웅얼웅얼 말을 내뱉었다.

"이젠 못 참겠어."

"……."

"진짜 못 참겠단 말이야."

그만 벌주면 안 될까? 나 지금도 너무 힘들단 말이야. 그가 그렇게 말을 덧붙였다.

그녀의 말 한마디에 그는 제자리에서 열심히 노력하고 또 노력해 보았지만, 그녀의 과거의 말을 믿으며 계속 청아에게 향하려는 발을 계속 붙잡아보았지만 이젠 정말 한계였다.

"내가 다 잘못했어. 내가 다 미안해. 그러니까…… 화 좀 풀어."

"……."

"나 떠나지 말라고."

"먼저 떠난 건 너야."

청아가 힘껏 그의 가슴을 밀어냈다. 하지만 그녀가 벗어나려고 하면 할수록 그는 팔에 더욱 힘을 주며 이번엔 쉬이 그녀를 놓아주지 않겠다는 듯 발버둥을 쳤다.

유진은 너무나 간단하게 그녀의 반항을 잠재우며 말했다.

"3년 전에 네가 그랬잖아. 그냥 각자의 자리에서 살다 보면 서로의 존재는 잊고 잘살 수 있을 거라고."

"……."

내가 3년 전에 그런 말을 했던가? 갑작스레 제 앞에 나타난 그를 밀어내며 그렇게 말한 것 같기도 하다. 청아가 눈을 질끈 감았다.

"거짓말쟁이."

유진의 말에 청아는 자신도 모르게 고개를 끄덕였다. 그래, 난 거짓말쟁이다. 각자의 자리에서 각자의 일을 한다고 해서 서로를 잊을 수 있을 리가 없다.

청아의 뺨에 부드럽게 제 손을 댄 유진이 아래로 숙여 있는 그녀의 고개를 천천히 위로 들어 올렸다. 그리고 어느새 그녀의 얼굴을 타고 흐르는 눈물을 엄지손가락으로 닦으며 낮고 울림이 가득한 목소리로 말했다.

"잊지 못했잖아."

너도 나도.

우린 지금 여전히 예전 어릴 적 그때의 모습 그대로 멈춰 있었다.

"나 때문에 울지 마."

"그럼 내 앞에 나타나지 마."

"안 되는 걸 어떻게 해? 난 네가 아니면 안 돼."

처음, 그리고 마지막이 그녀인 유진에겐 너무나 어려운 부탁이었다. 그가 고개를 저으며 말했다.

"개소리하지 마!"

거칠게 외친 청아가 그의 가슴을 힘껏 밀어냈다. 이번엔 그의 몸이 너무나 쉽게 떨어져 나간다. 청아는 붉어진 눈으로 온몸을 부들부들 떨며 분노를 쏟아냈다.

"내가 얼마나 힘들었는데! 내가 얼마나 아팠는데! 네가 갑자기 내 인생에서 사라진 순간, 내가 어땠을지 생각해 봤어?"

본과를 마치고 국가고시를 준비하던 그때, 갑작스레 제 인생에서 사라진 노유진의 존재에 그녀는 심하게 방황했었다. 마인드컨트롤을 하고 또 해봐도 쉬이 제 앞에서 사라지지 않는 그의 허상에 힘든 레지던트 생활이 어떻게 지나가는지 모를 정도로 끔찍한 시간을 보냈다. 그런데 그가 고작 한다는 말이 저거다.

"미안해."

미안해, 보고 싶었어, 난 네가 아니면 안 돼.

"갑자기 나타나서 한다는 말이 고작 보고 싶었다고?"

"……."

"개소리하지 마, 노유진! 제발 내 인생에서 꺼져 주라! 제발!"

허리까지 숙여가며 동네가 쩌렁쩌렁 울릴 정도로 큰 소리로 외친 청아가 뒤돌아섰다. 그녀가 어두운 골목을 비척비척 걸어간다. 그리고 낡은 빌라 건물 안으로 쑥 들어가 빠르게 2층으로 뛰어올라 갔다. 삑삑삑삑, 빠르게 비밀번호를 누르고 집 안으로 들어간 청아는 제 방으로 들어간 뒤 쾅 하고 문을 닫았다.

주르륵, 문에 등을 기댄 청아가 아래로 흘러내렸다. 척추가 녹아 버린 것처럼 미끄러져 내린 그녀는 무릎을 끌어와 얼굴을 묻었다.

"허윽, 허어…… 허으윽……!"

어깨가 들썩인다. 작은 등은 울음소리 때문에 더욱 작고 나약해 보인다. 흐느낌으로 시작된 울음은 어느새 커져 대성통곡으로 변했다.

뺨이 눈물로 모두 젖을 만큼 청아는 울음을 쏟아냈다. 앞이 보이지 않을 만큼 눈물이 흐른다. 이 눈물에 슬픔을 1g이라도 담을 수 있다면, 그렇다면 제 가슴속에 진 응어리를 모두 털어낼 수 있을 텐데.

"나쁜 자식…… 나쁜 자식!"

청아가 원망을 쏟아냈다.

숨이 멎었다.

아니, 멎은 것만 같았다.

유진은 청아가 들어간 집 현관문을 손바닥으로 조심스레 쓰다
듬더니 이내 문 앞에 엉덩이를 붙이고 앉아 고개를 들었다. 정수
리에 차가운 기운이 닿았지만, 바닥에 닿은 엉덩이가 더러워졌지
만 그는 개의치 않은 채 한참이나 불이 들어왔다 나가길 반복하는
센서등을 보며 멍하니 읊조렸다.

"울지 마."

그녀의 울음소리는 두꺼운 벽을 타고 나올 정도로 컸고 구슬펐
다. 그녀가 슬픔을 털어내는 소리에 눈을 감은 유진은 손을 허공
으로 뻗어 부드럽게 쓰다듬는 시늉을 하며 그도 슬픔을 떨궈냈다.

"청아야."

내가 이기적이란 것은 너무나 잘 알고 있다.

하지만, 하지만 어떻게 해?

"난 네가 아니면 안 돼."

그도 그녀도 출구가 없는 길을 헤매고 있었다.

Two

기분이 엉망이다.

청아는 눈을 뜨자마자 보이는 색 바랜 천장을 보며 다시 눈을 질끈 감았다. 어젯밤 술은 몇 잔 기울이지 않았는데 숙취에 시달리는 사람처럼 속이 쓰렸고, 눈두덩 또한 묵직한 것이 얼마나 부었는지 감이 올 정도였다. 끙 소리를 내며 상체를 일으킨 청아가 이마를 짚으며 앓고 있을 때다. 테이블 위에 올려둔 휴대전화가 징징 진동한 것은.

"이 시각에 대체 누구야?"

벽에 걸린 시계를 힐끗 본 청아는 8시가 조금 넘은 시각에 짜증스레 휴대전화를 들었다. 액정에 뜬 번호는 저장되지 않은 번호였다. 받을까 말까 고민하던 청아는 스팸일 것이라 생각하며 전화를 받았다.

"여보세요?"

〈김청아 씨 휴대전화입니까?〉

뱃속이 웅웅 울릴 정도로 울림이 큰 목소리는 남자였다. 요즘 남아도는 시간 덕분에 우연히 본 드라마에서 남자 배우가 이런 울림을 가지고 있었다. 듣기 좋은 목소리이기는 하나 역시나 누군지 알 수 없는 상대방에 청아가 미간을 찌푸렸다.

"그런데 누구시죠?"

〈대한세종대학병원입니다.〉

"그런데요?"

그녀가 과거에 몸담았던 병원. 그곳에서 학업을 시작해 펠로우 과정까지 오르면서 근 15년 동안 몸담은 병원이었으나 마지막 기억이 좋지 못했기에 목소리 끝이 올라갔다. 그러자 상대는 조금 웃음기 담긴 목소리로 말했다. 방금 전 딱딱하던 음성과는 달리.

〈나야. 기억 안 나?〉

이건 또 무슨 소리야? 의문스러운 말에 청아의 고개가 옆으로 기울여졌다. 그러자 상대는 굳이 그녀의 답을 기다리지 않고 말을 이었다.

〈노유민이다. 이번에 소아외과팀장으로 오게 됐어.〉

"아……."

청아가 말끝을 흐렸다. 어젠 갑자기 노유진이 제 앞에 나타나더니 오늘은 그의 형에게서 전화가 걸려왔다. 그는 뉴욕의 존.F 케네디 병원에서 최근까지 소아외과 서전으로서 학계에 알려질 정도로 많은 활약을 떨친 걸로 같은 대학 서전들 사이에서 계속 회자되곤 했던 인물이다.

그런 그가 왜 갑자기 자신에게 연락을 한 것일까. 혹여 유진과 관련된 이야기일까 싶어 몸에 잔뜩 가시를 세운 청아가 날 선 목소리로 말했다.

"그래서요?"

〈그렇게 날 세울 필요 없어.〉

어떻게 날을 세우지 않겠는가. 주위 사람들이 모두 짠 것처럼 그녀를 괴롭히고 있는데.

〈알고 있을지는 모르겠지만, 우리 병원에서 치료를 받은 아이 중에 하나가 케타민으로 인해 행동 장애를 일으켰다고 보호자가 소송을 냈어. 이것 때문에 법무팀에서 현재 소송을 진행 중에 있고.〉

"저랑은 상관없는 이야기네요. 이만 전화 끊겠……."

〈병원으로 와라.〉

"선배!"

〈병원에서 이 문제에 대해 정확히 진상규명회를 열기로 했다. 그러니까 네가 환자를 생각해서 그들의 입장을 대변하고 싶다면 와서 날 직접 설득해.〉

"……."

〈오늘 오후에 내 방으로 찾아오는 걸로 알겠어. 이만 끊자.〉

남자는 예전에도 그랬던 것처럼 지금도 여전히 이야기에 대해 설명해 주는 인정머리라고는 없었다. 끊긴 전화를 내려다보던 청아가 자리에서 벌떡 일어났다. 그녀의 눈빛은 '그 도전, 받아주지!' 라고 외치는 듯했으며 눈빛 또한 활활 불타올랐다.

　문을 벌컥 열고 반대편에 있는 욕실로 향하려던 청아는 문득 부엌에서 들려오는 화기애애한 목소리에 걸음을 우뚝 멈췄다.

　"하하하, 그랬구먼. 청아와 같은 대학에 다닌 건 몰랐어."

　"네, 그리고 본과 과정은 한국에서 끝냈고 인턴 과정은 미국에서 했습니다."

　"오호, 그래?"

　"네. 그러다가 미국에서 자격증(American Board of Pathology in Anatomic and Forensic Pathology)을 취득한 후 그곳에서 법의관 생활을 조금 했습니다."

　"오오, 그런데 왜 한국으로 들어오게 된 게야? 거기서 계속 있어도 좋았을 텐데."

　"아…… 그건……."

　유진이 막 말을 이으려고 할 때였다. 얼어 있던 몸을 움직여 부엌으로 간 청아는 그곳에서 마주 보고 도란도란 이야기를 나누며 식사를 하고 있는 두 사람을 보았다. 국은 북어가 푹 퍼져 있고 계란이 물결에 따라 풀려 속을 뻥 뚫어버릴 듯한 시원한 해장국이다. 밥알 또한 윤기가 좔좔 흐르는 것이 침이 꼴딱 넘어갈 정도이다. 하지만 청아는 두 사람의 모습에서 시선을 떼지 못한 채 기가 차는지 차가운 목소리로 읊조렸다.

　"노유진, 너 여기서 뭐 하는 거야?"

　청아는 자신의 얼굴이 엉망이라는 것도 모른 채 그들의 앞에 나

섰다. 그녀의 등장에 밥을 먹고 있던 김 원장은 들고 있던 숟가락을 뚝 떨어뜨렸고, 유진은 부드러운 미소로 그녀를 반겼다.

"이제 일어났어?"

"네가 왜 여기 앉아서 밥을 먹고 있냐고!"

청아가 버럭 소리쳤다. 이제 제발 내 인생에서 사라져 달라고 애원하고 또 애원하며 울음을 터뜨린 것이 지난밤이다. 그리고 이런 제 마음도 분명히 밝혔다. 우리 이제 여기서 그만하자. 끊어진 우리 관계, 더 이상 지지부진하게 끌지 말고 여기서 그만 끝, 빠이빠이 하자고 그렇게 외친 것이 어제란 말이다. 그런데 그는 자신의 말을 귓등으로도 듣지 않고 개인적인 공간까지 쳐들어와 밥을 먹고 앉아 있다. 이 이기적인 남자를 어떻게 한단 말인가.

"내가 들어오라고 했다."

"아빠!"

"아빠고 자시고!"

서릿발 퍼런 딸아이의 눈빛에 결국 김 원장이 나섰다. 그는 반찬 위로 떨어진 숟가락을 집어 든 뒤 청아의 얼굴을 올려다보았다. 방금 전 소리를 지른 사람이라고 생각할 수 없을 정도로 평온한 얼굴을 한 그가 툭 말한다.

"딸아."

"……."

씩씩거리며 김 원장을 바라보던 청아는 곧이어 들려온 말에 얼굴을 와자작 찌푸렸다.

"좀 씻고 나오지 않으련? 아빠 속이 무지하게 안 좋아진다."

"……."

할 말을 잃은 청아가 입술을 꾹 앙다물었다. 그제야 자신의 몰골이 어떨지 떠올랐기 때문이다. 양 뺨이 달아오르며 얼굴 근육이 움찔 떨린다. 부끄러움에 그녀가 몸을 확 돌려 욕실로 향할 때였다.

"청아는 어떤 모습이든 예뻐요."

"에잉? 저 기집애가? 그럴 리가 있나."

뒤에서 들려오는 이야기에 욕실 문을 벌컥 연 청아가 안으로 들어간 뒤 쾅 소리 내어 문을 닫았다. 짜증스러운 걸음을 옮겨 세면대 앞으로 걸어간 청아는 거울 속에 비친 자신의 모습을 보곤 울고 싶은 마음에 고개를 푹 숙였다.

"젠장."

입에서 필터링을 거치지 못한 욕지거리가 튀어나왔다.

KTX가 다니는 동대구역 앞에서 발을 동동 구르던 청아는 매표소 직원을 보며 애처로운 표정을 지었다.

"정말 없나요?"

"네, 없어요."

청아의 얼굴이 파리하게 변했다. 진상규명회 시작 전에 유민을 설득해야 했기에 무슨 수를 써서든 표를 구해야 했다. 한숨을 내쉰 청아는 뒤에 서 있는 유진을 무시하며 서둘러 동대구역 밖으로 나왔다. 빠르게 걸음을 옮긴 그녀는 공원에 들어서서야 자신의 팔을 붙잡으며 말을 거는 그의 모습에 깊은 한숨을 내뱉었다.

"그냥 내 차 타고 올라가지?"

서울에 올라가는 방법이 기차만 있는 것은 아니다. 청아는 그가 붙잡은 팔을 떨어내며 말했다.

"됐어."

짧게 거절의 말을 내뱉은 청아는 빠르게 걸음을 옮겨 신호등 앞에 섰다. 건너편에 있는 패스트푸드점을 보자 배에서 꼬르륵 소리가 나며 음식을 넣어달라고 아우성을 친다. 집에선 부엌을 점거하고 있는 유진 때문에 물 한 잔 마시질 못했다. 휴게소에 들르면 뭐라도 좀 사 먹어야겠다고 생각한 청아는 마침 신호등이 파란불로 변해 횡단보도를 걸으며 자신에게 와 닿는 시선에 인상을 찌푸렸다.

"와, 저 남자 진짜 대박이다."

곁을 지나던 한 여자가 옆의 친구를 툭툭 치며 말한다. 그녀의 시선이 닿은 곳엔 유진이 있다. 그래, 이 남자가 조금 대박이긴 하지. 좋은 쪽으로든 나쁜 쪽으로든.

그와 함께 있을 때면 으레 받아오던 시선들. 여자들의 속닥거림은 데시벨 조절이 되지 않아 유진의 귀에까지 닿을 정도였으나, 그는 이러한 상황이 익숙한지 굳이 티를 내지 않았다.

애써 주위의 모든 것을 무시하며 청아는 고속버스터미널로 향했다. 주말이어서 그런지 터미널 안을 가득 메운 사람들 사이를 비집고 들어가 매표소로 향한 그녀는 방금 전 동대구역에서 들은 것과 같은 말을 들어야 했다.

"한강에서 불꽃축제 있다면서요? 표가 없어요."

"네?"

"아, 있긴 있네요."

그러면서 매표소 직원이 말한 표는 2시간 30분 뒤에 있는 표였다. 12시 30분에 출발하게 되면 아무리 빨라도 서울에 4시가 다 되어서야 도착할 것이다. 지금이라도 유민에게 전화를 걸어 못 가겠다고 말해야 하는 것인가? 고민에 잠겨 있던 청아의 곁으로 유진이 다가왔다.

"것 봐. 표 없잖아. 내 차 타고 올라가."

"……."

청아는 방금처럼 그의 제안을 일언지하에 거절할 수가 없었다. 이미 그녀는 병원을 그만둔 입장이고, 의료 소송을 진행하는 보호자와도 아무런 인연이 없다. 그녀의 환자도 아니고 그녀가 개인적으로 아는 사람도 아니다. 굳이 인연을 찾자면 병원에서 우연히 의자에 앉아 울음을 터뜨리고 있던 보호자인 엄마의 모습을 본 것이 전부이다. 그런데 왜 슬픔이 명치에 걸린 것처럼 꺽꺽 울음을 터뜨리던 그 모습이 제 시야에서 떠나질 않는 것일까.

유진을 바라보던 청아가 결심을 한 듯 고개를 끄덕였다.

"신세 좀 질게."

"정말?"

"그래."

청아가 차가 있는 곳까지 먼저 앞장서라는 듯 유진에게 눈짓했다. 그러자 그는 손을 뻗어 청아의 손을 움켜쥐며 입술을 늘어뜨려 웃었다. 예전처럼 바보처럼 웃지도, 예쁘게 웃지도 않았다. 그녀의 뇌리 속에 박혀 있는 그와는 전혀 다른, 주위에 있던 여성들의 얼굴이 붉어질 정도로 매혹적으로 웃은 유진이 그녀를 향해 눈을 반짝였다.

"가자."

"이 손 놔."

"안 돼."

짐짓 엄한 표정을 지은 유진이 말을 이었다.

"잃어버릴 것 같아서 못 놓겠어."

그 말에 청아의 턱이 떡 벌어진다. 이 인간의 생각을 때려 맞혀 본 적도 없으나, 오늘처럼 이렇게 자신의 정신을 쏙 빼놓을 것처럼 군 적도 없었다.

그가 붙잡은 자신의 손을 내려다보던 청아가 눈빛을 흐렸다. 마치 아빠와 딸처럼 손 크기가 상당히 차이가 났다. 이제껏 그의 인생을 고스란히 보여주듯 검지에 잡혀 있는 굳은살에 심장이 들썩이기 시작한다.

이 아이는 나름대로 자신의 자리에서 미친 듯이 노력했을 것이다. 그 노력은 훈장처럼 그의 손가락에 자리 잡고 있다. 그건 그녀가 바라던 것이기도 하였다. 이 아이가 자신의 길을 찾아 정진하기를. 그렇게 바라고 바랐다. 그저 그녀의 작은 소망이 있다면 앞으로 열심히 걸어 나가는 그의 곁에 자신이 있기를. 그렇게 작은 소망을 가졌었는데…….

청아는 그가 붙잡은 손을 떨어내지 않았다. 그저 입술을 악물며 작은 목소리로 말할 뿐이다.

"가기나 해."

청아와 유진은 서로 발을 맞춰 앞으로 나아갔다. 그가 청아의 걸음에 맞춰주었고, 청아도 손바닥부터 전해지는 그의 체온을 느끼며 걸음을 옮겼다.

다시 동대구역 주차장으로 돌아온 두 사람은 1주차장으로 걸음을 옮기는 그사이 한마디도 나누지 않았다.

검은색 매끈한 차량 앞에 멈춰 선 그는 청아가 보조석 앞에 서기도 전에 문을 열어주었다. 새삼 그가 자신에게 보이는 매너에 놀란 눈으로 그를 보았다. '너 이런 것도 할 줄 아니?' 라는 얼굴이다. 그러자 그는 청아의 어깨를 부드럽게 감싼 뒤 그녀가 차에 타는 것을 도우며 말했다.

"그런 눈으로 보지 마. 뽀뽀하고 싶어지니까."

인간이 더 능글맞아졌다. 차에 올라탄 그녀는 그가 차 문을 닫은 후 보닛을 돌아 운전석에 오르는 것을 노려보며 입술을 깨물었다. 그는 차에 오르고 난 뒤 차에 시동을 걸더니 청아를 보며 말했다.

"나 믿어?"

"뭐?"

"안전벨트 매라고."

처음부터 그렇게 이야기하면 되지. 청아가 불퉁한 얼굴로 안전벨트를 매자 그가 차를 부드럽게 출발시킨다.

차 안에 내려앉은 것은 무거운 침묵. 예전엔 그와 함께하는 이러한 침묵을 즐길 때도 있었다. 그 사이에서 일어나는 침묵은 불편한 것이 아닌 평온한 느낌마저 주었고, 시간에 쫓겨 공부하던 그 시절, 조금의 위안이 되어주기도 했다. 눈을 천천히 감은 청아가 그 시절 그 기억을 떠올리고 있을 때다. 정면을 주시하며 운전을 하던 유진이 조심스레 이야기를 시작했다.

"아버지, 좋은 분이시더라."

"……어딜 봐서?"

"현관문 앞에 앉아 있는 사람, 집에 들어서 재워주고 밥 먹여주고. 그런 사람 요즘 흔치 않잖아."

잘 알지도 못하는 사람인데. 덧붙인 그 말에 청아가 미간을 찌푸렸다. 이제야 그가 왜 아침 댓바람부터 그녀의 집 식탁에 앉아 밥을 먹고 있었던 것인지 이해가 된다. 그는 아침부터 집에 쳐들어온 것이 아니었다. 그녀가 밤새 질질 짜던 저녁에 집에 들어와 편히 잠을 자고 아침 식사를 했던 것이다.

청아가 한숨처럼 말했다.

"좋은 사람은 아니야. 적어도 가족에게는."

"……음, 그럴지도."

과거에 청아에게서 들은 이야기가 있는지라 유진이 고개를 끄덕이며 짧게 동의했다.

"하지만 남들에겐 좋은 분이시잖아."

"……적어도 난 좋은 사람의 기본은 가정을 지키는 것이라고 생각해."

돈벌이가 시원치 않던 아버지는 그녀가 일곱 살이 되던 해에 어머니에게 일방적으로 이혼을 당했다. 작은 내과를 운영하며 무료 진료 봉사를 하느라 전국을 쏘다닌 아버지는 정작 가정에는 봉사를 하지 않으셨다. 그 때문에 그녀가 어릴 적 부모님은 이혼을 하셨고, 그녀는 중학교 때부터 고모 집에서 눈치를 보며 지내야 했다. 그런 사람이 좋은 사람이라니, 청아는 그 말에 동의할 수가 없었다.

차 안에 이번엔 어색한 침묵이 흘렀다. 숨 막히는 침묵 속에서 청아는 눈을 감았다.

어쩌면 좋지?

코끝에 닿는 그의 체향에 청아의 슬픔이 깊어질 대로 깊어졌다.

"청아야, 자?"

"……."

그의 부름에 청아는 자는 척 무시했다. 그와 그 어떠한 이야기도 나누고 싶지 않았으니까. 그냥 이대로 서울까지 갔으면 좋겠다는 생각을 할 무렵, 배에서 산통을 깨는 소리가 들렸다.

꼬르륵.

"우리 청아는 자는데 우리 청아 내장은 안 자나 보네?"

젠장! 청아는 자신도 모르게 슬그머니 올라가는 손에 속으로 욕지기를 내뱉었다. 왜 하필 거기서 그런 소리가!

"휴게소 들러서 우동 먹고 가자. 괜찮지?"

그의 물음에 청아는 몸을 창가 쪽으로 돌리며 끙 하며 앓는 소리를 내뱉었다. 차마 먹지 않겠다는 말은 입 밖으로 내지 못했다.

❖   ❖   ❖

대한민국에서도 세 손가락 안에 꼽히는 대한세종대학병원은 외상치료센터와 암센터, 입원병동과 진료병동, 장례식장 등을 갖춰 자그마치 열 동이 넘어가는 어마어마한 규모를 자랑했다. 공원과 카페, 편의점, 은행 등 환자뿐만 아니라 보호자들이 쉴 수 있는 곳 또한 잘 마련되어 있었다. 그중 의국과 가장 가까운 카페에서 흰 가운을 입은 채 널브러져 있는 의사들을 보던 청아는 카페 가장 구석에 앉아 있는 유민의 모습에 곧장 그리로 걸음을 옮겼다.

"진료실은 아직 정리가 되지 않아서 말이야. 밖에서 할 이야기는 아니지만 멀리 나갈 수 있는 상황도 아니라 여기서 보자고 했어."

그의 말에 청아가 고개를 끄덕이며 그의 맞은편에 자리를 잡고 앉았다. 그러자 그는 미리 주문해 놓은 것인지 아이스 아메리카노 한 잔을 그녀의 앞에 밀어놓았다. 얼음이 제법 녹은 것이 그가 기다린 시간이 꽤 된 것 같았다.

유민은 그녀의 어깨 너머 차에 기대어 서 있는 유진의 모습을 보며 말했다.

"껌딱지를 달고 왔네?"

"선배 동생이에요."

그 말에 유민의 서늘했던 표정이 조금은 유하게 풀렸다. 입술이 늘어뜨려지고 하늘을 향해 날을 세우고 있던 눈매가 아래로 향하자, 그녀는 유민의 모습에서 유진의 얼굴을 너무나 쉽게 찾아낼 수 있었다. 그리고 보면 참 닮은 형제였다.

유민은 창밖에서 커피숍을 보며 쳐들어올까 말까 고민하고 있는 유진의 모습을 보며 말했다.

"네가 보기엔 쟤가 제멋대로인 것 같지?"

"선배, 알면 더 이상 말하지 마세요."

청아가 이 문제에 대해선 더 이상 말하고 싶지 않다는 듯 딱 잘라 말했다. 하지만 유민은 한숨을 섞어 동생을 조금 봐달라는 듯 진중한 목소리로 말했다.

"쟤도 나름 노력한 거야. 죽도록 노력해서 네 앞에 선 거라고."

"……아무것도 이야기해 주지 않는 사람의 개인적인 사정까지 알고 싶지 않아요."

"그래, 네가 그렇다면 그런 거겠지. 하지만 김청아."

"……."

"말 못할 사정이라는 것도 있는 거야. 너라면 껌뻑 죽는 저 자식이 너한테 말 못할 정도면 얼마나 대단한 이유겠냐."

"……."

"그러니까…… 너무 화만 내지 말고 용서해 줘라."

청아가 부들부들 떨리는 손을 움직여 물방울이 맺혀 있는 컵을 움켜쥐었다. 그리고 빨대로 커피를 쪽 하고 빨아 마신 뒤 컵을 제자리에 올려두었다. 청아는 제 말을 기다리고 있는 유민의 눈을 똑바로 마주하며 말했다.

"할 이야기가 그것뿐이세요? 그렇다면 일어날게요."

"후, 알았다, 알았어."

잘 빚은 도자기처럼 매끄러운 이마에 주름이 잡히며 그가 졌다는 듯 양팔을 들었다. 그리고 사적인 이야기를 끝낸 그는 이성적인 얼굴로 돌아와 청아를 바라보았다.

"그 문제에 대해선 나도 알아봤어. 병원 외부에 흘린 것은 네 잘못이야."

"그럼 어떻게 하라고요? 귓등으로도 안 듣는데."

까칠한 청아의 말에 유민의 얼굴이 구겨졌다. 서늘한 얼굴이 위협적이게 느껴질 법도 하건만 청아는 제 뜻을 굽히지 않았다.

"이건 병원 과실이에요, 100%!"

"어째서? 이미 의사가 수술에 들어가기 전에 다 설명을 했고, 지금도 진단서를 끊으면 약품명이 제대로 다 기입되어 있어. 그게 뭐가 문제야?"

유민은 이 문제에 대해 본질을 전혀 파악하지 못하고 있었다. 케타민이란 이름 자체를 보호자에게 알려주고 퍼미션(수술동의서)에 스스로 사인했다고 해서, 사용 약품 목록에 그 이름을 제대로 기입했다고 해서 문제가 되지 않는 것일까? 그녀는 그 물음에 고개를 힘껏 내저었다.

아니, 문제가 된다. 보호자들은 의료에 지식이 해박한 사람들이 아니니까. 그들은 그저 의사의 말에 껌뻑 죽으며 의사선생님이 제대로 해줄 거라고 믿는 순진한 사람들이다.

"역시 똑똑한 것들은 평범한 사람들을 이해 못해주네요."

"뭐?"

유진이나 유민이나 그녀에게 있어선 별세계의 사람들이었다. 그래서 배알이 꼴렸다.

"선배, 헐! 짜증 대박!"

"뭐, 뭐?"

청아가 내지른 소리에 유민이 당황한 듯 표정을 굳혔다. 하지만 청아는 그의 시선을 똑바로 마주하고 힘 있는 목소리로 말했다.

"외계어 같죠?"

"……."

"아니, 선배 입장에서는 외계어겠지."

확신하며 말한 청아가 말을 이었다.

"환자도 보호자도 그래요. 우리가 하는 말은 죄다 외계어처럼 들릴 거예요. 영어 섞어가며 유식한 척 떠들면 뭐 하나요? 뭐라고 씨부리는지 이해를 못하는데."

"……."

"아이들은 더욱 그래요. 검증된 약물로 치료해야 해요. 섬세한 육체가 어떻게 반응할지 모르니까. 어른들보단 튼튼하고 유연한 몸일지는 몰라도 민감하니까요. 제 말이 틀렸어요? 소아외과 서전이니까 나보다 잘 알 거 아니에요?"

"……."

"수없이 병원에 이야기했어요. 환자들에게 위험성을 설명한다 해서 문제가 아닌 건 아니라고. 의사가 말하는데 그들은 따를 수밖에 없지 않느냐고!"

그의 한숨 소리에 말을 멈춘 청아가 할 말이 있으면 해보라는 듯 그를 보았다. 하지만 유민은 팔짱을 끼며 계속 이야기하라는 듯 눈짓했다.

"제가 앵무새가 된 것 같았단 말이죠. 그런데 이 이야기를 들어주지 않았고, 결국 일을 이렇게 키울 수밖에 없었어요. 명백히 저의 잘못도 있지만 저보다 더 큰 잘못을 한 것은 이 문제에 눈을 감은 배운 의료인들이에요. 제 말이 틀렸나요?"

숨을 참으며 빠르게 제 생각을 털어놓았다. 그 말에 유민은 아무 말도 하지 못한 채 그녀의 얼굴만 바라보고 있다.

"이런 이야기 들으려고 저 부르신 거 아니죠?"

"그래, 네 말에도 일리가 있네."

피식 웃음을 내뱉은 유민이 고개를 끄덕였다. 의사가 하는 말에 고개만 끄덕이던 몇몇 보호자들의 모습이 떠올랐기 때문이다. 아무리 정확하게 설명을 해주었다고 하더라도 알아먹기 힘든 것이 의료 용어다.

고개를 든 유민이 초롱초롱 빛나는 청아의 시선을 마주했다. 흰 가운을 입고 있는 것은 자신이지만, 평상복을 입고 있는 그녀가 더욱더 의사로 느껴지는 것은 왜일까. 서전으로서 더 능력 있는 사람은 자신일지도 모르나 환자의 입장에선 그녀가 더욱 훌륭한 의사일지도 모르겠다.

"내일 심의가 있을 예정이다. 그리고 병원에선 아이의 치료에 최선을 다할 예정이야."

"……의료 과실을 인정하시겠다고요?"

청아가 놀란 듯 눈을 크게 떴다. 병원도 하나의 기업이다. 특히 사람의 생명을 담보로 한 곳이기에 의료 과실은 병원에도 아주 치명적이다. 보통 끝까지 법정에서 싸우는 것이 일반적인 반응이자 대응이었다. 한데 이번 일에 있어선 병원이 모두 떠안고 가겠단다.

청아가 속눈썹이 빽빽한 눈을 깜빡였다. 그러자 유민은 고개를 작게 저으며 말했다.

"이건 의료 과실이라고 할 수 없지, 다만."

말을 자른 그는 청아의 눈을 똑바로 주시하며 말했다. 문제를 정확하게 짚고 넘어가겠다는 뜻이다.

"병원비를 감당할 수 없는 보호자에게 도움의 손길을 내밀겠다는 이야기야."

궤변도 이런 궤변은 없었으나 어찌 되었든 잘되었다는 생각에 청아가 고개를 끄덕였다. 아이가 커가면서 들어갈 천문학적인 병원비를 적어도 구제받을 수 있으니 보호자에겐 잘된 일일지도 모른다.

"문제는 다 해결됐어, 네가 원하던 대로. 그러니까 병원으로 돌아와."

"선배……?"

청아가 눈을 깜빡였다. 그러자 유민은 굳어 있던 표정을 부드럽게 풀며 말했다.

"네 자리, 아직 그대로야. 이 일로 네가 다른 병원에서 다시 의사 생활하기도 힘들어졌잖아. 그만 고집부리고 돌아와. 너에게 뭐라고 할 사람들 없으니까."

그의 말 그대로였다. 내부 고발자를 원하는 병원은 그리 많지 않았다. 펠로우이기는 하나 이름난 서전도 아니고 그렇다고 인맥으로 다른 병원에 갈 수 있는 것도 아니었다. 하지만 이미 병원이란 집단 사회에서 큰 실망을 한 그녀가 이곳을 터전 삼아 일을 할 수 있을지는 미지수였다.

결국 고민에 고민을 거듭한 청아가 조심스러운 기색으로 말을 꺼냈다.

"선배, 조금 생각해 봐도 될까요?"

"생각?"

"네, 쉽게 결정할 문제는 아닌 것 같아요."

섣불리 가겠다고 말할 수는 없었다. 그렇다고 가지 않겠다고 말할 수도 없었다. 그래서 그녀가 내놓을 수 있는 답은 고작 이 정도였고, 유민은 그녀의 말을 이해한다는 듯 고개를 끄덕였다.

"그래, 그래도 길게는 시간 못 준다. 알다시피 워낙 인력이 부족한 곳 아니냐."

"네, 알아요. 곧 결정해서 연락드릴게요."

두 사람이 동시에 자리에서 일어났다. 유민은 창밖에서 여전히 이곳을 주시하며 기다리고 있는 유진을 보며 말했다.

"네 강아지 기다린다."

"이게 다 선배 때문이에요. 그때 족보로 날 꼬시지만 않았어도."

"그것도 다 운명이지."

"그런 운명, 엿이나 먹으라 그래요."

두 사람은 그렇게 산뜻한 대화를 나눈 뒤 헤어졌다. 주머니에 있는 휴대전화가 진동하자 유민은 서둘러 병원 안으로 걸음을 옮겼고, 그의 뒷모습을 바라보던 청아 또한 뒤돌아서 카페를 빠져나왔다.

천천히 걸음을 옮기던 청아는 유진의 차가 세워져 있는 곳으로 고개를 돌렸다. 그러자 검은 차에 등을 기댄 채 입에 하얀 담배를 물고 있는 유진이 보인다. 그때 짧은 치마를 입은 여자들이 그에게 다가갔다. 그 모습을 멀찍이서 바라보던 청아는 곧 그의 시선이 자신에게 닿자 눈살을 찌푸렸다. 그가 자신을 향해 손짓하고 있고, 곧 여자들의 시선도 자신에게 닿았다.

"지금 뭐 하는 거야?"

그냥 무시하고 가버릴까 생각하던 청아는 발을 쾅쾅 굴러 유진의 앞으로 다가갔다. 자신을 따라오는 시선을 느끼며 청아는 그의 입에 물려 있는 담배를 빼앗아 바닥에 휙 던진 후 비벼 끄며 말했다.

"거 봐. 여자친구 맞지?"

그의 말에 여자들은 몇 마디 구시렁거리더니 자리를 피했다. 하지만 청아의 시선은 여전히 유진을 향해 있었다.

"너 언제부터 담배 피웠어?"

"음, 사오 년 된 것 같은데?"

"끊어."

의대까지 다닌 인간이 담배는 무슨 담배야? 청아의 까칠한 말에 유진은 입술을 늘어뜨려 웃더니 고개를 끄덕였다.

"알았어."

"말로만 하지 말고."

"진짜야. 절대 안 피울게."

선서를 하듯 손을 올린 유진이 소리 내어 웃었다. 그 모습을 흘겨본 청아가 그의 몸을 밀치고 보조석 문을 열었다. 청아가 차에 올라타며 말했다.

"서울역까지 데려다 줘."

"집까지 데려다 줄게."

"뭐?"

"대구까지 데려다 주겠다고."

그러곤 더 이상 청아의 말을 들을 필요도 없다는 듯 그가 보조석 문을 닫더니 보닛을 돌아 운전석에 올랐다. 그가 시동을 걸며 즐거운 기색이 가득한 목소리로 말했다.

"드라이브하면서 내려가지, 뭐. 어때?"

그가 차에 올라타자 옅은 담배 냄새가 났다. 역시나 예전의 그와 달라진 것. 그래서 그런 것이리라.

"그러던지."

필터링을 거치지 못한 말이 나온 것은.

빠르게 변하는 창밖을 바라보는 청아의 옆모습을 힐끗 바라보던 유진은 높여놓았던 음악 소리를 줄이며 물었다.

"형이랑은 이야기 잘 끝났어?"

"음."

긍정도 부정도 아닌 말. 차를 타고 오는 내내 궁금하던 것을 물었지만 정작 그녀의 입에서 나온 답은 모호했다. 그러자 유진이 조금 빠른 어조로 물었다.

"정말 국과수엔 오지 않을 거야?"

"거기가 들어가고 싶다고 해서 막 들어가는 곳이냐? 너 때문에 지금 경쟁률이 3.5인데."

유진을 모델로 한 드라마가 큰 성공을 거두며 국과수에 대한 사람들의 인식도 바뀌었다. 일반 의사보다 벌이가 시원치 않았기에 예전엔 늘 인력난에 허덕였지만, 지금은 충분히 가려서 뽑을 수 있을 정도로 많은 지원자가 모여들고 있었다.

창밖을 향해 있던 청아의 시선이 드디어 유진에게 닿았다. 그녀는 그의 턱 선을 바라보았다. 턱이 움직이더니 곧 그가 낮은 목소리로 말한다.

"내가 추천해 줄 수 있어."

"어쭈? 낙하산 펼치라고? 됐어."

장난을 담아 말한 청아가 다시 시선을 돌려 창밖을 보았다. 그녀는 흘러가는 시간만큼이나 획획 지나가는 창밖 세상을 보며 말했다.

"과거에 네가 그랬잖아, 억지로 하는 것만큼 곤욕스러운 것은 없다고."

그 역시도 생각에 잠긴 듯 답이 없다.

"하기 싫은 일 하면서 사는 게 세상살이라는 것은 알겠는데, 그게 죽기보다 싫고 힘들다고 말이야."

"……."

그는 침묵으로 긍정을 표했다.

"난 그 정도는 아닌데, 그래도 국과수는 아니야. 난 사람을 살리고 싶어."

그러고 두 사람 사이에 또다시 무거운 침묵이 흘렀다. 그는 묵묵히 운전을 했고, 청아는 시선을 어지럽게 만드는 시야에도 꿋꿋이 창밖을 보았다. 푸른 새싹이 돋아나고 있다. 눈 깜짝하면 계절은 어느새 봄에서 여름으로 변해 있을 터이다. 대구의 날씨만 보아도 벌써 여름인 것 같지만.

그렇게 생각하자 청아는 문득 빠르게 지나가는 이 시간을 붙잡고 싶은 생각이 들었다.

"떠나고 싶다……."

그래, 어디론가 훌쩍 떠나고 싶었다. 복잡한 생각은 그만 접어두고 현실을 잊을 수 있는 곳으로 떠나고픈 생각이 들었다.

"음?"

"아니, 아니야."

머릿속으로 한 생각이었는데 자신도 모르게 입 밖으로 새어 나왔나 보다. 청아가 재빨리 고개를 저으며 아무것도 아니라고 말했지만 그는 정확히 청아의 이야기를 들은 것인지 핸들을 부드럽게 꺾어 경주 IC로 들어서며 말했다.

"떠나고 싶으면 떠나면 되지."

그의 목소리는 아주 산뜻했다.

　　현재와 미래가 공존하는 경주에 대한 기억은 누구든 하나쯤은 가지고 있을 것이다. 청아 또한 이곳을 수학여행으로 몇 번 방문한 기억이 있다. 그때의 경주는 '고리타분한 수학여행 장소' 그 이상도 이하도 아니었다. 하지만 차를 세워두고 자유롭게 유진과 발길을 나란히 옮기며 걸으니 그때와 달리 지금 바라보는 경주란 도시가 매력적으로 그녀에게 다가왔다.

　　서울과 달리 높은 건물이 없는 경주는 청아하고 맑은 하늘을 즐길 수 있는 곳이었다. 뻥 뚫린 하늘을 보기 위해 고개를 위로 힘껏 꺾으며 걸음을 옮기던 청아는 순간 발끝에 무언가 탁 하고 걸리자 화들짝 놀라 눈을 크게 떴다.

　　"괜찮아?"

　　다행히 그녀가 넘어지기 전에 유진이 붙잡아줬기에 망정이지 잘못했으면 코를 깰 뻔했다. 안도의 한숨을 내쉰 청아가 고개를 끄덕였다.

　　"고마워."

　　"조심 좀 해라."

　　"뭐?"

　　그에게서 이러한 말을 들을 줄은 몰랐다. 늘 조심하라고 한 쪽은 자신이었으니까. 그래서 청아는 놀란 눈으로 그에게 되물었고, 그는 장난스러운 얼굴로 청아의 허리에 닿아 있던 손을 떼어내 머리를 쓰다듬으며 말했다.

"칠칠맞지 못하게."

"……너한테 그 말 들으니까 무척 기분 나쁘다."

청아가 입술을 뾰족하게 내밀며 투덜거렸다. 천하의 노유진에게 칠칠맞지 못하다는 소릴 듣다니. 청아가 머리에 닿은 그의 손을 툭 떨어내며 천천히 걸음을 옮겼다. 바람을 타고 흔들리는 머리카락을 뺨에서 떼어낸 청아가 별이 총총 뜬 하늘을 보았다. 맑은 하늘은 아름다운 그림처럼 느껴졌다. 그래서였을까. 걸음을 멈춘 그녀는 곁에 있는 벤치를 힐끗 보며 말했다.

"앉았다 갈까?"

답을 구한 물음은 아닌 것인지 청아가 벤치로 성큼 걸음을 옮겨 자리에 앉으려 했다. 하지만 그녀의 뒤를 따르던 유진이 그녀의 팔을 움켜쥐며 앉는 것을 막은 뒤 안주머니에서 손수건을 꺼내 허공에서 탈탈 폈다. 그리고 의자에 손수건을 깔아주는 매너를 보이는 그의 모습을 청아가 낯설다는 듯 바라보았다.

"너 약 먹었니?"

장족의 발전이었지만 청아의 입에서 흘러나온 말은 까칠하다. 하지만 굳이 그가 펴준 손수건을 피하지 않은 채 그곳에 엉덩이를 내려놓았다.

그녀의 곁에 앉은 유진이 그녀가 바라보는 하늘과 같은 곳에 시선을 두며 말했다.

"많이 흘리잖아. 잘 넘어지고, 잘 묻히고."

"그래도 손수건이라니. 너랑은 안 어울려."

"나랑 어울리는 건 뭔데?"

진중한 눈빛으로 묻는 그의 말에 청아는 순간 말을 잃고 그의 얼굴만 뚫어져라 바라보았다. 진지한 눈만큼이나 목소리 또한 낮고 그윽한 울림이 있다. 그의 눈동자에 비친 자신의 모습에 어색해진 청아가 입가에 애써 미소를 띠며 말했다.

"이런 건 안 하는 어린아이."

장난스럽게 말을 했으나 결코 장난스럽지 않은 말. 그녀는 그를 비꼬고 있었다. 책임감 없고 충동적인 사람이라고. 유진은 천천히 그녀에게로 팔을 뻗었다. 엉덩이를 옮겨 두 사람 사이에 있던 공간을 메우고 공기까지 앗아간다.

청아는 하늘에 뜬 별처럼 빛나는 유진의 눈동자를 보았다. 예전처럼 순수한 빛이 아닌 어른의 색으로 빛나는 눈동자에 그녀가 호흡을 멈췄다.

"아직도 내가 아이로 보여?"

"……어."

뜸을 들이다 겨우 내뱉은 답은 고집스러운 것이었다. 흔들림 없는 청아의 눈빛을 마주한 그는 천천히 고개를 내려 그녀의 입술에 살짝 입을 맞췄다.

입술 끝만 겨우 닿은 입맞춤. 그것은 지금 두 사람의 마음처럼 묵직한 것이었으나 아주 찰나의 순간이었다. 자신도 모르게 눈을 감은 청아는 그의 숨결이 멀어지자 천천히 눈을 떴다. 그녀의 눈망울에 어느새 눈물이 맺혀 있었다.

두 사람 사이로 무거운 침묵이 내려앉았다. 청아를 향해 있는 그의 시선은 갑작스런 그녀의 눈물에 당황한 듯 굳어 있었다. 유진이 입술을 달싹여 말을 꺼내놓으려고 할 때였다. 하지만 그것보다 먼저 청아가 운을 뗴었다.

"유진아……"

청아가 조심스레 그의 이름을 불렀다. 그리고 고개를 들어 그와 눈을 마주하며 그녀가 애달프게 말했다.

"어떻게 해."

"……"

목소리 끝이 흐려지고 갈라진다. 그래서였을까. 유진의 눈빛도 그녀의 목소리를 따라 흐려진다. 그의 눈망울에 맺힌 슬픔은 그녀의 것과 똑 닮아 있었다. 그래서 그녀는 더욱 슬퍼졌다.

"난 아직도 네가 너무 좋아. 이런 내가 싫어서 미칠 것 같아. 그런데도 안 돼."

"청아야, 난……"

유진이 말을 이으려 했다. 하지만 청아는 거칠게 고개를 저으며 말을 이었다. 제 말을 막지 말라며.

"널 밀어내는 게 안 돼. 어떻게 하면 좋니?"

멍청한 물음이다. 이 물음에 대한 답은 이미 정해져 있었으니까. 그리고 그 답을 유진은 또다시 고개를 내려 부드럽게 그녀의 입술을 훑는 것으로 대신했다.

부드럽게 치열을 훑어 내리던 그가 입안으로 훅 하고 바람을 불어 넣었다. 순간 척추에 찌릿 전기가 흐르고 몸이 아래로 녹아내릴 것만 같았다. 그의 입술이 떨어지자 청아는 천천히 눈을 떠 그와 시선을 마주했다.

그가 말했다.

"좋아해, 청아야."

"……."

"사랑해, 김청아."

"……."

"이 말로는…… 안 될까?"

눈에서 뜨거운 눈물이 흘렀다. 그는 사랑한다고 속삭이고 있었으나 아주 먼 거리감이 느껴졌다. 하지만 그녀는 그의 품에 안겨 그의 키스를 받아낼 수밖에 없었다.

사랑, 그 지독한 감정은 그녀의 이성을 무너뜨렸다.

기와가 가지런히 쌓인 한옥식 호텔의 가장 큰 룸은 고즈넉한 언덕 아래에 있는 연못과 작은 정원이 일품이었다. 마당에 세워져 있는 벽엔 예쁜 색감의 비단이 물결치고 있고, 빛바랜 가구는 하나같이 고급스러웠다. 낮은 매트리스 위로 원앙이 새겨진 이불이 깔려 있다. 이불만으로도 웬만한 침대보다 푹신해 잠이 스르르 들 것처럼 편안해 보인다.

그리고 화려한 수 위로 놓인 두 사람의 몸.

이불 위에 누운 채 청아는 미닫이문 밖의 시린 빛을 뿜는 달을 보고 있었다. 은은한 빛은 낮에 작열하던 뜨거운 태양보다 더 고혹적이고 예뻤다. 눈을 뗄 수 없을 만큼. 문밖을 바라보고 있는 청아의 고개를 자신 쪽으로 돌린 유진이 한쪽 눈살을 찌푸리며 불퉁스러운 목소리로 말했다.

"날 봐."

청아가 힘들지 않게 그녀의 위에 올라 있으면서도 양팔로 제 체중을 유지하고 있던 그는 한 손으로 청아의 얼굴을 부드럽게 쓰다듬으며 명령하듯 힘주어 말했다. 남자의 눈빛은 뜨거웠다. 그의 시선이 제 몸을 훑자 청아는 부끄러움에 어깨가 움츠렸다.

"부끄러워?"

"넌 안 부끄럽니?"

청아가 시선을 내려 단단한 가슴을 드러내고 있는 상체를 보았다. 근육의 결을 그대로 그리고 있는 몸은 섬세한 조각처럼 아름다웠다. 움푹 파인 쇄골 라인과 그 밑에 자리 잡고 있는 넓은 가슴, 그리고 정점에 살짝 돋아 있는 젖꼭지. 시선을 좀 더 아래로 내린 청아는 여섯 조각으로 나 있는 복근을 지나 치골 라인을 본 후 여전히 속옷에 가려 있는 하체를 눈으로 훑었다.

조금 마른 것일까? 운동으로 다져진 아름다운 육체를 보며 청아가 미간을 찌푸렸다. 그래, 그러고 보니 몸이 많이 말라 있다.

"너 살 빠졌니?"

청아의 물음에 유진이 하하 웃음을 내뱉었다. 그러곤 그녀의 머리카락을 조심스레 쓰다듬더니 부드럽게 입을 맞추며 웃었다.

"넌 지금 그걸 묻고 싶어?"

그러면서 내려온 입술이 그녀의 이마에 살짝 닿았고, 곧이어 눈두덩에, 콧날에, 입술에, 사슴처럼 예쁘게 뻗은 목에 닿았다 떨어진다. 그의 입술이 점차 아래로 향하자 청아의 시선 또한 아래로 향했다.

그녀는 새빨갛게 변한 유진의 귀를 보며 자신도 모르게 웃음을 뱉었다. 그러자 그녀의 양 가슴을 한데 모아 입안에 삼키던 유진의 시선이 위로 들렸다. 청아는 손을 들어 유진의 귀를 만지며 말했다.

"빨개."

그는 그녀와 스킨십을 할 때면 늘 이렇게 귀를 붉히곤 했다. 예전과는 많이 달라진 그의 모습에서 과거를 발견하자 청아는 손가락으로 귀를 만지며 말했다.

"예전에는 이게 무척 귀엽게 보였어."

"지금은 안 귀엽고?"

몸을 위로 올린 유진이 청아의 입술에 부드럽게 입을 맞추며 물었다. 그러자 청아가 그의 가슴을 살짝 밀어내며 입술을 뾰족하게 내밀었다.

"방금 전까지 내 가슴 빨던 남자가 어떻게 귀여워 보여?"

"그럼 어떻게 보이는데?"

"남자."

청아가 망설임 없이 툭 내뱉었다.

"남자로 보여."

다시 한 번 힘주어 말한 그녀는 자신의 입술을 집어삼키는 그의 행동에 끙 신음을 뱉었다. 위로 들쳐 올렸던 브래지어 때문에 가슴을 더듬는 것이 불편한 것인지 그는 입술을 물고 빠는 동안 등 뒤로 손을 집어넣어 단숨에 후크를 풀어냈다. 브래지어를 벗긴 그가 곧장 그녀가 입고 있던 바지와 새하얀 속옷까지 벗겨낸 뒤 다시 고개를 내려 입술을 맞췄다.

같았다, 그에게 처음 안겼던 예전의 나와. 부끄러움에 몸이 움츠러드는 것도, 그에게 더욱 사랑을 달라며 목에 팔을 두르는 것도 모두가 예전 그때의 시간에 멈춰 있는 것처럼 같다.

그의 손이 닿는 곳마다 낙인이 찍힌 듯 뜨거움에 거친 숨이 흘러나오고 가슴은 크게 들썩인다. 유진은 여전히 그녀의 성감대를 정확히 찾아내어 입술을 내렸고, 그곳에 붉은 반점을 남겼다. 배꼽에 혀를 밀어 넣어 부드럽게 핥기도 하였고, 새하얀 양 허벅지를 벌려 가장 은밀한 사타구니에 제 영역 표시를 하듯 힘껏 빨아들이기도 했다.

그럴 때마다 청아의 몸은 춤을 췄다. 눈을 질끈 감은 채 달콤한 신음을 내뱉고, 눈을 게슴츠레 뜨고 위에서 화가처럼 자신의 몸에 수를 놓는 그의 모습을 보았다.

그의 등 뒤로 달빛이 아스라이 비친다. 달빛은 모래알처럼 흩어지며 그녀의 정신까지 앗아간다. 그리고 그가 청아의 허벅지 사이에 자리를 잡고 남성을 깊숙이 제 몸으로 밀어 넣는 순간, 청아의 허리가 활처럼 휘었다.

"아아……."

끊어질 듯 말 듯 연약한 신음이 그녀의 붉은 입술 사이로 터져 나왔다. 그가 주는 감각은 여전히 자극적이고 그가 제 안으로 들어오며 체중을 몸 위로 실었을 땐 안도감이 느껴졌다. 그리고 홍

분에 체온이 높아진 그의 가슴은 그녀에게 따스함마저 안겨주었다.

"괜찮아?"

"······응."

유진이 손을 들어 청아의 머리카락을 부드럽게 쓸어내리며 물었다. 그러자 청아는 조금은 흐려진 목소리로 말했다.

똑같았다, 그는. 여전히 제 안으로 들어온 후 자신을 따스하게 보며 머리를 쓰다듬는다.

눈물이 날 것 같다.

그와 하나가 된 순간, 청아는 애처롭게 눈물을 흘리고만 싶었다.

커다란 룸 안엔 간간이 들려오는 숨소리만 들릴 뿐, 짙은 어둠이 내려앉아 있다. 지난밤 뜨거운 관계 후 한 이불을 덮고 곤히 잠든 두 사람은 서로의 체온을 느끼며 서로를 바라본 채 무거운 눈꺼풀을 내리고 있다.

고요한 밤. 풀벌레 우는 소리만 들리던 그때, 갑자기 몸을 비틀며 괴로움에 숨을 헐떡이던 유진이 화들짝 놀란 얼굴로 눈을 번쩍 떴다. 거칠게 상체를 일으킨 그는 머리가 아픈 듯 이마를 짚은 뒤 눈을 질끈 감았다.

"젠장!"

그가 거칠게 소리쳤다. 그러고는 한참이나 눈을 감은 채 생각에 잠겨 있었다. 하얗게 질린 얼굴은 끔찍한 꿈이라도 꾼 것 같았다.

그런 그가 고개를 돌린 것은 한참의 시간이 지나서였다. 허벅지에 닿는 살결에 깜짝 놀란 얼굴로 고개를 돌린 그는 그곳에 잠들어 있는 청아의 모습에 눈을 크게 떴다. 커진 동공은 세찬 비를 만난 것처럼 빠르게 흔들렸고, 까슬까슬하게 껍질이 일어난 입술은 이로 짓이겨져 있다.

천천히 손을 뻗은 그가 청아의 어깨 위에 손을 올려놓았다. 그녀는 잠이 들었다고는 생각되지 않을 정도로 움직임이 없었다. 마치 생을 다한 사람처럼.

"청아야?"

그래서였을까. 그녀의 몸을 흔드는 유진의 얼굴엔 불안함이 가득했다. 이마에 맺혀 있던 식은땀이 뺨을 타고 또르르 아래로 떨어져 이불을 적셨다. 그의 부름에도 청아는 답이 없었다.

"일어나. 일어나……. 일어나, 김청아!"

"……."

"청아야, 제발! 제발 일어나!"

그가 발작적으로 외쳤다. 마치 누군가에게 쫓기는 사람처럼. 그의 목소리엔 어느새 울음까지 담겨 있었다. 눈망울에 맺힌 습한 액체는 툭 건드리기만 해도 아래로 떨어질 정도로 동그란 형태를 그리고 있다.

"청아야, 청아야! 일어나! 일어나! 일어나라고!"

그가 다시 한 번 힘껏 그녀의 몸을 흔들었다. 그러자 청아가 무거운 눈꺼풀을 들어 올리더니 갈라진 목소리로 묻는다.

"왜…… 그래?"

잠에서 막 깨어나서 그런지 목소리가 잔뜩 잠겨 있었다. 그녀가 눈을 뜨고 자신을 바라보자 유진은 헉헉 소리를 내며 그녀를 깨우기 위해 살짝 들고 있던 엉덩이를 매트리스 위로 내려놓았다. 그는 청아의 맑은 눈동자에 그제야 안도한 것인지 팔을 들어 심장을 움켜쥐었다. 심장이 뻐근하게 아파온다.

"하아, 하아!"

"노유진?"

그의 상태가 심상치 않음을 깨달은 청아가 상체를 일으켜 땀으로 번들거리는 그의 어깨를 움켜쥐었다. 이불이 아래로 스르르 흘러내리고 새하얀 가슴이 드러났지만 그도 그녀도 개의치 않았다. 청아가 걱정스러운 기색이 가득 담긴 목소리로 물었다.

"너 왜 그래? 어?"

유진이 고개를 거칠게 젓는다. 마치 아이가 떼를 쓰는 것처럼. 그의 눈에 맺혀 있던 눈물이 아래로 후두두 떨어지고 몸은 사시나무처럼 떨린다. 지독한 트라우마에 사로잡힌 그는 너무나 약하고 불안정해 보였다. 그래서였을까? 청아는 손을 뻗어 그의 등을 천천히 토닥이며 바람 소리를 냈다.

"쉬이— 괜찮아."

"……하아."

"괜찮아. 아무것도 아니야."

무엇이 아무것도 아니라는 것일까. 그 이유를 스스로도 모르는 그녀이지만, 자신도 모르게 그리 말하고 있었다. 그래서였을까. 그의 호흡이 점차 제자리를 찾기 시작했고, 두려움에 가득 찼던 그의 눈빛 또한 점차 제 색을 찾기 시작했다.

청아는 그가 안정이 될 때까지 기다렸다. 이런 그의 모습은 처음 보는 것이었으나 그의 정신을, 몸을 지배하고 있는 두려움이 가시길 기다리고 또 기다렸다.

열어둔 미닫이문으로 햇볕이 쏟아지고 살랑살랑 따스한 바람이 불어올 때다. 청아는 그가 자신의 어깨를 끌어당겨 품에 안자 숨을 크게 들이마시며 말했다.

"나 너랑 더 이상 입씨름하기 싫어."

지난밤, 오랜 시간 동안 괴로워하는 그의 모습을 바라보고만 있던 청아는 자신이 그에 대해 너무나 모르고 있다는 사실에 괴로웠다. 분명 그와 자신은 오랜 시간을 함께 공유하며 곁을 지켰는데 그것들이 모두 허사로 느껴졌다.

난 노유진에 대해 전혀 아는 게 없어.

그렇게 생각하자 심장이 떨어져 나가는 것만 같은 느낌이 들었다.

"근데 난 네가 너무 좋아. 그래서 널 놓을 수가 없어. 나한테 말해주면 안 될까? 왜 갑자기 유학을 결정했는지, 그곳에서 무슨 일이 있었기에 돌아오지 않은 것인지……. 그리고 지금 왜 이토록 괴로워하는지."

감정이 사각사각 갉아 먹히는 소리가 들렸다. 뇌 속을 울리는 그 소리는 그녀를 괴롭게 만들었다.

"다 말해줘, 유진아. 난 모든 걸 듣고 싶어. 이야기해 주지 않으면…… 난 널 더 이상 내 곁에 둘 수 없을 것 같아."

"……."

"잘 모르는 낯선 사람을…… 내 곁에 두기 싫어."

무서웠다, 내가 모르는 그는.

나의 전부를 가지고서 떠난 그날로 돌아갈 것만 같아서. 평생 내 곁에 있을 줄 알았던 그가 낯선 모습을 보이고서 바람처럼 사라졌던 그날처럼 또다시 사라질까 봐. 그래서 이젠 확신이 필요했다. 그가 내 곁을 평생 지킬 사람이라는 확신이.

알고 싶었다. 그가 숨기고 있는 그 무언가를. 왜 내 곁을 그렇게 떠날 수밖에 없었는지에 대해서도.

그가 말해주기를 진득하게 기다리던 청아는 그의 입술이 달싹이고 흘리는 말에 깜짝 놀란 듯 눈을 크게 떴다.

"다…… 알게 돼도 안 떠날 거야?"

"뭐?"

"나 징그럽다고…… 밀어내지 않을 거야?"

"……."

"나 무섭다고…… 떠나지 않을 거냐고."

그의 입에서 툭툭 튀어나오는 물음에 청아의 눈이 점점 커졌다. 징그러워? 밀어내? 무서워? 알게 되면 널 떠나게 될 거라고? 뭐가 뭔지 그녀는 알 수가 없었다. 그가 지금부터 하고자 하는 말을 예상조차 할 수 없었다. 하지만 그는 진지한 눈으로 청아를 보며 그렇게 물었다.

어느새 눈물이 멈춘 눈으로 자신을 바라보는 그의 모습에 청아는 천천히 고개를 끄덕였다. 그러자 그가 안도의 한숨을 쉬며 청아의 양손을 붙잡았다.

"무서웠어. 네가 알면…… 날 버리고 떠날 것 같아서."

그의 말에 청아가 눈을 깜빡였다. 종잡을 수 없는 이야기에 그녀는 침묵으로 고개를 저었고, 그는 계속 말을 이었다.

"그게 무서워서…… 이제껏 아무에게도 말하지 못했어. 다들 나보고 괜찮으냐고 물어보는데 괜찮다는 말도, 안 괜찮다는 말도 하지 못했어."

마주 잡은 손이 파르르 떨리고 있다. 그의 마음속에 자리한 상처의 크기가 얼마만 한지 알 수 없었다. 그는 진중한 눈으로 청아의 시선을 한참이나 잡아두더니 이내 크게 심호흡을 했다.

"후우, 하아!"

그렇게 숨을 들이마셨다 내뱉은 유진은 시선을 아래로 내려 자신이 붙잡아 얽혀 있는 두 사람의 손을 보았다. 유진은 손이 하얗게 질릴 정도로 그녀의 손을 옭아맸다.

"할머니가…… 죽었어."

"뭐?"

어떠한 말이 흘러나오든 놀라지 않을 것이라 마음먹었건만 청아는 전혀 예상 밖의 이야기에 놀란 눈으로 되물었다. 할머니가 돌아가신 게 왜? 그녀의 물음에 유진은 시선을 들어 청아와 눈을 마주한 채 입술을 달싹였다.

"내가 다섯 살 때."

목소리 끝이 갈라졌다. 힘겹게 한 자 한 자 내뱉는 그의 얼굴이 갈수록 창백하게 질려가기 시작한다.

"할머니 손에 컸는데…… 죽었어."

그는 아직도 그 기억 속에서 벗어나지 못한 듯 아파하고 있었다. 다섯 살 때 돌아가신 할머니는 그에게 여전히 현재진행형이었다.

"내 눈앞에서 돌아가셨는데도 몰랐어. 어렸거든. 죽음이 뭔지 알 리가 없잖아."

"……."

그의 입에서 시작된 이야기에 청아가 말문이 막힌 듯 입술을 꾹 깨물었다. 괴로워 일그러지는 그녀의 얼굴과는 달리 그의 표정은 너무나 담담했다.

"그때의 모든 기억을 잃었어. 기억이란 참 웃기지? 그렇게 따랐던 할머니인데…… 내가 아프고 힘들다고 다 잊어버린 거야. 깨끗하게."

"……."

"그 기억이 다시 떠오른 게 2004년이야."

아아! 청아의 입에서 신음 같은 말이 터져 나왔다. 2004년, 그해는 그가 갑자기 제 곁을 떠났던 해다. 그리고 그녀 또한 무척이나 아팠던 해. 그가 제 인생에서 갑자기 사라져 버림으로 인해 심장엔 바람이 들고 머리는 백지가 되었던…….

"그때의 난…… 너무도 불안정한 상태여서 부모님이 나 혼자 한국에서 생활하는 걸 반대했어. 그리고 나도 알았어, 혼자 있으면 내가 무슨 짓을 어떻게 할지 모른다는 걸."

"……."

"정신과 치료를 받으면서 드는 생각은 내 절망이 끝나지 않을 것이란 거, 모든 것은 다 나의 책임이란 것, 그거였어."

"……."

"미래는 바꿀 수 있지만 과거는 바꿀 수 없다. 아주 단순한 그 사실을 난 너무나 절실히 깨달았어."

흔들리는 목소리에 가슴이 아파왔다. 청아는 힘주어 잡은 그의 손을 내려다보며 눈을 질끈 감았다. 그는 용기를 내고 있었다. 자신 때문에 아프게 꺼내놓은 이야기를 마치기 위해서.

"그래서 떠난 거야, 청아야."

눈물이 터져 나올 것만 같아 눈에 힘을 주어야 했다. 부릅뜬 눈으로 유진을 바라본 그녀는 애써 입가에 미소를 지었다.

"미안해, 이제야 말해서."

고개를 젓는다. 아니야. 내가 미안해. 널 이해해 주지 못해서. 그러한 일이 너에게 일어났을 거라곤 생각하지 못했어.

"하지만 그때의 난…… 주위 사람들을 둘러볼 수가 없었어."

그의 말만으론 그때 그의 아픔은 전부 알지 못했다. 하지만 그녀는 어느 정도 이해할 수는 있었다.

용서해 달라던 유라의 목소리가 귓가에 울렸다.

"용서해 줘, 유진이. 걔도 많이…… 힘들었어."

청아를 향해 간곡하게 부탁하던 유민의 목소리도…….

"그러니까…… 너무 화만 내지 말고 용서해 줘라."

그들은 유진의 사정을 알고 있었다. 알고 있을 수밖에. 가족이니까. 그랬기에 용서해 달라고 했을 것이다. 차마 그의 아주 개인적인 부분은 말하지 못한 채.

"유진아……."

그녀가 힘겹게 그의 이름을 불러본다. 그러자 그는 웃는 듯 우는 듯 어설픈 표정으로 그녀를 바라보았다.

"그렇게 멍청했어, 내가."

그의 구슬픈 목소리에 가슴이 저몄다.

누군가 심장을 양쪽에서 쥐고 힘껏 짜는 것 같았다.

노유진은 긴 시간을 홀로 아파했다.

멍청하게…….

Chapter 3

2004년, 공범

One

유진은 본과 4학년이 될 때까지도 갈피를 잡지 못하고 있었다. 훌륭한 의사선생님이 목표가 되긴 했으나, 구체적으로 어떠한 과를 결정하지는 못했다.

하지만 수업에는 늘 착실히 참여했고, 그녀와 함께 공부하며 상위권을 꾸준히 유지하고 있었다. 아니, 어디 상위권뿐인가? 과 내에서 수재라 불리는 재영과 1, 2등을 다투었으니 아주 훌륭한 성적이었다.

과는 인턴 생활을 하며 결정해도 늦지 않으니 조금은 느슨한 마음이 된 두 사람은 오늘도 같은 장소, 같은 시간을 공유하고 있었다.

국가고시 또한 쉽게 패스한 뒤 인턴 생활을 기다리고 있던 유진과 청아는 겨울방학을 맞이해 조금 느긋해진 마음으로 책 한 권을 붙들고 있었다. 최근 나온 자기개발서는 청아가 억지로 제 손에 쥐어준 것으로 제목부터 걸작이었다.

—사회생활 잘하는 법

일차원적인 제목은 취향이 아니었으나 그녀가 손수 골라준 책이니 즐거운 마음으로 한 자 한 자 집중해 읽어 내리고 있었다. 무서울 정도의 놀라운 집중력으로 빠르게 활자를 읽어 내리던 유진은 자신의 뺨에 와 닿는 따가운 시선에 책을 다음 장으로 넘기며 웃음이 담긴 목소리로 말했다.

"왜, 우리 청아? 새삼 나한테 반했어?"

"정말 날이 갈수록 뻔뻔해지고 있어, 너."

청아가 불퉁한 목소리로 말했다. 그리고 외풍에 코끝이 시려오자 이불 속으로 파고들었다. 들고 있던 노트는 이미 멀리 던져 버린 뒤. 그녀는 뜨거운 전기장판과 한 몸이 되고 싶은 사람처럼 바닥에 착 달라붙었다.

춥다. 너무나 추웠다. 2004년의 겨울은 2003년의 겨울과는 상대가 되지 않을 정도로 영하의 날씨를 연신 기록하며 그녀의 몸을 꽁꽁 얼리고 있었다. 엉덩이가 팔팔 끓을 정도로 전기장판 온도를 올렸으나 이불 밖으로 드러난 팔과 얼굴에는 차가운 바람에 서리라도 낄 것 같았다.

그녀가 몸을 바르작바르작 떨며 자리에 눕자 책에서 떨어지지 않을 것 같던 유진의 시선이 그녀에게 향했다. 유진은 소리 내어 책을 덮은 뒤 청아의 옆으로 옮겨가 그녀를 품에 쏙 안았다.

"춥다."

청아의 입에서 짧은 말이 흘러나왔다. 처음엔 아주 단순한 생각에 옥탑방을 구했던 그녀다. 하지만 여름이면 덥고 겨울이면 추운이곳에서 언제까지 땀을 뻘뻘 흘리고 오들오들 떨어야 할지.

"하아, 이놈의 옥탑방. 벗어나고 싶어."

몸을 옆으로 세워 주름 잡힌 청아의 이마를 꾹 누른 유진은 눈을 반짝이며 그게 무슨 문제가 되느냐는 듯 말했다.

"이사하면 되지."

"이사가 어디 쉬운 일이야?"

작은 옥탑방 안에 가득 차 있는 물건을 눈으로 휘 둘러본 청아가 한숨을 왈칵 쏟아냈다. 그러자 유진은 몸을 똑바로 세워 청아의 팔을 잡아당겼다.

"왜?"

그의 힘에 상체를 벌떡 일으키게 된 청아가 눈살을 찌푸리며 말했다. 그도 남자인지라 잡아당기는 힘이 장난이 아니었고, 어깨뼈가 뻐근하게 느껴질 정도였다.

유진은 반짝이던 눈을 가라앉히며 청아의 양손을 마주 잡았다. 그리고 진지한 얼굴과 고저 없는 조용한 목소리로 말했다.

"형 미국으로 떠난 건 알지?"

"저번 학기에 갔잖아."

힘든 레지던트 3년차에 미국으로 건너간 유민은 현재 그들의 부모님이 계신 병원에서 마지막 레지던트 생활을 하고 있는 것으로 알고 있다. 그의 결정은 학교에서도 꽤나 이슈가 되었던 일이고, 훌륭한 인재를 빼앗겼다며 교수님들이 땅을 치기도 했다. 아마 그가 이곳에 남아 있었다면 힘들이지 않고 전임강사를 거친 뒤 교수의 자리에까지 올랐으리라.

왜 갑자기 그러한 이야기를 꺼내는지 이유를 몰라 청아가 고개를 옆으로 기울이자 유진이 잠시 뜸을 들인 후 말했다.

"우리 집에 와서 살래?"

"뭐?"

그게 말이 되는 소리냐며 청아가 말꼬리를 올렸다. 하지만 유진은 장난이 아니었다. 몇 번이고 하고 싶던 말을 툭 꺼내놓자 그다음은 조금 더 쉽게 나왔다.

"우리 더 바빠지기 전에 결혼하자."

3월이 되면 그 아래는 타일 바닥밖에 없다는 인턴 생활이 시작될 터다. 그때부터 시작되는 생지옥은 1년이 어떻게 흘러가는지도 모른 채 여러 과를 전전하며 서로 얼굴을 마주할 시간도 없게 될 것이다. 그래서였을까, 말을 하는 유진의 얼굴은 다급함마저 보였다. 하지만 이와는 반대로 이야기를 멍하니 듣고 있던 청아는 버럭 소리부터 쳤다.

"야!"

이 미친 똥강아지가 또 무슨 개소리를 하는 거냐는 표정이 역력했다.

"난 청아의 신랑이 되고 싶어."

그러면서 안면 가득 웃음꽃을 피우는 그의 모습에 청아가 말문이 막힌 듯 입을 꾹 다물었다.

그는 한 가지만 보는 사람이었다. 하나만 보면 그 주위의 것들은 보지 못했다. 결혼이란 것이 두 사람만 좋다고 해서 그리 간단히 할 수 있는 것이 아니지 않은가. 현실적인 청아는 그가 뜬구름을 잡는 소리를 한다고 생각했다. 하지만 늘 장난스럽던 그의 표정은 그 어느 때보다 진지하고 확신에 차 있었다.

"결혼이 그렇게 쉬운 일인 줄 알아?"

"난 부모님께 이미 말했는데? 나 좋아하는 사람 있어요, 사랑하는 사람이 있어요, 그 사람이랑 꼭 결혼할 거예요, 그렇게."

"뭐?"

청아의 입이 딱 벌어졌다. 놀란 그녀의 얼굴이 재미있는지 그가 말에 웃음을 담아 이야기했다.

"안 그러면 나 질질 끌고 미국으로 가겠다잖아. 어쩔 수 없었단 말이야."

"……."

"그래서 다음 달에 한국에 들어오시기로 했어."

헤헤 웃으며 아무렇지도 않게 꺼내놓는 이야기는 모두 시한폭탄 수준이다. 그는 늘 청아를 놀라게 만드는 행동을 자행하곤 했으나 오늘처럼 심장이 덜컥 내려앉는 경험을 하게 해준 것은 몇 번 되지 않았다.

말문이 막힌 청아가 눈을 끔뻑이자, 유진은 뭐가 그리도 즐거운지 웃음기가 가득한 목소리로 말했다.

"이제 우리 청아, 내 색시 해야겠네?"

"……."

"난 많이 부족하고 못났지만 청아가 곁에 있으면 아주 좋은 사람이 될 수 있을 것 같아."

평소 같으면 아니까 다행이라고 말했을지도 모른다. 하지만 지금 어색하게 웃음 지으며 자신의 이야기를 또박또박 늘어놓는 그의 모습은 청아의 말문을 막고 생각조차 막았다. 그가 정말 진심으로 자신에게 이러한 이야기를 꺼내놓는다고 생각하자, 청아는 점차 부풀어 오르는 가슴을 느꼈다.

"좋은 의사가 될 수 있을 것 같고, 좋은 아버지도 될 수 있을 것 같아."

부풀어 오르는 가슴은 크게 들썩이고 아픔을 동반하여 그녀의 심장을 괴롭혔다. 찌릿찌릿 심장병을 앓는 사람처럼 요동치는 심장박동에 청아가 조심스레 손을 올려 가슴 위에 얹어보았다.

결혼이라……. 청아는 단 한 번도 진지하게 생각해 본 적이 없는 문제이다. 아직은 스물다섯 살. 어린 나이였고 앞으로 그들 앞에 펼쳐질 생활은 잠자는 시간까지 쪼개며 살아야 한다. 그런 그녀가 결혼을 꿈꾸다니, 그건 턱도 없는 일이었다. 하지만 지금 이 순간 유진이 자신에게 진지하게 동거를 하자 말하고, 결혼을 하자 하니 생각이 조금씩 달라진다.

그러고 보니 두 학년 선배 중에 1학년부터 CC로 지내다가 결혼한 커플도 있다. 그렇게 생각하면 전혀 말이 안 되는 이야기는 아니지 않은가.

"우리 청아가 많이 힘들겠지만……."

말꼬리를 늘어뜨리며 말을 마친 유진이 진지한 눈으로 청아의 얼굴을 바라본다. 축 처진 눈꼬리가 애달프다. 간절함을 담은 목소리에서는 짙은 불안감마저 묻어났다. 꼬리를 살랑살랑 흔들며 늘 그녀의 마음을 약하게 만들곤 하던 표정을 영악하게 그리며 그가 물었다.

"싫어?"

청아의 시선이 유진의 눈동자를 향한다. 자신을 똑바로 마주하지 못하고 흔들리는 눈빛을 보며 청아가 천천히 입술을 뗐다.

"어떻게 싫다고 그러냐?"

목소리 끝이 약간 올라간다. 가슴이 콩닥콩닥 뛰는 것이 그의 눈빛에 긴장한 것 같기도 하다. 그의 마음에 덩달아 그녀는 수줍어져 말을 이었다.

"나도 결혼을 하게 되면 꼭 너랑 할 생각이었어."

그래, 언젠가 누군가 내 짝이 된다면 노유진이 아닐까 하는 생각은 했다. 힘든 본과 생활을 그와 함께했다. 시험을 망쳐 기분이 좋지 않을 때도, 처음으로 시험지에 빡빡하게 답을 적었을 때도, 서릿발 어린 조교들이 그녀에게 성적이 많이 올랐다고 말해줬을 때도 그녀의 곁에는 늘 노유진이 있었다. 그리고 아마도 평생 그는 제 곁에 있겠지.

제 뒤를 졸졸 따라다니던 이상한 남자. 그 사람이 지금은 그녀 일상의 한 부분을 차지하고 있었다. 그런 사람을 어떻게 밀어내겠는가.

청아의 말에 유진의 동공이 점차 커졌다. 아주 커다랗고 마음에 쏙 드는 선물을 받은 아이처럼 입술을 크게 늘어뜨리더니 눈에 띄게 밝아진 목소리로 묻는다.

"정말?"

반짝이는 눈동자는 늘 청아를 향해 있다. 기쁜 일이 있든 슬픈 일이 있든. 청아는 늘 그랬던 것처럼 예쁜 두 눈동자가 자신에게 닿자 얼굴을 붉히며 그가 꽉 붙잡고 있는 손을 떨어냈다.

"그래. 그러니까 이 손 좀 놔. 땀 찼어."

"우리 청아!"

'꺄!' 하고 소리친 유진이 청아를 와락 안았다. 그리고 새하얀 청아의 뺨에 입술을 맞추며 쪽쪽 소리를 낸다.

"예뻐! 예뻐 죽겠어!"

"그만해, 이 환자야!"

"예쁜 걸 어떻게 해!"

우당탕! 작은 옥탑방은 두 사람이 나뒹구는 소리로 한참이나 시끌벅적했다. 그의 품에서 겨우 벗어난 청아는 도망갈 곳 없는 그곳에서 작은 몸을 요리조리 움직였고, 유진은 도망치려는 그녀의 허리를 껴안고 그녀의 몸 여기저기에 달콤한 입술을 맞췄다.

2004년 12월, 행복한 겨울 어느 날의 일이었다.

세상의 더러움을 모두 감추려는 듯 엄청난 폭설이 내렸다. 회색의 멋없는 도시 위로 내려앉은 눈은 도시의 사람들에겐 불편한 쓰레기에 불과했지만, 눈 쌓인 거리를 폴짝폴짝 뛰는 유진은 제 발목까지 쌓인 눈이 좋은 듯했다.

유진은 푹푹 빠지는 발을 신기한 눈으로 바라보다가 휴대전화를 귀에 대고 있느라 새빨갛게 얼어버린 손을 공중에서 흔들어댔다. 그리고 곧 전화기를 타고 흘러나오는 반가운 목소리에 입가 가득 행복한 미소를 머금었다.

〈터미널이야.〉

유진은 청아에게 며칠 전 새해를 기해 고향집인 대구에서 일주일을 지내고 올라오겠단 이야기를 들었다. 그녀를 배웅해 주며 같이 따라가겠다고 떼를 써보았지만, 그녀는 냉정히 떠나 버렸다. 그 대신 이번 고향 방문에서 아버지인 김 원장에게 소개시켜 줄 남자가 있다는 운을 띄워 놓고 오겠다며 그를 회유했다. 이에 고개를 끄덕이며 그녀를 보내준 그였지만, 청아를 보지 못하는 잠시 잠깐의 시간에 몸이 달아, 당장 대구로 뛰어가고 싶은 걸 겨우 억누르고 있었다.

그녀가 대구로 떠난 사이 그는 자신의 어머니께 여자친구에게 프러포즈했다고 말했다. 이에 부모님이 뭐라 했더라?

그래,

"뭐? 우리 아들을 데려가겠다는 천사 같은 아가씨가 있단 말이야?"

이렇게 말했었다.

유진은 바닥에 뭉쳐 있는 눈을 툭툭 발로 차며 물었다.

"지금 차 타?"

〈어. 눈이 많이 와서 시간이 걸릴 것 같아. 오늘은 못 보겠다.〉

"그럼 생일 파티는?"

〈어쩔 수 없지. 내일 해야지, 뭐.〉

"응, 알았어."

힘없이 전화를 끊은 유진은 전화를 받느라 한 손으로 무겁게 들고 있던 인형 탈을 바라보았다. 새하얀 얼굴에 툭 튀어나온 노란 주둥이, 얼굴의 3분의 2에 달하는 커다란 눈에는 양쪽으로 속눈썹이 다섯 개씩 팔랑거리고 있고, 머리엔 파란색 모자까지 씌워져 있다. 도날드덕, 조동이가 귀엽다며 인형에 관심이 없던 청아가 처음으로 귀엽다고 한 캐릭터이다. 인형 탈을 보며 유진이 실실 웃음을 내뱉었다. 조금 있으면 깜짝 놀랄 청아의 모습을 떠올리며 즐거움이 가득한 어조로 노랫말을 내뱉듯 말한다.

"서프라이즈~"

휴대전화를 주머니에 넣은 유진이 힘겹게 들고 있던 인형 탈과 인형 옷이 든 묵직하고 커다란 박스를 질질 끌고 걸음을 옮겼다.

지지직—

박스가 바닥에 끌리며 괴상한 소리를 냈다. 한참을 낑낑대며 박스를 옮기던 그의 걸음이 문득 한곳에서 멈췄다. 그의 시야에 바닥에 떨어진 쓰레기 몇 개가 들어왔다. 손수 허리를 굽혀 쓰레기를 주워 몇 걸음 움직여 설치되어 있는 쓰레기통에 쥐고 있던 쓰레기를 넣었다. 그는 여전히 반짝이는 눈동자로 혀를 끌끌 차며 말했다.

"바로 옆이 쓰레기통인데, 못난 사람들."

그러다 또다시 쿡쿡 웃는다. 자신이 낸 청아 흉내가 제법 만족스러운 듯.

그가 엉덩이를 씰룩이며 청아의 집이 있는 옥탑방으로 빠르게 걸음을 옮겼다. 지난 4년간 지겹게도 오른 이 언덕을 오를 날도 이젠 얼마 남지 않았다.

꽃피는 봄이 오기 전, 두 사람은 한 지붕 아래서 함께 시간을 보내게 될 테니까.

탕, 탕.

쇠로 만들어진 계단과 신발이 부딪쳐 날카로운 소리가 들린다. 짙은 어둠이 내려앉은 저녁, 오랫동안 버스 안에서 몸을 웅크리고 잠들었던 청아는 여전히 비몽사몽이었다. 여기까지 오느라 지하철을 두 번이나 갈아탔음에도 정신을 반쯤은 빼놓고 있었다. 커다란 목도리를 목에 칭칭 두른 청아가 얼굴을 그 속에다 쏙 묻고 무거운 걸음으로 계단을 올랐다. 집에 들어가면 당장에라도 침대에 쓰러져 잘 기세다.

"왁!!"

막 옥상에 발을 디딘 청아가 화들짝 놀라 괴성을 지르며 뒤로 벌러덩 넘어졌다. 어찌 놀라지 않을 수 있겠는가. 자신의 앞쪽에 갑자기 도날드덕이 나타났는데! 디즈니 꿈동산에서는 귀여운 캐릭터에 지나지 않았지만, 현실에서 보는 커다란 덩치의 오리는 반가운 존재가 아니었다. 아니, 오히려 징그러웠다.

"누, 누구야?"

청아가 도날드덕을 경계하며 물었다. 그러자 도날드덕은 커다란 오리궁둥이를 뒤뚱뒤뚱 움직이며 커다란 물갈퀴 모양의 발을 움직였다. 그러자 청아가 엉덩이를 슬금슬금 뒤로 움직이며 괴생물체에게서 벗어나기 위해 안간힘을 썼다. 다리를 파닥이며 도망가던 청아는 살짝 멀어진 오리 주둥이 사이로 들려오는 목소리에 눈을 크게 떴다.

"왜 넘어지고 그래? 괜찮아?"

"……노유진?"

날개 형태의 팔이 공중에서 나부낀다.

"응."

커다란 오리 탈이 재빨리 고개를 끄덕인다. 멍하던 청아의 눈빛이 색을 찾더니 이내 얼굴에 화가 서린다. 제 앞에 내밀어진 날개 손을 탁 쳐낸 청아가 자리에서 벌떡 일어났다.

"이게 무슨 짓이야? 깜짝 놀랐잖아!"

"생일 이벤트야, 이거."

"……."

청아가 벙찐 얼굴로 아무 말도 하지 못하자 자리에서 핑그르르 돌며 볼록 튀어나온 엉덩이와 쭉 뻗은 날개까지 골고루 보여준 유진이 으헤헤 웃었다.

"어때? 귀엽지?"

라고 말하며. 그러면서 하는 행동은 아주 가관이었다. 청아의 앞에 엉덩이를 내민 그가 씰룩씰룩 움직이며 아양을 떤다. 그는 인형 옷이 참 마음에 든 듯싶었다. 기겁을 한 그녀와는 달리.

"……"

그녀가 무슨 말을 할 수 있을까. 해가 바뀌어 스물여섯 먹은 남자가 여자친구에게 서프라이즈 파티를 해주기 위해 이렇게 애를 썼다고 칭찬이라도 해줘야 하는 것인가. 멍하니 이 상황에 어떻게 대처해야 할지 몰라 멍하니 눈을 깜빡이던 청아는 그가 탈을 벗은 뒤 제 앞에 무릎을 꿇자 한숨을 내뱉었다. 그제야 굳어 있던 몸에 힘이 빠져나간다. 기상천외한 생일 이벤트를 몇 번 받아봤지만 오늘처럼 긴장되고 놀란 이벤트는 처음이다.

후, 한숨을 내쉰 청아가 유진을 올려다보았다.

"얼마나 기다린 거야?"

얼굴이 새빨갛게 얼어 있었다. 얼마나 오랜 시간 밖에서 기약 없는 기다림을 했을지 걱정이 들었다. 끼고 있던 장갑을 벗어 그의 얼굴에 손을 가져다 댄 청아가 콧잔등을 작게 찌푸렸다. 그의 얼굴은 겨울바람에 꽁꽁 얼어 있었다. 인형 옷 안으로 보이는 그의 몸에 걸쳐 있는 것이라곤 얇은 티셔츠 하나. 청아가 미간을 찌푸리며 제 목에 둘러져 있는 목도리를 풀어 휑하니 차가운 바람에 노출된 그의 목에 칭칭 감아주었다. 그녀가 걱정스러운 얼굴로 물었다.

"안 추워?"

"응."

짧게 답한 유진은 안면 가득 웃음꽃을 피운다.

"내 사랑이 너무나 뜨거워 춥지 않아."

이 정도쯤이야 거뜬하다고.

"……닭살 돋아."

밉지 않게 유진을 흘긴 청아가 자리에서 일어났다. 그리고 날개 팔을 잡아 그의 몸을 벌떡 일으켜 세우며 물었다.

"이벤트가 이걸로 끝은 아니겠지?"

"케이크 샀어."

평상 위에는 이미 얼음장이 되었을 케이크 상자가 덜렁 놓여 있었다. 하지만 청아는 뭐라도 좋은 듯 바닥에 떨어뜨린 짐을 다시 주워 들며 말했다.

"들어가서 촛불 켜고 우리 소원 빌자."

신발을 벗고 먼저 안으로 들어간 청아는 그가 인형 옷을 벗는 것을 보더니 보일러 온도를 최고로 올렸다. 기름 값 걱정은 잠시 접어두고.

그리고 옷을 한쪽에 잘 놓아둔 그가 이불 속으로 쏙 파고들자 전기장판 온도 또한 빵빵하게 올린 뒤 자신도 옷을 벗고 그의 곁으로 파고들었다. 청아가 벽 한편에 놓여 있는 도날드덕 옷을 보며 물었다.

"저건 어디서 구한 거야?"

"빌린 거야, 이벤트 업체에서."

"……그 사람들이 널 말리진 않던?"

"응, 아주 멋진 남자친구라던데?"

이 사람들이 지금 초딩의 지능지수를 가진 인간한테 사기를 친 거야? 양심이 없어도 유분수지. 청아는 뒷말을 붙이진 않았으나 눈빛으로 인형을 태워 버릴 듯 노려보았다. 그러다가 몸을 푸르르 떠는 그의 어깨를 제 쪽으로 끌어와 파리하게 변한 유진의 입술에 쪽 입을 맞췄다.

"그래, 내 남자친구 참 멋있다. 이런 이벤트도 해주고."

청아가 피식 웃음을 내뱉으며 장난스럽게 말했다. 한심하다고 그를 타박하기보단 그녀를 위해서 밖에서 몸이 꽁꽁 얼 정도로 기다려 준 그의 행동을 과감히 칭찬해 준 것이다. 그러자 유진의 얼굴이 순식간에 밝아진다. 방금 전까지 몸을 잔뜩 웅크리고 있던 그가 어깨를 활짝 펴며 청아의 몸을 제 품으로 쏙 끌어당기며 정수리에 소리 내어 입을 맞췄다.

"오오, 칭찬받았다!"

쪽쪽!

"야, 나 머리 안 감았어!"

"어쩐지 청아 머리에서 향기로운 냄새가……!"

"너 안 꺼져!"

그날의 두 사람은 이 행복이 영원토록 지속될 줄만 알았다.

서로의 곁에 당연히 상대가 있으리라 생각했고, 힘든 의대 생활도, 곧 시작될 병원 생활도 함께하며 시간을 공유할 것이라고.

그때의 두 사람은 갑작스런 이별은 생각하지 못할 정도로 행복에 젖어 있었다.

Two

"야 이년아! 몇 번을 말해! 내가 안 가져갔다고 했지?"

"네놈이 안 가져갔으면 장롱 속에 있는 돈을 누가 가져가, 누가!"

고개를 내밀어 난간 아래를 바라보던 청아는 날카로운 소리에 눈살을 찌푸렸다.

와장창!

또다시 화를 이기지 못한 아랫집 아저씨가 세간을 때려 부수고 있는 것 같았다. 자주 집에 들어오지 않는 아저씨가 집에 올 때면 으레 있는 행사처럼 또다시 고성이 오고 가고 무언가가 부서지는 소리가 연신 들려온다. 거친 욕설이 몇 분이고 들려오더니 이내 억울한 목소리가 들려왔다.

"내가 안 가져갔다고! 나 참, 진짜!"

쾅!

"어휴, 또 싸우시네."

미간을 찌푸리며 난간 아래를 보던 청아는 곧 문을 거칠게 연 뒤 어두운 거리로 사라지는 중년 남성의 뒷모습을 본 뒤 몸을 돌렸다. 다행히 오늘은 육탄전까지는 벌일 생각이 없는 듯했다.

걸음을 옮긴 청아는 곧장 평상으로 향했다. 평상 위엔 그가 손수 고른 파란색의 커다란 담요가 깔려 있었다. 푹신한 담요 위에 앉아 휘영청 떠오른 달님을 올려다보며 청아는 부드럽게 미소 지었다. 달 옆으로 떠 있는 것들이 지나가는 비행기든 혹은 행성이든, 서울에서 몇 안 보이는 별이든 그녀를 감상에 빠뜨리기 충분했다.

끼이익—

귓가를 긁는 소리와 함께 한 손에는 엉덩이에 깔고 있는 담요와 비슷한 색감의 담요를, 한 손에는 머그잔 두 개를 들고 나오던 유진은 고개를 돌려 자신을 마주 보는 청아에게 총총 걸음을 옮겼다. 그리고 그녀의 손에 머그잔을 쥐어준 뒤 담요를 펴 청아의 무릎에 덮어주었다. 그녀의 곁에 앉은 유진이 청아의 어깨에 기대어 그녀가 건네는 머그잔을 쥐었다. 손바닥을 타고 흐르는 따스한 기운에 유진의 얼굴이 느른하게 풀렸다.

"좋다."

"뭐가?"

"청아랑 같이 달 보는 거. 참 좋은 것 같아."

그의 말에 고개를 돌려 웃고 있는 유진의 입꼬리를 바라보던 청아도 따라 웃었다. 그리고 그가 가져다준 머그잔에 입술을 댔다. 따뜻한 핫초코. 슈퍼에서 파는 한 통에 삼천 원 하는 싸구려 핫초코는 머리가 띵하게 울릴 정도로 달았다. 청아가 입안 가득 퍼지는 달콤함에 미간을 살짝 찌푸리며 말했다.

"넌 이게 맛있어?"

"응. 달잖아."

"애도 아니고."

"그거 차별 발언이다? 어른은 단것 좋아하면 안 돼?"

유진이 고개를 들어 따지듯 묻자 청아가 진정하라는 듯 그의 머리를 손으로 툭툭 내려치며 원래 있던 자리로 내려놓았다. 그의 머리가 제 어깨에 묵직하게 닿자 청아가 조금은 장난스럽게 물었다.

"우리 유진 어린이는 앞으로 어떤 어른이 되고 싶나?"

"음……."

그 물음은 '아이야, 아이야, 넌 커서 무엇이 되고 싶니?' 라는 장래 희망을 묻는 것과 같은 것이었다. 하지만 유진은 늘 그랬듯 그녀의 물음에 성심성의껏 답해주기 위해 한참을 고민하더니 또랑또랑한 눈으로 청아와 시선을 마주했다.

"네가 곁에 둬도 부끄럽지 않을 사람."

"뭐?"

청아와 눈높이를 맞추느라 조금 구부정한 자세가 된 그는 웃음기 가득하던 얼굴을 지우며 말을 이었다.

"뭐든 잘하는 사람 말고…… 같이 있어서 행복할 수 있고 즐거울 수 있는 사람."

그다운 답이다. 그래서 청아는 그가 하는 말이 입바른 소리가 아닌 진심이라는 것을 알고 있다. '좋아해', '사랑해', '내가 정말 잘해줄게'라는 말보다 그녀의 심장을 더 뛰게 만들고 마음을 더욱 울렸다.

"난 그런 사람이 되고 싶어."

너에게 부끄럽지 않은 사람 말이야.

말을 끝마친 그가 입가에 미소를 띠었다. 늘 진지한 자세로 자신을 바라봐 주고 제 뒤를 지켜주는 유진. 그는 날 기쁘게도 만들고 짜증스럽게도 만드는, 다채로운 감정을 불러일으키는 사람이었다. 그리고 제 감정 표현에 솔직하지 않는 그녀를 아주 솔직하게 만드는 사람이기도 했다.

"나도 그래."

"어?"

후후, 호로록. 달콤함에 만족스러운 표정을 짓던 유진이 고개를 돌려 청아를 본다. 그러자 이번엔 그녀가 아주 솔직한 마음이 되어 그에게 제 마음을 전했다.

"나도 너에게 부끄럽지 않은 사람이 되고 싶어. 싸가지도 없고 모난 구석도 있지만, 너에겐 본받을 점이 아주 많은 사람이 되고 싶다고."

그와의 대화는 늘 이상한 곳으로 통통 튄다. 마치 어릴 적 가지고 놀던 고무공처럼. 요리조리 튀던 감정은 어느새 불꽃을 일으키고 이내 화르르 타오른다. 청아는 그의 고개가 느릿하게 내려와 천천히 다가오자 눈을 감았다. 입을 크게 벌려 청아의 입술을 삼킨 유진은 매끈한 혀로 겉면을 핥으며 제 타액을 묻혔다. 그러자 바싹 말라 있던 청아의 입술이 촉촉하게 젖어간다. 그러자 그는 이번에 작은 입술을 혀로 가르고 안으로 들어와 부드럽게 치열을 훑어 내린다.

능숙한 키스에 청아의 어깨가 떨렸다. 아니, 온몸이 떨린다. 아랫배부터 시작된 흥분은 온몸으로 번져 나가기 시작했고, 팔을 뻗어 그의 어깨를 움켜쥐어야 겨우 허리를 곧게 세우고 있을 수 있을 정도였다.

후우, 그가 청아의 입안으로 입김을 불어넣으며 청아의 목을 손으로 감싸 쥐었다. 손가락으로 청아의 목을 부드럽게 쓸어내리던 그의 손이 아래로 천천히 이동한다. 동그란 어깨로 이동한 손은 곧 겨드랑이 안으로 파고들었고, 곧 갈비뼈를 지나 비쩍 마른 허리를 지났다. 그의 손이 그녀의 옷을 들추고 살결을 어루만졌다.

열린 옷 사이로 차가운 바람이 훅 불어오고, 감았던 눈꺼풀은 흥분과 기대에 파르르 떨린다.

"아!"

그녀의 몸이 뒤로 털썩 무너졌다. 두꺼운 담요 위에 제 몸을 누인 청아가 눈을 떴다. 그리고 제 몸 위를 노니는 기다란 손가락을 보았다. 섬세한 손가락은 남자의 것이라기보다는 여자의 것에 가까웠다. 그는 손가락을 배꼽 안으로 밀어 넣어 어루만진 뒤 기다란 다리를 들어 청아의 몸 위로 올라왔다. 그리고 그녀의 턱을 들어 시선을 진득하게 맞춘 뒤 고개를 틀어 다시 한 번 청아의 입술을 머금고 뜨겁게 입을 맞추었다.

"으음……!"

청아의 입에서 짙은 신음이 터져 나온다. 까무룩 정신을 잃을 정도로 제 입술을 핥은 그가 고개를 내려 목을 집요하게 빨아댔다. 순간 목이 뜨거워지고 주사를 맞은 것처럼 따끔거렸다.

"아!"

흥분에 내뱉은 신음이 아닌 아픔이 가득한 비명이 터졌다. 청아가 손을 들어 목을 만지자 고개를 든 유진이 촉촉하게 젖은 눈망울로 청아를 내려다보았다.

"어떻게 해, 나."

"……아파."

청아가 울먹이는 목소리로 방금 전 그에게 빨린 목을 손으로 감싸며 말했다. 그러자 그는 그녀의 손을 치우고 그곳에 부드럽게 입을 맞춘 후 조금 툭 튀어 나와 있는 청아의 입술을 집요하게 맞추더니 한숨처럼 말했다.

"다 가지고 싶어."

"……."

"청아야, 나 못 참을 것 같아."

지난 4년간 단 한 번도 그의 입에서 이러한 말이 나온 적이 없었다. 그래서 그녀는 주위 친구들의 이야기를 들으며 남자들은 모두 짐승이란 말에 늘 동의할 수 없기도 했다. 노유진은 단 한 번도 그녀의 몸을 더듬거나 섹스하자고 말한 적이 없었으니까. 하지만 그는 오늘 그녀에게 말했다.

너의 모든 것을 가지고 싶어.

그건 곧 그녀와 함께 자고 싶다는 말이었다.

청아가 놀란 눈으로 한참이나 유진을 바라보았다. 그는 부끄러움을 몰랐고, 제 감정을 솔직히 표현하듯 손은 연신 그녀의 어깨를 쓰다듬고 있었다. 그 말에, 그 몸짓에 청아의 고개가 아래로 뚝 떨어졌다. 귓가를 붉게 물들인 청아가 천천히 고개를 끄덕였다. 그녀의 허락이 떨어지자 축 아래로 늘어져 있던 그의 눈꼬리가 위로 올라가더니 얼굴 가득 꽃이 폈다.

"정말?"

또다시 끄덕끄덕. 청아의 고갯짓에 유진이 양팔을 벌려 청아의 몸을 와락 감싸며 그녀의 정수리에 입을 맞췄다.

"예뻐."

"……."

"예뻐 죽겠다, 우리 청아."

쪽쪽, 몇 번이고 청아의 정수리에 입을 맞춘 유진은 품에서 그녀를 빼낸 뒤 개구진 얼굴로 웃었다.

"여기선 안 되겠지?"

"……얼어 죽을 일 있어?"

입술을 뾰족하게 내밀며 청아가 투덜거리자 자리에서 벌떡 일어난 유진이 그녀의 팔을 잡아당기며 말했다.

"그럼 안으로 들어갈까?"

"너 오늘 무지 낯설다? 아주 능글맞아!"

"이것도 나야."

청아의 팔을 잡아당기며 성큼성큼 걸음을 옮긴 유진이 고개만 살짝 돌려 입가를 길게 늘어뜨리며 말했다.

"늘 이렇게 하고 싶었단 말이야."

"뭐? 이 변태……."

"사랑하는 여자를 안고 싶은 게 어떻게 변태야?"

빠르게 말한 유진은 기름칠이 안 돼 끼이익 소리가 나는 문을 열고 몸을 옆으로 틀어 그녀가 손수 집 안으로 들어설 수 있도록 길을 열었다.

"무섭지 않게 할게. 그러니까 도망가지 마."

이 방 안으로 들어가는 순간 그는 오늘 밤 그녀를 놓아주지 않을 것이다. 그리고 그건 그녀가 원하는 일이기도 했다.

긴장한 얼굴로 발을 옮긴 청아가 먼저 집 안으로 들어섰다. 그녀의 뒤를 따른 유진이 소리 내어 문을 닫는다.

새하얀 가슴을 움켜쥔 손이 보이는 집착. 나비처럼 노니는 손과 혀는 몸의 자극을 깨우고, 가슴골에 펼쳐진 그의 머리카락이 가슴 위를 연신 간질이며 몸을 움찔 떨게 만든다. 산통을 깨기 싫어 입술을 깨물며 참고 있던 청아가 결국 힘겹게 말을 꺼내놓았다.

"간지러워……."

까르르 웃음을 터뜨린 청아가 몸을 바르작바르작 떨었다. 엄마 젖을 찾는 아이처럼 젖꼭지를 문 그가 입안의 사탕처럼 혀를 굴려 맛보자 청아의 입에서 연신 키득키득 웃음이 터져 나온다. 그녀가 허벅지를 오므려 위에 올라와 있는 유진의 허리를 힘주어 감았다.

"아파아."

유진이 고개를 들어 말꼬리를 늘이며 말했다. 맑은 눈빛에 맺힌 자신의 모습에 청아가 그의 양 볼을 위로 잡아끌어 올리며 입술에 입을 쪽 하고 맞췄다.

두 사람 사이에 웃음이 터져 나온다. 성인들이 서로를 탐하기 위해 거칠게 상대를 아프게 하고 자극에만 의존하는 그러한 관계가 아니었다. 둘은 장난치듯 서로의 몸에 입을 맞추고, 웃고, 행복함에 비명을 터뜨렸다. 어느새 유진의 몸 위로 올라간 청아가 그의 목에 볼록 튀어나와 있는 아담스애플에 입을 쪽 맞춘 뒤 살짝 깨물었다. 그러자 유진이 꽥 하고 비명을 지르며 청아의 머리카락 사이에 손가락을 찔러 넣어 힘주어 잡았다.

"아파!"

"누군 간지러울까."

청아가 비명을 지르자 유진이 눈살을 찌푸리며 툭 내뱉었다. 그 모습에 청아의 시선이 그의 얼굴 위에 닿는다.

새하얀 얼굴은 유약하고 활동적이지 않게 보였으나 섬세하게 붓칠을 해놓은 것처럼 고른 색을 유지하고 있다. 검은 눈동자는 거울처럼 제 모습을 비추고 있다. 또한 그의 눈은 깊이를 알 수 없을 정도로 많은 색과 감정을 담고 있었다. 높은 콧날은 잘 깎아놓은 조각처럼 보였고, 분홍빛 입술은 제 침으로 번들거리고 있었다. 그 모습을 하나하나 눈에 담던 청아가 서서히 그의 입가에 번지는 미소와 똑 닮은 것을 자신도 입가에 담으며 말했다.

"유진아."

"응?"

"……사랑해."

감정 표현에 아주 솔직한 것이 유진이라면, 청아는 제 마음이 얼마나 크고 깊은지 제 안에 꽁꽁 숨겨놓는 사람이다. 경상도 아가씨는 겉으로 툭툭거리며 그를 밀어내었으나, 사실 그녀의 안에 담긴 사랑의 크기는 그와 비할 바가 못 될 정도로 아주 크고 순수했다. 스물두 살, 20대 초반에 만나 함께 사랑을 키워온 시간이 4년. 힘든 시간을 함께 견딘 두 사람은 연인이자 친구였고, 모든 것을 나누는 동반자와 같았다.

"……청아야."

유진이 눈을 커다랗게 뜨며 자신 위에서 눈가를 촉촉이 적시는 청아를 올려다보았다. 적당히 근육이 잡힌 팔을 들어 그녀의 눈가에 고인 눈물을 닦은 유진은 그녀의 양 귀 옆으로 손을 찔러 넣어 청아의 얼굴을 제 쪽으로 내린다. 그리고 그가 가장 처음 반했고 사랑하게 된 또렷한 눈빛을 마주한 뒤 스르르 저절로 감기는 눈두덩에 입을 맞추고 달콤하게 속삭인다.

"사랑해."

행위는 어른의 것이 아니다. 서로를 지독하게 탐하고 싶지도 않다. 청아를 조심스레 침대에 눕힌 유진이 그녀의 다리 사이에 자리를 잡는다. 새하얀 허벅지를 손으로 쓸어내리며 그녀의 여성에 제 남성을 가져다 댄 그가 긴장된 얼굴로 한참 겉을 문지르더니 이내 천천히 제 것을 안으로 밀어 넣었다.

"아, 아파⋯⋯."

청아의 입에서 신음이 터져 나온다. 눈가에 찔끔 눈물이 맺힐 정도로 아픈 고통에 청아가 상체를 흔들며 제 속으로 파고든 그에게서 벗어나기 위해 안간힘을 썼다.

그녀의 움직임에 식은땀을 뻘뻘 흘리던 유진이 상체를 조심스레 내려 청아의 입술에 쉬이 바람을 불어넣었다.

"괜찮아, 청아야. 괜찮아. 움직이지 마."

"아파, 아파!"

청아가 버럭 소리쳤다. 고통은 척추가 뻣뻣해질 정도로 끔찍했다. 청아가 눈가에 매단 눈물을 또르르 떨어뜨리자, 유진은 한참이고 그녀의 안에 자신을 묻고 있었다. 자신도 모르던 욕망이 제 속에서 꿈틀거리는 것이 느껴졌으나 억누르고 억누르며 청아가 진정되길 기다렸다.

그리고 드디어 들썩이던 그녀의 가슴이 원래대로 돌아오고 흐려졌던 그녀의 눈빛 또한 원래대로 돌아왔을 때 유진은 일그러진 얼굴을 애써 펴며 웃었다.

"처음이니까 아플 거야."

"어, 진짜 아파 죽는 줄 알았어. 계속 아프겠지?"

청아가 잔뜩 겁을 집어먹은 얼굴로 묻자 유진의 얼굴이 조금은 곤란하게 변했다.

"나도 몰라. 나도 처음인걸."

괴로워하는 청아의 모습에 그의 눈에도 눈물이 찔끔 맺혔다. 곤란한 듯 얼굴을 찌푸린 유진을 한참이나 올려다보던 청아가 그의 양 겨드랑이 사이로 팔을 찔러 넣어 그의 너른 등을 끌어안았다. 그리고 든든한 그의 등을 손바닥으로 천천히 쓸어내리며 한숨처럼 말한다.

"미안하다. 내가 너에게 너무 과한 걸 바랐구나."

토닥토닥.

그녀가 몇 번이고 유진의 등을 쓰다듬고 두드려 준다. 그러자 아찔한 감각에 당황하던 유진이 정신을 붙잡는다. 그리고 그 순간, 그는 멈췄던 허리를 천천히 움직이며 그녀의 안 깊숙한 곳까지 파고들었다가 밖으로 빠져나오길 반복했다.

서툰 관계를 나눈다 하여 그 남자의 사랑도 서툰 것은 결코 아니다.

그녀를 배려하며 천천히 엉덩이를 움직이기 시작한 그는 자신을 꽉 옭아매는 그녀의 여성에 정신이 아득해지는 것을 느꼈다. 눈물을 터뜨리고 싶었다.

청아는…… 너무나 따뜻했다.

짙은 어둠이 시야까지 가려 버린 시각. 유진은 곁에서 곤히 잠들어 있는 청아의 얼굴을 바라보며 웃음을 내뱉고 있었다. 손가락을 들어 조심스럽게 청아의 검은 머리카락을 쓰다듬고, 예쁘게 봉긋 솟은 이마도 쓰다듬어 보았으며, 부채처럼 숱이 많은 속눈썹도, 낮지만 귀여운 코도, 앵두처럼 앙증맞은 입술도 천천히 손가락 끝으로 만졌다.

"예쁘다."

유진은 그녀가 잠들어 있는 이 와중에도 그렇게 속삭였다. 청아는 하나부터 열까지 예쁜 사람이었다. 외모도 예쁘고 마음씨도 예뻤다. 그에게 있어서 세상 그 무엇과도 바꿀 수 없는 청아가 지금 제 곁에서 곤한 잠에 빠져 있다는 생각을 하자 그의 입술이 저절로 헤벌쭉 벌어진다.

달빛만이 밝혀주는 방 안에서 청아의 모습을 눈에 가득 담고 있던 유진이 머리를 받치고 있던 팔이 저려오자 몸을 들썩였다. 이불과 살결이 쓸리는 소리가 들렸고, 실수로 청아의 어깨를 툭 치기도 했다.

"……."

그 강도가 꽤 강했기에 유진은 혹 그녀가 깨는 것은 아닐까 청아의 얼굴을 살폈다. 그런데 그녀는 놀라울 정도로 평온하게 잠들어 있었다. 그냥 깊이 잠이 들었다고 하기엔……

놀란 유진이 천천히 팔을 들어 그녀에게 가져다 댔다. 손끝이 차갑게 식어간다. 설마 하는 생각을 하면서도 머릿속은 이미 나쁜 생각으로 가득해 사지가 떨려온다. 떨리는 눈동자로 청아를 보며 그녀의 코밑에 손가락을 가져다 댄 유진의 얼굴에 순간 안도감이 든다. 새액새액, 그녀가 옅게 내뱉는 따뜻한 숨이 제 손가락에 닿았다 흩어진다.

"에이, 그래. 그럴 리가 없잖아."

그렇게 말하면서도 유진의 눈동자는 여전히 흔들리고 있었다.

놀란 고양이처럼 커다랗게 변한 동공 또한 수축되지 않았다. 그가 조심스레 몸을 일으켜 관자놀이를 손가락으로 꾹꾹 눌렀다. 긴장했던 마음이 조금씩 풀려가자 두통이 찾아왔다. 그가 아플 정도로 머리를 꾹꾹 누르고 있을 때다. 뇌리에 목소리 하나가 스치고 지나간 것은.

"유진아…… 쉬잇."

귓가에 들리는 남자의 목소리. 낯익은 목소리는 유진 또한 알고 있는 사람의 것이었다. 하지만 그와 이러한 이야기를 나눈 기억은 없었다. 그는 다정하게 말을 이었다.

"이건 우리만의 비밀이다. 알았지?"

왜 눈물이 나오려고 하는 것일까.

혼란스러운 얼굴로 연신 자신의 얼굴을 더듬던 유진이 거친 숨을 토해냈다. 자신의 손바닥에 닿는 얼굴이 제 것이 아닌 것처럼 느껴진다. 손끝에 닿는 그 무엇도 허상처럼 느껴진다.

아무것도 아니야, 아무것도 아니야, 아무것도 아니야!

속으로 끊임없는 주문을 외우고 또 외우고, 아니, 외치고 나서야 머릿속 가득하던 허상들이 푸스스 사라지기 시작한다. 순진한 눈동자에 순간 놀랍고 당혹스러운 감정이 사라질 때다.

쾅! 와장창!

움찔.

집 밖에서 들려오는 소리에 유진의 어깨가 눈에 보일 정도로 크게 들썩였다. 순식간에 그의 얼굴이 공포로 물들어갈 때, 곤한 잠에 빠져 있던 청아가 몸을 일으켰다.

"야, 이년아! 안 닥쳐! 넌 서방이 병신으로 보여?!"

"네가 서방이야? 네가 무슨 서방이야! 순 깡패 같은 새끼가!"

동네가 쩌렁쩌렁 울릴 정도로 커다란 소리에 청아가 눈살을 찌푸렸다.

"또 싸우시네."

"또, 또 싸워?"

"어, 아랫집 분들인데 아주 습관적으로 싸워."

청아가 바닥에 떨어져 있던 옷을 주섬주섬 입었다. 그러자 멍하니 문을 바라보던 유진이 걱정스러운 얼굴로 청아를 보며 물었다.

"왜 옷을 입어?"

"나가봐야 해. 저번에도 경찰차 오고 장난 아니었어. 아줌마 송장 치울 뻔했다니까."

진짜 나갈 기세로 바지까지 완벽하게 입은 청아가 자리에서 일어났다. 그러자 유진이 청아의 팔을 부여잡으며 고개를 저었다.

"나가지 마."

"어떻게 안 나가보냐? 마을 주민인데."

청아가 눈살을 찌푸리며 말했다. 그러자 유진이 자리에서 일어나 바닥에 떨어진 팬티를 주워 입었다. 그도 옷을 챙겨 입자 청아가 의아해하는 표정으로 물었다.

"너도 나가게?"

그녀의 말에도 유진은 꿋꿋이 옷을 모두 걸치고 두꺼운 겨울 외투까지 주워 들고 나서야 물음에 대한 답을 해주었다.

"넌 여기 있어. 내가 나가볼게."

"네가?"

"어. 위험하니까 착한 청아는 여기 있어. 알았지?"

유진이 굳은 얼굴로 말하자 청아는 자신도 모르게 고개를 끄덕였다.

"그래, 그래라."

다시 자리에 앉는 청아를 본 유진이 걸음을 옮겨 신발을 꿰어 신고 밖으로 나갔다. 밖에는 이미 많은 사람들이 모여 있었다. 아스팔트 위에 벌러덩 누운 아줌마의 얼굴에선 피가 흐르고 있고, 마을 주민 몇몇이 발길질을 하는 남자의 몸을 잡아끌며 소리치고 있었다.

"아 참, 그만하시라니까!"

"저년은 맞아야 정신을 차려! 남편을 아주 뭣같이 보는 년! 죽어도 싸, 저런 년은!"

거친 고성이 몇 번이고 오고 갔다. 남자들은 흥분한 아저씨를 말리느라 바빴고, 여자들은 바닥에 쓰러진 아주머니의 몸을 연신 더듬으며 '어떡해, 어떡해'만 외쳐 대고 있었다.

유진의 시선이 이마에 붉은 피를 흘린 채 쓰러져 있는 아주머니를 향했다. 그녀는 마치 죽은 사람처럼 파리하게 변한 안색으로 차가운 길바닥에 누워 있다. 그녀의 머리 뒤론 피가 강처럼 굽이쳐 흐르고 있다.

한 여자가 쓰러진 아주머니의 상체를 들려 하자 유진이 자신도 모르게 버럭 외쳤다.

"만지지 마세요!"

"네?"

"만지면…… 안 돼요. 119에 신고하셨어요?"

"네, 했어요."

여자의 말에 유진이 고개를 끄덕였다. 그리곤 비틀거리는 걸음을 뒤로 더듬더듬 옮겨 쓰러지려는 몸을 전봇대에 기댔다. 그가 손을 들어 머리를 쥐었다. 머리카락 사이로 손가락을 찔러 넣어 머리카락이 뽑힐 정도로 잡아당겼다. 악 소리가 나올 정도의 고통이 느껴지자 흐려지려던 정신이 점차 돌아온다. 그리고 곧 선명해지는 영상.

"이건 우리만의 비밀이다. 알았지?"

"비밀?"

"응, 우리 둘만의 비밀."

"아아……."

유진의 입에서 신음이 터져 나온다. 끔찍한 고통이 머릿속을 헤집고 갈기갈기 찢는다. 뇌가 녹아내릴 것같이 온몸이 지글지글 끓었다가 차갑게 식길 반복한다. 눈을 커다랗게 뜬 채 숨을 거칠게 내뱉으며 유진이 제 가슴을 쥐어뜯었다.

"그만…… 그만……."

오랫동안 봉인했던 기억들은 뒤늦게 깨어나 그를 괴롭혔다.

"할애비는 오늘 이곳에 오지 않은 거야."

마음이 외쳤다.

'너도 공범이야!'

"아니야, 아니야. 난 진짜 몰랐단 말이야."

유진의 눈에서 눈물이 뚝뚝 떨어졌다. 동네 사람들이 나와 바닥에 쓰러진 아주머니를 걱정스러운 얼굴로 보고, 곧 저 멀리서 경찰차가 다가오는 아비규환 속.

유진은 눈물을 후두두 흘리며 엉망으로 일그러진 아주머니의 얼굴을 보며 가슴을 부여잡았다.

"할머니…… 할머니가……."

후득, 후드득…….

방울방울 진 슬픔이 흐른다.

유진은 유달리 똑똑한 아이였다. 세상에서 모두 천재라 떠들 정도였다. 다섯 살이 되어서는 자신의 의사를 문장으로 만들어 정확하게 전달할 수 있었고, 수시로 미국을 드나드는 부모님의 조기교육 덕에 영어도 한국어처럼 수준급으로 구사할 수 있었다.

그래서 아이는 제 처지를 더 잘 알 수 있었다. 1년 365일 중 반은 세미나로 외국에 나가 계시는 부모님의 손길이 늘 부족했던 어린아이는 늘 사랑을 갈구하며 떼를 썼다. 사랑해 주세요, 사랑해 주세요. 말 잘 듣는 아이가 될게요. 그러면서 아이는 부모님이 시키는 대로 더욱 공부를 열심히 하며 조부모의 손에서 컸다.

그날은 아침부터 부산스러운 날이었다. 부모님은 미국 뉴욕 맨해튼으로 세미나차 떠났고, 며칠 전부터 아팠던 유민이 처음으로 학교에 등교하는 날이었다. 할머니의 시선이 온통 형에게로 향하자 유진은 아침부터 양팔을 벌리며 칭얼거렸다.

"할머니이, 할머니, 나 안아줘."

유민의 등교 준비를 하느라 바쁘게 움직이는 할머니에게 그날도 유진은 안아달라고 떼를 썼다. 유독 사람들의 사랑을 고파하던 유진은 하루 종일 할머니의 품에 안겨 있을 때가 많았고, 다 큰 아이를 안고 있느라 할머니는 무릎이고 허리고 성한 연골이 없을 지경이었다. 일어설 때나 앉을 때마다 으레 앓는 소리를 내는 할머니였지만 사랑스런 손자가 안아달라고 할 때마다 웃으며 유진을 번쩍 안아주었다.

할머니가 유진을 안아 들고 작은 엉덩이를 툭툭 두드리며 말했다.

"내 새끼, 오늘은 아침부터 왜 이러실까?"

"할머니, 형 그만 봐."

나 봐. 나 보라고. 나만 봐!

유진은 그렇게 떼를 썼다. 그러자 커다란 책가방을 메고 현관으로 향하던 유민은 어린아이답지 않게 혀를 끌끌 찼다.

"할머니, 그러면 버릇 나빠져요."

"인석아, 애늙은이처럼 그런 말 하지 말라고 했지?"

"이게 뭐 애어른인가? 노유진이 너무 앤 거예요!"

다섯 살짜리의 어리광이 탐탁지 않다는 듯, 유민이 한심하다는 듯 어린 제 동생을 보더니 이내 씩씩하게 외쳤다.

"학교 다녀오겠습니다!"

신발을 꿰어 신고 현관문을 나서는 작은 등 뒤로 할머니는 뒤늦게 '길 조심하고!' 라고 외쳤다. 할머니의 관심이 다른 곳을 향하자 유진이 고사리 같은 손을 들어 할머니의 뺨을 자신 쪽으로 잡아당겼다. 그리고 하하 웃으며 지는 눈가 주름을 보며 볼에 빵빵하게 바람을 불어넣었다.

"할머니는 형만 예뻐해."

"어이구, 유진이가 잘 모르는구나?"

마치 구연동화를 읽어주는 것처럼, 무대에 선 배우처럼 할머니는 아주 비밀스러운 이야기를 하듯 목소리를 낮추며 좌우를 둘러본 뒤 이야기했다.

"할머니는 유민이보다 유진이를 더 사랑하는걸."

그러니 매일 이렇게 안아주지.

할머니의 말에 시무룩했던 유진의 얼굴이 급격히 밝아졌다.

"정말?"

"정말."

그러면서 또다시 작은 엉덩이를 툭툭.

다정한 얼굴로 말한 할머니가 팔을 들어 유진의 이마를 짚었다.

유민에게 감기를 옮아 어제만 해도 미열이 있던 유진이 걱정스럽던 터라 표정이 순간 어두워졌다.

"열은 내렸나. 아이고, 아직 열이 있네!"

"열 있어! 나 아파!"

아이가 버럭 외치자 할머니는 후후 웃으며 몸을 흔들어 아이를 달랬다. 여느 날처럼 평화로운 아침 풍경이었다.

그때 문이 열리더니 베레모를 쓴 노신사 하나가 밖으로 나온다. 어제도 늦게까지 요 앞 사거리에 있는 꽃다방 김 마담이랑 낄낄거리느라 새벽녘이 되어서야 들어온 할아버지는 여전히 어제 입었던 외출복 차림이었다. 몸에선 담배 냄새와 향수 냄새가 뒤섞인 오묘한 냄새가 났다.

"쯧쯧, 할망구."

할아버지는 할머니의 모습에 끌끌 혀를 차더니 다 치워진 밥상을 보며 헛기침을 내뱉었다. 요즘 들어 사이가 좋지 못한 두 사람은 하루가 멀다 하고 불꽃이 튀었다. 노신사가 버럭 소리쳤다.

"이 여편네가! 내 밥은?"

아이들에게 밥을 먹인 후 밥상을 치운 터라 식탁 위는 티끌 하나 없이 깨끗했다. 할아버지가 외치자 할머니는 다정했던 방금 전의 모습은 생각할 수 없을 정도로 꼬장꼬장하게 외쳤다.

"밥 먹을 주둥이는 있고? 이혼 서류에 도장이나 찍어요! 당신이랑 더 살고 싶은 마음 없으니까!"

"뭐야?"

두 사람 사이에 날 선 공방이 일었다.

"내가 언제까지 눈감아줄 줄 알아요? 김 마담이랑 그만 만나라고 경고했고, 약속을 어긴 건 당신이에요!"

"그럼 너도 그렇게 사근사근하게 굴어보던가!"

"사근사근하게 못 구니까 이혼하자는 거잖아요!"

두 사람의 언성이 높아졌다. 그러자 할머니의 품에 안겨 있던 유진이 잔뜩 겁먹고 자라처럼 목을 옷 속으로 파묻었다. 이러한 모습을 하루 이틀 본 것은 아니었으나 오늘은 싸움이 커질 것 같았다.

할머니는 안고 있던 유진을 내려놓으며 아이의 방이 있는 쪽으로 엉덩이를 툭툭 치며 말했다.

"유진아, 방에 들어가 있어."

"싫어."

심상치 않은 분위기를 감지한 유진이 고개를 저었다. 하지만 늘 자상하고 유진의 편이 되어주던 할머니가 오늘만큼은 유진의 말을 들어줄 수 없다는 듯 엄한 표정으로 말했다.

"어서. 할머니 말 들어야지?"

"힝."

입술을 뾰족하게 내민 유진이 발을 쿵쿵 구르며 방 안으로 들어갔다. 책이 빼곡하게 꽂혀 있는 자신의 방으로 들어온 유진이 바닥에 털썩 주저앉아 문을 노려보고 있을 때였다. 우당탕 소리와 함께 할머니의 비명 소리가 들려왔다.

"뭐야?"

깜짝 놀란 유진이 몸을 움찔움찔 떨어댔다.

"왜 때려요?"

"난 너랑 이혼 못해! 아니, 안 해!"

우당탕—!

물건이 나뒹구는 소리와 함께 고성이 오고 갔다. 유진은 온통 이해할 수 없는 어른의 사정. 하지만 그들의 심상치 않은 분위기를 눈치채지 못할 정도로 유진은 바보가 아니었다. 유진의 눈망울에 금세 눈물이 차올랐다.

"아이들도 이해할 거예요."

"이해하긴 뭘 이해해! 다 늙어서 이혼이나 한다고 흉이나 보겠지!"

"그럼 계속 이렇게 살자는 말이에요? 전 절대 싫어요!"

그 외침에 화를 참지 못한 소리가 터져 나왔다.

"뭘 잘했다고!"

퍽! 퍽퍽!

둔탁한 소리가 들린다. 그 소리는 어린아이가 듣기에도 위협적인 것이어서 유진의 몸이 저절로 움츠러들었다.

"닥치라고! 그 주둥이 제발 닥쳐!"

"……."

"서방님 말씀에 꼬박꼬박 말대꾸나 하고 말이야!"

거친 욕설과 함께 연이어 들려오는 소리에 동그란 눈을 깜빡이던 유진이 겁을 잔뜩 집어먹은 얼굴로 문을 힐끗 보았다. 그제야 분위기 파악을 하기 시작한 것인지 짧은 다리를 움직여 문과 최대한 멀리 떨어졌다.

두근두근 작은 아이의 심장이 뛰었다. 눈동자엔 서서히 공포가 서리고 있다. 두려움에 손톱을 딱딱 뜯기 시작한 유진은 방금 전보다 더 험악해진 말투와 커진 데시벨에 눈을 질끈 감았다.

"네가 죽어야 정신을 차리지!"

와장창 무언가 깨지는 날카로운 소리도 들렸고, 서랍을 거칠게 여는 소리도 들려왔다.

"악!"

할머니의 비명이 이어졌다.

그러자 아이는 커다란 눈망울에 습기를 머금으며 중얼거렸다.

"어떻게 하지?"

아이가 엉덩이를 들썩이며 어쩔 줄 몰라 할 때였다.

얼마간 계속되던 욕설과 파열음이 뚝 멈췄다. 말똥말똥한 눈으로 문을 바라보던 아이가 결국 용기 내어 작은 엉덩이를 들썩였다.

문으로 다가가 까치발을 들어 문을 연 아이는 엉망이 된 거실 풍경에 눈을 동그랗게 떴다. 쓰러진 할머니, 그리고 그 가운데서 숨을 헉헉 내쉬며 야차 같은 모습으로 서 있는 할아버지.

"유진아, 안에 있지 않고."

"할머니 왜 그래?"

"할머니? 주무시는 거야."

그렇게 말한 할아버지는 안방으로 들어가 할머니 가방을 탈탈 털어 그 속에서 현금을 꺼내 주머니에 쑤셔 넣었다. 서랍장을 뒤져 금반지와 목걸이까지 꺼낸 할아버지가 유진에게 다가왔다. 그는 한쪽 무릎을 굽혀 할머니를 곁눈질하며 말했다.

"유진이도 김 마담 아줌마 알지?"

"응, 응! 그 할머니 알아!"

입술을 마귀같이 빨갛게 칠하고 다니는 사람! 유진이 외치자 할아버지가 맞는다는 듯 고개를 끄덕였다.

"오늘 할아버지는 그 아줌마랑 있느라고 집에 오지 않은 거야."

"응? 지금 할아버지 집에 있는데?"

유진의 고개가 옆으로 기울어졌다. 그러자 할아버지는 유진의 어깨를 감싸 쥐며 눈을 똑바로 바라보았다.

그는 천천히, 아주 천천히 이야기가 유진의 뇌리 속에 정확히 박혀들도록 말했다.

"아니야. 할아버지는 이 집에 없었어. 늘 그랬던 것처럼. 알았니?"

아이가 이해하지 못하겠다는 듯 고개를 기울였다. 하지만 할아버지는 몇 번이고 아이의 뇌리에 자신은 이 집에 들어오지 않았다는 사실을 인식시켰고, 곧 유진도 고개를 끄덕였다.

"응, 할아버지 집에 안 들어왔어."

"이건 우리만의 비밀이다. 알았지?"

할아버지가 새끼손가락을 내밀자 순진한 아이는 맑은 눈망울로 열심히 고개를 끄덕인 뒤 할아버지의 손가락에 제 손가락을 끼워 넣었다.

"비밀?"

"응, 우리 둘만의 비밀."

그 말에 아이는 눈동자 가득했던 혼란을 지우고 고개를 끄덕였다. 그리고 쓰러진 할머니를 보며 말했다.

"할머니 코오 자."

"그래, 할머니는 자는 거야."

"유진아, 왜 그래?"

"어어?"

"너 귀신이라도 봤어? 식은땀은 왜 이렇게 흘리고?"

"아, 아니. 아니야."

유진은 어느새 나온 청아가 자신을 멀뚱멀뚱 바라보자 애써 입가에 미소를 지었다. 파르르 떨리는 유진의 입가에 닿았던 청아의 시선이 어느새 그의 맑은 눈동자로 향한다. 눈동자가 붉어져 있었다. 핏빛으로.

"너 울었어?"

청아의 목소리가 절로 위로 올라간다. 어찌 놀라지 않을 수 있겠는가. 동네 주민 싸움 말리러 간 사람의 눈동자가 붉어져 있는데. 청아가 한 걸음 더 다가가 그의 어깨에 손을 얹었다. 따스한 체온은 무슨 일이 있느냐고 묻고 있다.

"아니, 아니야. 눈에 뭐가 들어가서."

고개를 빠르게 저은 유진은 바닥에 쓰러져 있는 아주머니에게 잠시 시선을 준 뒤 재빨리 청아의 손을 이끌었다.

"어서 들어가자. 춥다."

그가 현실에서 도망치듯 서둘러 그곳을 벗어났다.

❖   ❖   ❖

어두운 방 안. 유진이 무릎을 끌어안은 채 홀로 앉아 있었다. 좁고 볼품없는 청아의 집과는 달리 화려하고 널찍한 그의 집은 혼자 살기엔 지나치게 넓었다. 작년까지 유민과 같이 사용했던 집. 그의 짐이 모두 빠져나간 탓에 텅 빈 공간이 더 많아진 이곳은 집이라기보단 화려한 모델하우스 같았다. 집에선 사람의 온기도, 사랑도 느껴지지 않았다. 그가 편히 쉴 수 있는, 그에게 진정한 집은 청아가 있는 곳이니까.

한참이고 무릎에 얼굴을 묻고 있던 유진은 곁에서 울리는 소리에 고개를 옆으로 슬쩍 돌렸다. 액정에 뜬 글귀에 그의 눈빛이 흐려졌다.

예쁜 색시

청아에게서 걸려온 전화였다. 그녀가 처음 자신의 번호를 저장해 놓은 이름에 기겁했던 모습이 떠오른다. 청아 생각만 하면 늘 입가에 웃음이 번지고 행복했던 그인데 오늘은 행복하게 웃을 수도, 걸려온 전화를 재깍 받을 수도 없었다. 흐려진 눈빛으로 한참을 전화를 바라보던 그는 전화가 끊기고 나서야 휴대전화를 손에 쥐었다. 그리고 폴더를 열어 기억하고 있는 번호를 막힘없이 누른다.

국제 통화로 넘어간다는 소리가 들리고 이내 달칵 소리와 함께 유민의 목소리가 들려왔다.

〈타이밍 좋네.〉

바쁜 병원 생활에 대부분의 전화를 받을 수 없던 그는 때마침 걸려온 동생의 전화에 그렇게 말했다. 보통 때라면 유진도 헤헤 웃으며 그 말에 맞장구를 쳐주었겠지만 오늘의 그는 죽어버린 사람처럼 텅 빈 눈동자로 감정 하나 없이 굴었다.

"형…… 할머니 말이야."

조금은 망설인 말. 하지만 어조엔 고저가 없다.

〈할머니?〉

그의 목소리가 조금 낮아진다. 그 작은 변화를 유진은 빠르게 눈치챘다.

"숨기고 있는 게 뭐야?"

〈…….〉

"나한테는…… 간암으로 돌아가셨다고 했지?"

〈…….〉

"다 기억이 났어, 형. 다 나버렸어. 할머니는…… 간암으로 돌아가신 게 아니야. 내 눈앞에서 죽었어."

동생의 말에 유민은 아무런 말도 할 수 없었다. 그저 유진이 하는 말을 듣고만 있었다.

"형…… 나 어떻게 해?"

어느새 유진의 말에 울음이 묻어 나왔다. 떨리는 목소리에 그득한 것은 공포. 그는 지금 두려워하고 있었다. 질식할 것만 같은 과거에, 그리고 자신이 했던 행동들에 대해서.

"나 정말…… 어떻게 해?"

국립도서관 로비 안. 다양한 연령대의 사람들이 모여 있는 이곳은 지하 1층부터 지상 4층으로 된 건물로 총 4만 권의 다양한 서적과 시청각실, 전 세계에서 발간되는 신문 스크랩북 등 다양한 서비스를 즐길 수 있는 문화 복합 공간이었다.

3층, 우리나라 최초의 근대 신문인 〈한성순보〉부터 시작해 최근에 발행되고 있는 것까지 모두 보관되어 있는 곳에 유진이 앉아 있었다. 집을 나올 때 미처 신경 쓰지 못한 것인지 위아래 따로 노는 옷과 신발은 여름 것이다. 지금 유진의 정신은 그가 들고 있는 스크랩북에 온통 집중되어 있었는데, 노랗게 바랜 신문은 1985년도 것이었다.

기사를 읽는 유진의 손이 떨렸다.

―강남 여노인 살인 사건, 미궁으로 빠져. '그날 아침 아내는 살아 있었다!' 남편 주장.

1985년 4월 3일, 엽기적인 살인 사건이 일어났다. 서울 강남구 다세대 주택에서 일어난 살인 사건에 대해 강남서는 '남편이 유력한 용의자이긴 하나 아직 확실한 것은 아무것도 없다'는 답변을 내놓았다. 어제만 해도 외부에서 집 안으로 침입한 흔적이 없는 점을 들어 남편을 유력한 용의자로 본 경찰에서 하루 만에 말을 바꾼 것은 결정적인 목격자가 두 사람이나 있었기 때문이다. 그날 용의자 노 씨가 분명 집에 오지 않았다는 손자는 집에 누가 오는 것을 보지 못했다고 증언했고, 용의자와 내연 관계를 유지하고 있던 김 씨 또한 그 전날부터 다음날까지 하루 종일 용의자와 함께 있었다고 증언하는 등 사건은 점점 미궁 속으로 빠져들었다.

이에…….

기사는 처음 사건이 일어나고 얼마 되지 않아 나온 것으로 사건 당시 경찰의 사건 조사 내용이 가장 잘 드러나 있는 것이었다. 처음부터 면식범에 의한 사건이라고 본 경찰은 가족부터 시작해 주위 사람들까지 모두 조사하였고, 용의자를 할아버지인 노창식으로 줄여놓은 상태였다. 하지만 이때의 복병은 손자와 그 당시 할아버지의 내연녀였던 김 마담이었다.

이 당시에는 과학수사가 전혀 발전되지 않았을 때이고, 유전자 검사도, 지금은 흔한 CCTV도 아무것도 없었다. 오직 형사의 감에 의해 수사가 이루어지던 시기로 그 당시에 믿을 수 있는 것은 목격자의 진술밖에 없었다.

유진이 천천히 눈을 감았다 떴다. 그러자 기억 속에 까무룩 묻혀 있던 것들이 하나둘 툭툭 튀어나왔다. 다섯 살의 어린 유진은 할아버지가 쥐어주는 사탕을 받아먹고 좋아했다. 바닥에 엎어져 있는 할머니가 죽었다고는 생각하지 못하고 그저 잠을 많이 자고 있다고 생각했다. 그리고 그 집에 장장 열 시간 동안 살아 있는 생명체라곤 유진밖에 없었다.

할머니가 잠을 자는 줄 알고 있던 그는 점심때가 되어 할머니를 흔들어 깨우며 밥을 달라고 졸라댔다. 하지만 할머니는 일어나지 않았다. 싸늘하게 식어버린 할머니의 팔이 조금 이상하게 느껴졌지만, 어린 유진은 배고픔에 울음을 터뜨렸다. 울고 또 울며 할머니를 원망했다.

"밥 줘, 밥 줘!"

"……."

"할머니, 그만 자고 밥 달라고! 나 배고파!"

철없이 외쳐 대던 것이 떠올랐다.

눈을 뜬 유진의 눈빛이 날카롭게 변해 있었다. 그는 속에서 왈칵왈칵 올라오려는 감정을 누르고 또 눌렀다. 원망은 파도가 되어 그의 가슴을 때렸다. 여린 눈망울은 상처받아 붉은빛으로 물들었다.

경찰들이 어린 유진을 붙잡고 몇 번씩이나 물어도 유진은 단 한 번도 말을 바꾸지 않았다.

"할아버지는 집에 안 왔어."

"진짜니?"

"네, 안 왔어."

목격자 진술에만 의존된 수사가 제대로 진척될 리 만무했다. 유일한 목격자인 아이는 다섯 살이었고, 이 아이의 말을 어디서부터 어디까지 믿어야 할지 몰라 경찰도 난색을 표했다. 하지만 더 이상 할아버지를 수사선상에 올려 용의자로 몰 수 없었던 경찰들은 '강도 살인'이란 것에 중점을 두고 수사를 계속 진행했다. 그 기록은 기사로 아직도 남아 있다.

그렇게 사건은 미궁에 빠졌다. 할아버지의 알리바이는 완벽하게 성립되었다. 더 이상의 의심은 없었다. 그는 용의자가 아닌 피해자의 가족으로 살아갔다.

시간은 속절없이 흘렀다.

—미제 사건, 조속 해결 지시.

국무총리는 11일 국무회의에서 미해결된 살인 사건에 대해 조속히 해결할 것을 내무부에 지시했다. 이 미해결 사건에 대해 조속 해결을 지시한 이유는 올해만 해도 해결되지 못한 강력 사건이 수백 건에 달하기 때문이다. 그중에서도 감 총리는 [우도 관광객 살인 사건], [강남 여노인 강도 사건], [부산 롤라나이트장 여대생 살인 사건] 등을 꼽았으며, 이 사건들에 대한 조속한 사건 종결을 지시했다.

감 총리는 '국민의 목숨을 나라가 지키지 못해 여론이 들끓고 있다'며 '조속히 해결되지 않아 피해자의 가족에게 죄송하다'고 말하고, '국민이 불안해하고 정부의 치안 능력에 대한 불신이 커지고 있는 만큼 수

사당국은 범인 검거에 최선을 다하라' 고 지시했다.

사건이 일어나고 석 달 뒤. 그 후로 수사에 대한 진척은 없었다. 용의자로 내몰렸다가 겨우 의심의 눈을 피한 노창식은 아내를 죽인 범인을 잡으라며 길길이 날뛰었고, 이 모습은 언론을 통해 고스란히 알려졌다. 사건에 대한 기사는 거기까지였다. 경찰에 알아보아야만 그 뒤의 이야기를 알 수 있을 것이다.

스크랩북을 덮은 유진은 멍한 시선으로 허공을 바라보았다. 그의 옆에 앉아 있던 정장 차림의 남자가 자리를 뜨고 30대 여자가 앉았다. 그 여자가 한참이나 스크랩북을 보다가 다시 자리에 일어서고 또 다른 사람이 앉는다. 몇 번이고 제 곁에 앉아 있던 사람들이 일어났다가 사라지길 반복했다. 오랜 시간이 흐를 때까지 멍하니 천장의 형광등을 바라보던 유진의 시선이 옆으로 돌아갔다.

2001년. 2000년 밀레니엄의 두근거림도 사라지던 그해 나온 신문을 보던 유진의 얼굴이 일그러진다.

—강남 여노인 살인 사건 공소시효 만료.

헤드라인 밑으로 적힌 글귀는 이 사건뿐만 아니라 하나씩 끝나갈 미제 사건들에 대한 경각심을 일으키기 위해 한 기자가 적은 것이었다.

그리고 2003년,

"유진아, 착하구나."

그 한마디를 남기고 할아버지는 돌아가셨다.

손바닥을 펴보았다. 손가락을 오므리자 비교적 따뜻한 손바닥에 시린 손가락이 닿는다. 쥐었다 펴고 쥐었다 펴길 반복하던 유진은 닫혀 있는 철문을 한참이나 바라보았다. 겁이 났다. 저 문을 열고 청아의 얼굴을 볼 자신이 없다. 울상이 된 유진은 앞으로 걸음을 내딛지도, 뒤로 물러서지도 못한 채 한참이나 그곳에 서 있었다.

그는 길을 잃은 아이 같았다.

우물쭈물 한참을 그 자리에 서 있을 때다. 끼이익 소리와 함께 문이 열리더니 곧 쓰레기봉투를 들고 밖으로 나온 청아와 딱 마주쳐 버렸다. 그녀는 한동안 연락이 안 되다가 갑자기 앞에 나타난 유진에게 크게 화가 난 것인지 들고 있던 쓰레기봉투를 바닥에 내팽개치며 그에게 뚜벅뚜벅 다가왔다.

"너 어떻게 된 거야, 전화도 안 받고?"

청아의 눈망울이 붉게 물들었다. 일주일 동안 전화도 받지 않고 제 속을 새까맣게 태운 그가 갑자기 눈앞에 나타나자 안도감과 함께 화가 치밀어 올랐기 때문이다. 청아가 약한 어깨를 부들부들 떨며 분노하자, 유진은 걸음을 옮겨 그녀와의 거리를 좁혔다. 그리고 손을 들어 청아의 어깨를 조심스레 쓰다듬으며 여기 오기 전 몇십 번, 아니, 몇백 번이나 연습한 미소를 입가에 띠었다.

"미안해. 일이 있었어."

"무슨 일?"

다행히 그녀는 그의 거짓 웃음을 눈치채지 못했다. 그렇게도 노력한 보람이 있었다. 청아가 씩씩거리며 따져 묻자 유진은 족히 한 시간을 걸어 여기까지 오면서 생각하고 또 생각했던 말을 꺼내놓았다.

"흥미 있는 일을 찾았거든."

입가에 지어진 웃음도, 목소리도 어색하지 않았다. 다행이다, 다행이야. 그녀의 표정을 살피니 청아 또한 살짝 굳어졌다가 펴지는 그의 변화를 눈치채지 못한 듯 눈을 동그랗게 뜨며 물었다.

"흥미?"

세상사 김청아가 아니면 관심을 두지 않는 그였다. 무슨 일이든 콧방귀를 뀌며 심드렁하게 굴던 그가 흥미를 가지는 일이라니. 청아가 의아한 눈으로 묻자 유진은 손이 시려 견딜 수가 없다는 듯 손을 동그랗게 말아 입김을 후후 불었다. 그리고 한쪽 눈만 찌푸려 장난스럽게 인상을 구기며 말한다.

"춥다. 차 한잔도 안 줄 거야?"

"네가 언제부터 차를 마셨다고."

그렇게 말한 청아가 허리를 숙여 쓰레기봉투를 한편에 놓아둔 뒤 몸을 홱 돌린다. 그리고 문을 활짝 열며 무심한 얼굴로 말했다.

"들어와. 우유 데워줄게."

"나 어린애 아니다?"

"왜? 우유 마시면 어린애야?"

유진이 신발을 벗고 먼저 집 안으로 들어가자 청아가 그 뒤를 따랐다. 그리고 곧장 작은 냉장고로 걸어가 우유를 꺼냈다. 머그잔에 하얀 우유를 따르며 청아가 힐끗 침대에 앉아 있는 유진을 보았다.

"너 나한테 이런 것도 하고 저런 것도 하고 했잖아. 그런 사람을 누가 애로 봐?"

그 말에 유진의 입가에 웃음이 번졌다. 이런 것도 하고 저런 것도 하고……. 그 말에 숨겨진 뜻을 입 밖으로 말하면 청아가 들고 있는 머그잔이 자신에게 날아올 것이다. 청아는 아주 부끄러움을 많이 타는 사람이니까.

유진의 앞에 앉은 청아가 머그컵을 건네며 말했다.

"그래, 그래서 일주일 동안 뭐 했는데?"

"……심리?"

알 수 없는 말에 청아의 고개가 기울었다. 그녀는 자신이 들은 것이 확실한 것인지 다시 한 번 되물었고, 유진은 정확하게 들은 것이 맞는다는 듯 고개를 끄덕였다.

"아이는 말이야, 부모가 말하는 말을 철석같이 믿더라고. 부모가 눈앞에서 노란 불빛을 흔들고 조금 있다가 '그거 파란 불빛이었지?' 하고 물으면 아이는 고개를 끄덕인다는 거야. 아이들의 기억이 얼마나 쉽게 조작되는지 흥미롭지 않아?"

"왜, 너 소아과라도 가게? 갑자기 웬 아이?"

그는 평소 아이에게 관심이 없었다. 그런 유진의 입에서 갑작스럽게 나온 말에 청아의 의문이 점점 커져간다.

"그런데 어른들도 그렇잖아. 본인이 감당할 수 없을 정도의 일이라면 그 기억을 잊기도 하잖아. 극심한 스트레스를 받거나 힘든 일을 겪으면 해리성장애가 오기도 하고."

"흐음, 그래서?"

방금 전까지 심드렁했던 그녀가 관심을 보이자 유진은 불안함이 가득한 눈동자로 청아를 보며 묻는다.

"어떻게 생각해?"

"야, 이해가 되도록 설명을 해야지. 너 지금 완전히 뜬구름 잡고 있잖아."

"기억을 되찾았어. 그리고 본인의 죄를 알았어. 근데 그게 너무 오래전의 일이란 말이야. 그걸 이제 와서 굳이 밝혀야 하는 걸까?"

"뭐?"

유진이 놀라울 정도로 빠르게 말했다. 그 모습에 청아가 눈을 크게 떴다. 간절한 눈동자에 청아가 고개를 기울이더니 잠시 생각에 잠긴다. 생각이 길어지자 불안해진 유진이 재빨리 말을 덧붙였다.

"공소시효도 끝났어. 그리고 그 일에 그 사람은 직접적으로 나쁜 일도 하지 않았어. 그 일을 밝히고 싶지 않아하는데…… 그래도 밝혀야 하는 걸까? 도망가면 안 되는 거야? 아무 일 없었다는 듯 살아도 되잖아."

그 말에 청아의 입에서 깊은 한숨이 흘러나온다. '이 인간은 또 어디서 뭘 보고 온 거야?'라는 생각이 역력한 얼굴이다. 자세를 고쳐 앉은 청아가 편히 벽에 등을 기댄 뒤 조금 식은 우유를 홀짝였다. 그리고 여전히 자신을 향해 있는 그의 시선을 똑바로 마주하며 한숨처럼 이야기를 내뱉었다.

"노유진 씨, 어디서 뭘 또 보고 왔는지는 모르겠는데."

두 사람은 생각을 아주 많이 공유하고 있었다. 서로의 생각을 공유해야 오해도 없고 다툼도 없다는 것이 청아의 지론이었다. 대화가 적었던 부모님이 결국 이별까지 하는 것을 본 그녀는 늘 유진에게 자신의 생각을 솔직히 털어놓으라고 말했고, 그녀 또한 진지하게 대화를 나누는 순간에는 말을 돌려 하는 법이 없었다.

청아가 어려운 문제가 아니라는 듯 말했다.

"그런 고민을 한다는 것 자체부터가 이미 답이 나와 있는 문제잖아."

"어……?"

순간 그의 눈빛이 멍해진다. 단호한 그녀의 말에 유진은 화들짝 놀랐다. 청아는 그의 손에 들려 있던 잔이 점점 기울어져 곧 우유가 쏟아질 듯하자 컵을 빼앗아 바닥에 내려둔 뒤 말했다.

"본인이 죄라고 생각하는데 뒤늦게라도 밝혀야지. 밝히지 않는 게 가장 나쁜 거야. 솔직하게 자신의 죄를 털어놔야 그다음이 있는 법이지."

"솔직하게…… 본인의 죄를 털어놔야 해? 그럼 잃는 게 너무 많은데도?"

"잘못을 했으면 그런 식으로라도 죗값을 받아야 하는 거 아닐까?"

유진의 물음에 그녀는 물음으로 답했다. 그러자 유진은 더 이상 말을 잇지 못하고 입을 꾹 다물었다. 평소와 달리 심상치 않은 모습이었으나 청아는 알지 못했다. 그의 상황을 알지 못했고, 지금 그의 마음이 어떤 식으로 끓어 넘치는지도 알지 못했다. 그래서 그렇게 가볍게 치부한 것이다.

"뭐, 난 그렇게 생각해."

그렇게 그녀는 자신과는 전혀 상관없다는 듯 말할 수 있었다.

두 사람 사이에 침묵이 흘렀다. 청아는 우유를 홀짝이며 일주일 동안 나타나지 않은 그에게 어떠한 벌을 줄까 고민하고 또 고민했다. 청아가 시선을 내리깔며 생각에 잠겨 있을 때다. 유진이 잔뜩 잠긴 목소리로 말했다.

"너 나빠."

목소리에 원망이 가득하다. 그녀는 논리정연한 사람이고, 유진은 바보 같은 면이 있었다. 그는 그녀의 말이라면 껌뻑 죽었고, 팥으로 메주를 쑨다고 하면 그럴 것이라고 믿는 사람이다. 그렇기에 목격자이자 공범이 되어버린 유진은 자신의 죄를 솔직히 털어놓아야 한다는 그녀의 말에 좌절했다. 모든 것을 말하면 청아가 제 곁을 떠날 것 같았다.

그녀에게 존경받는 사람이 되고 싶었고, 함께 길을 걷는 동반자가 되고 싶었다. 어떻게든 이 문제를 숨기고 싶었고, 세상 그 누가 다 알게 되더라도 그녀만은 알지 않기를 바랐다. 그런데 그녀는 그에게 모든 것을 다 말해야 한다고 한다. 죄를 지었으면 죗값을 받아야 한다고. 어린 시절, 할아버지와 손가락을 걸고 약속했던 그때의 그가 잘못했기에 벌을 받아야 한다고.

지금 그가 받아야 할 벌은 청아가 자신을 버리고 떠나는 것일지도 모른다.

유진의 눈망울이 힘없이 흔들렸으나 청아는 버럭 소리쳤다.

"뭐? 이 자식이 일주일 만에 나타나서는 고작 한다는 소리가! 네가 더 나빠! 나 기다렸단 말이야!"

이게 적반하장도 유분수지!

청아가 와와 소리를 질러대며 그의 허벅지를 찰싹 때렸으나 유진은 눈 하나 깜짝하지 않은 채 청아의 얼굴만 보았다. 그가 웅얼거리는 목소리로 말한다.

"너 진짜 나빠, 심청아."

"나 김씨라고!"

"너 나빠. 진짜 나쁘다고."

도망도 못 가게 하고, 김청아 나빴어.

죄를 받아야 할 사람은 이미 이 세상에 없다.

공소시효도 끝난 사건. 그 사건에 죄를 지은 사람은 이제 그뿐이다.

유진은 벽에 기대앉아 멍하니 천장을 올려다보았다. 몸엔 힘 한

자락 들어가지 않아 조금만 신경을 돌리면 손에 들고 있던 휴대전화를 뚝 떨어뜨릴 것만 같다. 유진이 읊조리듯 말했다.

"형, 할머니 말이야……."

〈그건 제발 잊어라. 어머니도 얼마나 걱정하시는지 알아?〉

부쩍 며칠 전부터 돌아가신 할머니에 대해 말하는 유진이 걱정스러운지 유민이 타박하듯 강한 어조로 말했다. 그때 당시의 기억은 가족 전부에게 상처가 되는 일이었다. 범인은 결국 잡히지 않았고, 할머니는 억울하게 돌아가셨다. 어디 그뿐인가? 가족 전체가 용의자가 되어 수사를 받았던 것만 생각하면 부모님은 아직도 치가 떨린다고 하셨다. 하루가 멀다 하고 경찰서에 끌려가 조서를 꾸며야 했고, 이에 항의하는 가족에게 되돌아온 말은 차갑고 냉혹했다.

"원래 이런 사건의 경우 제1 선상에 오르는 용의자가 바로 가족입니다. 그러니 조사에 협조해 주시죠."

다섯 살인 유진도, 그 당시 여덟 살인 유민도 일주일간 매일 경찰서를 들락날락거렸으니 가족에겐 몇십 년이 지나도 여전히 깊은 상처로 남아 있는 일이었다.

유진이 입가에 조소를 머금으며 말했다.

"그거 할아버지가 했다? 나 봤어. 그날 집에서 할아버지가."

두서없는 말에 상대는 말을 잃었다. 유민은 지금 유진이 하는 말을 정확하게 받아들이지 못해 한참이나 입을 다물고 있었고, 곧이어 반쯤 나갔던 정신이 돌아오고 나서야 욕지기를 내뱉었다.

〈헛소리하지 마.〉

"진짜야. 나 그날 봤어. 할아버지가 할머니 때리는 거."

〈너 그때 몇 살이었는지 아냐? 다섯 살이다. 20년이나 지난 일인데 그걸 왜 이제 와…….〉

"그때 형 많이 아파서 계속 결석하다가 학교 갔잖아. 엄마랑 아빠는 미국에 세미나 때문에 일주일 나가 계셨고. 다 기억난단 말이야."

〈…….〉

유진이 하는 말은 모두 정확했다. 그때의 일은 유민에게 있어서도 워낙 충격적인 일이기에 정확하지는 않지만 대략적인 것들은 아직도 기억하고 있었다.

"할머니를 죽인 것은 할아버지야! 범인은 할아버지라고!!"

그 말에 유민이 한참이나 말을 잇지 못하다가 힘겹게 한마디를 내뱉었다.

〈뉴욕, 와라.〉

"뉴욕은 왜?"

〈와서 이야기해.〉

전화는 그것이 끝이었다. 그날의 전화 통화로 유진은 곧장 뉴욕으로 가게 되었다. 그곳엔 그의 비밀을 알고도 자신을 버리지 않을 가족이 있었다.

Three

오지 않았다고 해서 오지 않았다고 믿었을 뿐이다. 자신을 껴안고 우는 엄마가 모두 잊으라고 해서 잊었을 뿐이다. 그리고 모든 기억을 떠올린 순간, 덧없이 흘러간 시간을 붙잡을 수가 없었고, 모든 일을 똑바로 바로잡기엔 이미 너무나 늦었다.

뉴욕에 도착하던 날, 공항에서 부모님은 유진을 따뜻하게 안아주었다. 그리고 그 일에 대해서는 입도 뻥긋하지 않았다. 그 일은 유진에게도 괴로운 일이었지만 그들에게도 괴로운 일이었으니까. 그렇게 유진은 부모님의 손에 이끌려 2층 단독주택으로 왔다. 2층, 그가 가끔 뉴욕에 올 때면 지냈던 방에 처박혀 꼼짝도 하지 않았다. 음식은 거르기 일쑤였고, 잠이 들어도 곧 악몽을 꿔 오랫동안 자지 못했다.

매일 치료가 필요하다며 상담 의사가 왔지만 그는 그조차도 거부했다. 울고 불며 매달리는 어머니의 손길도 거부한 채 그는 골방에 처박혔다.

그는 살아 있는 사람이라면 당연히 해야 할 것들을 하지 않았다. 그렇게 서서히 죽어갔다. 그런 유진의 상태에 부모님은 걱정했다. 늘 무심하던 유민도 가끔 집에 올 때면 유진의 방문을 열어보곤 했다. 그리고 방구석에 몸을 웅크리고 앉아 있는 그의 모습에 남몰래 속을 태웠다.

그렇게 시간은 무섭게 흘러갔다.

유진은 그 모든 사실을 청아에게 털어놓을 자신이 없었다. 그래서 처음 2주로 계획했던 여행은 결국 한 달째로 접어들고 있었다.

유진을 방 밖으로 끌어내기 위해 부모님은 부단히 애를 써야 했다. 하지만 부질없는 짓이었다. 유진은 똑똑한 아이였고, 한 번 겪은 일은, 한 번 제 머릿속에 입력한 일을 잊지 못했다. 그는 울었다. 그리고 애원했다.

"난 나쁜 사람이에요."

모든 걸 외면했다고요. 그때 내가 나서야 했어요. 그리고 할아버지와 난 벌을 받아야 했다고요. 그 말에 부모님은 고개를 저었다.

"네 죄가 아니야."

어떻게 내 죄가 아니죠? 유진은 그렇게 묻고 또 물었다. 그리고
아파하는 유진의 손을 잡고 부모님은 애원했다.

모두 잊어. 잊어. 잊어라, 유진아. 그래야 살아져.

그 말에 유진은 화가 났다. 잊어서 일이 이렇게 됐는데 또 잊으
라니.

무책임한 부모님의 말에 유진은 화가 났고, 더 이상 이야기를
나누고 싶지 않았다. 부모님이 특별히 부탁해 직접 집까지 찾아온
정신과 의사도 그는 계속 밀어냈다. 그들도 어차피 똑같은 소릴
할 테니까. '네 죄가 아니란다, 유진아. 좋지 못한 기억은 잊는 것
이 좋을 때도 있는 법이야' 라고.

유진은 또다시 어둠으로 숨어들었다. 그렇게 또다시 시간은 흘
렀다. 유민이 유진의 방을 찾은 것은 그가 더 이상 부모님조차 만
나려 하지 않을 때였다. 거칠게 문을 열고 들어온 유민은 폐인처
럼 침대에 늘어져 천장만 바라보는 유진의 멱살을 붙잡아 일으켜
세웠다. 거친 행동에도 유진은 멍하니 유민의 얼굴만 보았다. 망
가져 버린 동생의 모습에 유민은 가슴이 탁 막히는 것을 느꼈다.
아무것도 담기지 않은 텅 빈 그릇처럼 보이는 유진의 상태에 눈시
울이 붉어지며 울먹이는 목소리로 말했다.

"너 언제까지 이렇게 지낼 거야?"

"……."

"말을 해!"

"……몰라. 난 어떻게 해야 할까?"

유진은 길을 잃은 것 같았다.

"형……."

끔찍하게 갈라진 목소리. 그건 지금 그의 심장과 같다.

"나 아파."

구슬픈 목소리에 가슴이 저민다. 유민이 그의 멱살을 쥐고 흔들었다. 그러자 유진의 몸이 종잇장처럼 흔들린다.

"너 김청아한테는 돌아갈 생각이 없는 거야? 그냥 이러고 있을 거야? 평생?"

목이 멨다. 하나뿐인 동생에게 아무것도 해줄 수 없는 그는 아팠다. 유진이 이 지경이 될 때까지 제 일에만 쫓겨 들여다보지 못했다는 사실에 스스로가 경멸스럽게 느껴졌다.

"나 어떻게 해?"

"노력해! 어떻게 해서든 벗어나려고 노력하란 말이야!"

유민은 텅 비어버린 유진을 보며 외쳤다. 그의 눈에서도 왈칵 눈물이 쏟아졌다.

"……응, 청아 기다리겠다."

텅 비어버린 눈으로 열심히 고개를 끄덕이던 유진이 웃으며 말했다.

〈애들 벌써 인턴 생활 시작했어. 너 정말 한국 안 들어올 거야?〉

"미안해, 청아야. 나 여기서 인턴 생활 하려고……."

〈뭐?〉

"미안해."

전화기를 붙잡고 있는 유진의 손이 떨린다. 하지만 목소리만큼은 아무것도 담지 않은 채 흔들림이 없었다. 그의 말에 청아는 한동안 말을 잇지 못했다. 그럴 수밖에. 잠시 다녀오겠다던 그의 돌아오지 않겠다는 말은 그녀에게 날벼락 같은 것이었다.

하지만 청아는 그의 결정을 이해하고 싶었다. 노유진이 이렇게 결정한 데엔 이유가 있을 거라고 생각하며 그녀가 물었다.

〈……너 진짜 솔직하게 말 안 할 거야? 무슨 일인데? 무슨 일이기에 갑자기 미국에서 인턴 생활을 하겠다는 건데?〉

"여긴 부모님도 있고 형도 있고…… 여기가 더 좋을 것 같아서."

〈…….〉

전화기 저편에서는 답이 없다. 하지만 유진은 그녀의 상황 따윈 고려할 수 없는 상태였다. 그는 어렸고, 나약했으며, 아팠다.

〈우리 결혼은……?〉

청아가 조심스레 물었다. 왈칵 올라오는 슬픔에 유진이 이를 악물었다. 청아가 아파하고 있다. 그 아픔은 그에게도 고스란히 전해졌다. 감당할 수 없는 일들은 그의 정신을 부수고 모든 감각을 무디게 만들었지만 청아의 일에 있어서는 달랐다.

"조금만 기다려 줄래?"

내가 최대한 빨리 달려갈게. 모두 훌훌 털고 달려갈게. 네 앞에서 과거의 일을 모두 털어놓고 나 때문에 틀어진 일을 바로잡을 용기가 생길 때, 그때 꼭 갈게. 그러니까 그때까지 기다려 줄래? 그렇게 유진이 물었다. 평소의 그답지 않은 말. 늘 행복만 가득하고 걱정 근심 없이 지내던 그의 목소리가 슬픔에 가라앉자 청아가 걱정이 가득한 목소리로 물었다.

〈유진아, 아무 일도 없는 거 맞지?〉

"응."

지나치게 빨리 답한다. 누가 보아도 그가 지금 거짓말을 한다는 것을 알 수 있을 정도로. 그걸 청아도 알고 있었다. 하지만 그녀는 웃음이 담긴 목소리로 말했다.

〈알았어. 벨 울린다. 나 ER 가봐야 해.〉

돌아와. 그렇게 말했다, 그녀는.

이야기는 일상을 담고 있었으나, 목소리에 간절한 마음을 담았다.

"응, 청아야. 힘내."

〈……너도 힘내.〉

전화가 끊겼다. 하지만 귀를 찌릿찌릿 울리는 소리를 들으며 유진이 우울한 목소리로 말했다.

"청아야…… 나 힘들어. 힘들어 죽겠어."

시간은 빠르게 흘렀다. 그만큼 그의 손바닥에 새겨진 손톱자국의 수도 늘어갔다. 두려움에 주먹을 움켜쥐고 그 고통을 참았다. 자신 앞에서 죽어가는 환자들을 보며 손바닥에 피가 날 정도로 손톱을 박아 넣었다.

남몰래 눈물을 삼키며 그렇게 시간을 보냈다.

1년, 2년, 3년…….

청아에게 다가가기 위해 그는 무던히도 노력했다. 하지만 그사이 청아는 한국에서 끔찍한 인턴 생활을 하며 매일 침대에 기절하는 날이 많아졌고, 그건 유진 또한 마찬가지였다.

잠잘 시간도 부족했다. 그러니 통화를 할 시간이 있을 리 만무했다. 그런 짬이 난다 하더라도 엄청난 시차에 두 사람의 전화는 늘 어긋났다. 몸이 멀어지니 두 사람의 마음도 그렇게 멀어지는 것 같았다.

유진은 청아를 따라 외과에 지원했다. 그건 부모님의 영향도 있었다. 아버지는 심장 이식 분야의 권위 있는 서전이었고, 어머니는 소아외과에서 이름을 떨치는 서전이었다. 유민 또한 자연스레 소아외과로 지원했고, 유진도 당연히 외과로 흘러들었다. 하지만 ER로 지원을 나가는 일이 많았고, 그때마다 유진은 속으로 신음을 삼켜야 했다.

그 긴긴 시간 동안 그는 상처를 치유하기보단 속으로 참는 법을 배웠다. 표정을 숨길 수 있게 되었고, 제 감정을 남에게 드러내지 않는 법을 배웠다. 그는 어느새 속으로도 삭일 줄 아는 어른이 되어 있었다.

흰 가운을 휘날리며 빠르게 ER로 뛰어간 유진은 눈앞에 펼쳐진 그림에 걸음을 우뚝 멈췄다. 서늘한 얼굴 위로 긴장이 서리고 온몸에 식은땀이 흘렀다.

「보조석에 앉아 있다가 창을 뚫고 밖으로 튕겨져 나간 환자입니다. 어레스트(Arrest:심박동 정지) 와서 병원으로 이송되는 동안 CPR(Cardiopulmonary Resuscitation:심폐소생술) 실시했다고 합니다. O.P(operation:수술) 바로 들어가야 합니다!」

「선생님! 여기 봐주세요!」

「선생님! 여기 CT 준비되어 있습니다!」

눈길에 일어난 12중 추돌 사고에 ER은 피를 뒤집어쓴 환자들이 빼곡하게 자리하고 있었다. 하나같이 생사를 오가고 있는 환자들은 저마다 제 고통이 더 크다며 비명을 내지른다. 그 모습에 얼어버린 유진은 앞으로 한 발자국도 떼지 못했다. 다른 동료 의사들은 하나같이 환자들에게 뛰어가 그들을 케어하느라 땀을 뻘뻘 흘리고 있는데, 그만 그 자리에 멈춰 바짝 얼어버렸다.

공포가 엄습했다. 코끝에 닿는 역한 냄새, 앞을 흐리는 희미한 형체들, 누워 있는 할머니 그리고 그와 별반 다를 것 없는 응급 환자들.

"읍!"

유진이 손을 들어 서둘러 코를 막는다. 눈알이 뒤집어지고 곧 온몸에 발작이 일어난다.

파들파들, 파르르.

「선생님, 왜 그러세요?」

검은 피부에 통통한 몸을 가진 수간호사가 유진에게 다가와 물었다. 창백하게 변한 얼굴로 사시나무 떨듯 떠는 유진의 모습에 수간호사 또한 많이 놀란 듯 보였다.

꺽꺽, 숨을 쉴 수 없어 유진은 제 목을 틀어쥐었다. 다른 손으로론 꽉 막힌 가슴을 퉁퉁 치고, 답답함에 발을 쾅쾅 굴러보아도 제 속을 막고 있는 그것이 뚫릴 생각을 하지 않는다. 숨이 턱턱 막혔다. 세상이 어지러웠다. 흔들리고 뒤틀리던 시야가 뿌옇게 변했다.

「선생님!!」

비명 같은 소리와 함께 털썩 무너져 버린 유진에게로 사람들이 하나둘 달려왔다. 하지만 유진은 이미 정신을 잃은 뒤였다.

병원의 한편, 의국에는 늘 퀴퀴한 냄새가 가시질 않는다. 한국 보다는 생활 여건이 좋은 미국이지만, 그래도 생사를 오고 가는 병원에서 하루 종일 생활하는 그들이 지내는 곳. 거기에다 남자 의사들이 지내는 방이니 쾌적할 리가 없다.

철제 침대에 누워 눈만 끔뻑끔뻑 뜨던 유진이 팔로 시야를 가렸다. 현실을 가려 버리고 싶었으나 그럴 수 없으니 유진의 눈앞만 까마득하게 변하고 있었다. 눈을 질끈 감은 유진이 입술을 깨물었다. 그냥 가루가 되어 공중으로 흩어지고 싶다.

달칵, 문이 열리는 소리와 함께 깜깜했던 방 안에 빛이 어른거린다. 고개를 돌려 보자 등 뒤로 불빛을 받고 서 있는 유민이 보인다. 이야기를 듣고 급히 달려온 것인지 흐트러진 머리카락, 구겨진 가운, 늘 얼음장처럼 차갑고 이성적이던 유민이건만 지금은 얼굴 가득 불안한 감정을 담고 있었다.

"왔어?"

"너 지금 그런 소리가 나오냐?"

유민은 언성을 높이지 않기 위해 안간힘을 써야 했다. 몸이 녹아내린 것인지 침대에 누워 입술만 뻐끔거리는 동생을 보자 자신 또한 미쳐 버릴 것만 같다. 자신을 향하던 시선이 옆으로 비껴가고, 반짝이던 눈동자의 빛도 죽인 채 유진이 말했다.

"못하겠어. 안 할래. 의사 안 할 거야."

아니, 그가 하고 싶어도 하지 못할 것이다. 미국의 의학계는 정신질환자가 의료 행위를 하는 것을 불법으로 금하고 있고, 오늘 그의 마음속 깊이 있던 괴물이 튀어나와 많은 사람들 앞에 드러났으니까.

"노유진, 너 레지던트 2년 차에 그만둔다는 게 말이 돼?"

의대 생활 6년, 인턴 1년, 레지던트 2년, 자그마치 9년이란 시간을 유진은 의사가 되기 위해 시간을 보냈다. 그런 그가 지금에 와서 의사가 되지 않겠다고 한다. 그럼 그가 무엇을 할 수 있을까? 의학 지식만 머리에 가득한 바보가 되어버렸는데. 몸 가득 약 냄새가 밸 정도로 오랜 시간을 병원에서 지냈는데. 하지만 유진의 결정은 이미 확고한 듯 보였다.

"이를 악물고 했는데, 어떻게든 될 거라고……. 근데 안 돼. 난 정말 노력했단 말이야. 근데 안 된다고. 환자를 못 보겠어."

그렇게 말한 유진이 천천히 눈을 깜빡이며 말했다.

"한국…… 가고 싶어."

청아의 모습이 시야에 어른거린다. 그녀에게 돌아가고 싶어 제 속에 있는 괴물을 밖으로 끄집어 내던지고 싶었는데 그럴 수가 없었다. 유진은 여전히 그가 겪은 그 많은 일을 똑바로 바라볼 수가 없었다. 커다란 과거는 현재를 잠식해 집어삼켰다. 죽어버린 현실 앞에 미래가 있을 리가 없었다.

"그래서 도망가겠다고? 이도 저도 아닌 상태에서?"

유민이 설득했다.

"아무것도 아닌 상태에서 한국으로 돌아가면 김청아한테는 뭐라고 말할 건데? 너 여기서 해왔던 것들, 네가 싸워왔던 것들을 말할 수도 없는 이 상태에서 넌 그 아이를 어떻게 설득할 건데?"

그러자 유진이 상체를 벌떡 일으켜 유민을 보았다. 형도 자신의 마음을 알아주지 않는다. 가족인 그도 이해를 못하는데 타인인 그녀가 어떻게 자신을 이해할 수 있을까.

늘 순진한 빛으로 가득하던 눈동자는 어느새 슬픔이 가득했다. 그 슬픔은 곧 지독한 분노가 되어 눈빛에 그대로 머물러 있었다. 그 감정 위에 흩뿌려진 듯 투명한 눈물막이 쌓이더니 시선을 흐린다.

"사람들 몸에서 썩는 냄새가 난단 말이야."

"뭐?"

유진의 눈에 맺혀 있던 눈물이 아래로 후드득 떨어졌다. 그리고 불안한 목소리로 말한다.

"아니야. 나한테서 썩는 냄새가 나."

"……."

"나한테서 지독한 악취가 난다고."

그의 정신을 잠식한 죄. 아무것도 모르는 시절에 일어난 일이라 치부해 버리고 싶었다. 그 자신도 변명을 하며 현실에서 도피하고 싶었다.

"난 사람을 살리는 의사가 될 수 없어."

"……."

"난 그런 사람이 될 수 없어."

그 순간 그는 알았다.

이 공포를 이기지 못하면 청아의 곁으로 돌아갈 수 없다는 것을.

그리고 한 가지 더 알았다.

이 두려움을 이기기 위해선 근본적인 문제부터 해결해야 한다는 것을.

하지만 근본적인 문제를 해결하기엔 이미 너무 오랜 시간이 흘러 있었다.

죄악은 이 세상에서 사라진 뒤고, 형체 없는 알갱이들이 서서히 시간에 따라 제 손가락을 타고 흘렀다는 것을.

"내 길은 의사가 아니야."

유진이 자리에서 일어났다. 그리고 어느새 눈물을 머금고 자신을 바라보는 유민의 시선과 마주했다.

"사람이 죽는다는 것이 무서워."

"······."

"다른 길을······ 찾아볼래."

하루빨리 청아에게 다가갈 수 있는 방법을.

그때의 그는 아무것도 할 수가 없었다.

Chapter 4

2013년, 잔상

One

　지금에 와서 보면 너무나 어렸던 스물다섯. 하지만 그때 청아는 유진에게 모든 것을 내어주었다. 몸도 마음도 미래도. 그런데 그에겐 그것들의 양이 부족했다 보다. 자신은 진심을 다해 그를 사랑했다고 생각했건만 유진은 그것을 느끼지 못했나 보다.

　그가 이야기한 엄청난 일들은 그녀가 듣기에도 견디기 힘들 만큼 끔찍한 것들이었다. 하지만 같이 있었으면, 유진이 그렇게 힘들 때 내가 곁에 있었으면 그도 조금은 더 빨리 일어설 수 있지 않았을까 하는 생각에 한편으론 원망이 들기도 했다.

　하지만 여전히 구겨진 이마와 떨리는 어깨를 보면 그를 단순히 원망할 수만은 없었다. 이 아이는 과거에 아팠고 현재도 아프니까.

　"그래서 병원을 그만두고 곧바로 치료를 시작하면서 자격증을

땄어. 그리고 2년 동안 CSI에서 부검의로 일했어. 죽음을 가까이 하다 보면 이 공포가 사라지지 않을까 해서. 그런데 아닌 거야. 내가 멍청하게 생각했던 거야."

검시대에 누워 있는 시신을 보면 아직도 팔다리가 얼어. 한참을 바라만 보고 있어, 시신을. 그러다가 그들에게 빌어.

또 다른 피해자가 없도록 나에게 모든 걸 들려주세요, 제발.

그렇게 빌고 또 빌었어.

"그러다가 3년 전 한국으로 돌아온 거야, 여전히 이렇지만."

유진이 청아의 손을 잡고 있는 오른손을 그대로 들어 그녀에게 보여준다. 바들바들 떨리는 손. 그는 여전히 그 지옥 속에서 살고 있었다.

천천히 눈을 감은 청아가 3년 전 그가 갑자기 제 앞에 나타났을 때를 떠올렸다.

"왜 이제야 온 건데?"

"……미안해."

"이유를 말해, 이유를! 널 조금이라도 이해할 수 있도록 변명이라도 해보란 말이야!"

"미안…… 미안해."

"이젠 네가 정말 싫어졌어. 노유진이라고 하면 아주 치가 떨려! 그러니까 그만 가! 내 앞에 다시는 나타나지 마! 제발!"

그렇게 소리를 내질렀을 때 그는 예쁜 두 눈에 눈물을 머금은 채 거칠게 고개를 저었다. 안 갈래. 나 너랑 있으면 안 돼? 그는 그렇게 말했다. 하지만 청아는 냉정히 그를 밀어냈다. 그리고 바쁘다며 곧장 병원으로 들어가 버렸다.

그날 수술을 무사히 끝마쳐서 다행이지, 어떤 사고를 쳐도 이상하지 않을 날이었다. 그만큼 그녀는 그때 힘들었다. 사랑하는 사람이 갑자기 떠나갔고, 이별의 이유도 말해주지 않았으니까. 뒤늦게 발견한 부재중 전화에 전화를 걸어보아도 상대는 답이 없었다. 속은 까맣게 타들어가다 못해 형체를 잃었다. 그렇게 그녀 자신도 사라질 것만 같았다, 이 세상에서.

그때라도 말해줬으면, 그때라도, 그때라도 말해줬더라면 우린 지금쯤 예전처럼 다시 서로를 보며 웃고 있지 않을까?

"용서해 달라곤 말 못해. 하지만…… 이해는 해줘."

나도 나 나름대로 열심히 노력했단 말이야.

기나긴 이야기는 너무나 많은 것을 담고 있었다. 멍하니 유진을 올려다보던 청아가 시선을 내려 마주 잡고 있는 손을 보았다. 손바닥은 어느새 축축하게 젖어 있었다. 그 습기를 알아차릴 수 없을 정도로 이야기에 집중해 버렸다.

청아는 눈물이 맺힌 유진의 얼굴을 보았다. 얼굴에 힘을 주지 않으면 일그러질 것만 같았다. 그래서 얼굴에 힘을 주고 파르르 떨리려는 입가를 애써 앙다물었다. 유진이 동아줄이라도 되는 양 붙잡고 있던 손을 떨궈냈다. 그러곤 손을 올려 유진의 뺨을 살짝 소리 나게 내려쳤다.

짝.

유진의 눈이 커졌다.

"나쁜 놈, 넌 좀 맞아야 해."

"미안해, 미안해. 청아야, 울지 마."

나 때문에 울지 마. 응?

빠르게 내뱉은 유진은 비처럼 쏟아지는 청아의 눈물에 당황하며 서둘러 손을 뻗었다. 왼손으론 청아의 손을 감싸 쥐고 오른손으론 그녀의 슬픔을 닦아냈다. 하지만 수도꼭지가 열려 콸콸 물을 쏟아내듯 한 번 열린 눈물샘은 무너진 둑처럼 와르르 쏟아졌다. 훅, 하고 숨을 들이마신 청아는 자신의 뺨에 닿는 커다란 손에 눈을 질끈 감았다.

이 손길이 얼마나 그리웠는데, 마음에 사무치도록 그리웠는데, 이 손이 자신에게 닿길 얼마나 바라고 또 바랐는데, 정작 자신에게 닿자 왜 이렇게 눈물이 나는 걸까.

눈을 뜬 청아는 슬픔을 고스란히 그에게 드러낸 채 소리쳤다.

"도망갔어야지!"

"청아야……."

"내가 말했잖아! 노력해서 안 된다면 그때라도 도망치라고!"

"……."

끅끅, 숨이 잘 쉬어지지 않는다. 폐에 이상이 생긴 것처럼. 하지만 청아는 어느새 자신의 눈물에 전염이라도 된 것인지 눈동자가 빨갛게 물든 유진을 올려다보며 외쳤다.

"왜 그걸 다 견디고 있는 거야, 이 멍청아!"

"……."

어린 유진은 아무것도 할 수 없었을 것이다. 아이의 기억은 어른들에 의해 좌지우지되는 일이 많았으니까. 자아가 형성되지 못한 아이는 그래서 더 지켜주어야 할 존재였다. 약한 존재니까.

청아는 그 일에 있어서는 유진을 비난할 마음이 없었다. 어느 누가 유진의 이야기를 듣고 그에게 돌을 던질 수 있을까. 어린아이였을 뿐이다. 할아버지 말을 잘 들은 죄밖에 없는 아이. 그래서 청아는 더욱 화가 났다. 자신의 마음을 지레짐작해 겁부터 집어먹은 이 멍청한 작자를 한 대 더 때려줘야 속이 시원할 것 같았다. 하지만 그는 이미 많이 아파 보였다. 마음이 다친 사람은 외상을 당한 사람보다 훨씬 긴 치료 시간이 필요한 법이다. 하지만 그 오랜 시간에도 그는 슬픔을 전혀 털어내지 못한 얼굴이었다.

그녀의 목소리가 낮게 가라앉는다. 슬픔은 목소리에까지 전염되어 있었다.

"내가 그 일을 다 알게 된다고, 그런다고 널 버릴 거라 생각한 거야?"

"……."

"날 도대체 뭐로 보는 거야!"

씩씩 거친 숨을 토해낸 청아가 손을 들어 제 얼굴을 감쌌다. 손가락 사이로 타고 흐르는 눈물이 아래로 후드득 떨어졌다. 눈물이 멈추질 않는다.

"난……."

"나쁜 놈, 나쁜 자식!"

그를 향해 원망을 떨궈낸다. 눈에서 흐르는 것과 비슷하게. 그러자 유진이 품으로 그녀를 끌어당긴다. 그리고 정수리에 입술을 묻는다.

"널 잃는다고 생각하면…… 너까지 잃는다고 생각하면…… 정말 견딜 수 없을 것 같았단 말이야."

나한텐 너뿐인데. 네가 내 세상의 전부였는데. 현실이 일그러지고 미래도 일그러진 상태에서 너마저 없다고 생각하면 정말 죽을 것 같았어.

그래서 도망갔어. 그래서.

비단천이 고급스럽게 늘어진 룸 안은 한동안 청아의 흐느낌과 유진의 토닥임 소리만 들렸다. 그렇게 두 사람은 8년이란 시간이 흘러서야 겨우 마주 볼 수 있었다.

날이 밝았다. 밤새 잠 못 들고 덧없이 흘러간 시간을 되돌리기 위해 두 사람은 애를 썼다.

"지금은 괜찮아?"

그녀가 물었다. 넌 그러한 일을 겪고 괜찮으냐고. 그녀의 물음에 유진은 고개를 저었다.

"치료는 받았어. 하지만 그게 다야."

레지던트 2년 차, 갑작스러운 발작은 그에게 많은 것을 빼앗아갔다. 오랫동안 병원 치료를 받아야 했고, 한동안은 약물에 의존해야 생활이 겨우 유지될 정도였으니까. 하지만 유진은 조금씩 걸어 나갔다. 잠을 잘 수 있게 되었고, 얼마 뒤엔 음식도 먹을 수 있게 되었다. 시간을 보내며 깨졌던 마음을 하나로 이어 붙였다.

"그게 다라고?"

"응. 아직도 무서워."

죄책감은 덜어냈으나 아직도 가끔 시신 앞에만 서면 마음이 흔들릴 때가 있었다. 누구보다 냉철해야 하는 부검의다. 사인을 밝히기 위해선 누구보다 차가운 심장과 눈동자가 필요하다. 그런 직업을 가지고 있으면서 언제까지 두려워하고 있을 수만은 없었다.

"아버지가 많이 힘들어하셨어. 힘드셨을 수밖에."

어머니를 아버지의 손에 잃었다니. 그것보다 끔찍한 일이 있을 수 있을까. 막상 할머니가 살해되었을 때는 흔들리지 않았던 아버지는 모든 정황과 사실을 알게 된 후로는 많이 힘들어했다. 결국 한동안 수술대 앞에 설 수 없었고, 긴 고통이 시작되었다. 지금이야 많이 안정되어 다시 병원으로 돌아가셨지만 언제 또 터질지 모르는 상처였다. 마음의 상처는 그러한 것이니까.

눈을 깜빡인 유진은 그동안 가족들에게 일어났던 일들을 하나둘 청아에게 설명해 주었다. 흔들리는 부모님과 자신을 붙잡아준 것은 유민이었다. 그리고 유진은 아직도 유민에게 감사하고 있었다.

이어 그는 갑자기 청아를 찾아온 이유에 대해 이렇게 설명했다.

"이번에도 비슷한 사건이 일어났어. 목격자는 어린아이야. 유치원에서 살인 사건이 일어났거든. 그 시신을 부검하게 됐는데, 그때의 기억이 떠오르는 거야."

다 치료된 줄 알았거든, 한동안은. 그렇게 과신하고 있었던 것뿐인데. 난 아마 평생 이렇게 바보같이 살아야 하나 봐. 자라 보고 놀란 가슴 솥뚜껑 보고 놀라는 것처럼. 늘 비슷한 일이 일어나면 반복되겠지. 그렇게 말한 유진은 웃었다.

"나 환자야. 그래도 괜찮아?"

안 괜찮다고 하면 큰일 날걸? 심장이 아파 죽을 것 같아서 네가 근무하는 병원으로 실려 갈지도 몰라. 네가 내 속까지 다 볼 거야. 장난스럽게 협박하며 유진은 그녀가 자신에게 마음을 열길 기다렸다.

그렇게 시간은 흘렀다. 혹독하게 이별을 맛본 청아는 쉬이 그를 받아들이지 못했다. 그를 향한 자신의 마음의 크기는 이번 일을 계기로 확실히 알았으니까. 그녀는 여전히 그를 사랑하고 있었다. 그렇게 원망했으면서도 마음은 변하지 않았다. 그렇다면 두 번째 이별은 어쩌면 첫 번째 이별보다 더 힘들지도.

첫 사랑, 첫 뽀뽀, 첫 키스, 첫 관계, 징글맞은 노유진.

답은 정해져 있었다. 그녀에게 선택지는 단 하나뿐이었다.

"한 번만 더 그래봐. 엎어놓고 엉덩이를 때려줄 거니까."

그 말에 유진은 세상에서 가장 행복한 남자라는 듯 웃었다. 그리고 청아의 입술에 짧게 입을 맞춘 후 웃었다.

"기왕이면 아프게 때려주면 좋겠는데."

"헛소리하지 마, 이 자식아."

타박을 한 청아는 유진을 가슴에 끌어안고 그의 머리카락을 쓰다듬으며 시간을 죽였다.

그리고 날이 밝자마자 욕실로 들어와 퉁퉁 부운 눈과 지금 조우한 것이다.

"아, 몰골 보소."

눈두덩이 불어 터지지 않은 것이 다행일 정도이다. 개구리처럼 툭 튀어나온 눈에 허탈한 듯 웃은 청아가 차가운 물을 틀어 몇 번이고 세수를 했다. 얼굴에서 박박 소리가 날 정도로 세수를 마친 그녀가 일회용 칫솔을 꺼내 치약을 짠 뒤 이까지 깨끗하게 닦았다. 그가 이야기한 것들도 이렇게 깨끗하게 씻어낼 수 있으면 얼마나 좋을까 생각하며.

입안 가득 물을 머금고 소리 내어 입을 헹군 청아가 거울 속 자신의 모습을 보았다.

"잘할 수 있을까?"

스스로에게 묻는다.

우린 앞으로 잘할 수 있을까?

예전처럼 예쁘게 다시 잘 만날 수 있을까?

그 물음에 청아가 피식 웃음을 토해냈다.

"한동안 장거리 연애 해야겠네."

검은 바지에 밝은 색상의 브이넥 티셔츠를 입고 거실로 나온 유진의 손에 휴대전화와 작은 짐 가방이 하나 들려 있었다. 들고 있던 전화기를 뺨과 어깨 사이에 끼운 유진이 재빨리 주위를 둘러보았다. 테이블 위에 올려져 있던 차 키를 찾아 빠르게 걸음을 놀리던 유진이 흘러내리는 전화기를 붙잡으며 말했다.

"지금 내려갈 거야. 도착하면 여섯 시쯤 될 것 같아."

〈알았어. 내려오면 바로 연락해.〉

"어, 조금 있다가 보자."

〈어.〉

짧은 통화에 유진의 가슴이 빠르게 뛰기 시작했다. 조금 있다가 보자. 이 얼마나 좋은 말인가. 그의 입가에 부드러운 미소가 걸리고 발걸음은 가벼워진다. 조금이라도 빨리 그녀가 있는 대구에 도착하기 위해 즐겁게 걸음을 옮기던 유진은 비밀번호 눌리는 소리와 함께 벌컥 열리는 문에 인상을 찌푸렸다. 자신의 집에 무단침입한 자는 유민이었다.

"너 폰은 왜 꺼놔?"

유민이 서늘한 목소리로 말했다. 지난 이틀간 유진은 청아와 함께 있으며 하루 종일 휴대전화를 꺼놓았다. 경주에서 그녀와 함께 이것저곳을 보고 즐거운 시간을 보낸 뒤 다시 서울로 올라와야 했던 유진은 이번엔 조금 더 오래 대구에 있기 위해 간단한 짐까지 챙겨가지고 내려가려던 길이었다.

이번엔 좀 더 오래 그녀와 있을 것이다. 긴 이별의 시간 동안 해보지 못한 것들도 하고 데이트도 맘껏 할 것이다. 그리고 이번에는 김 원장에게 정식으로 인사를 올리고 교제 허락도 받을 셈이었다. 이 모든 계획을 아직 청아는 모르지만 그녀도 반대하지 않을 것이라 안일하게 생각하며.

"방해받지 않으려고."

"입이 아주 찢어진다?"

그 말에 유진이 손을 들어 얼굴을 어루만졌다.

"티 많이 나?"

"어."

유민이 딱 잘라 말했다. 유진은 정신과 치료를 받은 뒤 괜찮아졌던 그날 이후보다 안색이 훨씬 좋아져 있었다. 표정은 밝았고, 날카로운 턱 선이나 위로 조금 치켜 올라간 눈초리도 날카로워 보이지 않았다. 청아가 무슨 마법을 부렸는지는 모르겠으나 유진은 훨씬 안정되어 보였다. 이 모습을 같이 일하고 있는 부검의들이 보면 화들짝 놀랄 정도로.

"다행이다."

유진의 말에 유민의 고개가 옆으로 기울어졌다. 이건 또 무슨 소린가 싶어서. 그러자 유진이 말을 덧붙였다.

"나 자랑하고 싶었거든."

"뭐?"

"나 지금 엄청 행복한 거."

그렇게 말하며 입가에 잔잔한 미소를 짓는 유진은 참으로 매력적이었다. 따스한 웃음은 상대를 사르르 녹여 버릴 듯하고, 눈동자에 맺혀 있는 감정은 상대의 가슴을 절로 들뜨게 만들 정도였다. 낯선 동생의 모습에 유민의 턱이 떡 벌어졌다. 눈앞에 있는 이 팔푼이가 제 동생이 맞는지 의심스러울 지경이다.

"그럼, 나 한동안 못 올라올 거야. 올라오면 연락할게."

너무나 가볍게 말한 유진이 손을 흔든 뒤 현관문을 열고 나가 버리자, 한동안 멍하니 있던 유민이 그제야 정신을 차렸다. 그는 서둘러 현관문을 열고 버럭 소리쳤다.

"야, 노유진! 너 언제 복귀할 건데?"

엘리베이터에서 빠르게 올라오는 숫자를 보던 유진이 고개를 돌려 냉기가 철철 흐르는 형의 얼굴을 보았다. 그는 이 문제를 얼른 해결하고 싶은 마음이 간절한 듯 보였다.

"휴가 끝나면."

날짜조차 기입하지 않은 휴가서를 떠올리며 유진이 웃었다. 그러자 유민이 인상을 와자작 찌푸렸다. 가끔 어디로 튈지 모르는 놈이라 늘 예의 주시해야 하긴 했으나, 최근에 들어와선 일에 사명감을 가지고 진득하게 잘 붙어 있다고 생각했는데. 유민은 한숨을 쉬며 어떻게 해서든 동생 놈 보호자 노릇을 이번에는 끝내기로 마음먹었다. 김청아와 다시 만났으니 대학 때처럼 그녀에게 달콤한 것을 쥐어주고 서둘러 서울로 끌어올리는 것이 좋겠다고 생각했다.

"일주일 뒤야. 그 이상은 절대 안 된대."

유민은 오늘 아침 유라에게서 걸려온 전화를 떠올리며 말했다. 국과수도 국립 기관이다. 마음대로 휴가를 빼서 오랫동안 한 사람을 놀릴 수는 없었다. 그리고 그 사람이 법의학 팀장이라면 더더욱.

"일주일?"

유진은 얼굴을 굳힌 채 물었다. 일주일이란 시간은 아주 짧은 시간이다. 청아와 하고 싶은 일이 그렇게나 많은데 그 모든 것을 어찌 일주일 만에 다 할 수가 있겠는가. 하지만 무심한 유민에게 그러한 사정을 털어놓아 봤자 소용이 없었다. 그는 모든 일을 해결할 수 있는 신이 아니니까. 종잇장처럼 구겨진 얼굴을 편 유진은 띵 소리와 함께 엘리베이터 문이 열리자 올라타며 말했다.

"그럼 형이 청아 좀 꾀어봐. 다시 서울 올라오게. 이 나이에 장거리 연애 해야겠어?"

삭신이 쑤신다고. 운전하고 대구까지 내려가려면.

"……."

뒷말에 유민이 고개를 절레절레 저었다. 하나만 보고 둘은 볼 줄 모르는 유진이다. 더 이상 어른답게 행동하라는 말은 듣지 않을 것이다. 그는 충분히 어른이니까.

한숨을 내쉰 유민이 닫히는 엘리베이터 문을 보고 있을 때다. 곧장 닫히고 내려갈 줄 알았던 엘리베이터 문이 다시 열리더니 방금 전과는 달리 유진이 진지한 얼굴로 그를 보았다.

그의 표정이 원래대로 돌아와 있었다. 청아를 만나기 전까지만 해도 감정 없고 죽은 사람처럼 굴던 그 표정. 그의 모습에 유민은 갑자기 온몸에 긴장이 몰려오는 것을 느꼈다.

"형, 나 말이야."

운을 뗀 유진의 얼굴은 백지장 같다.

"그 사건, 정식으로 다시 수사 요청 하려고."

유민의 안색이 굳어졌다. 그가 말하는 '그 사건'이 무엇인지 단숨에 눈치를 챘다. 하지만 그는 긴장하지 않으려 했다. 이 문제에 있어서만큼은 유진에게 초연한 모습을 보여주려 그 나름대로 노력했다.

"공소시효도 끝난 사건이야."

"하지만 죄는 바로잡아야 하잖아."

그리고 나도 편해지고 싶고. 그 말에 유민의 눈이 커지더니 이

내 동공이 떨렸다. 그의 입에서 단 한 번도 나온 적이 없는 말. 죄는 바로잡아야 하잖아. 그리고 곧이어 흘러나온 말에 그는 더욱 놀라 버렸다.

"부모님은 괜찮으시겠지?"

아아……. 유민은 속으로 신음을 삼켰다. 입을 달싹이기만 해도 입 밖으로 신음이 새어 나올 것만 같다.

조금의 시간이 흐른 후, 그가 붉어진 눈동자로 말한다.

"강하신 분들이야. 굳건하신 분들이고."

"형은?"

유진의 눈동자에 담긴 것은 걱정. 그는 이제 남을 생각해 줄 수 있을 정도로 큰 그릇이 되어 있었다. 유민은 떨리는 목소리를 애써 다잡았다.

"네가 그렇게 하고 싶다면 하도록 해."

"고마워."

엘리베이터 문이 닫혔다. 층수를 표시한 판의 숫자가 점점 아래로 떨어진다. 그 모습을 멍하니 올려다보던 유민이 눈을 질끈 감았다. 울음이 터질 것 같았으나 입은 웃고 있었다.

"이제야…… 벗어났구나."

유진과 다시 만난다는 것은 많은 인내심을 필요로 하는 일이었다. 가끔 그를 보면 화가 불쑥 솟아 괜한 심술이 돌았고, 그럴 때마다 유진은 착실하게 제 화풀이를 받아주었다.

대구의 유일한 놀이공원. 초등학교 시절부터 있던 이 놀이공원은 이름이 자그마치 세 번이나 바뀌었다. 몇 번의 부도로 다른 기업에 넘어가면서도 추억 속에 꿋꿋이 남은 그 놀이공원에서 청아는 음흉한 얼굴로 바이킹을 손가락질하며 말했다.

"타자."

"……고소공포증이 있는 건 아닌데 말이야."

잘생긴 얼굴이 와작 찌푸려졌다. 하고 싶은 말이 많은 표정이었으나 청아가 단호하게 고개를 저으며 말했다.

"알아. 그러니까 타자는 거야."

"엉?"

놀란 유진이 이상한 소리를 냈지만 청아는 그의 팔을 붙잡고 바로 탑승할 수 있는 바이킹에 올라탔다. 의자에 앉자 유진이 엉덩이를 붙여 청아의 옆으로 바싹 다가왔다. 앉은 의자는 제일 뒤 칸으로 앉아만 있어도 벌써부터 몸의 각이 기울어지는 위치였다.

"……내, 내리면 안 될까?"

"안 돼."

청아가 단호하게 말을 할 때였다. 천천히 바이킹이 움직이기 시작하더니 이내 귓가에 바람 소리가 들릴 정도로 빨라진다. 청아는 제 팔을 힘껏 붙잡는 그의 손을 보다가 고개를 올려 유진의 얼굴을 보았다. 잔뜩 주름이 가도록 찌푸린 눈과 얼굴에 짓눌려 꺾인 속눈썹, 흥분에 빨갛게 달아오른 뺨을 보고 있으니 왜 자꾸 웃음이 나오는지 모르겠다.

혹시 나 사람 괴롭히고 막 그런 것에 재미 붙인 거 아니야?

청아가 자신의 취향에 의구심을 가질 때였다.

바이킹에서 내리기 전까지 절대 뜨지 않을 것 같던 유진의 눈이 번뜩 뜨였다. 그는 청아의 가느다란 팔에 끼고 있던 팔짱을 풀었다. 그리고 가장 하늘 높은 곳까지 오른 바이킹 위에서 소리쳤다.

"심청아!"

청아의 시선이 그를 향했다. 눈엔 공포마저 어려 있다.

"사랑해! 으아악!"

아래로 쑤욱 내려가는 바이킹에 맞춰 그가 눈을 질끈 감았다. 손은 다시 청아의 팔로 향해 있다. 청아도 아랫배가 간질거리며 스릴 넘치는 놀이기구에 자신도 모르게 눈을 감을 때다. 다시 한 번 치솟는 바이킹에 그가 만세를 부르며 또다시 소리쳤다.

"심청아! 사랑해! 알……!"

봐주니 끝이 없다. 남우세스럽게. 방금 전까지만 해도 썰렁하던 바이킹 앞으로 사람들이 모여들고 있었다. 모여드는 인파에 청아가 도끼눈을 뜨고 그의 입을 틀어막으며 낮은 목소리로 읊조렸다.

"1절만 해라."

휘이잉— 귀에 또다시 바람 스치는 소리가 들린다. 그녀의 협박처럼 방금 전보단 조금 더 차가운 바람이. 그녀의 무시무시한 눈초리에 유진이 재빨리 고개를 끄덕일 때다. 놀이기구 조종석 옆의 스피커에서 소리가 들려온 것은.

"여자 분이 많이 부끄러우신가 보네요."

하하하! 사람들이 웃음을 터뜨린다. 나이 삼십 넘은 커플이 하는 꼴이 워낙 귀여워서. 그들의 웃음소리에 청아의 뺨이 붉어졌다. 놀이기구에서 내리고 싶지 않았다.

놀이공원 입구 쪽엔 요즘 아이들 사이에서 선풍적인 인기를 끌고 있다는 소시지 동상 하나가 서 있었다. 엄밀히 말하면 소시지라기보다는 소시지의 탈을 쓴 원숭이다. 그 동상이 잘 보이는 가게 안. 가벼운 음식도 시켜 먹을 수 있고 다양한 음료까지 구비되어 있는 곳에 자리 잡고 앉은 청아가 새파랗게 질린 얼굴로 배를 부여잡고 있는 유진을 보았다. 그는 이곳에 온 지 한참이 지나도록 여전히 멘탈을 회복하지 못하고 있는 모습이다. 청아가 턱을 괴며 말했다.

"어때?"

"아직도 속이 안 좋아. 여덟 번은 너무하잖아."

유진의 눈가에 눈물이 맺혀 있다. 화장실에 가서 시원하게 게우고 나왔는데도 여전히 미식거리는 것이 조금 더 시간이 지나야 괜찮아질 듯했다. 그 모습을 심드렁하게 보던 청아가 툭 내뱉었다.

"나도 그랬어."

"뭐가?"

"네가 갑자기 연락이 안 될 때, 하루에 수백 번씩 롤러코스터를 타는 기분이었다고."

정작 이야기를 꺼내는 당사자는 일상적인 이야기를 하는 듯한 얼굴이다. 하지만 이야기를 듣는 사람은 괴로움에 눈을 깜빡였다.

"얘한테 무슨 일이 생긴 건 아닐까, 조금 있으면 돌아온다고 했는데 왜 돌아오질 않는 걸까, 내가 질렸나, 거기서 쭉쭉빵빵 예쁜 여자랑 바람난 것은 아닐까, 매일 그런 생각을 했어."

청아의 어조는 빠르지도 느리지도 않았다. 아니, 오히려 느린 편에 속했다. 하지만 이야기를 듣는 유진의 심장은 빠르게 뛰기 시작했다. 늘 자신만만하던 김청아. 최선을 다하면 무엇이든 다 해낼 수 있을 것이라 믿던 김청아. 세상이 만만하진 않지만 신은 견딜 수 있는 시련만 주니까 우리 함께 힘내보자고 말하던 그 김청아이다. 그런데 지금 그녀의 입에서 나오는 말들은 죄다 자신감이 없고 그를 슬프게 하는 것들이었다.

"왜, 내가 이런 생각 하는 게 어울리지 않아?"

유진은 아무런 말도 하지 못했다. 기다 아니다 말을 못했다. 어찌 그럴 수가 있겠는가. 하지만 유진의 얼굴에서 그의 생각을 귀신같이 읽어낸 청아가 입에 조소를 머금고 말했다.

"노유진, 나도 여자야. 더욱이 잘생긴 남친 둔 여자. 이런 생각 안 하는 게 오히려 이상한 거라고."

청아의 시선이 유진의 얼굴을 훑는다. 새하얀 얼굴과 쌍꺼풀 없이 커다란 눈. 눈망울은 깨끗하고 맑았다. 그 당사자의 마음처럼. 높은 콧날은 성형수술을 한 것처럼 높았고, 입술은 립스틱을 발라놓은 것처럼 예쁜 빛을 띠고 있다. 유진은 그런 남자였다. 지나가면 많은 사람의 시선을 받는. 그런데도 예전에 그녀가 불안하지 않았던 것은 유진이 자신의 존재를 어떻게 생각하는지 확신을 가지고 있었기 때문이다.

둘 중 먼저 다가온 것, 사랑한다고 이야기한 것도 유진이다. 그래서 그녀는 제 순결을 내주었고, 마음도 다 내주었다. 뒤집어

엎어 탈탈 털어 마지막 한 조각까지도 그에게 내밀었다. 그리고 약속했다, 미래를.

그런 그가 떠났다.

"네가 떠나고 나서 내가 널 얼마나 사랑했는지 깨달았을 때, 절망했어. 너무 아팠고. 인턴 생활도, 레지던트 생활도 너무 힘들어서 눈이 돌아갈 것 같은데 네 생각만 하면 일시 정지야. 밤엔 잠이 안 왔어."

인턴 때 그녀가 가장 처음 가게 된 곳은 중환자실이었다. 목숨을 담보로 하는 치열한 그 전쟁터는 그녀의 정신과 몸을 좀먹었다. 어떠한 정신으로 사는지 알 수 없을 정도로 바쁜 일상. 하지만 그 속에서도 유진의 존재는 머릿속을 떠나지 않았다. 그다음에 가게 된 부서는 ER. 동료들은 그녀에게 지지리 재수도 없다고 말했으나 청아는 오히려 좋았다. 바빠야 그가 잠시나마 제 기억 속에서 잊히기 때문에.

"난 그런 지옥 속에서 살았어."

그렇게 시간을 흘려보냈다. 바쁠 땐 환자에게 집중하느라 시간이 어떻게 지나가는지 몰랐고, 잠시 의국에서 쉬고 있을 땐 그의 모습이 떠올라 괴로워 편히 있을 수가 없었다. 잠자리에 들 때는 피곤한 몸과 달리 정신은 또렷해졌고, 슬픔은 그녀를 갉아먹었다.

어디 슬플 때뿐일까? 첫 수술 집도 날, 가장 기뻤던 순간에 생각났던 것도 그였다.

"그런데도 왜 널 받아줬냐고?"

청아의 물음에 유진의 허리가 꼿꼿하게 섰다. 얼굴에 흐르는 긴

장감. 그녀의 입에서 나오는 말이 자신을 아프게 할까 걱정하는 모습이다. 하지만 청아의 입에서 나오는 말은 전혀 예상 밖이었다.

"아직까지 널 사랑하기 때문이야, 노유진."

긴긴 시간 뇌리에 박힌 그의 존재를 원망하기도, 더욱 사랑하기도 했다. 몸이 멀어지면 마음도 멀어진다 했던가? 그따위 말은 청아에게 있어선 개소리였다.

외골수인 그녀는 그렇게 사랑했다.

"이 마음이 식는다면 그땐 나도 널 떠날 거야. 이런 말 하는 내가 나빠 보이니?"

떠난다는 그 말에 유진의 표정이 흐려졌다. 그의 눈망울이 붉어지자 청아도 덩달아 눈시울을 붉혔다.

턱을 괴고 있던 손은 어느새 무릎 위로 올라간 뒤다. 양손을 꼭 붙잡고 있던 청아는 갑자기 복받쳐 오르는 감정에 손을 들어 얼굴을 가렸다.

"그러니까 더 사랑해 달란 말이야, 바보야. 내가 불안해지지 않을 때까지."

울고 싶지 않았는데 눈물이 난다. 또 노유진은 자신을 울린다. 이렇게 사람 많은 곳에서.

한적한 가게 안, 주문받는 여직원의 시선이 두 사람에게 닿았다. 그리고 주방에서 음식을 조리하던 사람을 손짓해 불렀다.

"저것 봐요. 남자가 얼굴값 할 거라고 했죠?"

"뭐야? 둘이 헤어지는 거야?"

"분위기 딱 보면 몰라요?"

아주 작은 말소리가 연달아 들려왔지만, 유진도 청아도 그쪽으로 시선을 돌리지는 않았다. 두 사람은 현재 그들만의 세계에서 서로만을 느끼고 있었다.

자리에서 일어난 유진이 그녀의 곁으로 왔다. 그리고 차가운 대리석 바닥에 한쪽 무릎을 꿇고 앉아 얼굴을 가리고 있는 그녀의 양손을 떼어냈다. 얼굴은 슬픔으로 그득 차 있다. 그녀가 우는 것이 세상에서 제일 싫은 그였지만 이번에도 역시나 울려 버렸다.

유진이 고개를 한껏 들어 청아와 시선을 마주했다. 청아의 손을 붙잡고 있는 손 위로 뜨거운 눈물이 연신 흐른다.

"김청아, 내가 네 곁을 떠나는 날은 내가 죽는 날이 될 거야."

"……."

"그런데 내가 지은 죄가 있으니 너보다 늦게 죽으려고."

웃으며 그렇게 말하는 유진의 눈동자는 투명하게 자신의 마음을 투영하고 있었다. 그는 거짓말을 하고 있지 않았다. 한 번만 더 미친 척하고 속아주고 싶을 정도로.

"좋아, 한 번만 더 믿어볼게."

청아가 고개를 끄덕이며 말했다. 그러다 문득 떠오른 생각이 있는지 방금 전 애달팠던 표정을 지우고 그 위에 위협적인 표정을 덧씌운다.

"하지만 방금처럼 밖에서 그딴 소리 했다간 그땐 네 배를 개복해 버릴 거야."

표정은 진지했다. 그녀는 다시 한 번 더 그러면 정말 배를 째버릴 기세였다.

❖   ❖   ❖

원래라면 계획 없이 오랫동안 지내기 위해 잡은 호텔이다. 하지만 이젠 계획을 세워야 했다. 그에게 주어진 시간이라곤 고작 일주일이었으니까.

어두운 밤. 창가에 서서 밖을 바라보던 유진이 팔짱을 꼈다. 그리고는 고민에 잠긴 얼굴로 읊조린다.

"어떻게 하지?"

또다시 헤어져 있긴 싫었다. 하지만 그는 일주일 뒤 국과수로 출근해야 했고, 청아는 대구에 남아야 한다. 이제껏 일 귀신으로 살면서 무서운 속도로 팀장의 자리에 오른 그다. 남들이 생각하기엔 어떻게 그 많은 일을 한꺼번에 처리를 하는지 놀라워할 정도였다. 그런 그의 삶은 이제껏 사적인 시간 따윈 보낼 수 없었다.

어떻게 해서든 그녀를 서울로 데리고 가야만 기나긴 장거리 연애를 하지 않을 수가 있었다. 아니, 하루에 몇 시간이라도 얼굴을 볼 수 있었다.

어떻게 해서든, 무슨 수를 써서라도.

속으로 고민에 고민을 거듭하고 있던 유진이 좋은 생각이 난 듯 눈을 번뜩였다. 그의 입가에 어느새 음흉한 미소가 떠올라 있었다.

"배 한 번 가르지, 뭐. 그게 별건가?"

청아를 볼 수만 있다면 스스로 티셔츠라도 걷어 올릴 기세이다.

그렇게 역사는 밤에 쓰이고 있었다.

다음날 아침, 유진은 하루 종일 바빴다. 대구를 잘 알지 못하는 그가 그 많은 일을 하기 위해선 현대 문명 기기가 필요했는데, 평소에 잘 쓰지 않던 길 찾기 어플까지 사용해 대구 곳곳을 누비며 청아가 퇴근할 시간까지 많은 준비를 했다. 휴대전화에 할 일을 기입하며 그 많은 일을 어찌 다 할 수 있을까 고민하던 그는 결국 청아의 퇴근 시간에 맞춰 병원 앞으로 갈 수 있었고, 곧 자신의 차에 오르는 그녀에게서 맡아지는 옅은 향기에 미소 지었다.

"너 수상해."

그의 미소를 본 청아가 그렇게 말했다. 아무리 오랜 시간을 헤어져 있어 만나지 못했다 하더라도 노유진은 노유진이고 김청아는 김청아다. 노유진은 김청아의 손바닥 안에서만 살았고, 그녀는 그의 행동을 속속들이 꿰뚫고 있었다.

하지만 시간이 흐르며 노유진은 능청이라는 것을 배웠다. 사람들에게 제 감정을 숨길 수 있는 방법도 깨달았다. 그에겐 기적 같은 일이었으나 사회인이라면 당연히 해야 하는 그것이다.

"뭐가?"

유진의 물음에 청아가 눈을 게슴츠레 뜨며 말했다.

"그 눈빛, 그리고 여자의 촉."

"여자의 촉이 무섭긴 한데, 괜한 사람 몰아붙이지 마."

장난스럽게 말한 유진이 말을 이었다.

"저녁 뭐 먹을래? 나 배고파."

"흐음."

청아가 고민하는 기색으로 입을 꾹 닫자 유진이 미리 생각해 놨다는 듯 말했다.

"돼지막창 어때?"

"막창? 뭐, 괜찮아."

거기에 소주 한 잔 딱 하면 좋겠다. 그렇게 말을 덧붙이는 모습에 유진이 피식 웃음을 내뱉은 뒤 부드럽게 차를 출발시켰다. 그녀의 관심을 돌렸다는 사실에 기뻐하며.

대구 하면 첫 번째로 떠올리는 음식이 '돼지막창'인 사람들이 많다. 돼지 누린내를 잡는 것이 쉽지 않아 다른 지역에선 쉽게 먹을 수 없는 이 음식을 대구에선 그 어느 동네를 가도 가게가 두세 개씩은 있을 정도로 남녀노소를 불문하고 누구나 사랑하는 술안주였다. 어느 누구는 '콜레스테롤 짱'이라며 이 음식을 예찬할지도 모르나 어느 누구, 특히 김청아는 '얜 살이 안 쪄'라고 허황된 소리를 하며 소주와 함께 질겅질겅 돼지 내장을 잘도 씹었다.

많은 사람들이 찾는 돼지막창 거리, 그중에서도 가장 끝에 있는 가게에 자리 잡은 두 사람은 서로 상반된 얼굴로 불판을 바라보았다. 지글지글 익어가는 막창에 소주잔을 든 청아가 잘 익은 막창 하나를 집어 입안으로 밀어 넣었고, 유진은 그 모습이 신기한 듯 바라보았다.

"이런 고무 덩어리같이 생긴 게 맛있어?"

"응. 고소하고 질겨."

청아가 혀로 막창을 어금니 쪽으로 밀어 넣은 뒤 씩 웃으며 질경질경 씹었다.

"너처럼."

내가 좀 질기긴 하지. 유진이 읊조리더니 곧 여러 가지 밑반찬을 피해 테이블 위에 턱을 괴었다. 그리고 청아를 바라보며 그윽하게 웃는다.

"내 사랑도 그렇게 질기지."

"말이나 못하면."

툭 내뱉은 청아가 입안에 씹고 있던 막창을 꿀꺽 삼켰다. 그리고 타기 시작한 막창을 구석으로 몰아놓은 뒤 하나를 집어 유진의 앞에 가져다 댔다.

"먹어봐. 맛있어."

"사양할래."

막창을 보며 유진이 고개를 저었다. 막창 겉면에 있는 하얀색의 물컹해 보이는 정체 모를 것을 보자 도저히 입에 넣을 수가 없었다. 유진이 고개를 계속 내저으며 거부하자 청아가 엄한 얼굴로 쓰읍 하며 겁박했다. 그리고 공중에서 다시 한 번 젓가락을 흔들며 말했다.

"고소해. 대구에 왔으면 막창 정도는 먹어보고 무슨 맛인지 알고 가야지."

청아의 말에 유진이 입가에 미소를 머금더니 부드럽게 웃었다.

"그래?"

"물론이지."

확신에 찬 그녀의 어조에 유진이 엉덩이를 들었다. 그리고 허공에 떠 있는 청아의 팔을 아래로 내리며 고개를 옆으로 기울인다.

쪽!

소리와 함께 청아의 눈이 커졌다. 가벼운 뽀뽀로는 끝나지 않을 것인지 그의 입술이 휘고 곧 혀가 그녀의 입안으로 흘러들어 왔다. 뱀처럼 휘어진 혀는 가지런한 이를 훑고 입천장을 간질인 뒤 긴장 감에 뻣뻣한 청아의 혀를 옭아매자, 청아의 눈이 스르르 감겼다.

그녀의 타액을 꿀꺽 마신 유진이 천천히 입술을 뗐다. 그리고 질끈 눈을 감고 있는 청아를 보며 유진이 얼굴에 후— 바람을 불었다. 그러자 청아가 눈을 번뜩 떴다.

"맛있네."

"……너."

무언가 말을 하려 입술을 달싹이던 청아는 결국 입을 꾹 다물었다. 곁에서 '어머, 어머'라고 호들갑을 떠는 여자의 목소리에 명치끝이 찌르르 아플 지경이다.

"맛있어, 우리 청아."

그의 입에서 나온 말에 호들갑은 데시벨이 높아지고, 전염병처럼 주위 테이블로 번져 나갔다.

"후."

청아가 캘린더를 보며 한숨을 푹 내쉰다. 그가 대구에 내려온 지도 벌써 4일째. 내려온 당일, 다음 주부터 다시 출근해야 한다던 그의 말이 가시처럼 가슴에 박혀 있었다.

"또 이별이네?"

그렇게 생각하자 가슴이 시큰해 온다. 오랜 이별 끝에 만난 사람이어서 그런지, 그녀는 다시 그와 이별하고 언제 만날지 서로의 스케줄을 확인하며 이어나갈 그 연애가 두려웠다. 국과수는 바쁜 곳이고 그녀 또한 현재 김 원장의 일을 돕고 있으니 시간을 빼기가 쉽지 않으리라. 이러한 생각은 곧 또 다른 고민으로 이어졌다.

"병원으로 돌아와."

유민의 말이 귓가에 윙윙 울린다.

"어떻게 하지?"

고민이 깊어졌다. 병원으로 다시 돌아가는 것. 그곳에는 그녀와 수많은 시간을 함께한 동료가 있고, 친구가 있고, 과거 열정에 불타올라 몸이 부서지는 것도 모르고 일하던 자신의 과거가, 그리고 꿈이 있다. 이러한 것들을 나열하고 보면 지금 자신의 고민도 허투루 느껴지는 것이었으나 그리 쉽게 결정할 수 있는 문제는 아니었다.

또다시 실망하게 되면 그땐 어떻게 되는 걸까?

한 번 단체에 상처를 입자 한 발 내딛기가 힘들다. 또다시 병원 내부에 문제가 생기면 그녀는 또다시 잔다르크처럼 나서서 그 문제를 뒤집어엎고 해결되지 않으면 세상에 알릴 것이다. 과한 오지랖과 과한 정의감은 그녀에게 화살이 되어 날아오겠지.

"오늘은 칼퇴근 안 하냐?"

한참 생각하고 있을 때다. 진료실에서 나온 김 원장이 6시 땡하자마자 사라지지 않은 딸이 이상한지 의아한 목소리로 물었다. 그러자 흩어졌던 정신이 번뜩 돌아온다. 모니터 시계를 확인하자 퇴근 시각에서 10분이나 지나 있었다.

"전화 울린다."

"아!"

얼마나 깊게 생각하고 있었는지 데스크 위에 올려둔 휴대전화가 울리는 것도 모르고 있었다. 서둘러 전화를 받은 청아가 말했다.

"미안. 전화 오는지 몰랐어."

〈무슨 일 있어?〉

청아의 사과에 그는 걱정부터 했다. 청아는 가볍게 고개를 내저은 뒤 자리에서 일어났다. 그리고 병실 여기저기를 살피는 김 원장을 보며 외쳤다.

"저 먼저 갈게요!"

"그래, 일찍 와라."

아버지의 걱정 어린 말을 들으며 병원을 나선 청아는 계단을 내려가며 말했다.

"아니. 지금 어디 있어? 나 병원 나왔어."

〈여기 병원 건너편에 있는 커피숍이야.〉

"커피숍? 커피도 안 마시는 애가 거길 왜 갔대?"

〈요즘 나도 원두라는 걸 즐기게 됐거든. 창가 자리에 있어.〉

"응, 지금 갈게."

짧게 통화를 마친 청아는 빠르게 걸음을 옮겨 병원 건물을 벗어났다. 그리고 신호등이 설치되어 있지 않은 횡단보도를 건너 곧장 그가 말한 커피숍으로 향했다. 문을 열자 맑은 종소리가 귓가에 울리고, 곧 창가 자리에 앉아 있는 유진의 모습이 보인다. 그의 맞은편에 앉으며 청아가 말했다.

"미안. 오래 기다렸지?"

"아니."

이젠 널 기다리는 시간도 즐거운걸. 길쭉한 눈을 얇게 만들며 웃는 그의 모습에 청아가 피식 웃음을 내뱉는다. 그가 서른넷이나 먹은 게 이제야 인식이 된다. 이런 입바른 소리도 할 줄 알게 되고.

가방을 옆자리에 놓아둔 청아가 양손을 테이블 위에 올려두었다. 그리고 제 몫으로 시킨 듯 보이는 커피를 들려고 할 때였다. 천천히 다가온 커다란 손이 그녀의 양손 위로 곱게 포개진다. 그녀가 뭐 하는 짓이냐는 듯 유진을 바라보자 그가 여전히 미소를 띤 얼굴로 말한다.

"생각나지 않아?"

"뭐가?"

청아가 모르겠다는 듯 고개를 기울이자 그가 자리에서 엉덩이를 일으킨다.

"예전에 이렇게 했던 거."

"……."

말을 마친 그가 곧장 턱을 옆으로 살짝 틀어 청아의 입에 입술을 쪽 맞췄다. 서로 짧게 맞닿은 입술이었으나 그 충격은 그 여느 진한 딥키스보다 강렬했다. 그리고 보수적인 도시 대구의 시민들이 보기에도 그 모습이 강렬했던 듯 전부 이쪽을 힐끗 바라보며 속닥거렸다.

벙찐 청아가 유진을 올려다보자 그가 입술을 조금 벌려 웃더니 말한다.

"기억 안 나나 보네?"

그러고선 다시 한 번 고개를 숙인 그가 이번엔 조금 더 길게 입을 맞춘 뒤 입술을 뗐다. 웃는 반반한 낯짝을 계속 보고 있자 홀린 듯 가출했던 청아의 정신이 돌아오기 시작했다.

"한 번 더 해야 기억이 날까?"

"기억나!"

청아가 망설이지 않고 버럭 소리를 질렀다. 고개를 뒤로 한껏 빼낸 청아가 인상을 찌푸리자 유진이 원래의 자리로 돌아가 엉덩이를 붙이고 앉는다. 그리고 꽃받침을 만들어 고개를 고정하며 싱글벙글 웃었다.

"청아는 화내는 모습도 여전히 예쁘구나."

"……2연타 공격은 사양하겠어."

"공격이라니?"

그렇게 물은 유진이 말을 잇는다.

"내 사랑의 크기가 얼마나 어마어마한지 너에게 주지시키는 중인데."

지금 세뇌시키는 거냐? 청아가 낮은 목소리로 외쳤다. 그러자 유진이 조금은 진중해진 얼굴로 고개를 끄덕였다.

"어, 맞아. 내가 널 얼마나 사랑하는지 세뇌시키는 중이야. 네가 날 믿을 수 있도록."

그의 말에 지난번 놀이공원에서 있었던 일이 떠올랐다. 가슴이 미어지듯 했던 말은 그에게도 많은 것을 느끼게 해주었는지 이야기를 하는 어투나 표정 하나 장난스러운 것이 없었다. 그는 진심을 이야기했고, 본인의 마음을 믿어달라고 말했다.

하지만 가슴은 여전히 찌르찌르 운다. 넌 또 멍청하게 이 남자의 말에 속아 넘어가고, 이 남자의 표정을 믿고, 이 남자의 사랑에 모든 걸 거냐고 울고 있다.

그녀의 표정이 우울해지자 유진이 곁에 놓아둔 가방에서 작은 상자 하나를 꺼냈다. 고급스러운 가죽 상자 겉면에는 브랜드 로고가 금박으로 박혀 있었다. 누가 보아도 반지 상자이고, 누가 보아도 두 개의 반지가 들어 있을 것 같은 크기이다.

청아가 놀란 얼굴로 유진을 보자 그는 그녀의 오른손을 가져와 손등에 입을 맞췄다. 그리고 상자를 열어 아무것도 박혀 있지 않은 밋밋한 반지를 그녀의 새끼손가락에 밀어 넣었다. 그녀의 손가락에 꼭 맞자 유진이 다행이라는 듯 웃었다.

"이, 이게 뭐야?"

청아가 놀란 눈으로 물었다. 그러자 유진이 그녀의 새끼손가락과 제 새끼손가락을 걸며 아래위로 흔들었다. 그의 마지막 손가락에도 그녀의 손가락에 끼워진 반지와 똑같은 것이 끼워져 있었다.

"약속."

네 번째 손가락이 아닌 제일 짧고 사용이 적은 손가락에 끼워진 반지. 남자의 손에 끼워진 애끼링은 조금 이상하게 느껴졌지만 그래서 더욱 특별하게 다가왔다.

　유진이 다시 손가락에 힘을 주어 그녀의 새끼손가락을 휘감았다. 그리고 말한다.

　"내가 널 떠나지 않을 거라는 약속."

　"……."

　"네 번째 손가락은 네가 나에 대한 확신이 들 때 채워줄게."

　그의 말에 가슴이 뛰기 시작한다.

　두근두근.

　빠르게 뛰는 심장은 곧 터져 버릴 것 같았다.

　청아가 여전히 놀란 눈으로 그의 이름을 부른다.

　"노유진……."

　"선서!"

　그리고 그녀의 부름에 그는 왼손을 들어 언젠가 그녀의 집 앞에서 외쳤던 말을 되풀이한다.

　"노유진은 무슨 일이 있어도 김청아를 떠나지 않겠습니다."

　유진의 눈빛이 따스한 기운으로 가득 차 있었다. 목소리 또한 다정했고, 입꼬리는 부드러운 호를 그리고 있었다.

　"그러니…… 마지막 한 번만 더 믿어주시겠습니까?"

　하지만 결국 마지막엔 기어코 눈물을 머금고 만다.

　그의 애원에 그녀가 할 수 있는 것이라곤 겨우 고갯짓뿐.

　그녀의 긍정적인 답에 자리에서 일어난 유진이 허리를 숙여 그녀의 입술에 다시 한 번 입을 맞춘다. 입술에 묻어난 것은 감사함, 그리고 행복.

입술을 뗀 유진은 눈물을 머금고 있는 청아와 시선을 똑바로 마주하며 진심을 다해 웃었다.

"고맙습니다."

은은한 로즈 향기가 감도는 호텔 룸 안엔 고요한 정막만이 내려앉아 있다. 잘 만들어놓은 모델하우스처럼 사람의 손길은 느껴지지 않지만, 잘 갖춰진 가구와 적당한 온도, 습도, 조명 때문인지 아늑하고 안락하게 느껴지는 방이다.

고요한 침묵이 얼마간 흘렀을까, 현관에서 잠금장치가 풀리는 소리가 들리더니 곧 덜컹 소리와 함께 문이 열리고 두 인영이 한 덩어리가 되어 룸 안으로 들어온다. 센서 불이 반짝 켜지고 보이는 것은 날카로운 턱 선을 가진 남자가 거칠게 여인의 입술을 탐하고 있는 모습. 긴 머리카락 안으로 파고든 손가락과 손등에 돋아난 혈관, 팔목까지 걷힌 옷 밑으로 드러난 근육에서 그가 지금 얼마나 많은 인내심을 가지고 제 흥분을 감추고 있는지가 느껴졌다. 그녀의 입술을 집어삼킨 그의 입술은 집요하고 끈질겼다.

두 사람의 혀가 얽혀들고, 몸은 점차 밀착되어 간다. 청아의 허벅지 사이에 다리를 밀어 넣은 유진은 그녀의 몸이 축 늘어지자 옷 사이로 손을 찔러 넣어 손가락 끝에 만져지는 브래지어를 들춰 올렸다. 그러자 크지도 작지도 않은 가슴이 그의 손바닥 안에 차오른다.

"아."

청아의 입에서 신음이 터져 나왔다. 그는 손가락 사이에 가슴의 정점을 찔러 넣고 꼬집었다. 그녀의 떨림이 점차 커지고, 청아가 몸을 떨며 제 손길 밑에서 춤을 추자 유진이 가슴을 주무르던 손을 빼냈다.

"청아야."

"으으……."

유진의 부름에도 청아는 답을 해주지 못했다. 도톰하게 부풀어 오른 입술과 흐릿하게 변한 시선은 이미 그가 주는 감각에 취해 버렸다는 것을 보여주고 있다.

팔을 내린 유진이 청아의 몸을 번쩍 들어 올렸다. 힘들이지 않고 침대로 향하며 끊임없이 청아의 얼굴에 자잘하게 입을 맞춘 그는 침대 위에 청아를 조심스럽게 내려놓은 뒤 그녀의 몸 위로 올라갔다. 그리고는 한참이나 청아의 얼굴을 내려다보았다.

"너 너무 예쁘다."

그가 늘 입에 달고 사는 말. 우리 청아 예쁘다, 예뻐. 그는 그녀의 귓가에 그렇게 속삭였다. 마치 주문처럼. 세상에서 가장 아름다운 여자가 된 듯한 느낌에 청아가 입가에 은은한 미소를 머금더니 장난스럽게 툭 내뱉는다.

"그걸 이제 알았어?"

"이런, 알고 있었다니."

그의 입에서 탄식이 터져 나온다. 이 역시 장난스럽다.

손을 내린 유진은 그녀의 셔츠 위에 자잘하게 수놓아진 단추를 손가락으로 툭툭 풀어냈다. 능숙한 손길에 금세 옷이 벗겨지고,

곧 삐뚤게 가슴을 감싸고 있는 브래지어를 벗겨냈다. 몽글몽글한 가슴, 그 위에 꽃처럼 핀 핑크색 정점. 벚꽃 잎이 놓인 것처럼 예쁜 색을 띠는 젖꼭지를 입안에 머금고 사탕처럼 맛보던 그가 손을 내려 바지와 속옷을 한꺼번에 벗겨낸다.

세상이 어지러워지는 느낌. 세상이 비틀리자 허리도 그에 맞춰 뒤틀린다. 수면 위에 내던져진 물고기처럼 파드득 뛰어오르는 몸체. 작게 벌어진 입술에서 연신 터져 나오는 신음성. 그녀는 그에게 맞춰진 최고의 악기였다.

"아아, 아아아······!"

커다랗게 터져 나온 신음이 신호가 된 것인지 유진이 그녀의 목 언저리를 더듬고 있던 손을 느릿하게 내린다. 커다란 손이 새하얀 몸 위를 노닌다. 한 마리의 나비처럼 가벼운 손길은 거칠지 않게 가슴 선을 따라 부드럽게 아래로 내려간다. 그의 손가락이 가슴의 정점에 닿자 청아의 몸이 들썩인다. 부드러운 선을 그리고 있는 청아의 몸을 내려다보던 유진이 또다시 손으로 그녀의 몸을 스치듯 긁으며 아래로 내렸다. 골반을 지나 배꼽에 들러 그 주위를 배회하던 손가락이 아래로 내려가 검은 숲에 닿는다. 까칠한 털 위에 손가락을 내린 유진이 그녀의 아랫배 부분을 눌렀다. 그러자 숲이 들썩이고 곧 안에 숨기고 있던 부드러운 속살이 드러난다.

움찔!

신체 중 가장 은밀한 곳이 그의 시선에 오롯이 담기고 있을 것이란 생각에 청아의 몸이 들썩이고 얼굴이 붉어진다. 팔을 들어 그의 손을 치워 버리고 싶었지만 유진은 힘주어 그녀의 허벅지를

잡은 뒤 더욱 힘껏 벌렸다. 그러자 여성 사이로 밖의 따스한 바람
이 닿으며 움찔거린다.

"예뻐."

아름답다. 유진이 그렇게 말했다. 낯 뜨거운 말에 청아의 양 뺨
이 붉어졌다. 서둘러 팔로 얼굴을 가린 청아가 입술에 미소를 걸
며 기 막힌다는 듯 말했다.

"넌 부끄럽지도 않아?"

"뭐가?"

유진의 말에 웃음이 섞여 있다. 그녀가 부끄러워하는 모습이 귀
엽다는 듯 짓고 있는 표정 또한 개구지다. 하지만 두 눈을 가린 청
아가 이를 알 리가 없다.

"그런 말 하는 거."

청아가 딱 잘라 말했다. 그러자 유진이 팔을 뻗어 청아의 팔목
을 잡아 아래로 끌어 내린다. 두 사람의 눈이 마주한다. 습기가 차
있는 청아의 얼굴과 진득한 욕망을 품고 있는 유진의 눈동자가.

"계속 말해줄 거야. 사랑하는 우리 청아, 예쁜 우리 청아, 세상
에서 가장 사랑하는 우리 청아, 그렇게 계속 말해줄 거야."

그 말에 커다랗게 뜬 눈으로 유진을 바라보던 청아의 눈가에 눈
물이 맺힌다.

"알아."

"사랑해, 사랑해, 사랑해……."

"안다고, 네가 나 많이 사랑하는 거."

청아가 팔을 뻗어 유진의 목을 감싸 안았다. 그러자 귓가에 들

리는 낮고 그윽한 음성.

"난 청아가 없으면 살 수 없어."

그걸 너무 혹독한 대가를 치르고 나서야 알았어.

그렇게 말함과 동시에 여성의 외벽에 묵직한 것이 닿는다. 잔뜩 화가 난 남성은 크고 빳빳하게 굳어 있었다. 그의 어깨처럼.

단단한 남성은 여성의 외벽을 살살 문지르더니 곧 깊숙한 곳까지 파고들었다.

"아아!"

안을 꽉 차오르는 느낌에 청아가 고개를 저으며 자지러진다. 정신을 아득하게 만드는 쾌감에 청아의 눈가에 매달려 있던 눈물이 뚝 떨어진다.

그의 강렬한 허리 짓에 청아의 몸이 흔들리고, 새하얗게 몽글거리던 가슴 또한 춤을 춘다. 팔을 뻗어 청아의 양 가슴을 움켜쥔 유진이 고개를 뒤로 치켜들며 그녀가 주는 감각에 빠르게 빠져들고, 창밖에 어지러이 수놓아져 있는 야경이 환상처럼 흐릿하게 변해 가는 느낌에 짙은 신음을 내뱉는다.

"윽."

"아아…… 유진아, 유진아……!"

힘껏 파고들었다 나가길 반복하는 묵직한 남성에 청아가 진저리를 치며 외친다. 끔찍하리만치 강렬한 쾌감 속에 청아와 유진은 아득해지는 정신을 붙잡으려 노력했다.

탁, 탁! 생살이 부딪치는 소리, 그리고 짙어지는 관계의 향. 끝없이 자신을 몰아가던 유진의 몸에서 흘러내리는 땀이 비처럼 쏟아져 청아의 복부에 닿았다가 옆으로 스르르 흘러내린다.

청아는 아득해지는 정신을 겨우 붙잡으며 말했다.

"사랑해."

"⋯⋯청아야."

"노유진, 나 정말 너 많이 사랑해."

그렇게 말하는 청아의 입술이 부드럽게 휘어진다. 그리고 그 순간 그녀의 안에 뜨거운 정액이 와르르 쏟아졌다.

유진이 그녀의 몸 위로 묵직한 상체를 내려놓은 뒤 목덜미에 자잘한 키스를 흩뿌린다.

"미안해⋯⋯."

널 혼자 둬서 미안해.

그가 말했다. 그러자 청아가 졸린 듯 천천히 눈을 감으며 입가에 미소를 머금었다.

제 품 안에서 곤히 잠든 청아의 모습에 유진이 새하얀 뺨을 조심스럽게 쓰다듬는다. 그녀의 잠을 방해하고 싶지 않다는 듯.

"청아야⋯⋯."

유진이 부드러운 어조로 청아의 이름을 불렀다. 옅은 숨을 내뱉는 청아의 입술은 여전히 부드럽게 호를 그리고 있다. 행복한 꿈을 꾸고 있다는 듯.

"청아야⋯⋯ 평생 너랑 이러고 싶다."

성인의 사랑, 그것엔 정신적인 사랑과 육체적인 사랑이 동반되어야 한다. 서로의 심장을 차지하고 있는 두 사람의 마음은 커지고 커져 어느새 몸까지 잠식해 버렸다. 사랑이 기반이 된 관계는 외설스럽지 않고 오히려 두 사람의 사랑을 단단하게 만드는 것.

"한 침대에서 사랑을 나누고, 같이 잠들고, 아침을 같이 맞이하고 싶어."

소중한 유리 공예품을 다루듯 청아의 뺨을 어루만지던 유진은 천천히 입술을 내려 곤히 감고 있던 청아의 눈가에 부드럽게 입을 맞췄다.

"……그러고 싶어."

아무것도 담겨 있지 않은 담백한 눈가 키스는 유진의 마음을 가장 잘 표현하는 것이다. 그녀의 시선을 그는 가장 사랑했다. 늘 앞을 향해 있는 곧바른 시선. 그에겐 없는 것. 그래서 첫눈에 반했던 그다. 이 눈이 날 향하면 얼마나 좋을까 하는 생각을 하며.

고개를 들어 잠든 청아의 얼굴을 보던 유진이 몸을 내려 청아의 가슴 사이에 입을 맞췄다. 그리고 그 자리에 귀를 내려 콩닥콩닥 뛰는 심장을 느낀다.

"뛴다."

심장이 뛴다. 콩닥콩닥 예쁜 소리를 내며.

그녀는 살아 있다. 제 곁에서.

이별을 했던 그때에도, 그리고 함께 있는 지금도.

눈을 질끈 감은 유진이 입가에 부드럽게 미소를 머금으며 말했다.

"살아 있어."

그가 조심스레 청아의 옆에 누웠다. 그리고 청아의 작은 몸을 끌어와 품에 안았다.

오늘 밤은 악몽을 꾸지 않기를.

❖　　❖　　❖

　차 안에 침묵이 흐른다. 다시 만나고 처음으로 그와 함께 하루를 보낸 청아는 힐끗힐끗 유진의 모습을 훔쳐보고 있었다. 그때 굳게 닫혀 있던 그의 입술이 달싹였다.

　"퇴근 시간에 맞춰 올게."

　알지 못하는 사이에 차는 어느새 작은 병원 앞에 멈춰 있었다. 청아가 차창 밖을 보며 고개를 끄덕였다.

　"응……."

　한숨처럼 나온 말.

　청아가 차에서 내린 뒤 그를 향해 손을 흔들자 유진도 고개를 끄덕인 후 빠르게 차를 출발시켰다.

　청아는 멀어져 가는 유진의 차를 보며 깊은 한숨을 내뱉었다.

　"후."

　땅이 꺼져라 큰 한숨 소리. 그와 하룻밤을 보내고 같이 아침을 함께한 청아는 이별이 점점 힘들어지는 것을 느낀다.

　그런데 대구와 서울의 거리를 견딜 수 있을까?

　청아는 멀어져 가는 차를 보며 고개를 내저었다.

　"그럴 리가."

　씁쓸한 목소리는 우울했다.

　"들어가세요, 할머니."

"오냐, 알았다. 내 다음 주에 또 와야 되나?"

"네, 꼭 오셔야 해요."

"에효, 귀찮은디."

"안 오면 댁으로 전화할 거예요, 아셨죠?"

"아, 알았다! 알았어!"

데스크에 앉아 마지막 환자의 뒷모습에 대고 청아가 잔소리를 쏟아냈다. 환자가 손을 휘휘 저으며 병원 문을 나서자 병원 안이 한산해졌다.

작은 내과는 평소에도 환자가 많지 않았다. 근처에 있는 대학병원엔 바글바글 환자들이 모여들었으나 작은 개인 병원은 어느 날엔 환자보단 날아다니는 파리가 더 많을 때도 있었다. 하지만 김 원장은 꿋꿋하게 이 병원을 운영하고 있었다. 돈도 돈이지만 오랫동안 이 병원을 찾아오는 환자들이 눈에 밟혀 그만둘 수 없다는 것이 그 이유였다.

청아는 진료실 문이 열리고 나오는 김 원장의 모습에 서둘러 의자에 걸쳐 두었던 외투를 집어 들었다. 그러자 김 원장의 의아한 시선이 날아든다.

"너 어디 가냐?"

"어, 데이트."

"데이트?"

가볍게 말한 청아와는 달리 김 원장에겐 천지가 개벽할 소리인지 그가 재빨리 되묻는다. 놀란 기색이 역력한 얼굴이다.

"전에 보셨잖아. 밥까지 먹여놓고선."

"아아, 노 팀장?"

언제부터 그렇게 친해진 것인지 김 원장의 목소리엔 반가움마저 서려 있다. 그가 주책을 떨며 물었다.

"그래서, 결혼은 언제 하려고?"

"결혼?"

이건 또 무슨 씻나락 까먹는 소리란 말인가. 청아가 경악한 얼굴로 김 원장을 보자 그는 성큼성큼 데스크로 다가와 팔을 걸치며 말한다.

"예전에 만났다면서. 그리고 지금 네 나이가 서른넷이다, 서른넷. 아주 푹 쉬어서 웬만한 묵은지보다 더 쌔그라버요!"

김 원장이 연신 '아이 셔, 아이 셔!'를 외쳐댔다. 시집 못 간 딸이 한심스럽다는 얼굴로. 손가락으로 연신 데스크를 딱딱 두드리는 모습이 짜증스러운 그의 감정이 고스란히 드러나 있다.

"내가 언제까지 딸년 뒷바라지를 해야 할까?"

"아빠가 뭘 뒷바라지를 했다 그래? 고모가 다 했지."

"쓰읍—! 그 돈은 누구 주머니에서 나왔는데?"

김 원장의 말에 청아가 입을 꾹 다물었다. 수천만 원에 달하는 학비를 모두 김 원장이 부담했으니 입이 열 개라도 할 말이 없다. 하지만 청아는 유진과의 관계만은 바로잡아야겠다고 생각했다. 여기서 스물다섯 어린 시절 그에게 소개시켜 주려 했던 사람이 노유진이란 사실까지 알려지게 된다면 내일이라도 당장 손을 붙잡고 식장에 들어가자 할 것만 같았으니까.

"왜 이렇게 앞서 가? 그렇게 과속 주행하다간 몸이 아작 나요,

아부지!"

다시 만난 지 얼마 되지도 않았어. 청아가 덧붙인 말에 김 원장이 혀를 끌끌 찼다.

"제대로 된 사람 만났으면 결혼해야지! 언제 뺏길 줄 알고!"

"뺏겨?"

청아가 멍하니 읊조렸다. 노유진이 자신의 곁을 떠난 그 순간에도 그녀는 그를 다른 사람에게 빼앗긴다는 생각은 단 한 번도 해본 적이 없다. 딸의 멍한 모습에 김 원장이 혀를 끌끌 찬다.

"얼굴도 반반하니 괜찮고, 직업도 훌륭하고, 거기에 서른넷에 국과수 법의학 팀장이면 얼마나 훌륭한 엘리트야? 그렇게 완벽한 놈이 너 좋다고 할 때 빨리 낚아채란 말이야!"

그러면서 손바닥으로 데스크를 탕탕 내려친다. 그의 손짓엔 '한심한 내 딸년!' 이란 감정이 고스란히 담겨 있다. 멍하니 아버지의 그 이야기를 듣고 있던 청아가 번뜩 정신을 차렸다. 혀로는 세계 제일가는 사기꾼이라도 되는 양 이야기하는 김 원장의 말에 홀딱 속아 넘어갈 뻔했다.

"이 아저씨가 진짜 보자 보자 하니까! 나도 어디 가서 안 빠지거든요, 아버님?"

"네가? 서전 주제에 마우스나 때려잡고 있는 네가?"

어쩜 딸의 멘탈은 저렇게도 생각을 안 해주는 것인지. 청아는 김 원장의 말에 유민이 했던 제안을 털어놓을까 생각하다가 재빨리 고개를 저었다. 그게 김 원장 귀에 들어가는 순간 어찌 될지 불보듯 뻔하다. 지금 당장에라도 서울행 티켓을 끊어주겠다고 난리를 치시겠지.

청아는 서둘러 들고 있던 외투를 껴입었다. 청아는 옷매무새를 단정히 한 뒤 데스크 위에서 몸을 떠는 휴대전화를 챙겨 들며 말했다.

"아, 잔소리 그만해. 전화 왔다. 나간다, 그럼!"

"오늘 집에 들어오지 마!"

문으로 가던 청아의 발걸음이 우뚝 멈췄다. 지금부터 무슨 말이 나오든 무시하려던 그녀였으나 저 말만은 무시할 수가 없었다.

"아빠!!"

세상에 딸에게 저런 말을 할 수 있는 아비가 몇이나 될까! 경악에 찬 청아가 소리를 버럭 지르자 김 원장도 지지 않고 언성을 높였다.

"그래, 나 네 아빠다! 속이 까맣게 썩어 들어가는 우리 딸년 아빠! 들어오기만 해봐! 소금을 왕창 뿌려줄 테니까!"

뒤에서 들려오는 소리에 청아가 숨을 왈칵 내뱉었다. 데이트란 말을 꺼낸 것이 잘못이었다. 서둘러 계단을 내려가며 청아는 혀를 아작 씹어버리고 싶은 것을 겨우겨우 참으며 전화를 받았다.

〈나 앞이야.〉

이 모든 사달의 주인공 목소리는 오늘도 지나치게 좋다. 짜증이 왈칵 솟던 마음이 푸시시 가라앉는다.

"알았어. 지금 내려가."

〈응, 빨리 와. 보고 싶다.〉

달콤하게 속삭인 유진이 전화를 끊자 청아는 들고 있던 휴대전화를 가방 속에 집어넣었다. 그리고 여기저기 깨져 형체를 잃은 대리석 계단을 사뿐히 밟고 아래층으로 내려갔다.

건물 밖으로 나오자 얼마 떨어지지 않은 거리에 서 있는 유진이 보인다. 오늘도 많은 사람들의 시선을 받으며 늘 그랬던 것처럼 그녀를 발견하자 활짝 웃어준다.

가벼운 걸음을 옮겨 그에게로 향할 때다. 그녀가 미처 발견하지 못한 것이 이상할 정도로 커다란 꽃다발이 툭 튀어나온 것은. 청아가 빠르게 걸음을 옮겨 그의 앞에 섰다. 그러자 유진이 한쪽 무릎을 굽혀 몸을 낮춘다. 주위에서 휘이익— 휘파람 부는 소리와 함께 비명이 터져 나온다.

"사랑해, 김청아."

"너 이게 무슨 추태야! 안 일어나?"

경악한 청아가 소리쳤다. 그녀의 앞에 내밀어진 색색의 꽃다발은 누가 보아도 지나치게 컸다. 이 꽃다발에 담긴 의미가 무엇인지 그에게 굳이 듣지 않아도 알 수 있을 정도이다. 하지만 그는 애정 표현에 서툰 사람이 아니다. 입술을 달싹여 누가 들어도 너무나 근사한 목소리로 말한다.

"나랑 살아주세요."

"……."

"꺅—!"

어느 여인네인지 모르나 거참 반응 한번 돌고래 같아 좋다. 고주파 목소리에 청아의 얼굴이 와작 구겨졌다. 이런 그녀의 반응에도 유진은 말을 멈추지 않았다.

"난 너랑 잠시도 떨어져 있기 싫어."

오, 오 마이 갓!

청아가 부탁하는 어조로 말했다.

"일어나. 제발."

"응? 청아야."

"일어나라고."

넌 지금 너무 빠른 감이 있어. 우리 다시 만난 지 얼마 안 됐거든? 우린 이제 막 다시 시작한 사이란 말이지. 그래, 예전의 너도 늘 이렇게 빨랐어. 그건 알아. 네가 한 번 결심한 일은 무조건 밀어붙이는 놈이라는 거. 내가 예상할 수 없는 순간에 고백하고 키스하고. 그래, 그랬던 것 다 알아. 하지만 같이 살아달라는 말을 어떻게 이렇게 빨리……

청아는 속에 쌓이고 쌓인 말을 꾹꾹 억눌렀다. 어찌 되었든 여기서 이 수많은 사람들의 시선을 받으며 할 말은 아니었으니까. 하지만 유진은 꽃을 받기 전까진 절대 일어나지 않겠다는 얼굴이다. 비명 같은 목소리가 들려온 것은 그때였다.

"딸! 그 꽃 어서 받지 못할까!!"

밖에서 비명 소리가 들리자 김 원장이 창문을 열고 내다본 것이다. 번잡한 상황에서 김 원장까지 이 무시무시한 상황을 목격하게 되자 순간 욱한 청아가 그의 손에 들려 있는 꽃을 받은 뒤 그의 어깨에 내려쳤다.

예쁜 핑크빛 꽃잎이 하늘로 휘날린다. 그래, 지금은 봄이다. 하늘에서 핑크빛 쓰레기가 휘날리는 봄.

"왜 때려! 꽃으로도 때리지 말라는 말 몰라?"

유진이 자리에서 벌떡 일어나며 외쳤다. 주위에서 놀란 시선들이 날아들었고, 머리 위에선 창문이 탁 닫히는 소리가 들린다. 하지만 청아는 이 모든 것이 상관없이 느껴졌다. 지금 그녀에게 가장 중요한 것은 눈앞의 이 멍청한 똥강아지를 혼내는 일뿐이었다.

"이게 진짜! 누가 이러래, 누가! 다 쳐다보잖아!"

"네 목소리 때문에 쳐다본다고는 생각 안 해?"

"이 자식이 끝까지!"

"심청아!"

"김씨라고!!"

벼락처럼 외친 청아가 발딱 일어선 유진의 뒷덜미를 붙잡았다. 말 안 듣는 강아지는 격리 조치를 취해 반성의 시간을 가지게 해야 한다. 주위를 빠르게 둘러보며 이 강아지를 가둘 장소를 찾던 청아가 곧장 차 문을 열어 보조석에 그를 밀어 넣었다. 유진의 눈이 동그랗게 변했지만 그녀는 문을 쾅 닫고 보닛을 돌아 서둘러 운전석으로 향했다.

저 멀리 김 원장이 뛰어나오는 모습이 보인다.

"청아야! 청아야! 네 게 섯거라!"

"……오, 젠장!"

김 원장에게 붙잡히기 전 서둘러 도망치기 위해 청아가 차 문을 열고 안으로 몸을 밀어 넣었다. 그리고 곧장 꽂혀 있는 키를 돌려 시동을 건 뒤 구름떼처럼 관중이 모인 현장을 벗어났다. 곁에서 느껴지는 시선에 청아가 엑셀을 밟으며 음침한 목소리로 말했다.

"오늘 나랑 천당 구경하기 싫으면 입 딱 다물고 앉아 있어. 아니면 무슨 짓을 할지 모르니까."

"……네."

"좋아, 넌 조금 있다가 보자."

비 오는 날에 먼지 나듯 두들겨 패줄 것이다. 아니, 전에 약속했
던 대로 배를 개복해 버릴 것이다.

이 망할 종자!

호텔 룸에 도착하자마자 신경질적으로 테이블 위에 던져 놓은
꽃다발은 꽃잎이 우수수 떨어져 볼품없어 보인다. 그 모습이 마치
자신의 마음이라도 된다는 듯 애달픈 얼굴로 바라보던 유진은 물
을 꿀꺽꿀꺽 숨도 참지 않고 마신 뒤 거칠게 테이블 위에 내려놓
는 청아의 모습에 몸을 움찔 떨었다.

"너!"

청아가 버럭 소리를 지른다. 그러자 유진의 목이 자라목처럼 옷
속으로 숨는다. 걸음을 옮겨 침대 맡에 앉은 청아가 멀뚱히 서 있
는 유진을 노려보았다. 그리고 눈짓으로 제 앞의 의자를 본다. 사
람은 위기의 순간에는 없는 눈치도 생긴다 했던가. 청아의 맞은편
에 자리를 잡고 앉은 유진이 청아를 보며 말했다.

"왜 화를 내고 그래?"

재빨랐던 행동과는 달리 유진은 뻔뻔하게 그리 물었다. '너 왜
화를 내는데?'라고. 그러자 청아의 얼굴이 더욱 붉어졌다. 어린아

이가 제 죄를 알면서도 괜히 심통을 내며 말귀를 못 알아먹는 척 구는 것 같다. 청아가 서늘한 얼굴로 유진을 보며 말했다.

"칼 가지고 와."

"……어?"

유진이 멍한 얼굴로 쳐다보았다. 하지만 청아는 괜히 하는 말이 아닌 것인지 팔짱을 끼며 다리까지 꼰 후 일고의 여지도 없는 문제라는 듯 말한다.

"알지? 나 한 번 내뱉은 말은 무조건 지키는 거."

"처, 청아야?"

"정말 어떻게 하나. 너 사건번호로 국과수에 복귀하게 생겼구나."

입에서 나오는 평온한 목소리. 하지만 그 말뜻은 서슬 퍼렇고 무서운 것이다. 유진이 잔뜩 겁을 집어먹었다. 그녀가 무서워서가 아니다. 청아가 진짜 화가 났다는 사실을 깨닫게 되어서였다. 대학 시절 유진이 학우들 앞에서 뽀뽀를 했던 그때, 그와 절교 선언을 한 후로 정말 한 달 내내 말도 붙이지 못했던 그때가 떠올랐기 때문이다.

철저한 외면은 그의 마음에 커다란 스크래치로 남아 있었다. 자신을 때리고 구박하는 것은 괜찮았지만 무시하는 것은 도저히 참을 수 없는 벌이었다.

"미안. 미안해."

유진이 재빨리 사과의 말을 건넸다. 얼굴 또한 굳어진 뒤다. 그가 제대로 이야기를 들을 준비를 마치자 청아는 끼고 있던 팔짱을 푼 뒤 제 옆에 있는 협탁을 손바닥으로 탁탁 내려치며 말했다. 커다란 소리가 룸 가득 울린다.

"어쩜 남자가 그렇게 이기적이냐?"

"……"

"그러면 내가 곤란해질 거라는 생각은 안 해봤어?"

했다는 말을 유진은 차마 입 밖으로 내뱉지 못했다. 뱉는 순간 정말 스스로 칼을 들고 와야 할 것만 같았다. 유진이 망설인 뒤에 고개를 젓자 청아가 깊은 한숨을 훅 하고 내뱉은 뒤 말을 이었다.

"결혼? 좋지. 지금 내 처지가 이런데 결혼을 도피처로 삼으면 얼마나 좋아."

청아가 이런 생각까지 하고 있는 줄은 몰랐다. 그는 단순히 청아와 떨어지기 싫어서, 그녀를 대구에 두고 가기 싫어서 한 말이었으나 청아는 그동안 생각이 많았던 것인지 조리 있는 말로 그를 설득하고 있었다.

"하지만 아니야. 나 아직은 너랑 결혼할 마음이 없어."

그녀는 진심인 듯 유진의 시선을 피하지 않고 또박또박 말을 내뱉는다. 뭐라고 말을 해야 했건만 유진은 입을 본드로 발라놓은 것처럼 아무런 말도 하지 못했다.

"나 너 좋아해. 하지만 아직 너에게 떠밀려 미래를 결정할 정도로 널 믿지는 못해."

"아……"

"지금도 간혹 네가 갑자기 내 곁을 떠나는 것은 아닐까, 무서울 때가 있어. 이해는 해. 그때 당시에 네가 날 떠날 수밖에 없었던 이유. 머리는 납득을 하는데, 가끔 내 심장이 납득을 하지 못해.

그때 네가 날 떠났어야 했나, 내 곁에서 함께 아파하고 널 위로할 기회를 내게 주면 안 됐었나, 하고 말이야."

"청아야……."

고작 한다는 말이 그녀의 이름을 부르는 것. 하지만 청아는 아직 말을 마치지 않았다는 듯 고개를 저은 뒤 물었다.

"기다려 줄래?"

"……."

"못 기다리면 하는 수 없고."

그렇게 말하며 청아는 웃었다. 입가에 머금고 있는 웃음엔 확신이 담겨 있었다. 그가 떠나가도 잡지 않을 수 있다는 본인의 상태에 대해.

얼음이 된 듯 얼굴을 살벌하게 굳히고 있던 그의 얼굴이 느슨하게 풀린다. 이성적인 얼굴로 청아를 바라보던 눈빛 또한 촉촉한 습기를 머금는다. 유진이 손을 들어 자신의 머리카락을 흩뜨렸다. 잘 정돈되어 있던 머리 위에 새집이 생기고, 잘 깎아놓은 밤처럼 잘난 얼굴도 일그러져 못난이가 된다.

그래, 노유진. 그는 못난이였다. 청아가 이토록 진지하게 자신들 미래에 대해 생각하는지도 모르고 그저 같이 있어달라며 떼를 쓴 못난이. 유진이 입술을 달싹이더니 한숨처럼 말했다.

"너 진짜 잔인하다, 김청아."

그녀는 늘 자신보다 어른이었다. 그러니 이번 결정 또한,

"그렇게 말하면 내가 뭐라고 해?"

그녀의 말에 따라주는 수밖에.

그는 늘 청아의 일에 있어서만은 약자였으니까.

아래로 축 늘어진 유진의 입술이 부드럽게 호를 그리더니 촉촉한 습기를 머금고 있는 눈이 청아를 향했다. 그녀의 눈빛은 늘 그랬던 것처럼 이성적이다.

"나 벌주려고 그러는 거라면……."

"……."

"좀 짧게 끝내주라."

부탁이야. 그가 그렇게 말했다. 하지만 청아에게선 아무런 답도 들려오지 않았다.

현관문 앞에서 이리저리 걸음을 옮기던 청아가 손톱을 딱딱 뜯었다. 얼굴에 보이는 고민과 긴장은 평소 청아에게선 쉬이 찾아볼 수 없는 것이었다. 하지만 김 원장에게 보인 마지막 모습 때문에 청아는 쉬이 안으로 발걸음을 옮기지 못하고 고민하고 있었다.

"하아, 뭐라고 더 혼내줬어야 하는데."

공개 프러포즈라니! 그답다는 생각이 들면서도 한편으로는 이 일에 대해 김 원장에게 어떻게 설명해야 할지 몰라 한참이나 고민하고 있을 때였다. 갑자기 인터폰이 반짝이더니 스피커를 통해 김 원장의 목소리가 들려왔다.

―다 보인다.

"……억!"

청아의 입에서 놀란 신음성이 터져 나왔다. 화면을 통해 얼마나 오랫동안 자신의 모습을 보고 계셨던 걸까. 몸이 뻣뻣하게 굳는 것만 같았다.

열린 문을 보던 청아가 한숨을 내뱉으며 힘겹게 안으로 걸음을 옮겼다. 신발을 가지런히 벗고 집 안으로 들어간 청아는 이미 이야기할 준비를 마친 김 원장이 낡은 가죽 소파에 앉아 있는 것을 보고 고개를 뚝 떨어뜨렸다. 자신을 결혼이란 제도로 치워 버리는 게 인생의 목표처럼 느껴지는 아버지에게 이 모든 일을 어떻게 설명하고 그를 설득할 것인지, 벌써부터 정신이 아득해지는 느낌이다.

"딸……?"

말꼬리를 늘여 자신을 부르는 김 원장의 모습에 청아가 곧장 그에게 다가갔다. 그리고 맞은편 소파에 앉으며 부러 심드렁한 표정을 지어 보였다.

"왜?"

"아까 내가 보았던 그 모든 장면은 뭘까? 나한테 설명을 좀 해 줘야 할 필요성을 느끼지 않니?"

나긋나긋한 목소리로 아이를 설득하듯 말하는 김 원장의 모습에 청아가 눈을 질끈 감았다. 아무리 생각해도 미꾸라지처럼 이 상황을 벗어날 수는 없을 것 같았다.

부러 지은 표정을 지운 청아가 얼굴을 굳혔다. 절로 깊은 한숨이 터져 나왔지만 뺨에 와 닿는 기대에 찬 시선에 결국 고개를 돌렸다. 아버지와 눈을 맞춘 청아가 천천히 이야기를 꺼냈다.

"뭘 기대하시는 거야?"

"내가 아무리 노친네라 하더라도 그건 아무리 봐도 프러포즈더구나, 딸아."

인자한 얼굴로 웃는 김 원장의 모습에 청아가 천천히 고개를 끄덕였다. 이런 상황에서는 정면 돌파만이 답이었다.

"맞아, 프러포즈."

"오오!"

그의 입에서 탄성이 터져 나온다. 하지만 그와 동시에 청아가 팔을 들어 고개를 내저었다. 더 이상의 기대는 막겠다는 듯이.

"아빠, 그 사람 기억나?"

"그 사람?"

"나 스물다섯 살 때 말이야, 겨울. 소개시켜 줄 사람 있다고 했잖아."

"아아, 그 천하의 공노할 놈 이야기는 왜 해, 이 중요한 순간에?"

빵빵하게 부풀어 있던 풍선이 푸시시 꺼진다. 얼굴엔 못마땅한 기색이 역력하다.

"그 사람이야."

"뭐가?"

김 원장이 으흠, 헛기침하며 물었다. 그는 이 상황에 대해 전혀 판단을 내리지 못하고 있는 듯 보였다. 그러자 청아가 조심스러운 기색으로 말을 이었다.

"노유진 팀장이 그 사람이라고. 내가 아빠한테 소개해 주려고 했던 남자친구."

"뭐? 그게 진짜냐?"

그가 뒤통수를 치면 눈알이 앞으로 툭 튀어나올 것처럼 커다랗게 변한 눈으로 청아를 보았다. 흔들리는 동공만큼이나 그의 몸 또한 흔들리고 있었다. 고개를 숙인 청아의 모습에 김 원장이 팔을 뻗어 의자 손잡이를 붙잡는다. 하지만 청아는 고개를 숙인 탓에 이를 알아차리지 못하고 계속 말했다.

"그러니까 저 아직 결혼할 생각 없어……."

"다행이다. 나도 그런 놈 사위로 받아들일 생각 없으니까."

"아빠?"

화들짝 놀란 청아가 서둘러 김 원장에게로 시선을 돌렸다. 화로 인해 얼굴이 붉게 달아올라 있다. 어디 그뿐인가. 그의 몸 또한 분노로 와들와들 떨리고 있었다. 더 이상 할 말이 없다는 듯 김 원장이 자리에서 벌떡 일어났다. 그리고 자신을 따라 일어서는 청아에게 팔을 뻗어 말을 막은 뒤 짧게 일갈했다.

"들어가 쉬어라."

문을 쾅 닫고 방 안으로 들어가 버리는 김 원장의 뒷모습을 청아가 벙찐 얼굴로 바라봤다.

"갑자기 왜 저러시지?"

이유를 알 수 없는 청아는 고개만 기울였다.

스물다섯 살, 딸은 참으로 많이 힘들어했었다. 그 힘듦의 정도는 서울과 대구의 머나먼 거리를 건너올 정도였고, 매주 주말이면 병원에서 생활하는 딸아이의 얼굴을 자주 볼 수 없다는 것을 알면서도 매일 KTX에 몸을 싣고 딸아이의 얼굴을 보러 갔었다.

하얗게 질린 얼굴과 퀭한 눈빛, 입술은 늘 껍질이 일어나 제 색을 띠지 못했고, 전체적으로 마른 체형이긴 했으나 그때 당시의 청아는 볼이 움푹 파일 정도로 비쩍 말라 있었다.

그 모습을 보며 김 원장은 가슴을 치고 또 치고 몇 번이나 쳐댔다. 그리고 생각했다. 그놈을 길에서 우연히 만나게 된다면 혼쭐을 내주겠다고. 그렇게 생각한 사람이 또다시 딸아이의 앞에 나타난 것이다.

"후우."

김 원장이 자신도 모르게 한숨을 푹 내뱉었다. 그러자 앞에서 옷을 걷은 채 진료를 받고 있던 노인이 말한다.

"그렇게 한숨 쉬어서 땅이 꺼지것어?"

걸쭉한 사투리에 김 원장이 퍼뜩 정신을 차렸다. 그리고 노인의 가슴에 대고 있던 청진기를 떼며 사람 좋은 웃음을 내뱉었다.

"죄송합니다, 어머니."

"그렇게 고민되는 이야기면 털어놔 봐. 내가 김 원장보다 가방 끈은 짧지만 세상을 좀 더 오래 살지 않았나?"

인생살이는 내가 선배란 말이지. 올해 82세가 된 노인이 꼬장꼬장한 얼굴로 말한다. 진료 중 한숨만 연달아 내쉬고 있는 그의 꼴을 봐주지 못하겠다는 듯. 그러자 김 원장의 얼굴이 어색하게 굳어졌다.

"아, 그게……."

"말로만 어머니라 했나 보네. 쳇!"

노인이 옷을 쥐고 있던 손을 놓으며 혀를 찬다. 그러자 김 원장이 어색했던 표정을 풀며 허허 웃음을 내뱉었다. 이번 웃음엔 조금은 허탈함을 담고 있다.

"딸아이가 사윗감이라고 남자를 데리고 왔는데……."

"오오, 우리 청아가?"

어릴 적부터 청아를 보아온 노인이 친숙하게 청아의 이름을 불렀다. 그러자 김 원장이 고개를 끄덕이며 말을 이었다.

"그런데 그놈이 예전에 청아 가슴에 대못을 박은 놈입니다. 그놈이 좋다고 딸아이가 다시 만나는 걸 보면…… 뭐라고 해야 할까……."

"그 맴, 내가 잘 알지. 우리 아들놈도 군대 가서 헤어진 여자친구한테 결국 장가들지 않았나."

노인이 허허 웃었다. 이병 때 헤어진 여자친구 때문에 군 내부에서 자살 소동까지 벌인 아들놈이 결국 그 아이 손을 잡고 며느리 될 사람이라 소개했을 때 노인 또한 혀를 찼더랬다.

"그런데 짚신이 짝이 있는 것처럼 사람도 짝이 있어. 그 짝이 아무리 부모의 눈에 가당찮게 느껴지더라도 그 사람이랑 헤어지면 결국 자식들이 더 괴로울 수도 있다 이 말이네."

그 말에 김 원장의 얼굴이 숙연해졌다. 그럼 결국 말리지 말라는 이야기다. 유진이 아무리 마음에 들지 않다 하더라도. 하지만 스물다섯 과거의 딸아이의 얼굴을 떠올리던 김 원장은 인상을 찌푸렸다.

어떻게 키운 딸인데……. 무능력하여 청아가 일곱 살이 되던 해

결국 가족을 지키지 못했다. 그리고 자신 때문에 엄마를 잃게 된 청아가 늘 불쌍하고 가여워 마음이 아팠던 김 원장이다. 결국 중학교 시절, 청아를 제 품에서 놓아야 했던 김 원장은 늘 청아에게 빚을 진 기분이었고 죄를 진 아비의 입장이었다. 그래서 딸아이가 의대를 진학하였을 때 학비 걱정을 시키지 않기 위해 야간 진료까지 불사하며 악착같이 돈을 벌었던 그다. 모든 것을 해주고 싶었다, 딸이 원하는 거라면. 하지만 결혼은 문제가 달랐다.

딸아이가 행복할 수만 있다면…….

김 원장이 고개를 숙이자 노인이 끌끌 웃음을 내뱉더니 팔을 들어 아래로 축 늘어진 그의 어깨를 토닥이며 말했다.

"왜? 청아 시집보낼 생각 하니까 벌써 우울해지는 게야?"

"만나서 흠씬 패주고 싶어요."

벌써부터 결혼식장에 선 사람처럼 김 원장이 말했다. 딸아이가 하루빨리 가정을 꾸려 행복하게 살았으면 하지만 그 상대가 적어도 유진은 아니었다. 김 원장의 눈가가 촉촉해지는 것을 보며 노인이 말한다.

"그래? 그건 범죄니까 다른 방법으로 하면 되지 않겠나?"

"다른 방법이요?"

김 원장이 고개를 들어 노인을 보았다. 그러자 노인이 말을 잇는다.

"몸이 고생하는 것보다 마음이 고생하는 것만큼 아픈 건 없지. 자네는 아직 결혼을 허락하지 않은 아비 입장이고."

노인은 재미있다는 듯 개구쟁이처럼 말했다.

❖   ❖   ❖

　오늘은 일찍 집으로 돌아가야겠다며 청아가 호텔을 나선 지도 벌써 두 시간이 흘렀다. 세상은 어둠으로 물든 지 오래고, 도시가 선물하는 빛 잔치에 룸 안은 굳이 불을 켜지 않더라도 어느 정도 빛의 잔상이 남아 있었다.

　그곳에 유진이 홀로 앉아 있었다. 그의 시선은 벌써 오래전부터 테이블 위에 청아가 놓고 간 꽃다발을 향해 있다.

　"아직 너에게 떠밀려 미래를 결정할 정도로 널 믿지는 못해."

　청아의 말이 이명처럼 귓가를 때렸다. 멀어졌다가 가까워지길 반복하는 목소리. 그가 그토록 사랑하고 좋아하는 그녀의 목소리였으나 오늘만큼은 그를 너무나 아프게 한다. 마치 대나무 회초리처럼 아직도 남아 있는 그녀의 모습이 그의 몸을 후려치고 심장을 내려친다. 찌릿한 고통이 온몸으로 번져 나간다.

　"으."

　팔을 들어 머리를 움켜쥔 유진의 입에서 신음이 흘러나왔다. 짧은 한마디였지만 그 속에 담긴 고통은 크다. 예전엔 오롯이 그를 향해 있던 청아한 눈빛에 이젠 조금의 미움이 섞여 있었다. 그녀의 마음은 온전히 그를 믿지 못하고 있었다.

　8년이란 시간은 쉽게 좁힐 수 있을 만큼 호락호락한 것이 아니었다.

그렇게 그는 생각에 생각을 거듭하며 스스로에게 벌을 내리고 있었다. 스스로에게 멍청이라 욕하며 앞으로 계속될 이별이란 벌 앞에 그는 혼란스럽고 아파했다. 그 자리에서 꼼짝도 하지 않고 그는 창밖에 빛이 찾아오고 세상이 환해지는 것도 모른 채 그렇게 홀로 있었다. 휴대전화가 울린 것은 그가 시간 감각을 한참이나 잃었을 때다.

띠리리—

멋없는 벨소리가 울린다. 갑작스런 소음에 유진의 고개가 번뜩 들렸고, 곧 침대에 던져 둔 휴대전화로 시선을 돌렸다. 전화를 받을 기분이 아니었지만 그는 팔을 뻗어 휴대전화를 쥐었고, 곧 액정에 뜬 낯선 번호에 미간을 찌푸렸다.

"누구지?"

스팸일 수도 있으나 그는 전화를 받았다. 그리고 곧 수화기를 통해 들려오는 목소리에 몸이 굳는다.

〈나 청아 애비네.〉

"아, 안녕하세요."

유진이 저도 모르게 자리에서 벌떡 일어나 허리를 굽혔다. 처음 편안하게 김 원장과 이야기를 나누던 그때와 지금은 상황이 많이 달라졌다는 생각에 긴장이 척추를 타고 흘러내렸다. 그의 더듬거리는 인사에 김 원장이 말한다.

〈명함 보고 연락했네.〉

"제가 먼저 연락 드렸어야 하는데, 죄송합니다."

유진의 사과에 전화 저편에 침묵이 돈다. 김 원장이 뜸을 들이자 등줄기를 타고 식은땀이 흘러내린다. 유진이 뭔가 다른 주제를 꺼내야 할까 고민하고 있을 때였다.

〈시간 좀 내줄 수 있겠는가?〉

전화 저편에서 차디찬 목소리가 들려온 것은.

허름한 커피숍은 요즘 젊은이들이 찾아 노닥거리는 장소라기보다 다방에 가까웠다. 늦은 시각, 먼저 청아를 집으로 돌려보낸 김 원장은 병원과 멀지 않은 커피숍으로 향했고, 가게 안으로 들어서자마자 자리에서 벌떡 일어난 반반한 낯짝에 심호흡을 내뱉었다.

후우, 먼저 화를 내서는 안 돼. 이성적, 이성적인 사람이 되어야 해.

몇 번이나 속으로 되새긴 김 원장은 천천히 걸음을 옮겨 유진의 앞으로 걸어갔다. 김 원장의 모습에 유진이 자리에서 벌떡 일어났다. 그는 커피숍에 도착한 지 꽤 되었는지 그의 움직임에 테이블 위에 올려 있는 빈 머그잔이 소리를 낸다. 유진이 허리를 폴더처럼 숙여 인사했다.

"정식으로 인사드립니다. 노유진이라고 합니다."

"인사는 됐네."

까칠하게 내뱉은 김 원장이 입술을 깨물었다.

이성적으로!

그가 속으로 버럭 소리친 뒤 애써 표정 관리를 했다. 그리고 유진의 맞은편에 앉은 뒤 다가온 종업원에게 커피를 주문했다.

"커피 줘!"

"커피요?"

"그래, 커피."

이상한 주문에 종업원이 당황했지만, 곧 알았다는 듯 고개를 끄덕인 뒤 멀어졌다. 종업원이 멀어지자 김 원장은 그제야 유진의 얼굴을 자세히 살폈다. 거참, 누구 자식인지 얼굴 하나는 반반하게 잘생겼다. 눈도 또렷하고 콧날도 날카롭고 입술도 적당한 크기인 것이 어디 하나 흠 잡을 것이 없는 얼굴이다. 새삼스레 제 딸년이 이반반한 얼굴에 홀라당 넘어간 것은 아닐까 의심이 들기 시작했다.

"흐음, 오늘 자네를 보자고 한 이유는 청아 몰래 긴히 할 이야기가 있어서네."

김 원장이 목소리를 가다듬으며 근엄한 모습으로 운을 뗐다. 하지만 곧 다가온 종업원 때문에 이야기의 흐름이 끊기고 말았다.

김 원장은 사약처럼 새까만 커피를 힐끗 보더니 한숨을 쉬었다. 처음에는 흥분해 그냥 커피를 달라 소리치긴 했으나 그는 쓴 커피는 마시지 못하는 아동 입맛이었다.

이런, 돈 아깝게 되었군.

커피를 한참이나 보던 김 원장은 허리를 숙이고 사라지는 종업원을 붙잡았다. 그리고 앞에서 가만히 자신의 이야기를 경청하고 있던 유진의 눈치를 슬쩍 보더니 모기만 한 작은 목소리로 말했다.

"시, 시럽은 어디 있습니까?"

"아, 제가 가져오겠습니다, 아버님."

'누가 네 아버지야!'라고 외치고 싶은 김 원장은 유진이 재빨리 자리에서 일어나 시럽이 있는 쪽으로 향하자 입을 다물었다. 재빨리 시럽을 가지고 온 유진이 직접 커피에 시럽을 넣어주더니 김 원장 앞으로 잔을 내밀었다. 그리고 입술을 크게 늘어뜨리며 웃는다.

"으흠!"

유진을 따라 저도 모르게 웃음을 내뱉은 김 원장이 헛기침을 내뱉었다. 웃는 얼굴에 침 못 뱉는다는 말이 맞다. 커피를 한 모금 마신 김 원장이 머그컵을 테이블 위에 올려둔 뒤 한숨을 혹 뱉었다. 여기까지 오면서 쌓아온 전투력은 이미 푸시시 식어버린 지 오래다. 보면 뺨을 확 후려쳐 주고 싶었으나 이건 배운 지성인으로서 스스로가 용서할 수 없는 일이다. 그럼 결론은 하나다. 말로 할 수밖에.

"8년 전에 청아가 소개해 주겠다던 남자가 있었네."

"아……."

"그게 자네였다는 걸 난 어제야 알았어. 만약 그전에 알았다면 자네를 내 집에 들여놓는 일은 절대 없었을 걸세."

김 원장의 말에 유진의 얼굴이 점차 흙빛으로 변해갔다. 하지만 김 원장은 그의 사정 따위는 봐줄 마음이 없다는 듯 차갑게 말했다.

"자네는 내 딸아이를 아프게 한 남자니까. 그런 남자와 어떻게 대화를 하며 밥을 먹을 수가 있겠는가. 밥상을 엎었으면 엎었지."

"아, 아버님!"

유진이 엉덩이를 들썩였다. 하고 싶은 말이 많은 얼굴이었으나 김 원장은 들을 말이 없다는 듯 고개를 내저었다. 그리고 말했다.

"난 자네의 아버지가 아닐세."

김 원장의 말에 유진의 눈빛이 흐려진다. 예쁜 입술을 악무는 모습이 애처롭게까지 느껴져 김 원장이 깊은 한숨을 내뱉었다.

"난 자네와 내 딸이 연애를 하는 것도 반대야."

그 말에 유진이 테이블을 짚으며 자리에서 벌떡 일어났다. 생각보다 몸이 먼저 앞섰다. 하지만 김 원장의 말에 행동이 멈추었다.

"무릎을 꿇을 거라면 내게 그럴 필요 없어."

"아…… 하지만……."

정확히 제 행동을 읽힌 유진이 어정쩡한 자세로 선 채 말했다. 수많은 변명이 입술 밖으로 튀어나오려 한다. 하지만 그는 아무런 말도 할 수가 없었다.

차라리 화를 내셨으면, 왜 그때 내 딸을 버렸냐고 화를 내었다면 차라리 쉬웠을 것이다. 하지만 지금 김 원장의 표정은 무덤덤하니 아무런 감정이 없었으며, 눈빛은 진심으로 빛났다.

"난 오늘 자네에게 내 마음을 전하고 싶어서 이 자리에 나왔어. 이제 그만하게나."

"……."

"이런, 내가 너무 오지랖을 떤다고 생각할 수도 있겠군. 왜 자네란 사람을 자세히 보지도 않고, 무작정 만나자고 한 뒤 반대부터 하느냐고 속으로 욕할 수도 있어. 하지만 자네, 난 딸을 키우는 아비네. 내 딸을 꽃처럼 예쁘게 여겨주는 남자와 살길 바라."

"……왜, 왜 그런 이야기를 하십니까?"

이제껏 입을 꾹 다물고 있던 유진이 겨우 한마디를 내뱉었다.

눈가엔 어느새 습기가 머금어져 있다. 간절한 그 눈빛에 김 원장의 눈에도 똑같은 성질의 것이 맺힌다. 그는 아주 오래전 한 기억을 떠올리듯 깊은 한숨을 내뱉은 뒤 천천히 눈꺼풀을 내렸다. 그러자 눈가의 나이테가 짙어졌다.

"그날 말일세……."

김 원장이 목멘 목소리로 겨우 말을 내뱉었다. 잠시 말을 멈춘 그는 천천히 눈을 뜬 뒤 유진과 시선을 맞추며 느릿하게 말했다.

"내 딸이 그렇게 힘들어하는 모습을…… 처음 보았단 말일세. 그 아이의 어미가 떠났던 그때보다 그 아이가 더 서럽게 울었단 말이야."

"……."

"자네 같으면…… 딸아이 눈에서 눈물을 쏙 뽑아낸 남자와의 결혼, 허락해 줄 수 있겠나?"

몇 번이고 자르고 잘라 겨우 말을 마친 김 원장이 힘겹게 눈을 감았다. 눈앞의 남자 역시 그날 딸의 모습처럼 너무나 슬픈 모습으로 자신을 바라보고 있기에 차마 두 눈을 뜨고 있을 수가 없었다.

"난 못해. 좀생이 소갈딱지라고 하더라도 난 그렇게 못하네."

젊은 아이들이 왜 이렇게 힘든 사랑을 하는 것인지…….

불꽃같은 청춘이 부럽기도 하면서 안쓰러운 마음이다.

그래서 그는 그날 있었던 일을 유진에게 모두 말해주었다.

아비의 마음을 조금이나마 알아주길 바라며.

드디어 유진이 서울로 떠나는 날이다. 그를 떠나보내는 것은 청아 자신의 결정이었으나 그녀는 자꾸만 아쉬운 마음에 찌르찌르 울리는 가슴을 다독이며 한참이나 유진의 얼굴을 올려다보고 있었다.

지금 헤어지면 언제 다시 만날 수 있을까.

그렇게 생각하자 아픔은 더욱 커졌다.

"같이 올라가고 싶었어."

아쉬움이 뚝뚝 묻어나는 모습으로 유진이 말했다. 그의 눈가가 언뜻 붉어진 것이 그 또한 자신과의 이별이 아쉽고 아픈 것 같았다. 유진이 애써 입가에 미소를 머금었다.

청아는 웃는 얼굴로 팔을 뻗어 유진의 얼굴을 쓰다듬으며 말했다.

"음, 지금 당장 올라갈 수 있는 여건이 안 되니까."

당장 서울로 올라가는 것은 문제가 되지 않았다. 하지만 문제는 그 후. 청아는 병원에 복귀하는 문제도, 앞으로 유진과의 관계를 어떻게 풀어 나가야 할지도 아무런 결정을 내리지 못한 상태였다.

청아는 애써 웃었다. 그와 똑 닮은 미소를 입가에 머금으며. 그리고 고개를 내려 입술에 쪽 하고 입을 맞추는 그의 입술을 느끼며 아쉬움에 한숨을 내뱉었다.

이별은 힘들다.

아무리 긴 이별을 겪은 연인이라 하더라도.

아니, 오히려 긴 이별을 맛보고 진한 그리움을 느껴본 사람들이기에 더욱 발길이 떨어지지 않는 것일지도 모른다.

가벼운 입맞춤의 끝, 유진이 천천히 고개를 들더니 청아와 시선을 마주하며 그녀의 얼굴을 쓰다듬는다. 손바닥에 닿는 체온. 이 체온을 이젠 매일 느낄 수 없다 생각하자 왈칵 눈물이라도 쏟아질 것처럼 가슴이 요동친다.

"미안해."

"뭐가?"

갑작스런 사과에 청아의 고개가 옆으로 기울었다. 하지만 유진은 가볍게 고개를 저으며 다시 한 번 말했다.

"그냥 다. 딱히 규정할 수가 없어."

그렇게 말하는 유진의 눈빛이 더욱 어두워졌다. 하지만 검은 눈동자에 맺힌 감정이 무엇인지 청아는 알 수 없었다. 유진이 더욱 붉어진 눈으로 말했다.

"갈게."

"응? 아, 어. 조심해서 올라가. 도착하면 연락하고."

유진이 천천히 고개를 끄덕였다.

"응, 청아야. 너도 출근 잘해."

마지막 인사를 나눈 유진이 차에 올랐다. 검은색 차량이 부드럽게 도로 위로 진입해 빠르게 사라졌음에도 청아는 뒷모습에서 시선을 떼지 못했다. 그리고 차가 사라진 도로를 끊임없이 바라보던 그녀가 발길을 돌린 것은 십여 분의 시간이 더 흐른 후였다.

무거운 발걸음을 옮기는 청아의 눈가에 눈물이 맺혀 있었다.

"어떻게 하지……."

답은 이미 정해져 있는 문제. 하지만 한 발자국 내딛는 것이 너무나 두렵다.

❖   ❖   ❖

빠르게 달리던 차는 해가 머리 위에 올라와서야 겨우 서울에 도착했다. 아침부터 휴게소에도 들르지 않고 곧장 달려온 길이라 피곤할 법도 하건만 그는 집이 아닌 모교가 있는 곳으로 향했다.

부드럽게 핸들을 돌리는 유진의 얼굴이 무표정하게 굳어 있었다. 청아를 두고 홀로 서울로 올라온 길. 그것 때문에도 정신이 온전치 못할 것 같았는데, 며칠 전 김 원장에게서 들은 말이 계속 제 가슴을 두드렸기 때문이다.

"자네, 이거 하나만 묻고 싶네."

"그게 뭡니까?"

"……청아를 정말 사랑하긴 했나?"

가슴이 와르르 무너졌다. 지나치게 좋은 머리는 대화의 토시 하나 바꾸지 않고 모조리 기억했다. 애잔하게 빛나던 김 원장의 눈빛. 손끝이 시린 것인지 연신 주무르던 그 모습도. 유진은 하나도 빠뜨리지 않고 모두 기억하고 있었다.

좁은 골목으로 들어와 천천히 움직이던 차가 낡은 건물들이 즐비한 곳에 멈춰 섰다. 차에서 내린 그는 대학 시절 지겹게도 오가던, 아니, 어귀에 들어서기만 해도 가슴이 떨리던 그 길 위를 걸으며 건조한 눈을 감았다가 떴다.

두근두근.

심장이 뛰어댔다.

하지만 예전에 이 길 위를 걸으며 설레던 마음에 뛰던 것과는 조금 다른 박자이다.

빨랐다. 가슴이 저릿저릿 아플 정도로.

"사랑…… 했습니다. 사랑하고 있습니다. 앞으로도 사랑할 겁니다."

"그런데 왜 그랬나. 왜 갑자기 떠나서 청아를 아프게 했느냔 말이야."

뇌리를 스치고 지나가는 대화.

과거도 현재도 미래도 사랑한다는 그의 말에 김 원장은 힐난하는 어조로 말했다.

한참 언덕을 오르던 유진의 걸음이 한 건물 앞에서 멈춰 섰다. 건물 벽에는 붉은 스프레이로 엑스 자가 쳐져 있고 그 옆에는 성의 없이 철거라는 글자가 크게 쓰여 있었다. 청아가 살 때도 낡은 건물이었으니 곧 철거가 되고 새 건물이 들어설 모양이다.

직사각형의 형체를 잃은 지 오래된 위험한 계단을 걸어 올라간 유진은 옥탑방에 도착해서야 숨을 혹 하고 내뱉었다. 거친 숨소리와 일그러진 얼굴. 고작 3층을 올라온 것치곤 너무나 괴로워 보이는 모습이다.

"처음엔 그 집에서 나오라고 했네. 딸아이랑 함께 손을 잡고 집에 들어가는데 울었거든."

유진의 눈앞에 청아의 모습이 펼쳐진다. 8년 전, 그 시절 자주 입던 밋밋한 티셔츠와 청바지를 입은 청아는 아직도 쉬이 떠올릴 수 있을 정도로 그의 머릿속에 각인되어 있었다.

그날의 청아는 세상이 무너진 듯 김 원장을 뒤로한 채 눈물을 흘리고 있었다. 그와 늘 함께 앉아 있던 평상을 바라보며.

"평상을 보며 한참을 울던 딸아이가 곧 하늘을 보더니 또 눈물을 쏟는 걸세. 그리고 뭐라고 했는지 아나?"

김 원장의 모습을 떠올린 유진이 온몸에 힘이 빠진 듯 비틀거리더니 자리에 털썩 주저앉았다. 그의 커다란 손이 어느새 검은색 V넥 티셔츠 위에 닿아 있다. 아니, 심장 위에 닿아 있다.

섬세한 손가락이 오그라들더니 곧 아픈 심장을 쥐어뜯는다.

끅끅, 그의 입에서 괴상한 소리가 터져 나왔다.

"다 거짓이었나 봐요, 아빠. 난 진짜 사랑했는데…… 그 아이는 다 거짓이었나 봐요, 라고 했네. 내게."

아직도 그 말이 내 가슴에 대못처럼 박혀 있네. 그런 내가 어떻게 자넬 받아들일 수 있겠는가? 그렇게 말을 잇는 김 원장의 모습을 떠올리던 유진이 고개를 숙였다. 맑은 눈에서 눈물이 후드득 쏟아져 내린다. 그리고 그 눈물은 토닥토닥 가슴을 적신다.

"집 어디를 둘러봐도 자네의 흔적이 있어서 눈물이 나 미칠 것 같다고 했네. 슬퍼서 잠도 오지 않는다고. 많이 말랐었어, 그때 당시의 청아는. 지금보다 훨씬 마른 제 몸을 끌어안고 한참을 울더니 하는 말이 글쎄."

"미안해…… 미안해……."

그녀의 상처가 고스란히 전해지는 것인지 유진이 연신 사과의 말을 내뱉었다. 눈앞에 펼쳐진 어린 청아에게. 모든 것을 약속했던 남자에게 갑작스럽게 버림받아 자리에 주저앉은 채 세상이 떠나갈 듯 울음을 터뜨리는 그녀를 바라보며.

하지만 그녀가 상처받았던 그때, 그는 그녀의 곁에 없었다. 파르르 떨리는 손을 뻗어 그녀가 앉아 울었을 평상을 쓰다듬어 보지만 차가웠다.

'아!'

고개를 내린 유진은 낡은 평상에 삐죽 튀어나와 있는 나무에 찔린 제 손가락을 바라보았다. 피가 흘렀지만 그는 아프지 않았다.

"보고 싶어 미치겠다는 거야. 자네가 보고 싶어서 견딜 수가 없다고 했어. 온몸이 부서지는 기분이라고. 세상이 무너지는 기분이라고."

그때의 그녀가 더 아팠으니까.

더 괴로워했으니까.

자신은 아플 자격도, 괴로워할 자격도 없다.

"자넬…… 많이 의지했었다고, 그렇게 말하며 한참을 울었네."

어릴 적 헤어졌던 그 친모보다, 자신을 키워준 고모보다, 그리고 나보다.

세상 홀로 살아도 문제없다던 독립심 강한 그 아이가 그렇게 말했단 말이네. 세상에 존재하는 그 누구보다 자넬 의지했다고 했네.

"청아야…… 청아야……!"

하늘을 올려다보는 유진이 눈물을 와르르 쏟아내며 청아를 불러본다. 하지만 평상에 쓰러져 울음을 터뜨리던 그때의 그녀는 위로할 수 없다.

그는 그녀에게 얼마나 끔찍한 짓을 저지른 것일까.

유진을 떠나보낸 날, 청아는 하루가 어떻게 지나갔지 알 수 없을 정도로 정신없이 하루를 보냈다. 실수 연발이었고, 환자가 오면 가장 기본적으로 해야 하는 혈당 체크도 빠뜨린 것이 몇 번. 청아가 들고 있는 봉지에서 유리병이 부딪치며 달그락거리는 소리가 났지만 멍하니 길을 걸으며 빠르게 집으로 돌아가고 있었다.

현관문을 열고 집 안으로 들어온 청아는 이미 한잔 걸치고 있는 김 원장의 모습에 서둘러 걸음을 옮겨 그의 곁으로 다가갔다.

"웬일이유, 술을 다 걸치시고?"

"오늘은 좀 심란하다. 그런 너는?"

검은 봉지 위로 삐죽 튀어나와 있는 녹색 소주병을 보며 김 원장이 물었다. 하지만 청아는 헤헤 웃음을 내뱉더니 이내 자리에 털썩 주저앉아 작은 상을 휘 둘러보았다. 상 위에 놓여 있는 것은 소주병 하나와 작은 잔 하나, 그리고 마른안주 몇 가지가 전부였다.

"안주 참 부실하네."

"술 마시고 싶은 날엔 술만 마셔야지 안주로 배 채우는 거 아니다."

"그래? 그럼 나도 한잔 줘, 아빠."

청아가 김 원장의 잔을 빼앗아 앞으로 내밀었다. 그러자 김 원장은 그게 어려운 일이냐는 듯 잔을 알코올로 가득 채워준다.

소주잔 위에 생긴 얇은 막에 청아가 '아빠는 나에 대한 사랑이 너무 과해'라고 장난스럽게 말하더니 곧 잔을 입에 털어냈다. 쓰디쓴 알코올 향에 머리가 아찔해진 것도 잠시, 곧 속이 뜨뜻해지는 느낌과 함께 나른하게 풀리자 청아는 피식 웃음을 내뱉었다.

이러니 사람들이 힘들 때마다 술을 찾지.

그렇게 생각한 청아가 땅콩 하나를 날름 주워 먹었다.

그 모습을 곁에서 보고 있던 김 원장이 툭 던지듯 말한다.

"그 녀석이 그렇게 좋냐?"

"뭐, 그렇죠."

청아의 답은 빠르지도 느리지도 않았다. 하지만 느른하게 풀리는 입술 위에 자리 잡은 쓴 감정에 김 원장이 입술을 비죽 내밀며 투덜 거렸다. 그의 시선은 어느새 청아의 새끼손가락으로 향해 있다.

"그 녀석이 준 거냐?"

반짝이는 금속을 보며 김 원장이 구시렁거린다. 그 녀석, 통도 작게 그게 뭐냐며. 그러자 청아는 스스로 잔을 채운 뒤 다시 한 번 소주를 들이켰다. 그리고 잔을 내려놓은 뒤 주름지고 여기저기 군 은살이 자리 잡고 있는 김 원장의 손을 끌어와 새끼손가락을 걸었 다. 김 원장의 눈동자에 의아함이 서린다. 그러자 청아가 피식 웃음 을 내뱉었다. 부실한 안주에 소주만 계속 마셔서일까, 몸이 금방 달 아오르며 기분이 좋아진다.

"내 곁을 떠나지 않겠다고 약속했어. 그 약속의 증표로 준 반지 야."

그 말에 김 원장의 얼굴이 굳는다. 그가 청아의 손에 들려 있던 잔을 빼앗아 술을 왈칵 따른 뒤 벌컥 들이켠다. 옆에서 청아가 천 천히 마시라며 잔소리를 늘어놓았지만 김 원장은 잔을 소리 내어 상 위에 내려놓더니 입술을 삐죽 내밀며 말했다.

"얼굴은 완전 좀생이같이 생겼드만."

"왜 자리에 없는 사람을 흉보고 그래?"

"실실 웃는 것도 안 좋아. 다른 여자한테도 그렇게 웃어줄 거 아 니야?"

"아빠?"

계속해서 꼬투리를 잡는 김 원장의 말에 청아가 눈을 깜빡였다. 평소 뒤에서 남의 욕을 하지 않는 김 원장이 자리에도 없는 사람을 말하는 것도 이상했지만, 하는 이야기마다 죄다 나쁜 말뿐인지라 더 의아한 마음이 들었다.

"보따리에 싸서 당장 보쌈해 가라고 등 떠밀 줄 알았더니 갑자기 태도를 바꾼 이유가 뭐유?"

그의 태도가 며칠 전부터 묘하게 변하자 청아가 직설적으로 물었다. 빙빙 돌려봤자 제대로 된 답을 주지 않을 테니까. 그러자 김 원장은 벌게진 얼굴과는 달리 엄한 목소리로 말한다.

"난 반대다. 너 그렇게 속 썩인 놈이란 거 알았으면 내가 꽃다발로 때렸어."

"아버지."

늘 아빠라 부르며 친구처럼 그를 대하던 청아다. 하지만 지금 이 순간, 청아는 진지한 마음이 되어 김 원장과 시선을 마주했다. 그리고 어느 순간 그녀의 입가에 웃음이 떠올랐다.

"계속 그렇게 반대해 줘."

"뭐?"

김 원장이 눈을 크게 뜨며 물었다. 갑자기 이건 또 무슨 소린가 싶어서. 하지만 청아는 잔잔한 웃음을 지으며 말했다.

"누구라도 브레이크를 걸어야 제 속도로 갈 수 있을 것 같거든."

"으음."

왜 저 이야기에 가슴이 답답해져 오는 것인지. 김 원장이 주먹을 말아 쥐고 가슴을 쿵쿵 내려쳤다. 가슴에 가시가 걸린 듯 아팠다. 그 모습을 보던 청아가 빈 소주병을 치우고 봉지에서 새 소주병을 꺼내 뚜껑을 땄다. 청아가 김 원장의 잔을 채우며 말한다.

"그리고 나 병원 복귀하려고."

"복귀?"

"대한세종대학병원에서 연락 왔어, 다시 복귀하라고."

그녀의 말에 김 원장이 천천히 고개를 끄덕인다. 며칠 전까지만 해도 그렇게도 듣고 싶었던 말이다. 비싼 돈 들여 의대 공부 시켜 놨으면 학비라도 뽑아야 할 것 아니냐며 원색적인 잔소리를 늘어놓기도 했다.

하지만 대한세종대학병원은 유진이 있는 서울에 위치해 있다. 그곳에 가면 딸아이의 첫사랑이 더욱 깊어질 것이라는 생각에 걱정스러운 마음부터 든다.

"괜찮은 거냐?"

처음 대구로 내려왔을 때의 모습을 떠올린 김 원장이 걱정스러운 기색으로 물었다. 그러자 청아는 입가를 크게 늘어뜨려 웃으며 말했다.

"나 아빠 딸이다?"

"거, 녀석 참."

"알아. 걱정 많은 거. 아빠가 나 어떤 마음으로 키워왔는지 알고, 어릴 때 왜 고모한테 보냈는지도 알아. 엄마 없이 자라는 딸, 첫 생리 시작할 때 아빠 당황하던 모습, 아직도 기억나거든."

김 원장이 말 없이 소주잔을 기울였다.

"걱정하지 마. 어떻게든 잘 지내왔잖아?"

뒷말에 김 원장이 웃음을 내뱉더니 곧 고개를 끄덕인다.

"알았다. 네가 그렇다면 그런 거지."

딸을 바라보는 얼굴에 믿음이 가득하다.

딱히 해준 것이 없는 딸아이. 늘 미안한 마음만 품게 하는 하나밖에 없는 딸.

홀로 큰 청아는 언제나 똑 부러지는 아이였고, 자신의 자랑이었다. 그러니 이번에도 잘하리라 생각하며 이 원장은 청아가 따라준 술을 꿀꺽 달게 마셨다.

상을 대충 정리하고 방 안으로 돌아온 청아는 오늘 하루 단 한 번도 울리지 않은 휴대전화를 노려보았다. 분명 유진과 헤어질 때 도착하면 전화하라고 했는데 무시를 하는 것인지 아님 잊은 것인지 그에겐 짧은 문자 한 통 와 있지 않았다.

휴대전화를 쥔 청아가 한껏 그 검은 물체를 노려본다. 손바닥보다 조금 큰 스마트폰은 무료로 문자를 보낼 수 있는 앱도 있다. 돈도 안 드는 일에 그는 왜 손가락 하나 움직여 주지 않은 것일까. 먼저 전화를 해도 되건만 왜 이런 사소한 일에 자존심이 상하는 것인지. 한참 휴대전화를 보던 청아가 깊은 한숨을 내쉰 뒤 유진의 번호를 찾아 통화버튼을 눌렀다. 그러자 몇 번의 통화음이 울리지 않아 그가 전화를 받는다.

"잘 도착했어?"

〈음.〉

자고 있었던 것일까? 목소리가 묘하게 가라앉아 있다. 그의 잠을 깨운 것은 아닐까 생각하던 청아는 금세 전투력이 타올라 뾰족하게 말을 내뱉었다.

"도착했으면 바로 전화를 해야지, 왜 연락을 안 했어?"

〈미안. 오자마자 곯아떨어졌어.〉

"너 목소리가 왜 그래? 울었어?"

짧은 말에 용케 그의 떨림을 찾아낸 청아가 물었다. 예전의 노유진이라면 김청아의 손바닥 안이다. 하지만 지금의 노유진은 그녀가 알지 못하는 부분도 분명 많이 가지고 있을 터다. 그 단적인 예로 그가 울었는지, 왜 지금 목소리가 착 가라앉았는지 그녀는 알지 못했다.

〈우리 예쁜 청아야.〉

유진이 낮은 목소리로 말했다. 귓가를 울리는 목소리는 눈을 감으면 스르르 잠이 들 정도로 듣기 좋았다. 가슴을 울리는 목소리에 청아가 눈을 감았다. 그리고 목소리 속에 섞여 있는 울음을 그녀는 용케 눈치채고 물었다.

"왜 그래, 너? 무슨 일 있어?"

〈……〉

그가 답이 없자 감겨 있던 청아의 눈꺼풀이 치켜 올라간다. 처음에는 그저 넘겨짚듯 물은 것이었으나 그게 사실인 듯 그는 쉬이 말을 잇지 못하고 있었다.

무슨 일이지? 청아가 막 입술을 달싹여 물으려고 할 때다. 먼저 침묵을 깬 것은 유진이었다.

〈난 얼마나 너에게 갚으며 살아야 할까.〉

"갑자기 그게 무슨……."

청아가 미처 말을 끝맺지 못하고 입을 꾹 다물었다. 그의 말은 스무고개처럼 어려웠다. 갑자기 왜 이러한 말을 하는 것인지 의아해하던 청아는 곧 오늘 헤어질 무렵 실핏줄이 터져 붉던 그의 눈망울을 떠올리며 한숨을 삼켰다.

분명 그때부터 무슨 일이 있었다. 하지만 이별의 아쉬움에 그녀는 그를 살펴보지 못했다.

〈얼마나 더 사랑한다고 말하고 예쁘다고 쓰다듬어 줘야 지나간 그 시간을 너에게 모두 보상할 수 있을까. 허투루 보냈던 그 시간 속에서 나 때문에 아파했을 너에게…… 얼마의 시간을 들여야 그 많은 것들을 되갚아줄 수 있을까…….〉

천천히 내뱉던 말이 뚝 끊겼다. 그는 무언가 집어삼키고 억누르고 있었다. 그의 이야기를 마음에 담던 청아가 눈을 감았다. 울음은 나오지 않는다. 과거의 힘겨웠던 일들이 떠올라 괴롭지도 않았다. 과거의 그녀는 힘들었으나 현재의 그녀는 행복했다. 유진은 먼 길을 돌아 자신에게 돌아왔고, 사랑해 주었다. 그녀는 그거면 됐다고 생각했다. 그가 또다시 자신을 떠날 수도 있다는 불안감을 잠시 뒤로 미뤄둔다.

그녀는 그의 말을 막지는 않았다. 그의 결론이 듣고 싶었으니까.

〈그렇게 하루 종일 생각해 봤는데…… 내 생각은 아직도 변하지 않아.〉

"뭔데?"

청아가 짧게 물었다. 왜 가슴은 평온하게 뛰고 있는데 목소리는 떨리고 있는 것일까. 전화기를 들고 있지 않은 왼손을 들어서 보니 손가락 끝도 떨리고 있다. 그러고 보니 손끝도 조금 차다.

〈결혼? 하지 않아도 좋아. 그런데 청아야, 내가 이 빚을 다 갚기 전까진 내 곁을 떠나지 마.〉

"……."

〈떠나면…… 진짜 나 너무 아파서…….〉

파르르 떨리는 목소리에 청아가 눈을 감았다. 그러자 뺨이 뜨거워진다. 축축하게 눈물로 젖어가는 얼굴에 청아가 손을 들어 눈물을 닦았다.

눈물의 의미를 그녀는 알고 있다. 슬픔은 아니다.

"노유진."

청아가 천천히 그의 이름을 불렀다. 그리고 이어 말했다.

"그런 소리 하지 마."

〈하지만…….〉

"나 안 떠나. 알지? 거짓말 안 하는 거."

〈알아.〉

"그래, 그럼 됐어."

청아가 눈물을 털어냈다. 그리고 그의 말에 결심을 꺼내놓았다.

"나 내일 서울 갈게."

〈뭐?〉

"병원, 출근할 거야."

〈……청아야.〉

"그러니까 그런 아픈 이야기는 우리 이제 그만해. 과거에 얽매여서 울기만 하는 거, 나 하고 싶지 않아. 하고 싶다면 평생 갚아. 곁에 있어줄 테니까."

행복하기에도 부족한 시간이다. 허투루 보낸 그 시간을 다 보상받으려면, 매일 웃고 떠들고 함께 손을 잡고 체온을 나누며 보내야 한다. 그래도 짧다. 그와 함께 있을 수 있는 시간이 너무나 짧게 느껴진다.

이렇게 함께 하다보면 추억은 또다시 켭켭이 쌓이고, 그를 믿을 수 있겠지. 그래, 그녀는 지금 그것만 생각하고 싶었다.

"늘 행복하게 해주면 돼. 또다시 나 힘들게 만들면 그땐 당하고만 있지 않을 거야. 그러니까 너 혼자 삽질하지 말라고, 바보야."

청아가 두서없이 말을 꺼내놓았다. 하지만 줄줄 나열된 말은 모두 진심이다. 그녀의 진심에 그가 화답했다.

〈……고마워.〉

미안해가 아닌 고마워로.

자신을 다시 받아주고 씩씩하게 앞으로 걸어 나가자고 말하는 그녀에게 그는 진심을 다해 그렇게 말했다. 그리고 지금 이 순간 가장 하고 싶은 말을 연이어 꺼내놓았다.

〈사랑해.〉

"나도, 노유진. 사랑해. 미치겠다, 정말."

끝은 조금은 장난스럽게 맺는다.

정말 머리가 어떻게 되어버릴 정도로 사랑한다고.

그 말에 전화 너머로 조금 가벼워진 유진의 목소리가 들려왔다.

〈난 벌써 미친 것 같다. 실실 웃음이 나오는 거 보니.〉

기나긴 밤을 청아는 뜬눈으로 지새웠다. 그리고 벽에 걸린 시계
바늘이 정확히 6시를 가리키자 주저 없이 밤 내내 손에서 놓고 있
지 않던 휴대전화를 들어 액정을 밀었다. 전화번호부를 뒤져 낯선
번호를 찾아낸 청아가 이른 시간이라는 생각도 하지 못한 채 망설
임 없이 통화버튼을 눌렀다.

〈너 이 시간에 무슨 일이야?〉

상대가 조금 까칠하게 받는다. 진즉에 깨어났을 시각이긴 하나
예의가 아닌 시간이었기에. 하지만 청아는 그 목소리에도 눈 하나
깜짝하지 않고 제 할 말을 꺼냈다.

"유민 선배, 저 복귀할게요. 받아주실 거죠?"

〈…….〉

그 말에 상대는 말이 없었다. 이 시각에 김청아가 전화를 했다
는 것, 그리고 그녀의 목소리가 밝다는 것. 그것만 봐도 유민은 돌
아가는 상황을 눈치채고 피식 웃음을 내뱉었다.

〈환영한다, 김청아.〉

드디어 보모 생활이 끝난 건가? 그는 어쩜 그렇게 생각하고 있
는지도 모른다. 하지만 청아는 어찌 되어도 좋다는 듯 웃음 섞인
목소리로 말했다.

"잘 부탁드릴게요, 선배."

〈앞으로 선배 대신 다른 호칭을 생각해 보자.〉

유민이 조금은 후련한 목소리로 말하자 청아가 장난스럽게 눈살을 찌푸렸다. 찡긋한 콧잔등에도 주름이 생긴다.

"형제가 너무 앞서 가네요."

그럼 일 보세요. 짧게 인사를 건넨 청아가 전화를 뚝 끊었다.

만남과 이별이 교차되는 곳. 서울역에는 오늘도 많은 사람들이 모여 실시간으로 변하는 전광판을 보며 이야기를 나누고 있다. 복작거리는 서울역 안에 들어선 유진은 머리카락을 휘날리며 빠르게 출구 쪽으로 뛰어가고 있었다. 많은 사람들 사이를 요리조리 피하며 빠르게 뛰어가는 그에게 수많은 시선이 닿았다가 떨어진다. 누가 봐도 늦잠을 잔 모습도 시선을 끌었지만, 다급함이 보이는 얼굴 위로 가득 피어오른 웃음꽃이 저절로 뭇 여성들의 시선을 끌었기 때문이다. 하지만 이를 알아차리지 못할 정도로 그는 숨이 가득 차오르는 것도 꾹 눌러 참고 출구 방향으로 빠르게 뛰어갔다.

그리고 그곳에서 화사한 핑크색 셔츠와 간편한 면바지를 입고 있는 여성을 발견한 순간, 그의 얼굴엔 더할 나위 없이 행복한 웃음이 머물렀다.

빠르게 뛰어간 유진이 청아를 와락 끌어안았다. 그가 도착했다는 것도 알지 못했던 청아의 입에서 비명이 터져 나오고, 곧 자신을 덮친 사람이 유진이라는 사실에 안도하며 가슴을 쓸어내릴 때다.

유진이 다짜고짜 커다란 손으로 청아의 양 뺨을 감싸 쥐더니 이

내 핑크빛 립글로스가 발려 있는 입술에 제 입술을 내렸다. 달콤한 입맞춤은 깊지 않았지만 수많은 사람들의 시선을 모으기엔 충분했다. 따스한 입술에 청아가 놓고 있던 정신줄을 재빨리 붙잡았다. 그녀는 그의 단단한 가슴을 손으로 밀어내려 애써보았지만, 제 얼굴을 모두 가릴 정도로 커다란 손은 그녀를 놓아주지 않았다.

"너…… 뭐 하는 거야?"

청아가 낮게 소리쳤다. 이 인간이 아직도 정신을 차리지 못한 것에 화가 잔뜩 난 모습이기도 하다. 하지만 지금 이 순간, 세상에서 가장 행복한 노유진에겐 그 무엇도 문제가 되지 않았다. 자신의 타액으로 번들거리는 청아의 입술에 다시 한 번 쪽 입을 맞춘 유진이 장난스럽게 눈을 찡긋했다. 그 모습에 주변에 모여 있던 사람들 사이에서 비명이 터져 나왔다.

소란스러운 소리가 들리지도 않은 것인지 유진이 느릿하게 말했다.

"영역 표시."

"……이 미친 강아지가."

청아가 정색을 하며 말했다. 하지만 유진은 청아의 겨드랑이 밑으로 팔을 찔러 넣어 그녀를 제 품으로 끌어당긴 뒤 정수리에 쪽하고 입을 맞추며 말했다.

"사랑한다, 김청아."

내 곁으로 온 것을 환영해.

Two

흰 가운을 휘날리며 걸음을 옮기던 유진은 들고 있던 전화를 좀 더 힘주어 잡았다. 오늘은 국과수로 복귀한 첫날. 꽤 역사적인 이 날에 자신의 복귀보다 더욱 충격적인 사실이 전해졌다. 유진은 아침부터 전화를 걸어와 신나게 이야기를 늘어놓는 어머니의 목소리에 웃음을 내뱉었다.

"형이 결혼한다니, 이건 좀 믿기지 않아."

천하의 노유민이 결혼이라니.

서른일곱 살에 갑자기 결혼을 하겠다고 말했을 때 가족 모두가 놀랐다. 유민의 입에서 그런 말이 나올 줄은 몰랐기 때문이다. 결혼 시기가 늦어진 요즘에도 서른일곱이라고 하면 푹 쉴 대로 쉰 노총각이 아닌가. 장남의 결혼을 바라고 바라다가 결국 배추를 셀

때만 쓴다는 그 포기란 말을 꺼냈던 어머니다. 그런 장남의 결혼 소식이라니. 어머니는 뭐가 그리도 즐거운지 전화 저편에서 연신 밝은 콧노래가 들려온다. 정확한 음을 갖추지 못한 콧소리를 듣던 유진이 피식 웃으며 말했다.

"형은 독신주의자잖아. 누구와도 같이 살고 싶지 않다고 말했고."

〈아들아, 그게 너 때문이라고는 생각하지 않니?〉

"응?"

국과수로 출근하기 전부터 날카로웠던 그의 눈매가 조금은 뭉툭해졌다. 눈빛은 혼이 빠져나간 듯 멍하다. 하지만 이런 아들의 상태를 아는지 모르는지 어머니는 무심한 어투로 말한다.

〈그 깔끔한 녀석이 너랑 살면서 얼마나 많은 것들을 참았겠니?〉

그런데 다른 누군가와 또 살 생각을 했을까? 그 똑똑한 녀석이? 계속되는 어머니의 물음에 유진이 자신도 모르게 고개를 끄덕였다.

"아…… 응."

들어보니 그러네. 그가 수긍했다. 예전부터 정리정돈과는 거리가 먼 생활을 하던 그와 모든 것이 칼처럼 제자리에 놓여 있어야 하는 유민은 상극이면서도 같은 공간에서 생활했다. 이 때문에 몇 번의 언성이 오고 갔고, 어느 날 욕실을 치우지 않고 그냥 나왔다는 이유로 유민에게 혼쭐이 나기도 했다.

아아, 지나간 추억이여! 그렇게 생각하던 유진은 전화 너머로 들려오는 목소리에 고개를 기울였다.

〈아 참, 서프라이즈가 있는데.〉

"서프라이즈를 예고하는 사람이 어디 있어?"

〈정말 놀랄 일이니까 언질 정도 해주면 좋잖아. 아, 그럼 엄마 이만 끊어야겠다.〉

"응? 그래, 알았어. 다음에 연락해."

끊긴 전화를 흰 가운 속에 밀어 넣은 뒤 힘차게 걸음을 옮겼다. 안에 입고 있는 검은색 V넥과 같은 색상의 바지 때문인지 흰 가운이 유난히도 하얗게 빛나 보인다. 손바닥으로 구겨진 소매를 탁탁 털며 복도를 걷던 유진은 순간 제 귀를 사로잡는 이야기에 우뚝 걸음을 멈춰 섰다.

"야, 그 이야기 들었냐? 독종, 다음 주 월요일부터 출근한대."

"헉! 진짜? 죽었다, 우리."

일에 있어서만큼은 칼인 유진은 국과수 내에서 독종으로 불렸다. 완벽한 일 처리로 무고한 가해자를 만들지도, 억울한 죽음을 만들지도 않기를 바라는 그는 누구보다 치밀하고 누구보다 냉철한 법의학자였다. 하루에도 일곱 건에서 여덟 건 정도 진행하는 부검에서도 그는 힘든 기색 하나 보이지 않았고, 사회적으로 물의를 일으키는 사건 또한 도맡아 할 정도로 열정적으로 일에 임했다. 그건 그가 미국에 있을 때도 역시 마찬가지였다. 단 하나의 사건도 허투루 보는 법이 없었고, 열 시간을 꼬박 부검실에 있을 때도 얼굴 한 번 구긴 적이 없었다.

그를 그렇게 만든 것엔 많은 요인이 있었다. 그중 하나는 공포에 질려 아무것도 할 수 없던 그때 정신과 의사가 그에게 했던 말이다.

"그 일은 어쩔 수 없어요. 이미 지나간 일이니까요. 하지만 앞으로 당신의 능력을 당신과 같은 사람이 나오지 않는 곳에 사용할 수도 있잖아요. 시간을 허투루 보내지 말아요, 노."

그가 할 수 있는 일. 그건 그 당시 아주 한정적이었다. 오랫동안 해온 것은 의대 공부뿐. 환자를 살리는 일에만 치중했던 그의 인생에 남은 것이라곤 손때 묻은 책과 청아와의 추억뿐이었다. 밥을 어떻게 하는지, 은행 거래는 어떻게 하는지도 모르던 그는 의사의 말에 몇 날 며칠이나 고민했다.

내가 할 수 있는 일이 무엇일까? 난 어떠한 일을 해야 할까? 그때 그의 눈에 들어온 것은 하나의 책이었다.

—범죄를 꿰뚫는 눈

미국의 저명한 법의학자가 쓴 책엔 저자의 일생이 담겨 있었다. 법의학이란 개념조차 없던 시절부터 부검의로 일해온 그는 자신이 어떠한 사건을 만났는지, 어떠한 방식으로 해결해 왔는지, 그 사건들을 통해 무엇을 느꼈는지……

84년도에 맨해튼을 뒤흔든 사건의 범인이 그가 밝혀낸 흉기로 잡혔을 땐 속이 시원했고, 일주일 동안 아이의 시신이 네 구나 발견돼 세상을 떠들썩하게 만든 일을 수사했을 땐 가슴이 답답하고 미어졌다는 기록이 남아 있었다. 특히 후자의 경우엔 결국 범인이 잡히지 않아 30년이 지난 지금까지도 그의 뇌리에 또렷하게 남아 그때 당시에 기록되었던 모든 수사 기록을 영구 보존해야 한다고 강력하게 주장하고 있었다. 언젠가 범인은 잡힌다. 죄를 진 자는 언젠가 꼬리를 밟히게 되어 있다며.

그 책은 유진의 가슴을 움직였다. 어떻게 해도 보이지 않던 탈출구가 보이는 느낌에 죽어 있던 심장이 움직이고, 멈춰 버린 호흡이 갑자기 터져 나온 것처럼, 그는 온몸이 저릿해지고 심장이 터질 것처럼 뛰는 것을 느꼈다. 그때부터 유진은 달라졌다. 세상을 달리 볼 수 있는 눈이 생겼다.

"벌써?"

"몰라. 갑자기 이 원장님이 공지 때렸대. 월요일부터 출근하니까 그리 알라고."

"하아, 진짜 죽었다."

그가 국과수로 돌아왔다는 것은 웬만해선 사망의 종류에 불상(不詳:외인에 의하여 사망하였으나 외인이 무엇인지 어떻게 죽었는지 알 수 없을 때)이 기입되는 일은 거의 없다는 말이기도 했다. 의문사로 기록되는 것들은 그의 손을 거쳐야 수사기관에 전달될 수 있을 테니까.

흰 가운을 입은 젊은 부검의들은 다음 주 월요일부터 시작될 지옥을 떠올리며 투덜거렸다. 그가 휴가를 떠난 뒤로 잠시 찾아왔던 마음의 평화가 이렇게 끝난다고 생각하며.

어찌 되었든 국립과학수사연구원도 국가 소속이었다. 공무원인 그들이지만 퇴근 시간을 보장받지 못할 날들이 계속될 터였다. 지금도 충분히 바쁘건만.

"후, 진짜 끔찍하다."

즐거워야 할 금요일에 죽상이 되어 걸음을 옮기던 그들은 어느새 나타난 것인지 검은 그림자 하나가 불쑥 튀어나오자 우뚝 발길을 멈췄다.

"어쩌지? 그 독종, 오늘부터 출근했는데."

"헉!"

머리를 질끈 묶은 부검의 하나가 숨을 들이켰다. 젊은 남자 부검의는 유진이 마치 귀신이라도 되는 양 바라보고 있었다. 몇 번이고 눈을 비비고 잘 정돈된 머리카락과 검은 V넥 티셔츠, 검은 바지, 반질반질 잘 닦인 구두를 쭉 훑어보던 그가 시선을 돌려 가운 앞에 박혀 있는 명찰을 읽는다.

―법의학팀 노유진 팀장

정말 그가 맞았다. 환영인 줄 알았는데 잘난 얼굴에 자리 잡은 주름이 너무나 디테일하다. 이 말인즉 지금 이 모든 일이 현실이고 방금 전 뒷담화처럼 나누었던 말을 그가 모두 들었다는 것이다.

"죄, 죄송합니다!"

두 사람이 동시에 허리를 숙이며 외쳤지만 팔짱을 낀 유진은 서늘한 시선으로 두 사람의 얼굴을 훑었다. 얼굴에서 뚝뚝 떨어지는 냉기는 두 사람의 몸을 얼려 버릴 정도로 차가웠다.

"전에는 귀신이었는데 내 별명이 금세 또 바뀌었나 보네."

무뚝뚝한 목소리는 한파처럼 시렸다. 그러자 부검의들은 몸을 움찔 떨며 곧 날아올 날벼락을 예상한 듯 겁에 질렸다. 그 모습을 한참이나 서늘한 눈으로 보던 유진이 말했다.

"그만 가봐."

짧은 그의 일갈에 남자들은 살았다는 듯 외쳤다.

"네, 알겠습니다!"

허리를 꾸벅 숙인 뒤 사라지는 두 사람의 뒷모습을 보던 유진이 서둘러 걸음을 옮겼다. 이 원장이 출근하자마자 원장실로 오지 않으면 모가지를 비튼다고 했으니. 허튼소리를 하는 사람은 아니니 알아서 숙이는 것이 좋았다.

원장실 앞에서 걸음을 멈춘 유진이 노크를 했다. 그러자 안에서 들어오라는 까랑까랑한 목소리가 들려온다. 문을 열고 들어가자 단정한 커트 머리의 여인이 컴퓨터 모니터에서 시선을 떼지 못한 채 아침부터 바쁘게 업무 수행 중이었다. 제14대 국립과학수사연구원 이미래 원장. 한국법의학회의 권위 있는 법의학자인 그녀는 문을 열고 들어오는 유진의 모습에 콧잔등을 찌푸렸다. 머리부터 발끝까지 완벽한 모습이기는 하나 늘 고정되어 있던 머리카락이 공중에서 아무렇게나 춤을 추는 모습을 용케 알아차린 것이다. 그녀가 날카로운 눈으로 물었다.

"너 늦잠 잤나?"

"아니요."

유진의 짧은 답에 이 원장이 이상하다는 듯 그의 몰골을 살폈다.

"근데 꼴이 왜 그래?"

"아침에 여자친구 데리러 서울역에 다녀왔거든요."

그래서 출근 준비를 제대로 못 했습니다. 그의 뒷말에 이 원장이 혀를 끌끌 찼다.

"팔푼이."

자리에서 일어난 이 원장은 가운데 놓인 소파를 곁눈질하며 말한다.

"이리 와 앉아."

날카롭지 않은 말이었으나 국립과학수사연구원을 이끄는 원장이다. 카리스마가 가득한 모습에 유진은 헤벌쭉 웃고 있던 표정을 풀며 소파에 앉았다. 그러자 탕비실에서 차를 내온 이 원장이 유진의 앞에 머그잔을 내려놓은 후 맞은편에 앉았다. 이야기가 길어질 것인지 차는 머그잔을 넘칠 정도로 가득했다. 하지만 이 원장은 머그잔엔 시선도 주지 않고 낮은 목소리로 말했다.

"네 죄를 네가 잘 알고 있겠지?"

"글쎄요. 잘 모르겠습니다."

무단결근은 아니었다. 엄연히 정식 절차를 받기 위해 휴가서를 내고 떠났으니까. 문제라면 그 휴가서가 승인이 떨어지지 않은 것이고, 날짜도 적혀 있지 않은 허술한 것이 문제라면 문제다. 다른 사람이었다면 당장에라도 목을 비틀고 경을 치겠지만 상대가 노유진이다. 지난 3년간 집과 국과수 구분을 두지 않고 열정적으로 일만 한 남자이니 사직서를 안 던진 것이 다행일지도 모른다. 반질반질한 얼굴에서 윤이 나는 것을 본 이 원장이 까칠하게 말했다.

"빼질빼질하게 굴면 미운 놈 떡 하나 더 줄 줄 아냐?"

휴가 잘 다녀왔냐는 말을 꺼내는 것이 우선이겠지만 국과수에서 늘 인상을 구기고 있던 그가 오늘 따라 밝은 표정을 짓고 있자 배알이 꼴려 입 밖으로 좋은 소리가 나가지 않았다. 그 때문에 다른 부검의들은 비상 대기로 과다한 업무에 시달려 얼굴이 모두 반쪽이 됐는데 저만 좋다고 웃음을 숨기지 못한다. 혀를 끌끌 차던 이 원장은 부드럽게 휘어져 있던 유진의 입술이 서서히 벌어지는 것을 보며 얼굴을 와자작 구겼다.

"그래도 다시 돌아왔잖습니까."

말이라도 못하면. 짧게 혀를 찬 이 원장이 자리에서 일어나 제자리로 돌아가더니 노란 서류철 하나를 가지고 자리로 돌아왔다. 서류철을 유진의 앞으로 밀어놓은 이 원장이 다리를 꼬며 골치 아픈 일이 생겼다는 듯 관자놀이를 손가락으로 꾹 누른다.

"……밀린 일까지 다 해."

"누구 명이라고요."

유진이 어깨를 으쓱이며 말했다. 가벼운 표정에 이 원장은 자신도 모르게 한숨을 푹 내뱉었다. 그녀의 시선이 자연스레 서류철로 향했다.

"신문 봤냐? 서울 서초동에서 일어난 사건."

그녀의 말에 유진이 서류철을 들어 살펴보았다. 안에는 이번 일에 얼마나 많은 국민들의 시선이 모여 있는지 알려주듯 수많은 기사가 스크랩되어 있었다. 그중 가장 상위의 기사를 읽던 유진의 얼굴이 구겨졌다.

"그래, 영유아 학대 사건이야. 다른 부검의한테 배당된 거 네 앞으로 돌려놨다."

―서울 서초동 아동 학대 친모 '난 아이를 죽이지 않았다' 고 주장.

지난달 5일 서울 서초동에서 다섯 살 난 아동이 친모에게 폭행당해 사망한 사건이 발생해 충격을 안겨줬다.

경찰 수사 결과, 마흔 살 김씨는 일을 핑계로 집에 잘 들어오지 않으며 아이를 방임하였고, 상습적으로 강 군을 폭행 학대한 혐의가 드러났다.

현재 숨진 강 군의 부검이 국립과학수사연구원으로 넘어간 상태여서 부검 결과에 이목이 집중되고 있다.

제일 앞의 기사를 읽은 유진이 몇 장을 더 넘겼다. 계속되는 기사 끝에 나온 것은 사망 당시 과학수사대가 찍은 것으로 보이는 현장 사진이다. 아이는 침대에 팔다리를 축 늘어뜨린 채 눈을 감고 있고, 상체는 탈의된 채 죽어 있다.

유진은 무표정한 얼굴로 사진을 살피더니 더 이상 살펴볼 것도 없다는 듯 서류철을 테이블에 내려놓으며 말했다.

"좀 더 자세한 것은 부검을 해봐야 알겠지만 몸에 다양한 시기에 생긴 멍이 있고, 손목에 일직선으로 멍이 든 자국도 있네요. 끈으로 묶인 채 학대당한 것이 틀림없잖습니까. 아동 몸에 있는 교흔(咬痕:치아의 물림으로 생긴 자국)은 다른 사실이 밝혀지기 전까지는 의도적인 아동 학대잖아요. 이게 뭐가 문젭니까?"

사인까지 나와 있는 문제다. 부검은 더 자세히 해봐야 알겠지만 자신의 앞으로 특별히 배당될 사건은 아닌 듯해 보인다. 하지만 이 원장은 여기서 끝이 아니라는 듯 깊은 한숨을 푹 내뱉었다.

방금 전부터 그녀를 괴롭히던 두통의 강도가 점점 심해지고 있었다.

"문제는 친모는 아동을 학대하지 않았다고 주장하고 있고, 전혀 몰랐다는 거야. 그런데 사건이 어느 정도 진행이 되고 나서 아이를 봐주던 할머니가 아이를 목 졸라 죽였다고 자백했어."

"……네?"

유진이 멍해져 물었다. 방금 전까지만 해도 사건을 날카롭게 바라보던 눈빛은 무뎌졌고, 자신도 모르게 테이블을 툭툭 두드리던 손가락의 움직임도 멈췄다. 그의 눈빛에 혼란이 어렸다.

"하지만 경찰은 친모를 여전히 범인으로 본단 말이야. 요즘 아동 학대 사건이 좀 많이 일어났어? 그것 때문에 국민 여론이 심상치 않으니까 경찰에서도 서둘러 사건을 정리해서 검찰로 올려 보낼 모양이야."

"자, 잠깐."

유진이 손을 들어 이 원장의 말을 막았다.

"할머니가 어떻게……."

"왜? 친모는 되고?"

그게 말이야 방구야 하며 이 원장이 타박한다. 앞뒤가 맞지 않은 그의 말을 이해할 수 없다며. 그리고 그 때문에 멈췄던 말을 이었다.

"네가 국과수 얼굴마담이잖아. 그리고 그런 까다롭고 주목받는 사건은 아직 햇병아리한테는 어려워."

"……."

곰곰이 생각에 잠긴 유진의 얼굴을 보며 이 원장이 쐐기를 박듯 말했다.

"이게 내가 주는 벌이다."

벌이라면 어쩔 수 없겠지만……. 사회적으로 주목받는 사건의 경우 후에도 말이 많은 경우가 많기에 까다로웠다. 부검에 의혹을 제기하는 이들도 많고 직접 법원에 나가는 경우도 생긴다. 어디 그뿐인가. 언론에 시달리며 인터뷰를 해야 하는 경우도 허다했다.

어쩔 수가 없네. 유진이 한숨을 내뱉으며 고개를 끄덕였다.

"검시(檢屍:시체 검사)는 언젭니까?"

결심이 선 얼굴로 묻는 그의 모습에 이 원장이 그제야 두통이 조금 가시는지 고개를 끄덕인다.

"오늘."

"……내일 출근할 걸 그랬습니다."

유진이 미간을 와작 찌푸리며 말하자 이 원장이 소리 내어 시원하게 웃음을 내뱉으며 말했다.

"정말 애들 말대로 너한테 일 귀신이라도 붙었나 보지."

"……."

젠장. 유진이 속으로 욕을 내뱉으며 자리에서 일어났다. 그리고 즐거움이 넘치는 이 원장의 얼굴을 한껏 내려다보며 읊조렸다.

"국과수랑 결혼한 사람에게 그런 이야기는 듣고 싶지 않습니다."

"뭐야?!"

평생 국과수에 제 일생을 바치느라 제때 시집도 못 가 노처녀로 늙어가는 이 원장이 버럭 소리쳤다. 하지만 유진은 가볍게 허리를 숙인 후 원장실을 빠져나간다.

"나 참."

그가 사라진 문을 한참이나 바라보던 이 원장이 기가 찬 듯 헛웃음을 뱉었다. 그런 뒤 바짝 세우고 있던 허리를 느슨하게 소파에 기대며 천장을 바라보았다.

"환영한다."

돌아오지 않을 줄 알았는데.

그가 국과수에 돌아왔다.

푸른색 부검복을 입고 밖으로 나오던 유진은 마스크를 벗어 신경질적인 동작으로 주머니 안에 쑤셔 넣었다. 부검복 겉면에 묻어 있는 조직들과 붉은색 혈흔. 그가 오전 내내 얼마나 많은 부검에 참여했는지를 알려주듯 엉망인 모습이다. 흐트러진 머리카락을 손으로 쓸어 올리던 유진은 얼마 떨어지지 않은 곳에 서 있는 최인우 검사에게 걸음을 옮겼다. 방금 전 그가 본 부검의 담당 검사다.

"어떻습니까?"

"자가용해(몸속 분해 효소), 부패(외부의 부패균), 하체에는 백골화도 진행됐더군요."

손가락 열 개가 잘려 나가 지문으로 신원도 파악할 수 없는 사체는 서울 근교에서 발견된 후 많은 매스컴을 통해 알려진 사건이다. 이 원장이 자신에게 떠넘긴 또 하나의 일. 유진은 지금쯤 밖에

쫙 깔려 있을 기자들을 떠올리며 미간을 찌푸렸다.

"손가락은 톱으로 잘라낸 것 같습니다. 좀 더 자세하게 알아보기 위해 흉기분석과에 알아봐야겠지만요."

그때 허름한 차림의 남자가 다가왔다. 어젯밤에도 경찰서에서 잠을 잔 것인지 엉망으로 구겨진 옷과 제대로 씻지 못한 모습의 남자는 노원경찰서 류도혁 형사이다. 형사반에서 오랫동안 굴러먹은 남자는 그 생활이 길어지면 길어질수록 늘어나는 것은 담배뿐이라는 듯 온몸에서 담배 냄새가 풀풀 풍겼다.

"저희도 그렇게 봤습니다."

류 형사의 말에 유진이 고개를 끄덕였다. 검안(檢案:시체 관찰)으로 살펴본 결과 손가락 열 개 모두 거칠게 잘려 나가 있고, 한꺼번에 자른 것은 아닌 듯 잘려 나간 형태도 삐뚤었다.

유진은 벽에 걸린 시계를 보았다. 다음 부검까지 십여 분 정도의 시간이 남아 있다. 한숨을 내뱉은 유진은 건조해진 눈을 손가락으로 꾹 누르며 말을 이었다.

"사망 추정 시각은 이미 무의미해졌고…… 사체에 흙이 많이 묻어 있어 법유전자과에 분석을 협조해 두었습니다. 아마 결과는 일주일 안으로 나올 겁니다."

"일주일이나요?"

최 검사의 얼굴이 구겨졌다. 사안이 사안이니만큼 급하게 처리해 달라고 하긴 했으나 유진은 단호하게 고개를 내저었다.

"빠르게 처리하는 게 일주일입니다. 아시잖습니까?"

국립과학수사연구원은 늘 불이 켜져 있다. 과거에는 너무나 많은 업무량 때문에 제시간에 모두 처리할 수 없어 야근까지 불사했으나, 요즘은 과학의 기술 발달로 감정을 해야 할 분야가 세분화되었기 때문이다. 뭐, 물론 지금도 인력이 부족한 건 마찬가지지만. 더욱이 최근 굵직굵직한 사건들이 한꺼번에 너무 많이 밀려들다 보니 신경을 써야 할 것이 한둘이 아니었다.

"후우! 네, 알겠습니다."

이제 막 2년 차가 된 최 검사의 얼굴이 하얗게 질렸다. 왜 나에게 이런 사건이 떨어져서는. 부장검사를 원망하는 기색이 역력하다.

두 사람을 뒤로한 채 천천히 제 사무실이 있는 2층으로 향하던 유진이 이마에 맺힌 땀을 닦아냈다. 장장 한 시간 30분 동안 서서 사체 부검을 진행한 그다. 지치지 않는다면 사람이 아니다. 더욱이 아침에 두 건의 부검을 진행하고 점심을 먹고 난 후 쉬지도 못한 채 다시 부검대 앞에 서야 했던 그는 지친 기색이 역력했다. 곁에 다가온 어시스트가 건넨 가운을 받아 입은 유진이 말했다.

"몇 건 더 남았지?"

"세 건이요."

이제 막 입사한 지 1년 차가 된 햇병아리 부검의 강안나는 긴장한 얼굴로 유진의 안색을 살핀다. 제 퇴근 시간을 틀어쥐고 있는 그이니 긴장할 수밖에. 더욱이 소리 없이 화를 내는 사람이기에 저 무표정한 얼굴 뒤에 어떠한 반응이 튀어나올지 몰라 안나가 침을 꼴딱 삼켰다.

"그래? 알았다."

무심하게 툭 내뱉은 유진은 가운 주머니 속에 들어 있던 휴대전화를 꺼냈다. 그러다가 아직도 긴장을 풀지 않은 채 제 곁에서 어정쩡한 포즈로 서 있는 안나에게 말한다.

"10분 뒤에 2호실 맞지?"

"네? 네!"

"그래, 가봐."

시크한 그의 말에 안나가 허리를 꾸벅 숙인 뒤 기다란 복도 위를 총총 뛰어간다. 뒷모습에선 그에게서 풀려났다는 안도감마저 보인다. 하지만 유진은 안나가 어떠한 생각을 하든 상관없다는 듯 휴대전화를 켜 무료 문자 서비스 앱을 실행시켰다. 그러자 제일 위에 떠 있는 이름.

우리 심청이

부검실에 들어가기 전 보낸 메시지는 읽지 않음 표시가 되어 있다. 유진의 표정이 와작 구겨졌다.

"뭐야?"

왜 메시지 확인도 안 하고 그래? 유진은 청아와 자신이 주고받은 대화를 눈으로 훑으며 계속 구시렁거렸다.

〈청아야, 집은 잘 보고 있어?〉

〈어.〉

〈그래? 그럼 점심 같이 먹을까?〉

〈안 돼. 바빠.〉

〈나 밥 먹었어. 우리 청아는 뭐 먹었어?〉

〈백반.〉

〈나 지금 부검실 들어가. 저녁에 끝나고 뭐 할까?〉

"진짜 무뚝뚝해."

대구 여자 아니랄까 봐 메시지는 짧고 정확한 팩트만 전달하고
있다. 그 흔한 이모티콘 하나 사용하지 않은 문자들을 눈으로 쭉
훑던 유진이 입술을 삐죽 내밀었다. 평소에도 감정 표현 하나 없
이 자신을 구박하는 청아지만, 그건 문명의 기기를 이용하면 더욱
심각해졌다. 전화 통화에서고 문자 메시지에서고. 두 시간 전에
보내놓은 문자를 확인도 안 한 그녀에게 살짝 화가 나 홧김에 휴
대전화를 주머니 속으로 찔러 넣은 유진이 씩씩거리며 걸음을 옮
겼다. 그러다가 다시 슬그머니 주머니 속으로 손을 찔러 넣어 휴
대전화를 꺼낸다. 유진의 얼굴이 종잇장처럼 구겨졌으나 손가락
은 멋대로 움직이고 있었다. 마치 누군가가 그의 손가락에 실을
걸어놓고 움직이는 것처럼.

〈뭐 해? 바빠?〉

사무실을 코앞에 두고서 그녀가 문자를 읽기를 기다리길 한참.
액정이 꺼지고 켜지길 수십 번. 아무것도 하지 않았는데 배터리가
2%가 닳아서야 휴대전화가 징징 울리며 문자가 왔음을 알렸다.

〈어. 나중에 연락하자. 바쁘다.〉

뚱한 얼굴로 유진이 한참이나 액정을 노려보았다. 속으로는 '나쁜 것, 나쁜 것'이라고 외치고 있었으나 겉으로는 아쉬운 기색으로 입맛만 쩝쩝 다시고 있다. 한참을 그렇게 서 있던 유진은 코앞에 있는 사무실엔 들어가지도 못한 채 발길을 돌렸다. 하지만 자존심이 무엇인지 유진이 결국 툭 하고 말을 뱉었다.

"누군 안 바쁘나."

나도 바쁘다고. 몸이 부서져라 일을 하고 있단 말이야!

당장 전화라도 걸어 외치고 싶었으나 곧바로 부검에 들어가야 했다.

흰 가운을 휘날리며 걸음을 옮기는 그의 얼굴 위에 방금 전까지 머물던 힘든 기색은 이미 사라진 뒤였다.

부검실 앞에 멈춰 선 유진은 의아한 얼굴로 뒤를 보았다. 담당 검사의 얼굴은 그도 익히 알고 있는 인물이기 때문이다.

"배일호 검사 부장님께서 여기까지 웬일이십니까?"

"이번 사건, 내가 담당하게 됐네."

"네?"

유진이 놀란 눈으로 일호를 보았다. 국과수에선 감정 하나 흐트러지지 않으며 냉정함을 유지하는 그였지만, 이 상황에선 놀라지 않을 수가 없었다. 시선을 뒤로 돌린 유진은 또 다른 의외의 인물에 눈을 깜빡였다.

"김 반장님은 또 어쩐 일이십니까?"

"워낙 사안이 민감하지 않습니까? 강남서에서도 제가 담당했습니다."

형사반장 생활이 벌써 20년인 그까지 이번 사건을 담당하게 되었다니. 유진이 굳은 얼굴로 그를 보았다. 김창현이 유진의 시선에 고개를 끄덕였다. 오랜만에 일선에 나온 두 사람의 합작품이라니.

"……"

그제야 유진은 곁에 서 있는 안나에게서 사건 파일을 받아 들었다. 투명한 플라스틱 표지의 파일 안에는 사건 현장 사진과 함께 사건 번호, 담당 형사와 검사 이름까지 빼곡하게 적혀 있었다. 사진을 보는 순간 유진의 얼굴이 구겨졌다. 이 사진은 오늘 오전 이 원장의 사무실에서 본 것과 같았다. 한숨이 왈칵 터져 나올 것 같은 느낌에 유진이 입술을 꾹 다물었다. 그리고 구겨진 이마를 손가락으로 꾹꾹 누르며 말했다.

"보호자는요?"

"참관하겠다는 보호자가 없었습니다."

유진이 고개를 끄덕였다. 아이가 죽었고, 그 범인이 자신의 어머니인지 아니면 사랑하는 아내인지 알아보기 위한 부검이다. 그런 것을 굳이 두 눈으로 확인해 보고 싶은 아들과 남편은 없을 것이다.

"팀장님께서 부검을 집도해 주셔서 다행입니다."

일호의 말에 파일을 향해 있던 유진의 고개가 들렸다. 유진이 의아한 얼굴로 일호를 보자 그는 어깨를 으쓱인 뒤 말을 잇는다.

"최고의 부검의이시니 사안을 정확하게 판단해 주실 거라는 생각이 들어서 말입니다. 그런 얼굴로 보실 것 없습니다."

"……국과수 내에 있는 부검의는 모두 최고의 부검의입니다."

까칠하게 툭 내뱉은 유진이 얼떨떨한 얼굴로 서 있는 안나에게 파일을 건넸다. 그리고 주머니에 넣어둔 마스크를 빼 들던 그가 부검실로 향하려 하자 창현이 서둘러 유진의 발길을 붙잡았다.

"팀장님도 잘 알고 계시겠지만, 이번 문제는 언론에 알려지기엔 조금 사안이……."

"네, 압니다."

작게 고개를 숙여 인사한 뒤 부검실 안으로 들어가는 유진의 등이 굳어 있다.

밖에서도 안이 잘 보이도록 설계되어 있는 2호실은 한쪽 면이 통유리로 되어 있다. 보통 많은 부검의들이 참관해야 하는 민감한 사안을 주로 부검하는 이곳엔 벌써부터 몇몇 사람이 들어와 곧 있을 부검을 준비하고 있었다. 보통 부검을 할 때는 다섯 명이 한 조로 움직였는데, 부검 과정을 기록해야 하는 사람과 부검의가 제대로 부검을 집도하는지 증명해 줄 어시스트까지. 참관하는 어시스트와 검시관만 네 명에 달했다.

아직 부검이 이루어지지 않은 부검실. 세 명의 검시관이 곧 있을 첫 부검을 위해 서두르고 있었다. 시신이 부검실 안으로 들어오기 전 부검 도구를 소독하고 부검대를 정리해야 했다. 한 사람이 메스를 닦고 있을 때다. 문이 열리고 유진이 안으로 들어오자 세 사람은 하던 일을 멈추고 인사를 건넸다.

날카로운 감각이 그의 생각과 이성을 사각사각 좀먹는 기분이 들었으나, 부검대에 누워 있는 작은 몸체를 보자 이내 그의 신경이 잘 벼려진 칼날처럼 날카로워졌다.

부검대 앞에 서 있던 유진이 유리 쪽으로 고개를 돌리자 일호와 창현이 문을 열고 들어와 섰다. 벽에 걸린 시계를 확인한 유진은 정각 3시를 가리키고 있자 부검대의 반도 채 오지 않은 작은 아이를 바라보며 차디찬 어조로 말했다.

"시작합니다."

그의 말에 사람들은 양손을 모은 뒤 눈을 감았다. 부검에 들어가기 전 으레 올리는 묵념. 죽고 나서도 국과수에 온 그들의 영을 달래고 마지막으로 그들이 생전에 어떠한 일이 있었는지 가감 없이 모두 알려달라는 부탁이기도 했다.

짙은 속눈썹을 내리고 오랫동안 다섯 생애밖에 살지 못한 여린 남체에 유진은 바랐다. 너의 마지막 이야기를 내게 들려주렴, 하고.

눈을 뜬 유진은 자신을 바라보고 있는 사람들과 일일이 눈을 마주하며 말했다.

"검안 시작합니다."

유진이 허리를 숙이자 곁으로 다가온 안나가 파일에 있는 내용을 읊었다.

"이름 강정훈, 나이 5세, 엎어져 있는 상태에서 사체로 발견되었습니다. 일을 마치고 돌아온 친모에게 발견되었을 때 아이는 이미 숨을 쉬지 않고 있었다고 합니다. 외상 흔적으로는 좌상(挫傷:멍, 타박상)이 발견되었고, 경찰에서는 상습성학대(常習性虐待:상습학대, 고의성을 가지고 반복적으로 가해하는 육체적 학대)로 보고 있습니다."

안나의 말에 유진이 고개를 끄덕이며 아이의 팔을 들어 겨드랑이 쪽까지 자세히 살펴보았다. 온몸에 퍼져 있는 멍들은 색과 형태 모두 달랐다. 지속적으로 폭력을 당해온 아이는 결국 작은 몸으로 무자비한 어른들의 손길을 이겨내지 못한 것일까. 아이의 팔을 여전히 든 뒤 사다리 위에 올라가 사진을 찍고 있는 검시관을 유진이 힐끗 바라보며 말했다.

"여기, 여기, 여기."

유진이 손가락으로 아이의 멍 자국이 있는 곳을 가리켰다. 그러자 곧이어 플래시가 터지며 부검실 안을 밝힌다. 이번엔 반대쪽으로 돌아가 아이의 왼팔을 든 유진이 팔 안쪽에 나 있는 상처에 미간을 찌푸렸다.

"강 선생, 이리 와봐."

"네."

유진의 말에 안나가 재깍 그의 곁으로 다가왔다. 그리고 유진의 시선이 닿아 있는 곳을 보기 위해 허리를 숙인다.

"뭐로 보여?"

"어? 이건 교합손상(咬合損傷:물린 손상)으로 보이는데요?"

안나의 말에 유진이 고개를 끄덕였다. 정확하게 치아 자국이 나있다. 상처를 살피던 안나의 얼굴이 와작 찌푸려진다.

"아주 힘껏 물었나 보네요. 피까지 맺혀 있는 걸 보니."

"치아 상태로 봐선 어른이야. 어른이 아이의 몸을 이 정도로 강하게 물 일은 없지."

"네."

아마 범행 당시 문 것이 틀림없었다. 안나의 답에 유진이 위를 보자 이번에도 역시나 플래시가 터진다. 물린 손상은 치아의 형태를 반영하여 가해자를 판단하기도 했기 때문에 아주 중요했다.

허리를 든 유진이 걸음을 옮겨 아이의 상체와 하체, 그리고 발끝까지 꼼꼼하게 살펴본 후 머리 쪽으로 향했다. 목을 살펴보던 유진이 손가락으로 상처 부위를 가리켰다.

"사진 찍으세요."

목에 선명하게 남아 있는 액흔(扼痕:손 조임 자국).

손으로 목을 조른 자국은 범인이 누구인지 확실히 말해주고 있었다. 경찰과 검찰이 판단한 용의자가 아닌 다른 사람. 외부에서 작용한 강한 외력(外力)에 아이는 산소 결핍(酸素缺乏)으로 숨을 거둔 것이다. 몸 전반에 나 있는 멍 자국은 아이의 생을 괴롭히는 것이었을 뿐, 직접적인 살인 사인은 아니었다.

무거운 시선으로 아이를 보던 유진은 안나와 함께 시신을 뒤집었다. 아주 작고 나약한 시신은 너무나 가벼웠다. 아이의 등과 엉덩이까지 꼼꼼하게 살펴본 유진이 자리에 섰다. 그리고 이번엔 닫혀 있는 아이의 동공을 살폈다. 눈알에 점출혈(모세혈관이 파탄되어 발생한다)이 보이자 한숨을 쉰 유진이 말했다.

"각막 혼탁, 시체 얼룩, 굳음 정도를 보았을 때 사망 시기는 48시간 이전이네."

"네, 경찰에서도 출동하고 아이 상태를 보았을 때 사망 시각을 두 시간 이전으로 보았습니다."

유진이 안나에게서 사건 파일을 받아 현장 사진을 보았다. 그리고 읊조리듯 말한다.

"사망의 종류는 누가 보아도 타살인데……."

문제는 누가 범인이냐는 것이다. 평소 아이를 봐주던 할머니냐, 아니면 친모냐. 경찰에서는 며느리와 아들이 가여워 할머니가 허위 자백을 하고 있다고 보았기 때문에 할머니가 말한 '목 조임사'인지에 대한 판단 여부가 가장 중요하였다. 차트를 건넨 유진이 옆으로 손을 내밀었다. 그러자 안나가 그의 손바닥 위에 메스를 올려준다.

"절개 시작합니다."

자세를 잡은 유진은 거침이 없었다. 왼손으로 아이의 상체를 고정한 후 오른손에 든 메스로 거침없이 상체를 절개한 뒤 조직 색과 혈액을 관찰했다. 암적색을 띠는 혈액을 본 유진은 순간 뇌리를 스치는 생각을 털어냈다.

유진이 걸음을 조금 옮겨 한 줌도 안 돼 보이는 가느다란 아이의 목을 보았다. 검안 때 이미 발견한 선명한 액흔을 보던 그가 조심스레 메스를 들어 섬세하게 절개에 들어갔다. 얇은 표피 조직(피부의 단면을 구성하는 세 가지 층 중 하나. 표피, 진피, 피하조직)을 벗겨내 관찰한 뒤 근육 조직까지 아주 얇게 잘라내어 관찰했다. 보통의 부검보다 더 섬세하게 시신을 부검한 그는 근육 사이에 고여 있는 피에 허리를 들었다.

"근육내출혈(筋肉內出血:근육 사이 출혈)과 근육간출혈(筋肉間出血:근육 속 출혈) 모두 관찰됩니다."

찰칵, 찰칵—

플래시가 연신 터진다. 그와 함께 그의 시야도 뿌옇게 변하기 시작했다.

"사인은 경부압박질식사(莖部壓迫窒息:압박의 도구나 방법에 따라 의사, 교사, 액사). 사망 종류는 타살."

그의 입에서 나오는 말은 거침이 없었다. 그의 말을 빠르게 차트에 옮기는 안나의 손길에도 거침이 없다. 하루에도 몇 번이나 마주하는 시신들. 하지만 오늘 이 자리에 있는 모두가 참담한 기분이 되는 건 사체가 너무나 어린 나이에 이곳에 왔기 때문이다.

유진은 재빠른 손길로 장기를 분해해 안나에게 건넸다. 작은 폐를 받아 든 안나가 참지 못하고 입술을 달싹인다. 너무나 작았다. 몸속에 있는 장기들도 미처 다 자라나지 못한 것들이다.

"범인이……."

그녀가 말을 끝맺지 못했다. 그리고 완벽하게 부검을 끝낸 유진 또한 아무런 말을 하지 못했다. 부검대의 반도 오지 못하는 작은 사체를 보던 유진이 차디찬 목소리로 말했다.

"봉합하세요."

"네, 알겠습니다."

그가 할 수 있는 것은 여기까지였다. 아이의 사인이 무엇인지 밝혀낸 것만으로도 그는 감사해야 했다. 저 아이의 죽음을 안타까워하고 애도하는 것은 그가 할 일이 아니었다.

그렇다면 이 생활을 계속 지속해 나가지 못할 테니까.

그가 냉철하고 단단한 모습으로 부검실을 나가자 방금 전까지 숨도 쉬지 못하던 검시관들이 숨을 훅 하고 뱉어냈다. 그리고 안타까운 얼굴로 아이의 사체를 내려다보는 안나가 카메라를 살피던 정찬우 검시관에게 물었다.

"팀장님은 슬프지도 않은 걸까요?"

난 애가 가여워 죽겠구만. 이어진 안나의 말에 찬우가 고개를 돌려 보았다. 이 햇병아리 부검의는 아이의 사체를 봉합해야 한다는 사실도 잊은 채 멍하니 서 있다.

"안나 선생, 내가 국과수 생활 20년이란 이야기는 들었지?"

"네? 네."

그의 말에 부검 도구들을 정리하던 다른 사람들의 시선이 찬우에게 향했다. 그의 입에서 나올 말이 꽤나 궁금한 듯 보인다. 그러자 그는 두 눈을 감은 채 얼룩덜룩한 시반(屍斑:사후에 시체의 피부에서 볼 수 있는 옅은 자줏빛, 또는 짙은 자줏빛의 반점)으로 뒤덮인 작은 사체를 보며 말했다.

"내가 생전 부검의가 부검 도중에 토 쏠려서 뛰쳐나가는 건 봤어도 부검대 앞에서 펑펑 우는 건 그때 처음 봤잖아."

"네?"

"울었다고. 처음에 국과수에서 노유진 팀장이 부검했을 때 말이야. 그 사람 CSI에서도 많은 집도를 했는데, 한국 사람이라서 느낌이 다르다고 하더라."

마치 내 가족처럼 느껴진다나 뭐라나. 할머니 사체를 붙잡고 어찌나 우는지. 그때 다들 말리느라 고생깨나 했어.

찬우의 말에 안나가 놀란 듯 눈을 크게 뜬다. 분명 마스크 너머의 입도 쩍 벌어져 있으리라. 그 모습이 뭐가 그리도 우스운지 찬우가 껄껄 웃음을 터뜨리더니 이내 개구쟁이처럼 웃었다.

"이 말, 내가 해줬다는 거 비밀이다?"

안 그럼 내가 그 서릿발처럼 차가운 눈에 얼어 죽어요. 이어진 뒷말에 안나가 자신도 모르게 고개를 끄덕였다. 그녀는 마치 귀신이라도 본 듯한 얼굴이었다.

벽에 걸린 시계를 보니 벌써 작은바늘이 일곱 시를 가리키고 있다. 하루 종일 연락이 없던 청아에게서 온 연락에 빠르게 퇴근 준비를 서두르던 유진은 서랍장을 열어 안에 있던 지갑과 차 키를 챙겼다. 그러다가 서랍 구석에 놓여 있는 담배를 발견하곤 집어 들었다.

"후."

오늘 같은 날엔 정말 담배 생각이 간절했다. 복잡한 생각을 잠시 잊게 해주는 덴 술이나 담배만 한 것이 없었으니까.

유진이 한참이고 망설이는 얼굴로 하얀 담배를 보다가 결심이라도 한 듯 찌그러뜨려 휴지통으로 던져 넣었다. 청아가 하지 말라는 일은 하고 싶지 않았다. 자신의 욕구가 아무리 강하더라도 말이다. 책상 한편에 아무렇게나 놓여 있는 사탕 하나를 입에 문

유진이 사무실 밖으로 나갔다. 입안에 든 왕사탕은 너무 달아 입천장과 혀가 얼얼해질 지경이었지만 그는 뱉지 않았다.

빠르게 국과수를 벗어난 그는 곧장 주차장에 세워둔 차에 올랐다. 집에 가서 살펴봐야 할 서류까지 들어 있어 가방은 제법 묵직했다. 하지만 그녀에게 향하는 길이다. 국과수에서 어떠한 사건을 맡아 오늘 하루 어떠한 기분으로 지냈는지 정도는 잊을 정도로 마음이 들뜬다. 빠르게 달리던 차량은 어느새 번잡한 도로 위에 멈춰 섰다. 퇴근 시각 꽉 막힌 도로에 유진이 핸들을 손가락으로 톡톡 두드렸다. 초조함이 느껴진다.

그렇게 달리고 멈추길 반복하던 차는 어느새 높은 언덕이 주를 이루는 동네 지하철역에 멈춰 섰다. 지방에서 서울로 올라오자마자 제일 먼저 자리 잡는다는 신림 일대는 퇴근하는 사람들로 지하철역은 물론, 버스정류장까지 복작이며 많은 사람들이 모여 있었다. 엄청난 인파 속. 그 속에서 용케도 청아의 모습을 찾아낸 유진이 부드럽게 차를 세웠다.

보조석 문을 열고 올라탄 청아가 지친 기색이 역력한 얼굴로 의자에 등을 기댔다. 눈가까지 파르르 떨리는 것을 보니 오늘 하루 강행된 일정에 많이 고단하였나 보다.

"집은?"

"뭐, 그럭저럭 봤어."

수심이 깊은 얼굴. 서울에 전세난이 심하다는 이야기를 뉴스로 접해 듣긴 하였으나 이 정도일 줄은 몰랐다. 그녀가 서울의 모든 생활을 정리하고 대구로 내려갔을 때보다 어떤 지역은 족히 수천만 원이나 올라 있었다. 뉴스를 보았을 땐 남의 일이겠거니 생각하며 단순하게 넘겼는데, 막상 닥쳐 보니 눈앞이 캄캄해지고 하루 종일 걱정에 밥도 제대로 먹지 못했다.

이젠 어쩌지? 한숨을 푹 내쉬는 청아의 모습에 유진이 걱정스러운 기색이 역력한 얼굴로 물었다.

"집값 많이 올랐지?"

"이건 집을 시멘트로 지은 건지 금으로 지은 건지 모를 정도야. 야, 무슨 전셋값이 2억이나 하냐고."

"응, 그래그래."

"너 지금 대답에 성의가 없다?"

하루 종일 스트레스로 보낸 청아의 목소리가 절로 날카로워졌다. 그러자 유진이 곁에 있던 가로수 불빛에 빛나는 청아의 눈동자를 바라보더니 팔을 뻗어 그녀의 뒤통수로 뻗었다. 커다란 손이 뒤통수를 움켜쥔 뒤 제 쪽으로 끌어당긴다. 그런 뒤 고개를 내려 혀를 내민 그가 청아의 입술을 가르고 안으로 들어온다. 제 입속에 있던 청포도 맛 사탕을 청아의 입속으로 밀어 넣은 유진이 피식 웃음을 내뱉었다.

"달지? 짜증 좀 가라앉혀."

"너……!"

버럭 소리를 지르면서도 청아는 제 입안으로 들어온 사탕을 혀로 굴려 맛보았다. 하루 종일 당이 부족했던 것일까. 울컥 올라왔던 가슴이 가라앉는다. 후, 한숨을 내뱉은 청아가 입안에서 사탕을 데굴데굴 굴린다. 혀가 저릴 정도로 달콤한 맛에 찡긋 구겨졌던 콧잔등도 곱게 펴진다.

청아의 표정을 살피던 유진이 운전석에 편히 몸을 기대며 물었다.

"음, 솔직하게 말해줘?"

"그래, 말해봐."

그가 제법 진지한 얼굴로 말하자 청아가 군말 없이 고개를 끄덕인다. 흐음, 한숨을 뱉은 유진은 팔짱을 낀 뒤 팔목까지 걷어붙여 드러난 살 위에 제 손가락을 두드린다. 그리고 제 머릿속에 있던 내용을 가감 없이 말했다.

"전세 2억이면 서울에서 괜찮은 거야."

"……."

"집 잘 봤네."

그의 말에 청아가 말문이 막힌 듯 눈을 동그랗게 떴다. 자신의 통장 잔고를 떠올리던 청아가 이마를 짚었다. 서울에선 턱도 없을 금액. 당장 출근해야 하는 터라 가슴은 더욱 답답해졌다. 한동안 돈 걱정을 하지 않고 제법 여유로운 생활을 했는데 이젠 그것도 다 옛말이 되었다.

"……오, 젠장. 일산 쪽으로 나가야 하나."

청아가 혼잣말을 내뱉었다. 하지만 목소리가 제법 커서 유진이 들을 수 있을 정도는 되었다. 등을 기댄 채 고개만 돌려 고민에 빠진 청아를 보던 그가 진중한 어조로 말했다.

"같이 살까?"

"뭐? 이건 또 무슨……."

'잡소리야?' 라고 외치려던 청아는 곧이어 나온 유진의 말에 입

380 코마

을 꾹 다물어 버렸다.

"공짜로 살게 해주겠다는 거 아니야. 이번에 형이 결혼해. 그 넓은 집에서 혼자 살게 되었고. 월세 내면서 살면 되잖아."

"그게 말이 돼?"

제법 보수적인 청아가 딱딱한 어조로 말했다. 사귀는 사이에, 남녀 사이에 같이 살다니. 이건 동거였다. 아무리 그녀가 월세를 낸다 하여도. 하지만 유진은 다시 한 번 생각해 보라는 듯 설득하는 어조로 말했다.

"청아 너는 출퇴근 시작하면 집에 있을 시간이 거의 없잖아. 그건 나도 마찬가지야. 그런데 집을 일산 쪽에 구하겠다고? 너 출퇴근은 어떻게 할 건데?"

야근을 밥 먹듯이 할 거고, 갑자기 비상 콜이 올지도 모른다. 이런 상태에서 병원과 멀리 떨어진 곳에 집을 구한다는 것은 말이 안 됐다. 그걸 청아도 잘 알고 있긴 했으나 그래도 내키는 제안은 아니었다.

앤 언제부터 이렇게 이성적이게 말을 잘하게 됐니? 속으로 구시렁거리던 청아가 고개를 홱 돌렸다. 지금 당장 답을 내리기 힘든 문제를 직면했을 때 그녀가 습관처럼 하는 행동. 그래서 유진은 더 이상 그녀를 몰아붙이지도, 닦달하지도 않았다.

핸들을 잡은 유진이 부드럽게 차를 출발시켰다. 저녁이 되어 더욱 환한 빛을 내뿜는 도시의 야경 속에 청아와 유진은 아무 말도 없이 입을 꾹 다물고 있었다. 무거운 침묵. 음악도 켜놓지 않은 작은 공간. 청아는 그가 좋게 생각하여 말한 문제를 너무 딱 잘라 거절한 것은 아닌지 걱정했다. 그가 이상한 소리를 한 것도 아닌데.

후, 한숨을 내뱉으며 무슨 말을 해야 할지 청아가 고민하고 있을 때다. 먼저 운을 뗀 것은 그였다.

"오늘 바로 내려갈 거야?"

"아니. 너희 집에서 신세 좀 지자."

내일까지 집을 구해보고 안 되면 다른 길을 알아봐야 할 것이다. 부담이 되더라도 은행권에서 대출을 받는 방법도 있었다. 인상을 찌푸리며 차창 밖의 세상을 보던 청아는 이 많은 아파트 중에 제 몸 하나 누일 곳이 없다는 사실에 괜스레 울적해졌다. 그때 곁에서 들려온 밝은 목소리에 청아의 고개가 돌아갔다.

"진짜?"

방금 전의 표정과는 달리 밝아진 유진의 얼굴엔 기쁨이 서려 있다. 그녀와의 이별을 잠시 미루는 것이 좋다는 듯. 하지만 그 모습에 괜히 부끄러워진 청아는 투덜거리는 어조로 말했다.

"뭐 그리 좋아하냐? 객식구가 그렇게 좋아?"

"어."

짧게 내뱉은 유진은 신호가 멈춘 틈을 타 고개를 돌려 청아를 보았다. 짧은 그의 답을 이해하지 못한 청아의 의아한 시선에 그가 눈살을 찌푸려 애원하는 어조로 말했다.

"그냥 우리 집으로 들어오면 안 돼?"

"조용히 좀 하자, 유진아?"

장난스럽게 말을 해보았지만 김청아는 쉬이 넘어오지 않았다.

유진은 제 마음을 피력했다.

"너도 알잖아. 나도 바쁘고 너도 바빠. 아무리 같은 서울 하늘 아래 있다고 하더라도 자주 못 만날 거란 말이야."

"왜? 하루라도 안 보면 가시라도 돋을까 봐?"

청아가 가벼운 어조로 툭 내뱉는다. 그럼에도 유진은 진지한 얼굴로 천천히 고개를 끄덕이며 말했다.

"어."

그는 진심이었다. 매일 그녀와 함께 있고 싶었다. 바쁜 일상 속에서도, 한가한 주말에도 늘 그녀와 함께 있고 싶은 마음이 컸다. 그 마음을 몰라주는 청아가 조금은 야속하게 느껴졌으나 어찌 되었든 동거라는 문제는 쉬이 결정할 수 없는 문제였다.

청아가 아직 자신에 대한 믿음이 부족해 그런다는 것을 알기에 유진은 여기서 멈춰야 한다는 것을 알았다.

"그런 사람이 나 버리고 8년 동안이나 연락이 없었어?"

유진의 입술이 꾹 다물렸다. 그리고 순식간에 눈동자에 상처가 어린다. 가슴이 지끈거려 자신도 모르게 팔을 올려 가슴을 꾹 누르는 모습에 청아 또한 표정이 굳었다. 아차 싶은 얼굴이었다.

"미안해."

그녀의 말에 유진이 이해한다며 고개를 내젓는다. 어찌 그녀를 이해하지 않을 수가 있겠는가. 입장을 바꿔 생각해 보면 충분히 이해하고도 남을 일이었다.

그의 표정에 청아가 한숨처럼 말했다.

"밥 먹고 들어가자."

답을 하는 대신 고개를 끄덕인 유진이 팔을 뻗어 청아의 몸을 당겨 안았다. 그녀의 정수리에 입술을 꾹 내리누른 그가 우울한 목소리로 읊조렸다.

"사랑해 줄게."

지난 시간을 모두 보상할 정도로, 지난 시간에 하지 못했던 것들을 모두 다 해줄 것이다. 유진은 마음속으로 그렇게 다짐하고 또 다짐했다. 본의 아니게 그의 가슴에 귀를 댄 청아는 터질 듯이 뛰는 심장 소리에 눈을 지그시 감았다. 뺨은 달아오르고 그녀의 심장도 그에 맞춰 미친 듯이 뛰기 시작했으나 그녀의 입술에서 흘러나오는 목소리는 무심했다.

"됐어. 저리 가."

느끼해졌어, 너. 청아의 말에 유진은 몇 번이나 정수리에 소리 내어 입을 맞췄다. 그리고 입술로 연신 말한다. '사랑해, 사랑해, 청아야'라고. 달콤한 그 말에 청아 또한 입술을 달싹여 답을 해주려고 할 때였다. 신호가 파란불로 바뀌었는데도 차가 출발하지 않자 뒤에서 빵빵 클랙슨 소리가 들려온다. 아쉬움에 청아의 몸을 놓아준 유진이 정면을 주시하며 말했다.

"앞으로 진절머리가 날 정도로 사랑해 줄 거야. 네 마음속에 있는 가시가 다 뽑혀 나갈 때까지."

곧은 그의 시선처럼 그의 마음도 언제나 청아만을 향해 있었다.

1박 일정이 될 줄 몰랐기에 간편한 옷도 챙겨오지 못한 청아는 옷방에서 멀뚱하니 서 있었다. 멍청하게 하루 만에 집을 구할 수 있다고 순진하게 생각했던 제 자신의 머리통을 후려치고 싶은 심정이다. 유진에게 편안한 옷을 받았지만, 상의고 하의고 제 몸에는 턱없이 컸다. 청아의 얼굴이 심란함에 굳어졌다. 유진이 마른 축에 속한다 하더라도 어찌 되었든 남자. 더욱이 옷을 입었을 때는 조금 말랐나 하는 생각이 들지도 모르나 벗겨놓고 보면 달랐다. 한 날은 너무나 좋은 그의 몸에 운동은 언제 하느냐고 물어본 적이 있는데 시도 때도 없이 한단다. 그러면서 한다는 말이,

　"일하려면 체력도 있어야지."

　였다. 그답지 않은 말에 놀란 것도 잠시, 그가 이제 스물다섯의 떼쟁이 노유진이 아닌 서른네 살의 국과수 팀장이라는 사실이 확 와 닿았다. 그는 더 이상 학생이 아니었다. 자신의 일터가 있는 사람이고, 자신이 책임져야 하는 팀원도 있었다.

　입으면 포대자루 걸친 것같이 보일 것이 빤한 옷을 들고 한참이나 고민하던 청아가 저녁으로 먹은 삼겹살 냄새가 가득 밴 옷을 벗었다. 반팔 티셔츠를 입자 일부러 박스티를 원피스처럼 입은 것 같은 꼴이다. 전신거울에 비친 자신의 모습에 청아가 순간 울컥 말을 내뱉었다.

　"이게 뭐야, 정말."

　마치 아빠 옷을 빼앗아 입은 아이 같다. 굳이 바지를 입지 않아

도 허벅지를 훌쩍 넘어가는 길이었으나 그녀는 꼿꼿하게 바지까지 챙겨 입은 뒤 걸음을 옮겼다. 바닥에 질질 끌리는 바짓자락을 가위로 댕강 잘라내 버리고 싶은 것을 겨우겨우 억누르며.

문을 열고 밖으로 나가자 거실 소파에 앉아 서류를 살펴보던 유진의 고개가 들린다. 그녀에게 와 닿는 시선이 처음에는 또렷했다가 이내 멍해진다.

"……무슨 코스프레?"

유진이 멍하니 물었다. 그러자 청아의 이마가 꿈틀거렸다. 저 인간이 지금 무슨 생각을 하고 있는 건지. 예전에는 직설적이고 순진했던 그가 이젠 능글맞고 변태 같아져 가끔은 감당이 안 될 때가 있었다. 바로 지금처럼. 양 뺨을 붉힌 청아가 버럭 소리쳤다.

"변태야, 그 입 다물어!"

"……응? 알았어. 그런데 입 다물면 말을 할 수가……."

"벌어진 턱 다물라고!"

청아가 일갈했다. 그리고 걸음을 옮길 때마다 발바닥에 닿는 바짓자락이 불편한지 허벅지 부분을 잡아 위로 끌어 올리며 힘차게 걸음을 옮겼다. 청아가 신경질적으로 맞은편에 자리 잡고 앉자 유진은 들고 있던 서류를 테이블 위에 올려두었다. 내일까지 모두 살펴보고 부검소견서를 작성해야 했으나, 그녀가 가까이에 오자 옅게 코끝에 닿는 달콤한 향에 일에 집중할 수가 없었다.

청아는 그가 방금 내려놓은 서류를 힐끗 보며 물었다.

"뭐야?"

"음, 오늘 부검 진행한 거."

"흐음, 그래?"

일이라 하자 청아는 크게 관심을 두지 않는 모양이다. 아니, 관심을 두지 않으려 하는 모양이다. 그가 일하는 국립과학수사연구원 대부분의 일이 비밀로 진행되어야 하기에 외부로 새어 나가면 안 되기 때문이다.

청아가 소파 위에 양반다리를 하고 앉는 것을 보며 유진이 팔짱을 끼며 말했다.

"청아야."

"음, 왜?"

유진의 앞에 놓여 있는 머그잔을 빼앗아간 청아가 조금 식은 커피를 호로록 마시며 말했다. 다디단 커피에 미간을 찌푸린 것도 잠시, 곧 가라앉았던 기분이 들뜨자 다시 한 모금 더 마셨다. 노유진의 커피 취향은 8년이 지난 지금도 여전했다.

"오늘 여덟 건을 집도했어."

"으아, 너희 원장도 원장이다. 엄청 부려먹네."

청아의 얼굴이 구겨졌다. 하루 평균 다섯 건에서 여섯 건 정도 진행하는 것을 보았을 때, 출근 첫날부터 너무 많은 부검을 집도한 것이다. 하지만 국과수 내에서도 손이 빠르고 정확한 것으로 유명한 노유진이 아닌가. 그는 이 정도는 별일 아니라는 듯 가볍게 고개를 저은 뒤 말을 이었다.

"처음 건은 황혼 육아로 시어머니가 며느리를 살해한 사건이었어. 남편이랑은 2년 전에 사별했다더군. 피해자도 아이를 키우기 위해 일을 해야 하는 상황이었어. 두 번째 건은 아들이 친모를 살인한 사건. 친모가 치매였거든. 세 번째 사건은……."

유진이 오늘 부검했던 일을 줄줄 읊어댔다. 그러자 청아가 중간에 그의 말을 막았다.

"하고 싶은 말이 뭐야?"

"그리고 요즘 최고의 이슈라는 사건도 하나 맡았어. 아이가 상습적인 아동 폭행을 당하고 죽었는데, 범인이 누군지 확실하지 않은 사건. 하지만 할머니 아니면 엄마…… 둘 중 하나야."

"……."

"김청아, 넌 가족이 뭐라고 생각해?"

아주 원초적인 물음에 청아의 고개가 옆으로 기울었다. 하지만 그는 답을 원한 질문이 아니었는지 곧이어 말을 이었다.

"난 말이야, 가족이라고 하면 아주 복합적인 생각이 들거든. 무조건 내 편이 되어주는 사람이기도 하지만 타인보다 더 잔인한 사람이 되기도 하는 것."

"……."

"늘 함께 있어 소중한 것을 몰라 잔인한 짓을 하기도 해. 난 오늘 그걸 절실하게 느꼈어."

그의 얼굴은 차디차게 굳어 있었다. 읊조리는 목소리에도 역시나 감정이 실려 있지 않다. 들고 있던 머그잔을 테이블 위에 조심스럽게 올려둔 청아는 늘 생기로 빛나던 눈동자가 싸늘하게 식어 있자 한숨을 폭 내쉬었다.

이 아이의 가슴속에는 얼마나 크고 깊은 굴이 있을까. 그렇게 생각할 때면 답답한 마음이 드는 한편 그가 안쓰러워진다.

"내가 무슨 말을 해주길 원해?"

"음……?"

유진이 말꼬리를 늘렸다. 그러자 청아는 피식 웃으며 말했다.

"너 나한테 결혼하자고 했잖아. 부부도 가족이야."

"……."

미처 생각해 보지 못한 문제라는 듯 굳어 있던 그의 어깨가 아래로 축 늘어졌다. 그 모습을 두 눈에 담고 그가 자신을 뚫어져라 바라보는 눈동자를 피하지 않은 채 청아가 말을 이었다.

"난 말이야, 그렇게 생각해. 부모님이 어릴 적 피치 못할 사정으로 이혼을 했을 때, 엄마의 삶도 있는 거겠지…… 그렇게 생각했어. 그래서 엄마가 내 손을 잡고 울면서 미안하다고 했을 때 같이 울었지만 고개를 끄덕였어. 가라고."

"……청아야."

그녀의 얼굴이 슬퍼지자 유진이 이름을 부른다. 그러자 청아는 어깨를 으쓱이더니 이미 다 떨궈낸 슬픔이라는 듯 말을 이었다.

"그 순간이 마지막이라는 걸 알아서 눈물이 났지. 엄마가 미워서 눈물이 나거나 그런 건 아니야."

그렇게 가족이 해체되었다. 두 사람 다 소중한 부모님이지만 그녀는 아버지 곁에 남았고, 아버지가 자신을 홀로 키우며 얼마나 힘들어했는지 곁에서 지켜보아야 했다. 처음에는 자신이 짐처럼 느껴져 스스로가 거치적거릴 때도 있었다. 하지만 지금은 아니었다.

"엄마도 엄마의 사정이 있는 거라고, 그건 가족이라는 틀로도 어쩔 수 없는 거라고 그렇게 생각했어."

그리고 아버지는 분에 넘치는 사랑을 내게 주셨어. 내가 가지고 싶다는 건 다 사줬고, 내가 하고 싶다는 건 다 가르쳐 줬어. 그러다가 더 이상 본인이 감당이 안 되니 날 더 잘 키워줄 수 있는 분께 보낸 거고. 하지만 그땐 아버지에게 서운한 마음은 들지 않았어. 아버지가 나 때문에 본인의 삶은 돌아보지 못하고 있다는 걸 알았거든.

기나긴 말을 마친 청아가 유진을 보았다. 목이 따끔거리고 갑작스럽게 꺼낸 과거에 머리가 핑 도는 느낌이지만 그녀는 말을 멈추지 않았다. 그리고 방금 전의 문제로 돌아가 말했다.

"그 사람들이 정말 가족이라서 그들을 죽였을까? 내가 보기엔 아니야. 그 사람들은 마음에 병이 있어서 굳이 가족이 아니더라도 다른 사람을 죽였을 거야."

"그랬…… 을까?"

그래. 청아가 짧게 일갈했다. 그리고 말을 이었다.

"살인자는 그냥 살인자야."

그녀가 말을 마치자 거실 안에 기나긴 침묵이 흘렀다. 일그러진 그의 표정에서 아픔이 느껴진다. 그 아픔은 청아에게까지 전해져 가슴을 울렸다.

청아가 양팔을 벌리며 말했다.

"이리 와. 좀 안아보자."

그 말에 유진은 별말 없이 엉덩이를 떼어 그녀의 곁으로 다가갔다. 그리고 바닥에 무릎을 굽힌 후 청아의 무릎 위에 얼굴을 내렸다.

"청아는 정말 현명해."

청아가 넓은 그의 등 위로 손을 내렸다. 무릎 사이에 얼굴을 묻은 그의 얼굴은 볼 수 없으나 얼마나 복잡한 감정으로 물들어 있을지는 안 봐도 비디오였다. 천천히 손을 움직인 청아가 그의 등을 토닥였다. 토닥토닥. 그의 슬픔이 조금이라도 멀어질 수 있다면 밤새도록 이렇게 두드릴 수 있을 것만 같다.

"힘드니? 일 말이야."

그녀의 물음에 유진이 곧장 고개를 저었다. 그리고 고개를 조금 들어 그녀의 배를 끌어안아 얼굴을 묻었다. 그의 입술에서 한숨처럼 흐린 어조의 말이 흘러나온다.

"그냥 오늘은 좀 힘든 날이었어. 가끔은 그런 날이 있잖아. 내가 선택한 일에 대한 후회가 들 때."

각오하고 시작한 일이다. 오늘보다 더 힘든 날도 많았고, 정신적으로 무너져 내린 날도 많았다. 하지만 오늘 유독 더 힘들고 괴로운 것은 곁에 제 마음을 털어놓고 위로받을 상대가 있기 때문이다. 그녀에게 위로받을 수 있으니 가족에게도 꺼내놓지 못했던 말을 마구 쏟아내었다.

"국과수는…… 사람의 가장 밑바닥을 보는 곳이니까. 가해자가 보인 밑바닥이 뭔지 알아내는 곳이니까……. 그냥 조금 힘들었어."

"그래서 후회하니?"

청아의 물음에 유진은 망설임 없이 고개를 저었다. 후회를 한 적은 없다. 다만 조금 힘들 뿐. 그의 고갯짓에 청아가 그의 등을 쓸어내렸다. 마치 얹힌 사람에게 해주듯 힘껏 쓸어내리고 또 쓸어내리며 그의 가슴 언저리에 맺혀 있는 상처가 아래로 쏙 내려가길 바랐다.

"그럼 됐어. 너 지금 아주 잘하고 있으니까 몸에 힘 좀 빼고."

청아의 말에 유진은 고개를 들어 청아의 가슴에 코를 박았다. 그리고 피식 웃음을 내뱉었다.

"고마워, 청아야."

숨을 힘껏 들이마시자 청아의 향이 코를 타고 들어와 온몸으로 번져 나간다. 그의 입꼬리가 부드럽게 휘고 기분 좋음에 눈빛 또한 반짝 빛난다.

"내 색시 삼았으면 좋겠네."

"오늘은 여기까지만 하자. 어?"

청아의 경고가 들려왔으나 지금의 그에겐 아무런 소리도 들리지 않았다. 커다란 티셔츠를 들어 올려 얼굴을 그 안으로 밀어 넣은 유진이 혀를 빼 가슴골 사이를 핥았다. 청아의 몸이 움찔움찔 떨리고 몸이 뻣뻣하게 굳어가는 것이 느껴진다.

혀를 길게 빼내어 브래지어 때문에 한껏 모인 가슴 사이를 핥은 유진이 브래지어를 살짝 내려 삐죽 튀어나온 가슴의 정점을 입안에 머금었다. 그러자 청아의 입에서 달큰한 신음이 터져 나온다.

"아!"

파르르 떨리는 몸이 귀엽다. 자신의 혀끝에서 연신 춤을 추는 그녀의 몸짓이, 반응을 하는 입술이 너무나 사랑스럽다. 유진은 두 가슴을 한데 모아 젖꼭지를 입안에 머금은 뒤 사탕처럼 굴렸다. 그러자 청아의 팔이 유진의 어깨를 힘껏 붙잡는다.

손을 내린 유진은 헐렁한 허리춤 사이로 찔러 넣은 뒤 속옷의 겉면을 손가락으로 살살 문질렀다. 이미 축축하게 젖은 속옷은 곧 있을 관계의 기대감 때문인지 뜨겁기까지 했다. 제 손끝에 느껴지는 여성을 계속해 어루만지던 유진이 곧 속옷 밑으로 손을 찔러넣어 축축한 여성 안으로 파고들려고 할 때였다.

딩동—

초인종 누르는 소리에 유진과 청아는 일시 정지가 되어버렸다. 곧 정신을 차린 청아가 화들짝 놀란 얼굴로 유진의 몸을 밀어냈고, 유진은 엉덩방아를 찧으며 현관문을 바라보았다. 청아가 당황한 기색이 역력한 얼굴로 물었다.

"뭐, 뭐야?"

유진의 시선이 인터폰으로 향했으나 방문자의 얼굴은 화면에 나오지 않았다.

"형 오늘 하프타임이어서 강원도 갔는데……."

미처 말을 끝맺기도 전이다.

띠띠띠띠—

현관에서 비밀번호를 누르는 소리가 들려오기 시작했다. 갑작스러운 방문자는 유진의 집 비밀번호 여덟 자리를 정확하게 누른 후문을 열고 안으로 들어왔고, 곧 그들의 몸짓에 센서등이 켜졌다.

"얘가 어딜 간 거……."

현관으로 들어서던 사람이 화들짝 놀라 말을 멈췄다. 아무도 없을 것이라 생각했던 집 안에 사람이 있었기 때문이다.

노란 불빛 아래 있는 두 사람, 그리고 거실에 멍하니 앉아 있는 두 사람.

네 사람 사이에 잠시 침묵이 흘렀다.

"유진아, 내가 혹시 네 시간을 방해한 거니?"

귀밑으로 종긋 내려오는 머리카락을 가진 여성이 양 뺨을 붉히고 앉아 있는 청아를 보며 물었다. 그녀의 목소리에 퍼뜩 정신이 든 유진이 자리에서 벌떡 일어나며 외쳤다.

"어, 어머니?"

"어머니라고?"

유진의 말에 청아도 화들짝 놀라 자리에서 벌떡 일어났다. 그들의 빠른 반응과는 달리 본의 아니게 아들의 연애 현장을 목격하게 된 운혁과 다미는 현관문에 서서 집 안으로 한 발자국도 움직이지 못했다.

뒤늦게 정신을 차린 다미가 양팔을 벌리며 얼떨떨한 표정을 짓고 있는 유진을 향해 외쳤다.

"아들아, 서프라이즈~"

"……."

"……."

어떻게 해도 분위기는 수습되질 않는다.

소파에 앉아 있는 세 사람 사이로 침묵이 흘렀다. 유진은 상석에 앉아 있는 아버지 운혁을 보며 어색한 웃음을 짓다가 고개를 옆으로 돌려 맞은편에 앉아 있는 다미와 시선을 마주했다. 다미는 어떠한 생각을 하고 있는지 알 수 없는 얼굴로 녹차를 호로록 마시고 있었다. 다미가 이야기를 꺼낸 것은 잔을 테이블 위에 내려놓고 난 후다. 그녀는 생각을 끝마친 것인지 근엄한 얼굴로 의자 손잡이를 손가락으로 툭툭 두드리고 있는 운혁을 보며 말했다.

"이참에 아들 둘을 한꺼번에 치워 버리는 건 어떨까요?"

"잔치라도 자주 하면 욕먹어."

두 사람은 이미 청아와 유진의 결혼을 기정사실로 두고 이야기하고 있다. 앞서 나가는 생각과 빠른 일 처리가 이 집 내력이라는 듯. 그 이야기를 가만히 듣고 있던 유진이 웃는 얼굴로 막 입술을 달싹이려고 할 때다. 옷을 갈아입은 청아가 방문을 열고 나온 것은.

잔뜩 긴장한 얼굴로 쭈뼛쭈뼛 걸음을 옮긴 청아가 어디에 앉아야 할지 난감한 얼굴로 소파를 보았다. 자리는 유진의 곁에 한 자리, 그리고 오늘 처음 본 다미의 옆에 한 자리가 비어 있다. 굳은 얼굴로 자리를 보던 청아가 막 유진의 곁으로 가려고 할 때였다. 다미가 몸을 돌려 청아를 보며 말했다.

"여기 앉으세요, 아가씨."

그러면서 제 옆자리를 손바닥으로 팡팡 내려친다. 등줄기를 타고 식은땀이 주르륵 흘러내리는 느낌에 청아가 순간 멍한 표정을 지었다. 하지만 다미는 연달아 제 옆자리를 두드리고 있었다. 하는 수 없이 청아의 발걸음이 다미의 옆으로 향했다.

청아가 자리에 앉자 운혁이 헛기침을 내뱉었다. 진지한 이야기를 꺼내려는 순간 다미가 눈치 없이 청아의 손을 덥석 잡으며 말했다.

"아가씨는 이름이 뭐예요?"

"기, 김청아입니다."

"나이는요?"

"서른넷입니다."

물어보는 말에 꼬박꼬박 답하는 청아의 모습이 예쁜지 다미가 미소 짓는다. 하지만 반대로 운혁의 얼굴은 점차 굳어간다.

부부의 모습에 청아는 속으로 왈칵 한숨을 삼켰다. 노유진이 누굴 닮았나 했더니 영락없이 다미 판박이였다. 외모는 물론이고 성격까지. 그리고 운혁을 보자 유민과 유진이 왜 이리 다를까 하던 의문 또한 풀렸다. 두 사람은 평생 아이 둘을 낳고 어찌 살았을까 싶을 정도로 달라 보였다. 유민은 운혁을 닮았고 유진은 다미를 닮았다.

청아가 어색하게 짓고 있던 웃음 그대로 운혁을 볼 때다. 그는 드디어 청아와 눈이 마주하고 이야기할 타이밍을 잡자 수다스러운 다미가 혹여 또다시 끼어들어 제 말을 막을까 싶어 서둘러 말했다.

"우리 아들과 진지하게 교제하고 있는 아가씬가?"

"……네."

청아가 잠시 뜸을 들인 후 답했다. 그 말에 청아의 손을 붙잡고 있는 다미의 손에 힘이 들어간다. 소녀처럼 밝고 긍정적으로 보이는 다미의 얼굴엔 벌써부터 기쁨이 가득했다. 하지만 그 시선이 부담스러운 청아는 소리 없이 웃은 뒤 시선을 돌린다. 너무 빠르게 답했다간 지금 이 자리에서 무슨 일이 일어날지 몰라 느리게 답했건만 그녀의 걱정이 단순한 기우는 아니었던지 곧 운혁의 입에서 어마어마한 말이 들려온다.

"그래, 그럼 결혼은 언제쯤으로 생각하고 있나? 김청아 양도 나이가 있고 우리 아들도 결혼할 때가 지났으니 서둘러야 하지 않겠는가?"

"네……?"

"아버지, 그건……."

청아가 멍한 얼굴로 물었다. 굳은 얼굴로 맞은편에 앉아 있던 유진이 재빨리 말을 꺼내려 했다. 하지만 그 모습이 오히려 운혁의 성질을 건드린 것인지 냉철한 얼굴로 버럭 소리친다.

"뭐야?!"

"아, 아버지, 왜 소리를 지르고 그러……."

"성인인 사람들의 연애까지 간섭하고 싶은 마음은 없다. 하지만 이제 와서 저 아가씨를 책임지지 않겠다는 말이냐?"

"아, 아버지……."

"저 아가씨를 지금 몸으로만 이용해 먹겠다는 말이냐고? 난 널 그렇게 키운 적이 없다!"

서릿발이 날리는 얼굴과는 달리 입에서 흘러나오는 말은 지고지순하고 고지식하기 그지없다. 청아가 멍하니 부자의 대화를 듣고 있다가 힘주어 자신의 손을 잡는 다미의 손을 보았다. 손등에 불거진 혈관. 고개를 들어 다미의 얼굴을 보며 청아는 속으로 신음을 삼켰다.

"노유진."

다미가 차갑게 아들의 이름을 부른다. 그리고 잡고 있던 청아의 손을 제 품으로 당기며 낮은 목소리로 말한다.

"오늘 난 아들한테 실망했다."

"⋯⋯."

유진의 얼굴이 일그러졌다. 이게 무슨 상황이란 말인가. 유진의 원망스러운 시선이 청아에게 향했다. 그가 눈으로 말한다.

'너 내 몸만 이용해 먹은 거니?'

자신의 가족과는 너무나 다른 분위기에 청아가 당황하고 있을 때다. 그의 시선을 마주하자 정신이 번쩍 돌아오는 기분이다. 재빨리 머리를 굴리던 청아는 잡혀 있지 않은 왼손을 뻗어 다미의 손을 마주 잡았다. 그러자 경멸로 가득하던 다미의 시선이 청아에게로 향한다. 다미는 미안하다는 듯 인상을 찌푸렸다. 눈동자에 금방 안쓰러운 감정이 차올라 있다.

"책임감은 있는 아들인 줄 알았는데, 미안해요."

고추 달린 것들은 믿지 말라는 말이 이런 데서 나온 건가 봐요. 나도 내 아들이 저럴 줄은 몰랐어요, 라며 다미가 눈물까지 글썽이며 청아에게 사과의 말을 건넸다. 그 모습에 청아가 재빨리 고개를 저었다. 붙잡지 않으면 부산에서 평양까지 갈 기세이다.

"결혼 이야기는 오고 가고 있는 상태예요. 하지만 아직 이야기가 확실해지지 않아서 유진 씨가 말을 아낀 거예요. 그러니 너무 타박하진 마세요, 어머니."

"어, 어머니?"

"네, 어머니."

힘주어 말한 청아가 고개를 돌려 운혁과 시선을 마주했다. 그는 여전히 유진을 못마땅한 얼굴로 바라보고 있다.

"아버님, 초면에 이런 상황 보여드려 죄송해요. 남녀가 유별난

법인데, 워낙 친구처럼 오래된 사이이다 보니 그 선을 지키지 못했습니다. 다음엔 이런 일이 없도록 주의하겠습니다."

청아가 허리까지 숙이며 말하자 운혁이 헛기침을 내뱉으며 자리에서 일어났다. 그리고 여전히 일어날 생각이 없는 다미를 내려다보며 말한다.

"우린 이만 일어나자고."

"벌써요?"

"그럼 계속 여기 있어?"

운혁이 눈치도 없다는 듯 말한다.

"청아 양은 다음에 정식으로 인사하기로 하자고."

"네."

다미도 그제야 눈치채고 자리에서 일어났다. 곁에 두었던 핸드백을 집어 다미에게 건넨 청아가 입가에 짓고 있던 어색한 웃음을 더욱 진하게 지어 보인다. 입가가 파르르 떨렸지만 다미는 첫눈에도 그녀가 마음에 드는지 등을 부드럽게 쓸어주었다.

"우리 다음에 꼭 만나요, 청아 양?"

우린 뭔가 통하는 게 많을 것 같아. 그렇게 말한 다미가 운혁과 함께 집을 나갔다. 현관 앞에서 허리를 숙여 인사한 청아가 고개를 번뜩 들어 곁에서 자신을 내려다보고 있던 유진과 시선을 마주했다. 그는 능글맞은 얼굴로 청아를 보고 있었다.

"노총각 형 치워 버려서 좋다. 그치?"

"……너 일부러 말 안 한 거지?"

"음? 음, 뭐……."

그런데 갑자기 부모님이 들이닥치는 불상사가 일어날 줄은 몰랐지, 뭐야? 생각을 해봐. 우리 부모님은 뉴욕에 있잖아. 그런 분들이 어떻게 타이밍을 맞춰 우리 앞에 딱 나타나시냐고. 이건 신의 계시야.

뻔뻔하게 이어지는 유진의 이야기를 들으면 들을수록 청아의 턱이 더 벌어진다. 가끔은 이 남자의 뇌 뚜껑을 열어보고 싶은 충동이 들곤 한다. 어쩜 저런 식으로 생각이 튈 수 있는지.

"……."

"이미 늦었어."

그러면서 보조개가 쏙 들어갈 정도로 웃음 짓는 그의 모습을 보자 맥이 탁 풀리는 느낌이다. 서둘러 팔을 뻗어 유진의 어깨를 붙잡은 청아가 땅이 꺼져라 한숨을 푹 내쉬었다. 하지만 유진은 이미 미래에 대한 상상의 나래를 펼치고 있었다.

"아버님께도 인사드리러 가야겠다. 그치?"

밝은 목소리와 함께 웃음꽃이 가득 핀 얼굴. 그는 지금 이 사태에 대해 아무것도 이해하지 못한 모습이다. 분명 빠르다고 했건만.

결혼이라는 것이 어디 쉽게 결정할 수 있는 문제이던가? 적어도 4계절은 겪어보고 해야 하는 것이 결혼 아닌가? 그만큼 신중해야 할 문제를 얼렁뚱땅 넘어가려는 유진의 모습에 청아가 얼굴을 와작 구겼다. 저 얼굴을 힘껏 내려치면 얼마나 좋을까 생각하며.

하지만 청아는 사귀는 남자 집에 함부로 발을 들인 자신부터가 문제가 있음을 깨닫고 건조한 눈을 질끈 감아버렸다. 할 이야기는 많았으나 진이 빠져 입을 뻥긋할 힘조차도 없었다.

"후."

되는 일이 하나도 없었다. 지지리 박한 내 운을 탓할 수밖에.

청아가 휘청거리며 거실로 돌아갔다. 당장 필요한 것은 휴식이었다. 소파에 앉아 이 문제에 대해 진지하게 생각해 보려던 그녀였지만, 곧이어 자신의 뒤를 졸졸 따라오는 유진의 말에 결국 폭발하고야 말았다.

"그런데…… 아버님은 뭘 좋아하셔?"

"오늘은 제발 조용히 있자. 나 머리 아파!"

짝! 청아의 손바닥이 결국 유진의 등짝을 힘껏 내려쳤다. 처음으로 그녀에게 폭력을 당한 유진은 잠시 멍한 얼굴로 청아를 보았다. 뭐지? 왜 등이 아프지? 내가 뭘 당한 거지? 마치 이런 얼굴이다.

그러다 곧 상황 파악을 했는지 청아의 손바닥이 닿았던 등을 어루만지며 그가 외쳤다.

"왜 때려!"

"네가 맞을 짓 했잖아!"

"맞을 짓 했다고 다 때리면 이 세상은 폭력으로 난무할 거야!"

"본인의 죄는 알고 있나 보지?"

청아의 말에 순간 유진이 울컥한 듯 입을 꾹 다물었다. 방금 전까지만 해도 반짝반짝 빛나던 그의 눈빛에 음울한 기운이 가득 찼다. 순식간에 변한 그의 표정에 청아조차 움찔해 뒤로 더듬더듬 걸음을 옮길 때였다. 그녀가 움직이는 걸음만큼 서서히 청아에게로 다가오던 유진이 입술을 달싹이며 낮은 목소리로 말했다.

"그럼 너도 맞아야겠네?"

"뭐?"

청아가 화들짝 놀란 눈으로 계속해 뒷걸음친다. 더듬더듬 걸음을 옮기다 보니 기다란 소파 손잡이에 무릎 뒷부분이 툭 닿고 악소리를 낼 새도 없이 몸이 뒤로 넘어갔다. 갑작스레 폭신한 소파에 몸을 뉘게 된 청아가 눈을 깜빡였다. 하얀색 천장에 순간 그의 얼굴이 드러났다.

청아가 도망가지 못하도록 그녀의 몸 위에 올라타 팔 안에 그녀를 가둔 유진이 얼굴을 내렸다. 그리고 그녀의 입술에 빠르게 몇 번이고 입을 쪽쪽 맞춘 유진이 표정을 풀며 피식 웃음을 내뱉었다. 잔뜩 긴장한 청아의 얼굴이 너무나 귀엽게만 보인다.

"이렇게 예쁘니까."

"……너! 진짜 깜짝 놀랐잖아!"

청아가 버럭 소리쳤다. 그러자 유진의 고개가 옆으로 기운다.

"왜? 내가 진짜 때릴까 봐?"

긴장한 마음이 탁 풀려서일까, 청아의 눈가에 언뜻 눈물이 맺힌다.

유진이 몸을 일으킨 뒤 온몸에 힘이 풀린 듯 누워 있는 청아를 번쩍 안아 들고 자신의 방으로 향했다.

"그럼 본격적으로 맞아볼까?"

"……제발 그 입 좀……."

장난스런 그의 말에 청아가 웅얼거리는 목소리로 말했다.

곧 두 사람이 들어간 방문이 닫혔다.

❖   ❖   ❖

아침 일찍 일어나 유진의 출근을 배웅한 청아 또한 얼마 안 있어 집을 나서야 했다. 병원 근처의 집은 어제 모두 둘러보았으니 오늘은 조금 떨어져 있는 곳들을 돌아봐야 했다. 만약 오늘도 성과가 없다면 상상하기도 끔찍하다. 당장 다음 주에 출근해야 하는 그녀로선 오늘 적당한 집을 구해야 했다.

부동산만 다섯 군데를 돌아보고 집도 열 곳 이상 보았다. 자신이 가지고 있는 금액으론 전세는 턱도 없었고 대부분 반전세만 나와 있었는데, 그마저도 월세가 너무 높아 부담이 되는 것뿐이었다.

마지막 집까지 둘러본 청아의 입에서 깊은 한숨이 흘러나왔다. 어제 하루 돌아봤을 때 집 구하기가 만만치 않을 거라 생각은 했어도 이 정도일 줄은 몰랐다. 정말 외곽으로 나가 살아야 하는 것은 아닐까 하는 끔찍한 생각에 청아가 고개를 내젓고 있을 때였다. 가방에 들어 있던 휴대전화가 울리더니 곧 액정에 낯선 번호가 뜬다. 왠지 뒷골이 싸한 느낌에 전화를 받지 말까 고민하던 청아는 끈질기게 울리는 벨소리에 결국 전화를 받았다.

"여보세요?"

일상적인 멘트지만 목소리 끝이 떨린다.

청아의 목소리에 상대는 잠시 말이 없었다. 망설이는 듯 한참이고 침묵을 지키는 상대에 전화를 끊을 법도 하건만 청아는 전화를 건 사람이 누구인지 잘 알고 있다는 듯 끈질기게 기다렸다.

상대가 말을 한 것은 전화를 받은 지 2분 정도가 흐르고 나서였다.

〈저 유진이 엄만데…… 잠시 만날 수 있을까요?〉

역시나 예감은 빗나가지 않았다.

"부담스러울까 봐 나만 나왔어요."

큰길가를 지나 좁은 골목을 한참 들어와야 있는 작은 커피숍. 아는 사람들만 오는 커피숍은 평일 낮 시간은 늘 자리가 텅텅 비어 있을 정도로 한가했고, 커피숍의 주인이자 하나뿐인 바리스타 또한 잔을 닦으며 시간을 보내고 있었다.

몇 좌석 안 되는 자리 중 가장 중심에 두 여인이 앉아 있었다. 한 사람은 수수한 차림에 머리를 질끈 묶은 젊은 청아였는데, 그녀는 막 자신에게 말을 건넨 다미의 존재가 부담스러운지 고개를 숙였다.

"아……."

"그래도 역시나 부담스럽죠?"

"아니에요."

고개를 퍼뜩 든 청아가 고개를 내저으며 부정했다. 그 모습이 긍정처럼 보이는 것은 왜일까. 다미는 제 앞에 김이 모락모락 올라오는 커피를 바라보며 천천히 운을 뗐다.

"아가씨에 대해선 이미 유민이에게 어느 정도 전해 들었어요."

"어떤……."

"하는 일이라든가, 어떤 사람이라든가…… 그리고 오래전에 유진이한테 그 일이 생겼을 때 곁에 있었다는 것도."

"……."

말문이 막힌 청아가 입을 꾹 다물었다. 그녀의 모습에 다미의 표정이 더욱 흐려진다.

"그 아이가 부족한 점이 많아요. 하지만 내 아들이 그렇게 된 이유는 내 탓이 가장 커요."

달그락, 물컵을 든 다미가 차가운 물을 마셨다. 곁에 맛있고 향기로운 커피가 놓여 있었으나 현재 그녀에게 필요한 것은 차가운 냉수였다. 용암처럼 들끓던 가슴이 차갑게 식어간다. 다미가 내리고 있던 시선을 들어 눈앞의 청아를 보았다. 작고 말랐지만 누구보다 곧은 시선을 가진 여자. 유진이 선택한 여자는 다미가 생각한 것보다 훨씬 강하고 올바른 시선을 가지고 있었다. 그리고 외모뿐만 아니라 마음 또한 단단하고 누구보다 정의로운 사람이란 걸 유민을 통해 들어 알고 있었다.

다미는 아들이 본인과는 정반대의 여자를 골랐다는 사실에 웃음이 나오면서도 한편으론 안쓰러워졌다.

"아가씨도 서전이라고 했죠?"

"네."

청아가 곧장 대답했다. 그러자 다미는 깊게 한숨을 내뱉으며 지난날을 회상하듯 시선을 저 멀리 두었다. 차분하게 가라앉아 있던 가슴이 콩닥콩닥 뛴다.

"미쳐 있었어요. 아이들을 하나라도 더 살리고 싶었어요. 훌륭한 의사가 되고 싶었죠. 병원 생활을 시작하고 뉴욕으로 세미나에 참가할 수 있는 기회가 많았어요. 바쁜 병원 생활에 한 달에 몇 번씩 장기간 출장도 많았죠. 집을 비우는 일이 많았어요."

"아……."

다미는 사건 당시 자신의 상황을 이야기하고 있었다. 마치 변명처럼. 어린 유진에게 그런 일이 생겼을 때 왜 자신이 곁에 있어주지 못했는지 장황하게 설명한 다미가 입술이 하얗게 질릴 정도로 악물더니 이내 툭 내뱉었다.

"그래서 막지 못했어요, 그 일을."

흐리고 슬픔이 가득한 목소리엔 여전히 상처가 가득했다. 그녀의 말에 청아도 제 눈가에 눈물이 고이는 것을 느꼈다.

"곁에 있어줘야 했는데…… 그때의 나도 남편도 그럴 여력이 없었어요. 처음 어머니가 돌아가셨을 땐 괜찮았는데, 유진이의 입에서 나오는 끔찍한 말 때문에…… 가족 모두가 병들었어요."

"어머니……."

청아가 다미를 부른다. 하지만 다미는 볼을 타고 흘러내리는 눈물을 거칠게 닦은 뒤 애써 웃으며 말했다.

"……훌륭한 의사는 되었어요. 그런데 훌륭한 엄마가 되지는 못했어요."

나 참 못났죠?

다미가 그렇게 물었다. 그러자 청아가 다미와 꼭 닮은 미소를 지으며 말했다.

"아니에요, 어머니. 이해해요."

옆에 있는 냅킨을 몇 장을 다미에게 건넨 청아는 요즘 자신의 마음을 괴롭히던 생각을 조심스레 꺼내놓았다.

"그래서 저도 두려워요. 다시 메스를 잡게 되면 사람을 살리는 의사가 되고 싶어서 또다시 병원 생활에 집착하게 될 텐데…… 그리고 지금 제 욕심도 그런데…… 그런 제가 결혼을 해서 한 가정을 잘 꾸려 나갈 수 있을까 그게 무서워요."

오랫동안 필드를 떠나 있던 그녀다. 마음속에는 자신의 손끝이, 날 끝이 무뎌졌을까 두렵기도 하다. 이런 상황에서 결혼이라니. 청아는 자신도 모르게 고개를 내저었다.

서전은 감각에 맡겨 수술을 진행하는 경우가 많았다. 연차가 높아질수록 더 대우를 해주는 건 그 감각이 더욱 날카로워졌고 믿을 만해졌기 때문이다. 하지만 결혼 생활을 하게 된다면 병원을 떠나 있게 되는 날이 많아질지도 모른다. 그때 그 상황을 청아는 담담하게 받아들일 수 있을지 걱정되었다. 의사가 되고 싶어 젊은 날을 바친 그녀이기에 더욱 그러한 욕심이 클 테다.

"김청아 씨, 유진이 엄마가 아닌 인생 선배로서 한마디 해도 될까요?"

청아의 이야기를 가만히 듣고 있던 다미가 말했다. 그러자 청아는 고민이 가득한 얼굴로 고개를 끄덕였다.

"가족은 누구보다 나에게 상처를 주는 사람이기도 하지만 그 이상으로 내 편이 되어주는 사람이기도 해요. 유진이는 병원 생활을 잘 알고 있기 때문에 청아 씨를 더 잘 이해해 줄 거예요."

"아……."

그래, 그는 아마도 청아의 의견이라면 무조건 들어줄 것이다. 지독하게 마음고생을 시킨 죄를 톡톡히 갚겠다고 했으니까.

"길게 이야기하고 싶지만 청아 씨에게 부담 주긴 싫어요. 결혼이란 것이 만만하지 않다는 것을 이미 알고 있으니까요."

청아가 납득한 듯 고개를 끄덕이자 다미가 입가에 가득 미소를 꽃피우며 말했다.

"그러니까 아주 천천히 생각해 봐요. 유진이도 그렇고 청아 씨도 그렇고 이젠 부모의 손을 떠난 성인이니까."

"감사합니다."

청아가 진심을 다해 그리 말했다. 그러자 다미 또한 웃으며 고개를 끄덕인다.

"별말씀을요. 오늘 대화 즐거웠어요."

"저도요."

다미와 이야기를 나누자 자신을 괴롭히던 생각들이 조금은 정리되어 가는 느낌이다. 그가 자신을 언제 떠날까 하는 두려움도, 미래에 대한 불안함도 조금은 사라졌다. 왠지 유진보다 다미가 더 좋아지는 기분이다.

"또 이렇게 만나서 이야기할 기회가 많았으면 좋겠네요."

두 사람이 마주 보며 그렇게 웃었다. 그리고 두 사람은 그제야 식은 커피를 마셨다.

부드러운 공기가 두 사람을 감싸는 기분이다.

캐리어는 가장 큰 사이즈로 어린아이라면 몸을 구기지 않고도 들어갈 수 있을 정도의 크기였다. 흔히 장기간 여행이나 유학생들이 구입하는 가방은 길거리에서 흔히 살 수 있는 것으로 브랜드 제품을 모방해서 만든 것이었다. 흔하디흔한 가방. 그래, 그런 가방이었다. 하지만 그 가방이 한강에서 발견되고, 비밀번호를 풀고 안을 본 순간 그 가방은 더 이상 평범한 가방이 아니었다.

현장 사진을 보던 유라가 미간을 찌푸렸다. 가방 안에는 시신이 들어 있었다. 팔다리를 잔뜩 구긴 채 들어 있는 남자는 이미 숨을 거둔 지 2개월은 되어 보였고, 시신 또한 상당히 부패된 상태였다.

"흠, 경찰에서는 뭐래?"

유진이 사진을 손가락으로 툭툭 두드린다. 중소기업을 운영하던 40대 남성은 반년 전 행방불명된 인물로, 그는 은행의 금전 거래부터 시작해 어떤 흔적도 남기지 않고 세상 속에서 사라졌다. 그런 사람이 커다란 캐리어 가방에 들어 있는 채 발견된 것이다.

"꼴 보면 딱 봐도 타살이잖아. 집을 나갈 때 20억가량의 현금을 가지고 있었대. 한화, 달러, 엔화로. 그런데 그 돈의 행방조차도 알아내지 못하고 버벅거리고 있는 상태라던데?"

흰 가운을 입고 있는 유라가 유진을 보며 말했다. 막 부검을 마치고 온 유진은 들고 있던 마스크를 가운 안에 찔러 넣으며 피곤한 눈을 어루만졌다. 오늘 하루 일정이 꽤나 피곤했는지 눈 밑에 그늘을 잔뜩 드리우고 있는 유진의 모습에 유라가 물었다.

"원인은?"

"더 알아봐야 하겠지만 복부 손상으로 추정되긴 하는데……."

간, 비장, 신장 파열에 의한 과다 출혈로 사망한 것처럼 보이는 피해자의 몸에는 알 수 없는 흉기로 인한 천공(穿孔:열린 상처)이 발견되었는데, 자창(刺創:찔림 상처)을 살펴보니 날카로운 물체의 흉기로 살해된 것처럼 보였다.

"팔목에 나 있는 방어흔으로 봐서는 타살이 분명해."

"경찰에서도 그쪽으로 초점을 맞춰 진행하고 있대. 생각을 해봐. 누가 자기 몸을 가방에 구겨 넣고 자살을 하겠어? 더욱이 캐리어에서는 혈흔 반응이 전혀 안 나왔다고 하더라고."

"뭐……."

심각한 유라의 얼굴을 보던 유진이 그녀의 말을 막았다. 그리고 두 사람 사이에서조차도 확대 해석되고 있는 이번 사건이 앞으로 어떠한 방향으로 흘러갈지 예상되는지 콧잔등을 찌푸렸다. 이 사건에 대해 더 대화를 나누면 위험하다는 사실을 알아서일까. 그는 굳어 있던 표정을 풀며 말했다.

"우리가 할 일은 여기까지. 금요일에 부검소견서 보낼 테니까 흉기나 혈액 분석 결과 나오면 알려줘."

국과수는 수사를 하는 기관이 아니다. 수사기관에서 좀 더 과학적인 수사를 할 수 있도록 지원을 하는 것이 그들이 할 일이다. 그는 부검을 마쳤고, 부검소견서만 담당 경찰에게 보내면 된다.

사진에서 시선을 뗀 유진이 휴대전화를 꺼내 액정을 켰다. 그가 부검실에 있던 사이 온 문자들을 확인하는 모습을 보며 유라 또한 심각한 표정을 지웠다. 그의 말대로 그들은 가해자를 잡는 사람이 아니니까.

유라가 팔짱을 끼며 한껏 밝아진 유진의 얼굴을 살피며 말했다.

"너 결혼한다며?"

"음, 우리 어머니는 역시 입에 확성기를 달고 다니시나 보네."

문자를 확인한 유진이 휴대전화를 다시 넣으며 피식 웃음을 내뱉었다. 얼마나 많은 친인척이 자신이 곧 결혼할 거라고 알고 있을지 상상한다 하더라도, 어머니는 그 이상으로 연락을 하셨을 것이다.

"정말 할 거니? 청아는 허락했고?"

"허락 안 했어. 그런데 할 거야."

"뭐?"

유라가 그건 또 무슨 소리냐는 듯 묻는다. 유진이 입가에 웃음을 머금으며 이야기를 늘어놓으려고 할 때였다. 주머니에 넣어두었던 휴대전화가 웅웅 울리며 서둘러 받으라고 재촉한다.

액정에 떠 있는 글자에 서둘러 전화를 받은 유진이 인사를 하기도 전에 상대는 제 할 말을 먼저 툭 내뱉는다.

〈나 밑.〉

아, 이 무뚝뚝한 아가씨. 어쩌면 좋을까. 목소리에 조금만 고소한 참기름을 발라주면 더 사랑해 줄 텐데.

"응, 지금 내려갈게."

〈천천히 내려와도 돼.〉

끊긴 전화를 허망한 눈으로 바라보던 유진이 서둘러 몸을 돌렸다. 밑에 있다니 빨리 내려가야지. 그렇게 생각하자 먼저 발길부터 서두른다.

아직 이야기도 끝나지 않았는데 서둘러 걸음을 옮기는 유진의 뒷모습을 멍하니 바라보던 유라는 그제야 제 존재가 생각났는지 몸을 돌려 바라보는 팔푼이를 보며 한숨을 내뱉었다.

"색시 전화 왔네. 간다."

그러고서 힘껏 걸음을 옮겨 계단을 뛰어 내려가는 유진의 모습
에서 시선을 떼지 못하던 유라가 한숨을 푹 내뱉었다.

"저, 저 팔푼이 진짜."

목소리엔 조금의 비난을 담고 있었으나 얼굴은 구겨져 있지도
화가 나 있지도 않았다. 아니, 오히려 부러움이 뚝뚝 흐른다.

누가 저 연애하는 거 몰라? 그런데 굳이 저렇게 티를 팍팍 내고
다녀야 하냔 말이다! 그것도 싱글 앞에서!

테이블 위에 펼쳐져 있는 사진과 파일을 서둘러 한데 모아 집어
든 유라가 품에 꼭 끌어안더니 유진이 사라진 자리를 힐끗 돌아본
뒤 제 사무실이 있는 곳으로 몸을 돌렸다.

낮은 구두를 신고 있는 발걸음이 무거웠다. 얼굴에 내려앉은 표
정 또한 우울하기 그지없다. 천천히 걷던 걸음이 우뚝 멈춘 것은
얼마 지나지 않아서의 일. 유라가 콧잔등을 찡긋거리며 한숨처럼
말했다.

"아, 나도 연애하고 싶다."

빠르게 달리던 택시가 한 건물 앞에 멈춰 선다. 택시에서 내린
것은 가벼운 차림의 청아였다. 하루 종일 많은 일을 겪은 그녀이
지만 눈 그늘 하나 지지 않은 산뜻한 모습이다. 낮은 건물을 바라

보던 그녀는 빠르지도 않고 느리지도 않은 걸음걸이로 국립과학
수사연구소 정문으로 향했다. 가벼운 바람을 맞으며 뺨을 간질이
던 머리카락을 뒤로 넘기던 청아가 가방에서 휴대전화를 꺼냈다.
그리고 익숙하게 번호를 누른 뒤 통화음을 들었다. 달칵 소리와
함께 상대가 전화를 받자 그녀가 성급하게 말을 꺼냈다.

"나 밑."

보고 싶다는 그 한마디를 하지 못하고 그녀는 성급한 말로 그를
재촉했다. 얼른 내려오라고.

그러자 유진은 귓가를 울리는 달콤한 목소리로 말했다.

〈응, 지금 내려갈게.〉

그 목소리에 가슴이 뛴다. 콩닥콩닥. 예쁜 소리를 내며 제 마음
을 두드리는 심장박동에 청아의 입가에 부드러운 미소가 걸렸다.
살랑살랑 불어오는 바람이 제 마음을 간질였을까. 입 밖으로 튀어
나오려는 웃음을 꾹 참은 청아가 장난스럽게 말했다.

"천천히 내려와도 돼."

뚝 끊긴 전화를 가방에 넣은 청아가 걸음을 옮긴다. 또각또각
가볍게 걸음을 옮기는 청아의 얼굴에 미소가 머물러 있다. 그를
향하는 걸음이 예전처럼 무겁지 않았다. 생각이 정리되고 나아갈
길이 보이자 그녀는 거침이 없고 올곧게 걸음을 내딛는다.

정문 앞에 멈춰 선 청아가 고개를 들어 청명한 하늘을 보았다.
마치 푸른 물감을 풀어놓은 듯 새파란 하늘은 기분을 들뜨게 만들
었다. 그래서였으리라. 흰 가운을 입고 바람결에 머리카락을 흩날
리며 자신에게 다가오는 유진의 앞으로 성큼성큼 다가간 것은. 그

리고 그의 목을 와락 껴안고 뒤꿈치를 한껏 들어 그의 귓가에 속삭인 것은.

"노유진, 우리 같이 살까?"

"뭐?"

청아의 등을 껴안으며 그녀의 머리카락에 코를 박고 힘껏 숨을 들이마시던 유진이 순간 깜짝 놀라 그녀를 떼어냈다. 나긋한 몸이 품에서 벗어나는 것이 아쉬웠지만 그보다 방금 전 자신이 들은 말이 진짜인지, 혹은 환청이 아닌지 확인하는 것이 더욱 중요했다.

"보증금은 너란 남자 앞에 걸어두는 걸로 하고, 2억 정도, 월세는 30만 원. 어때?"

"……."

장난스럽게 입꼬리를 휘며 말하는 청아의 눈이 예쁘게 반짝인다. 그가 사랑하는 눈빛. 그가 처음으로 반한 그녀의 눈빛. 그 눈빛이 오늘따라 더욱 사랑스럽고 예쁘게 보이는 것은 그것에 가득 차오른 확신 때문이리라.

그녀는 그를 어쩜 조금은, 아니, 많이 믿어보기로 한 것 같았다. 그 이야기를 그녀는 그녀답게 하고 있었다.

"표정 보니까 너무 싼가? 그래도 어떻게 해. 내 능력이 그 정도밖에 안 되는데."

"청아야……."

왜 이 순간 목이 메는 것일까. 유진은 멍청하게 눈물이 나려는 느낌에 입술이 하얗게 질릴 정도로 악물었다. 그 모습을 보던 청아가 손을 한껏 뻗어 유진의 머리카락을 쓰다듬었다. 가벼운 그녀의 손짓 아래서 유진의 머리카락이 춤을 춘다.

"오늘 대구 내려가면 짐 싸서 모레쯤 올라올 것 같아. 양심상 큰 방은 바라지 않을게."

"……."

"괜찮지?"

그녀의 물음에 바짝 얼어 있던 몸이 사르르 녹아내리는 것이 느껴진다. 빳빳하게 굳어 있던 손가락을 움직여 청아의 뺨을 감싸 쥐고 어쩔 줄 몰라 아래로 축 늘어져 있던 입꼬리를 바짝 올려 웃는 유진의 얼굴엔 행복이 가득했다. 그는 망설임 없이 말했다.

"괜찮고말고."

어찌 괜찮지 않을 수 있겠는가. 그녀가 용기 내어 자신에게 조금씩 다가와 주겠다는데.

행복에 젖어 어쩔 줄을 몰라 하는 유진을 보던 청아는 아직 제 말이 끝나지 않았다는 듯 입술을 달싹였다. 그리고 이 말을 꺼내는 것이 조금은 어려웠는지 그의 눈치를 살피며 조심스러운 어조로 말했다.

"한동안 부모님껜 비밀로 하자."

움찔 유진의 몸이 떨린다. 전혀 뜻밖의 말을 들은 사람처럼 그가 사색이 되어 그녀를 바라보았다.

"한 석 달 뒤쯤…… 알리자. 조금 살아보고."

내 마음의 준비도 하고.

"마음의 준비……?"

"어른들이 아셔봐. 당장 다음 달이고 식장에 들어설 수도 있단 말이야."

그건 싫어. 이제 병원 복귀하는데 몇 달은 눈치 보면서 일해야
지.

그러면서 슬그머니 웃는 청아의 모습을 보고 유진이 피식 웃음
을 내뱉었다.

"괜찮지?"

"고마워."

못난 나란 남자와 미래를 꿈꿔줘서.

그의 말에 청아가 놀란 눈으로 자상한 그의 눈동자와 마주한다.

"⋯⋯내가 고마워."

그러면서 다정하게 마주한 두 사람의 입술은 다정하고 달콤하
다. 그 사이로 산뜻한 바람이 불어와 두 사람의 뺨을 간질이고, 입
꼬리는 하늘을 향해 부드럽게 올라간다. 누가 보아도 행복한 연
인. 행복에 겨워 다른 이들의 눈은 살필 생각도 하지 않고 서로를
향해 곧은 시선을 보내는 이들. 그래서일까, 가볍게 맞춰진 입술
은 떨어질 줄을 몰랐다.

2권에 계속⋯⋯